Der Kartoffelkäfer ist ein Ami

Irgendwo in Deutschland.
Mitte der Siebzigerjahre.

Franz Staab

FSC
www.fsc.org
MIX
Papier aus verantwortungsvollen Quellen
FSC® C083411

IMPRESSUM:

Lohrer Str. 9, 63857 Waldaschaff, email: trutzburg@gmx.de

ISBN: 9783757934064

Coverdesign, Korrektur und Lektorat von: Autor.
Vielen Dank an den Fotografen Sascha Rheker für die zur Verfügung gestellten Fotos der US-Flagge.

Herstellung und Druck über tolino media GmbH & Co. KG, München.
Printed in Germany

WIDMUNG

Für
das "Michelchen"

Michael Karepin (1926 – 1994)

INHALT

Sapere aude! Habe Mut, dich deines eigenen Verstandes zu bedienen!

Immanuel Kant (1784)

Äppelränzjen *(30. Januar 2028)*

Uwe saß alleine in der alten Küche seiner Eltern. Alles war noch wie damals. Die schwere, eiserne Kochplatte des Holzofens schimmerte blankgeputzt wie eh und je. Kohlenstaubsilber. Seine Mutter hatte sie immer mit Scheuermilch gewienert. Bis zuletzt hatte sie darauf gekocht. Ihre einfachen Gerichte aus all den Dingen, die der große Garten hergegeben hatte.

Uwe fragte sich, wo die Zeit geblieben war. Still war es in der Küche, nur das leise Ticken der zigarettenrauchgelben Wanduhr mit den silberspitzen Zeigern begleitete die Ruhe. Seit Jahrzehnten war genau diese Uhr die Verwalterin seiner Kindheitserinnerungen. Früher hatte er das Ticken oft gar nicht wahrgenommen, heute war es lauter denn je.

Er saß auf dem Platz, den sein Vater immer eingenommen hatte, wenn sie abends stundenlang in der Küche gehockt hatten. Sein Vater hatte ein Bier nach dem anderen getrunken und eine Zigarette nach der anderen geraucht und ihm dabei die Welt erklärt. Manchmal lachend, manchmal aufgebracht und einige

Male auch dozierend. Uwe hatte die Erzählungen seines Vaters aufgesogen, wie ein Schwamm das Wasser. Sachte strichen Uwes Hände über die Wachstischdecke, eine von vielen, sie war die letzte ihrer Art.

Weil es kalt war in der Küche, stand Uwe auf und beschloss den Ofen anzuschüren. Ohne Eile, er hatte ja Zeit. Der Korb für das Holz war leer. Er musste nach Draußen gehen und welches hereinholen.

Langsam zog er sich seine Jacke an, seine rechte Schulter schmerzte von einem Sturz, den er einige Wochen zuvor erlitten hatte. Er war nicht mehr der Jüngste, mit fast Sechzig ging es nicht mehr so schnell wie früher, dass man sich von solchen Verletzungen erholte. Es war zwar nichts gebrochen und auch keine Sehne verletzt, aber der Arzt hatte ihm mit einem Lachen im Gesicht gesagt, dass da auch Arthrose auf dem Röntgenbild zu sehen war und Verkalkungen. Naja, Unkraut vergeht nicht, dachte sich Uwe. Und er war ja nicht aus Pappe, dann machte er halt ein bisschen langsamer. So hatte es sein Vater auch immer gehalten, als er nach der Rente mit den Jahren ins Greisenalter kletterte, bevor er mit über Neunzig im vergangenen Jahr Abschied genommen hatte.

Nachdem die Jacke saß, stülpte sich Uwe seinen Mund-Nasenschutz über, den man jetzt schon seit zweieinhalb Jahren wieder tragen musste. Diesen außer Haus immer zu tragen war jetzt allererste Bürgerpflicht. Wer ohne erwischt wurde, musste mit drakonischen Strafen rechnen. Und dass man sogar zu Hause, im eigenen Garten, erwischt wurde, das war nicht ungewöhnlich. Das Denunziantentum, auch unter Nachbarn, hatte sich inzwischen flächendeckend wie ein dunkler Schatten über die Gesellschaft gelegt. Vieles hatte sich Uwe vorstellen können, aber dass es wieder einmal so kommen würde, dass Menschen so miteinander umgehen, wie er es sonst nur aus den alten Geschichten von früher kannte, das hatte er nicht für möglich gehalten.

Erinnerung hatte anscheinend nur eine Halbwertszeit, die genauso weit reichte, wie es noch lebende Zeitzeugen gab und dann maximal noch die erste Generation danach.
Nach dem Ende der ersten Viruswellen Mitte der Zwanzigerjahre des neuen Jahrtausends, hatte man schon gedacht, die Pandemie sei vorbei. Weit gefehlt. Ende 2025 war eine völlig neue Mutation über den Globus gerast, seitdem ging alles von vorne los. Nur mit einer weitaus höheren Sterblichkeitsrate.

Die Natur richtet alles, das hatte sein Vater ihm schon immer erzählt. Die Natur kann man nicht besiegen, hatte der immer betont. Was hatte ihm sein alter Herr alles mündlich mitgegeben, was hatte er selbst in seiner Kindheit alles erlebt, Geschichten vom Krieg, die Zeit danach, die Siebzigerjahre, die RAF, der Kalte Krieg, die alten Geschichten waren weit weg. Weiter weg, als das Wörtchen »früher« es jemals ausdrücken könnte.

Uwe hatte Geschichten und Geschichte aus dem Leben seiner Eltern im Kopf, das konnte sich ein junger Mensch von heute gar nicht vorstellen. Sein Vater war ein guter Erzähler gewesen und er ein guter Zuhörer.

Geschichten aus einer Zeit, als es das Wort Globalisierung noch nicht gab. Wo die erste Grenze zum Ausland am eigenen Ortsrand begann. Wo man im Nachbardorf, wenn man dort als junger Kerl nach 20:00 Uhr alleine bei der Kirchweih auftauchte, gleich mal eins auf die Mütze bekommen konnte, weil man dort keine Auswärtigen wollte, die einem womöglich die Mädchen abschleppten. Konnte böse enden sowas.

Uwe musste grinsen.

Noch härter waren die »Schtorris«, die ihm sein Vater aus seiner Jugend erzählte, wie das war, als der noch ein junger Kerl war und Fremde betraten den Saloon. Da konnten in den Kneipen auch mal Stühle und Biergläser fliegen. Und wenn Amis im Spiel waren, war dann auch mal schnell die Militärpolizei da. Da ging es dann richtig zur Sache. Papas »Schtorris« rochen nach

HB Zigaretten, hatten die Farbe von alten Opel Asconas und waren manchmal so beige wie ein noch älterer Ford Taunus. Der Vater, jetzt war er nicht mehr da.

Hat alles keinen Sinn, dachte er und zwang sich an etwas anderes zu denken. Zum Beispiel an seine Frau und seine Familie, die er über alles liebte. Sie waren sein ganzes Glück. Wenn Uwe sentimental war, brauchte er sich nur die lachenden Gesichter seiner Frau und seiner Kinder vorstellen, schon ging es ihm besser.

Die Familie war der Anker, so war es schon immer gewesen, trotz all der emotionalen Achterbahnfahrten, die so ein Familienleben auch mit sich brachte.

Uwe setzte sich seine Mütze auf, bückte sich nach dem leeren Holzkorb neben dem Ofen und ging nach draußen zum Holzlager.

Holz hatte sein Vater immer gerne gemacht, bis zuletzt. Das tat dieser immer im Winter, wenn die Arbeit im Garten ruhte und auch die Bienen in der Winterpause waren. Viele Ster der ofenfertigen Scheite waren noch im Lager gestapelt. Jeden Einzelnen hatte sein Vater noch in der Hand gehabt, ihn persönlich kennengelernt. Einige Jahre würden die noch reichen, wer auch immer sie verschüren mochte, bis zum Letzten. Sie waren sozusagen Zeitzeugen. Und irgendwann in der mittleren oder weiteren Zukunft würden vielleicht neue, frische Scheite die Lücken wieder schließen. Oder das Holzlager würde gar überhaupt nicht mehr aufgefüllt werden, weil der neue Bewohner des Hauses vielleicht beschließen würde, eine modernere Heizung einzubauen oder zumindest eine Küche, in welcher der alte Holzofen überflüssig war. War eh schwierig mit neuen Holzheizungen.

Als der Korb voll war, suchte Uwe aus dem Lager drei Nadelholzscheite heraus, die gerade gewachsen waren und keine Astungen aufwiesen. Aus denen konnte man prima Anzündholz machen. Sein Vater hatte immer Anmachholz dazu gesagt. Das kleine Beil, das in dem abgenutzten Hackklotz klemmte, tat noch gute Dienste, die Beschäftigung damit tat Uwe gut.

Es war Ende Januar und das Thermometer zeigte Minusgrade an. Uwes Atem hinterließ trotz der Maske, die er trug, kleine Wölkchen in der Luft, während die schmalen Anzündhölzer eins nach dem anderen neben den Hackklotz fielen. Klack, Klack, Klack machte es monoton.

Ein Lächeln huschte über Uwes Gesicht und er unterbrach seine Tätigkeit kurz, um seinen Blick über den weiten Garten schweifen zu lassen. In den Apfelbäumen warteten die Wassertriebe umsonst darauf, herausgeschnitten zu werden. Dort stand der alte Blenheimer, links davon ein Boskoop. Weiter rechts der in symmetrischen Etagen gezogene Goldparmäne, einer von Uwes Lieblingsäpfeln. Links von dem stand früher das Treibhaus, das Uwe zusammen mit seinem Vater aus den alten, einfach verglasten, Fenstern gebaut hatte, nachdem sie Ende der Siebzigerjahre im Wohnhaus diese ausgetauscht hatten. Jetzt war dort ein Himbeerbeet. Dahinter stand das Bienenhaus, davor der Hühnerstall. Unter den Bäumen wuchs einst Gemüse, Jahr für Jahr wurde jeder Quadratmeter genutzt. Kartoffeln, Bohnen, Karotten, Erbsen, Sellerie, Lauch, Zwiebeln, verschiedene Salate, Blumenkohl, Kohlrabi, Erdbeeren und noch einiges anderes mehr gediehen auf dem fetten Boden, der Jahr für Jahr mit dem Mist, den die Kaninchenhaltung erzeugte, gedüngt wurde.

Uwe nahm den Holzkorb auf, ging ein paar Schritte und stellte ihn kurz auf der niedrigen Mauer neben der Treppe des Hauseingangs ab. Ziemlich genau dort, wo damals, wie lange war das schon her?, die Kiste mit den Krachern seines Bruders Erwin stand.. Uwe musste lächeln.

Sein Blick wanderte zum Nachbarhaus, in dem einst die alte Helga gewohnt hatte. Schon lange stand es leer, der Putz blätterte ab, das Dach war verwittert, aber anscheinend noch dicht. Eigentlich schade um das schöne Häuschen, dachte Uwe. Aber sicher war es nur eine Frage der Zeit, bis das irgendjemand doch noch sanieren würde. Oder es würde abgerissen werden, um einem Neubau Platz zu machen.

Die alte Helga. Mannmannmann, dachte Uwe. Für ihn war die ältliche Nachbarin so etwas wie eine Oma gewesen. Sie hatte ihm beigebracht, wie man Pilze suchte, war mit ihm im Herbst immer in den Wald gegangen. Hatte ihm gezeigt, was eine Marone war und was ein Butterpilz. Wie man einen Knollenblätterpilz von einem Champignon unterschied und wie einen schmackhaften Steinpilz von einem Gallenröhrling, der ein ganzes Essen verderben konnte. Regelmäßig war er bei ihr ein- und ausgegangen, als wäre das Hexenhäuschen nebenan so etwas wie ein erweitertes Zuhause gewesen. Und wie oft hatte die Helgaoma ihm mitgegeben, wenn er nach einer Pilztour oder nach einem Besuch wieder rüber ging zum Elternhaus, er solle seiner Mutter doch schöne Grüße ausrichten und sie fragen, ob sie nicht mal auf einen Kaffee rüberkommen möge. Sie würde sich über Gesellschaft freuen und sei es nur auf ein bisschen plaudern bei einer feinen frisch aufgebrühten Tasse, hatte sie gesagt. Sie sei doch so alleine. Aber immer hatte seine Mutter kategorisch abgelehnt.

Trotzdem fragte Helga immer wieder, lud seine Mutter immer wieder ein, jahrelang. Uwe hatte sich oft darüber gewundert, dass Helga niemals verärgert war, weil seine Mutter einfach alle Einladungen ausschlug.

Normale Menschen gaben auf, wenn sie immer wieder eine Abfuhr bekamen, fragten irgendwann nicht mehr. Beließen es dabei. Nicht so Helga, beharrlich, fast schon demütig, gab sie nicht auf mit ihren Annäherungsversuchen in Richtung ihrer Nachbarin. Sie wirkte mit ihrer traurigen Gelassenheit wie ein Mensch, der alle Weisheit der Welt in sich hatte und der mit der größten Geduld, die man unter der Sonne haben konnte, gesegnet

war.

Uwe hatte seine Mutter in diesem Punkt wirklich nie verstanden. Oft hatte er sich gefragt, was es da wohl für ein unergründliches Geheimnis geben musste. Bis heute hatte er keine Ahnung, das war und blieb ein blinder Fleck in der Familie. Auch sonst niemand sprach darüber. Weil auch sonst niemand etwas davon wusste! Alle anderen wussten ja noch nicht einmal, dass Helga permanent seine Mutter eingeladen hatte. Er war ja das einzige der Kinder, die einen freundschaftlichen Kontakt zu der alten Frau gehabt hatten. Somit war er auch der einzige, der solche Einladungen überbringen konnte.

Mutti wollte darüber nicht reden. Nie.

Ein einziges Mal gab es eine Situation, da dachte er schon, jetzt würde er erfahren, was hinter Mutters Haltung steckte. Aber dann kam es doch nicht dazu. Das war an dem Tag, wo ihm seine Mutter erzählt hatte, wer vor über neunzig Jahren die rote Backsteinmauer im Hof gebaut hatte.

Selbst als die Helgaoma gestorben war, hatte seine Mutter geschwiegen. Da hatte seine Mutter offenbar längst beschlossen, dieses dunkle Geheimnis, wenn es denn ein dunkles war, mit ins Grab zu nehmen.

Nicht jeden Tag, aber immer wieder, brach ein Stück der Kindheit weg. Anscheinend gehörte das zum Erwachsenwerden dazu.

Wenn eben noch die Sonne schien, konnte es ihm nächsten Augenblick zuziehen. Es war schlicht und ergreifend so, dass manches Mal alles ziemlich kompliziert sein konnte. Manche Probleme oder Wahrnehmungen konnten sich mit ihrer Komplexität zu etwas auswachsen, was von daneben betrachtet vollkommen anders aussah, als man die ganze Zeit gedacht hatte. Nicht immer waren die Bösen die wirklichen Bösen und mit den Guten war das genau dasselbe. Und letztlich musste man anerkennen, dass man eben nicht immer einfach so schwarz von weiß unterscheiden konnte. Es gab viele Abstufungen dazwischen.

Große Politiker wussten auf dieser Klaviatur perfekt zu spielen, auch darüber hatte ihm sein Vater viel erzählt. Brandt, Wehner, Strauß, Schmidt. Spannend war das. Und der letzte Bundespräsident, Frank Walter Steinmeier, hatte das in seiner Zeit als Außenminister genauso oder ähnlich auch einmal in einem Interview gesagt, da hatte er sich ziemlich in Rage geredet. Es sei nicht so einfach, man könne nicht immer alles in schwarz und weiß einteilen, es gäbe auch viele Graustufen dazwischen.

Noch immer hing Uwes Blick an dem alten Häuschen der Helgaoma, schweifte mit seinen Gedanken in diesem Damals. Er war noch ein Kind gewesen. Es hatte ihm an nichts gefehlt und ihm war niemals etwas richtig Schlimmes passiert. Er hatte keinen Krieg erlebt. Auch wenn es jetzt gerade wieder Krieg in der Welt gab, gar nicht so weit weg, in der Ukraine, jetzt schon sechs lange Jahre.

Viel zu lange.

Der Krieg in der Ukraine dauerte jetzt schon genauso lange, wie der zweite Weltkrieg. Dort stand schon seit Jahren kein Stein mehr auf dem Anderen. Was die Menschen in Kiew seit den flächendeckenden Bombardierungen 2024 durchmachten, das könnte annähernd das sein, was seine Großeltern früher erlebt hatten. Gott sei Dank waren seine Kinder nicht bei der Bundeswehr, dachte Uwe und wischte den Gedanken beiseite, was ihm nicht ganz gelang.

Im Moment war die Welt wieder ein Pulverfass.

Er spürte, man war ganz nah dran an der Stimmungslage, die auch 1938 oder Anfang 1939 in Europa geherrscht haben musste.

Und er konnte das nur deshalb spüren, weil er aus den alten Erzählungen aus erster Hand wusste, wie solche Dinge passieren konnten und sich dann mit ihrer ganz eigenen Dynamik in Gang setzen konnten. Und natürlich war ihm auch klar, es war etwas ganz anderes, nur von Erzählungen zu wissen, als selbst etwas

Derartiges zu erleben, das war ihm demütig bewusst.

Die armen Menschen dort in der Ukraine.

Was sollte er seinen Enkelkindern einmal erzählen, wenn sie groß genug waren, um zuhören zu können? Im Augenblick las er ihnen noch Kinderbücher vor. Das konnte er gut. Karlsson vom Dach, Urmel aus dem Eis und Jim Knopf.

Sollte er von der Zeit erzählen, bevor es Corona gab?

Von einem Krieg konnte er nicht erzählen, er hatte keinen erlebt.

Oder bevor es das Internet gab und Smartphones?

Wie es war, als der Überfluss die Welt regierte und noch niemand sich für Nachhaltigkeit interessierte?

Vermutlich würde er genau das tun. Das würde sein Vermächtnis sein. So wie es das seiner Eltern und Großeltern war, ihre Zeitzeugenerlebnisse aus dem Krieg zu überliefern, aus einer für heutige Verhältnisse längst vergangenen Zeit. Aus einer Zeit, in der man noch unmittelbar konfrontiert wurde mit den Folgen einer wirklich völlig aus den Fugen geratenen Welt.

Seine ererbten Geschichten vom Krieg und seinen Großeltern und Eltern wären für seine heutigen Nachkommen ungefähr so etwas, wie für ihn damals Geschichten von Napoleon. Auch ganz interessant, aber einfach schon, ja, viel zu weit weg. Ganz schön ignorant, dachte Uwe. Und gefährlich. Denn etwas, was zu weit weg war, nahm man nicht mehr ernst.

Und die Welt, oder jede Zeit für sich, in der jemand lebte, bezahlte dann genau diesen abstrakten Preis für jene Ignoranz, grübelte er, während er sich versonnen an seinen Mundschutz klopfte.

Die gleichen Fehler wurden häufig immer wieder gemacht. Auch heute geriet die Welt wieder aus den Fugen. Es durfte wieder denunziert, gehasst und gehetzt werden. Und sogar aufeinander geschossen werden. Nachdem vorher sorglos und überbordend und egoistisch gelebt wurde. Ein alter Bekannter hatte ihm einmal geantwortet, vor Jahren, bevor alles losging, als er ihn gefragt hatte, warum dieser die zehn Meter zum Bäcker grundsätzlich immer mit dem Auto fuhr: »Weil ich es kann.«

Uwe hatte das nie vergessen. Diese Antwort war so ziemlich der bornierteste Satz, den Uwe in seinem ganzen Leben von einem Menschen seiner Generation gehört hatte.

Weil ich es kann.

Warum habt ihr mitgemacht?

Weil ich es kann.

Warum habt ihr die Juden vergast?

Weil ich es kann.

Warum habt ihr unsere Umwelt zerstört?

Weil ich es kann.

Keiner fragte heute: »Warum trägst du keine Maske?«

Warum? Weil sie ausnahmslos jeder trug. Weil sich das gar keiner mehr getrauen konnte, sie nicht zu tragen. Weil jeder ganz unmittelbar Angst um sein Leben haben musste. Die Viren waren überall. Immer. So allumfassend präsent wie die Viren waren weder die Nazis, noch sonst wer jemals gewesen. Coronaleugner? Gab es keine mehr. Die waren alle gestorben.

»Dumm!«, sagte Uwe laut, während er nochmal versonnen auf das Hexenhaus von Helga blickte, und noch einmal, als würde er mit dem alten Häuschen reden wollen: »Dumm!«

Seine Mutter war ein gläubiger Mensch gewesen. Uwe hatte darüber oft nur müde lächeln können. Als er als Jugendlicher in einer Diskussion mit ihr einmal die Jungfräulichkeit von Maria Muttergottes angezweifelt hatte, wurde sie so wütend, dass sie kurzerhand die Diskussion abgebrochen hatte und ihm eine geknallt hatte. Und das passierte sehr, sehr selten, dass er eine Schelle von seiner Mutter bekam. Dafür war sein Vater zuständig gewesen. Da gab es, wie bei vielem anderen auch, eine klare Rollenverteilung. Und die sah so aus:

Mutter: Kochen, Wäsche machen, Toilette und Wohnung

putzen.

Vater: Arbeiten, Bier trinken, Schellen austeilen.

Nein, bei der Mutter fehlte noch was: Kinder erziehen und alles, wirklich alles, alleine erledigen, was mit den Kindern zu tun hatte.

Beim Vater fehlte auch noch was: Abends Geschichten in der Küche erzählen und jeden Sonntag, wenn die Mutter kochte, mit den Kindern in den Wald gehen.

Er fror. Wie lange stand er schon so da?

Uwe schüttelte sich kurz durch und klopfte seine Hände aneinander. Ah, das Holz, Feuer machen, dachte er. Und er hatte Hunger.

Einer plötzlichen Eingebung folgend, erkannte er, dass er jetzt gerade eben Lust auf Apfelpfannkuchen hatte, wie sie Mutter immer gemacht hatte. Warum eigentlich nicht?, überlegte er kurz. Stante pede drehte er sich um und beschloss in den Vorratskeller zu gehen. Ein paar Äpfel vom Herbst sollten dort noch gelagert sein, seine Mutter ließ nichts verkommen. Da mussten noch welche sein. Wenn er Glück hatte, sogar einige Boskoop, die waren besonders gut geeignet für Pfannkuchen, oder Äppelränzjen, wie sie früher immer sagten.

Und tatsächlich, in dem dunklen Holzregal, der breiten Apfelhorte, lagen tatsächlich noch rund dreißig der leckeren Äpfel. Sie sahen zwar nicht mehr aus wie jene, die es heutzutage im Supermarkt zu kaufen gab, aber Uwe wusste es besser, geschmacklich konnten die gekauften Äpfel mit diesen schrumpeligen Artgenossen nicht mithalten.

Uwe steckte sich zwei der Äpfel in die Tasche, um diese mit nach oben zu nehmen.

Mit ihrer faltigen Schale erinnerten ihn die Früchte ein wenig an seine Mutter, wie sie bis vor kurzem ausgesehen hatte. Mutti hatte im hohen Alter Ähnlichkeit mit Tante Klärchen gehabt, an die musste Uwe jetzt auch denken. Und an deren Eierlikör. Stand da auch noch einer rum? Uwe suchte im Nebenraum, wo die eingeweckten Früchte und Marmeladen dicht gedrängt im Regal standen.

Tatsächlich! Da war noch eine Flasche mit der goldgelben Spezialität, die seine Mutter regelmäßig nach Tante Klärchens Rezept zubereitet hatte!

Uwe konnte sich noch gut daran erinnern, wie das damals war, als seine Mutter das Rezept von Tante Klärchen bekommen hatte. Ohne weiter zu überlegen nahm er die Flasche in die Hand und auch noch ein Glas eingemachte Heidelbeeren.

Wieder in der Küche angelangt, legte Uwe zuerst die Mütze und den MundNasenschutz ab. Dann öffnete er, noch im Stehen, sofort das Schürloch in der Herdplatte und machte Feuer. Schnell loderten die Flammen, es begann behaglich zu knistern und wohlige Wärme breitete sich in der Küche aus. Vorsichtig zog Uwe nun seine Jacke aus. Im Schrank fand er an gewohntem Platz die alte Eisenpfanne, die ihn kohlrabenschwarz begrüßte. Die perfekte Pfanne, dachte Uwe, bestens eingebrannt. Mit geübten Griffen holte sich Uwe ein Brettchen aus der Schublade, eine Schüssel und ein Schneebesen gesellten sich flott dazu. Im Kühlschrank stand noch eine geöffnete Milch und auch Butterschmalz war noch da. Zucker, Mehl und das kleine Salzfass fand er in der kleinen Speisekammer neben der Küche. Eier! Er brauchte noch Eier! Wo hatte Mutti die zuletzt immer hin? Auch in die Speisekammer? Uwe ging noch einmal zurück und schaute nach. Da waren noch welche, gerade noch zwei Stück waren in der Schachtel. Wunderbar! Jetzt hatte er alles beisammen. Mutter wäre stolz auf ihn!

Uwe schnitt die zwei Äpfel klein, entfernte die Kerngehäuse und die Schalen und auch die braunen Stellen. Einen Schnitzen steckte er sich in den Mund. Die Säure breitete sich angenehm auf seiner Zunge aus, was Uwe dazu veranlasste, kurz die Augen vor Wohlbehagen zu schließen. Was machte das Feuer?

Uwe legte noch zwei Scheite nach, die Herdplatte wurde langsam richtig heiß. Er wollte die Äppelränzjen wie früher auf dem Holzofen machen, nicht auf einer der Elektrokochplatten daneben. Letzteres wäre seiner Mutter nicht würdig gewesen.

Uwe gab etwa 150 Gramm Mehl in die Schüssel, nicht mehr als etwa 40 Gramm Zucker, die zwei Eier, einen Schuss Milch und eine Prise Salz.

Jetzt rührte er alles mit dem Schneebesen durch, solange, bis eine homogene Masse entstand, die zwar zäh war, aber noch gut vom Schneebesen tropfte. Zuletzt hob Uwe noch die klein geschnittenen Apfelstücke darunter.

»Der Teig ist fertig Uwe, jetzt musst du ihn nur noch ein wenig quellen lassen!«, hörte Uwe in seinem Kopf die Stimme seiner Mutter und ihren nachfolgenden Ratschlag, dass es nun Zeit war, die eingemachten Heidelbeeren aufzumachen, um diese in einem kleinen Töpfchen mitsamt des Saftes vorsichtig zu erwärmen. Diese sollten dann unmittelbar vor dem Essen über die Pfannenkuchen gegeben werden.

Nachdem das Töpfchen seinen Platz auf der Herdplatte gefunden hatte, stellte Uwe die eingebrannte Pfanne auf die heißeste Stelle des Ofens. Mitten auf das Schürloch, durch dessen Guckloch er die rote Glut des Feuers sehen konnte. Gut gelaunt fing Uwe an, ein Liedchen vor sich hin zu summen. Schnell zerfloss das Butterschmalz.

Uwe rührte nun den Teig noch einmal durch, bis erste Rauchwölkchen aus der Pfanne stiegen. Jetzt musste es schnell gehen.

Der Schöpflöffel, der wahrscheinlich älter war als Uwe, hing noch am gewohnten Platz.

Uwe nahm ihn vom Haken, tauchte ihn in den Teig und freute sich wie Bolle, als dieser zischend den Pfannenboden erreichte, wo er im Kontakt mit dem heißen Schmalz sofort ein kleines Inferno erlebte. Es zischte und schmurgelte, süßer

Pfannkuchenduft breitete sich aus und reicherte die frisch entstandene Wärme in der Küche mit genau dem Glück an, das er in seiner Kindheit fast täglich erlebt hatte. Uwe fand, dass genau dieser Moment, hier und jetzt, ein Fest war.

Nachdem Uwe fertig gegessen hatte, nahm er sich eines der kleinen Schnapsgläser aus dem Herrgottswinkel am anderen Ende der Küche, setzte sich wieder hin und schraubte den Eierlikör auf.

Als er einschenken wollte, tat sich nichts.

Stocksteif blieb der Likör dort, wo er war, als hätte er beschlossen, in diesem Leben nicht mehr aus der Flasche heraus zu wollen.

Verdutzt, nach Stunden des sprachlichen Schweigens, fielen jetzt die ersten Worte nach dem einsilbigen »Dumm« von vorhin aus seinem Mund: »Ha! Da soll mich einer..!« Uwe hielt die Flasche vor dem Fenster ins Licht und sprach beschwörend mit ihr: »Das kann ja nicht wahr sein! Willst du mich ärgern? Magst du nicht, dass ich dich trinke, weil ich kein kleines Kind mehr bin? Meinst du, ich sollte jetzt einen Klaren trinken oder irgendeinen anderen Likör? Will ich nicht!..«

Uwe schraubte die Flasche wieder zu und begann diese zu schütteln. Als sich nicht sofort Bewegung im Inneren zeigte, schüttelte er heftiger.

Uwe spürte die verletzte Schulter, aber trotzdem machte er weiter. Er wollte jetzt diesen vermaledeiten Eierlikör trinken!

So ging das einige Minuten, es wurde ihm schon ein wenig schummrig, bis er endlich sah, wie sich am Flaschenhals etwas tat.

»Ja! Ja! Hahaaaa!«, jubelte Uwe und machte motiviert mit seinem Tun weiter, bis die gelbe, gestockte Masse schließlich ganz in Bewegung geriet.

Ein neues Geräusch machte sich neben dem Knistern des Holzofens in der Küche breit. Ein breites Schuggern wurde mit stetem Weiterschütteln zu einem immer helleren Gluckern, das zuletzt fast mit dem Schnurren eines alten Zweitaktmotors vergleichbar war. Naja, zumindest mit einem bisschen Phantasie, dachte Uwe, klang das so.

Uwe stellte die Flasche erneut ab und versuchte noch einmal sein Glück.

Konzentriert und mithilfe des etwas zugekniffenen rechten Auges, zielte Uwe den Eierlikör ins Glas. Zuerst mit einem breiten Tropfen, dann mit einem hinter sich herziehenden geschmeidigen kleinen Fluss, suchte und fand die hausgemachte Kostbarkeit ihren Weg in das Schnapsglas.

Der kommende Moment hatte für Uwe fast etwas Heiliges. Mit dem kleinen Glas in der Hand lehnte er sich im Stuhl zurück, den linken Arm legte er auf der schmalen Lehne ab. Die rechte Hand streckte er in Richtung des Fensters, wo die Wintersonne hereinstibitzte.

Bevor Uwe zum Trinken ansetzte, dachte er einen Moment an die Zeit, als hier noch die einfachverglasten Holzfenster ihren Platz hatten, aus denen er und sein Vater dann das Treibhaus gebaut hatten.

Oh Mann! Jetzt musste Uwe lachen.

Das Treibhaus, in dem gleich im ersten Jahr eine riesengroße Marihuanapflanze heranwuchs, die seine Schwester Vroni als Pflänzchen von einem Bekannten aus ihrer Clique geschenkt bekommen hatte. Rasch war die verbotene Pflanze zu groß geworden. Kurzerhand hatte Vroni sie in das Treibhaus gestellt und ihren Vater gefragt, ob er sie da nicht reinpflanzen möge.

Freilich hatte Papa nicht den blassesten Schimmer, um was für eine Pflanze es sich da gehandelt hatte und seine gewitzte Schwester dachte natürlich auch überhaupt nicht daran, ihren Papa, den Hobbygärtner, aufzuklären. Auch Uwe wusste mit seinen etwa zwölf Jahren seinerzeit nicht, dass die wüchsige Pflanze, mit dem dekorativen fünfgliedrigen Laub, astreiner Hanf

war.

Als der Hanf dann irgendwann in voller Blüte stand und Uwe zusammen mit seinem Vater wieder einmal am Gärtnern gewesen war, hatte Papa Hermann mit seiner unnachahmlichen Art, während einer Zigarettenpause, lässig dastehend, eine Hand im Hosenseckel, salopp geäußert: »Ah, isch waaß nit, was des für ä Blume is Uwe, aber die is schö! Un jetzt, wo die blüht, des is so ein angenehmer Duft! Des ganze Treibhäusje riecht danach. Isch riech des gern! Aber die Blätter, die babbe wie de Deifel!«

Uwe hatte die Geschichte nie vergessen und er konnte sich jetzt noch beömmeln, wenn er daran dachte.

Er hatte den Eierlikör immer noch nicht getrunken. Unangetastet stand das kleine Gläschen vor ihm auf dem Tisch.

Ja, das waren Zeiten, dachte Uwe.

Schön war es gewesen.

Und ganz so, wie es ein echtes Déjàvu nicht besser hätte inszenieren können, nahm Uwe den Eierlikör noch einmal in die Hand und hielt ihn ein weiteres Mal in Richtung Fenster.

Draußen war es immer noch kalt und drinnen immer noch warm, wenn auch erst seit Kurzem.

Fast wie früher.

Aber nur fast. Etwas fehlte.

Und Uwe wusste auch sofort was. Die Eisblumen an den Fenstern. Eisblumen im Winter, das gab es nur, wenn man einfachverglaste Fenster hatte.

Die Atemluft der in der Wohnung lebenden Menschen reicherte über Nacht die Luft innerhalb der Wohnung so stark mit Wasserdunst an, dass dieser morgens an den kalten Glasscheiben von innen kondensierte, um dann zu verwunschenen Blumenmustern zu gefrieren.

Er hatte diese als Kind immer mit seinen Fingernägeln heruntergekratzt, das Geräusch hatte er nicht vergessen. Manchmal hatte er auch solange gegen das Eis gehaucht, bis ein kleines

Sichtfenster aufgetaut war.

Moderne Häuser und junge Menschen kannten das nicht mehr, sie wuchsen in doppelt- und dreifachverglasten Wohnungen heran. Was ein Verlust, sinnierte Uwe, ein Kind von heute kann überhaupt nicht ermessen, was es bedeutet, keine Eisblumenkindheit gehabt zu haben. Ein Kind von heute wusste noch nicht einmal, was Eisblumen sind. Uwe fand, dass das eine Tragödie war.

Die Kinder von heute wussten so vieles nicht.

Aber gut, dafür wussten sie viele andere Dinge, die er als Kind nicht wusste. Nicht wissen konnte, weil die Welt viel, viel kleiner war, als heute.

Ja, und selbst wenn man wollte, man durfte heutzutage in ein neues Haus gar keine einfach verglasten Fenster mehr einbauen. Die sogenannte Energieeinsparungsverordnung verbot das.

Und Uwe dachte, während er das kleine Schnapsglas jetzt an seinen Mund führte, eigentlich müsste die Energieeinsparungsverordnung, die abgekürzt EnEV hieß, Eisblumenkindheitverhinderungsverordnung heißen.

»Prost Papa! Prost Mutti!«, sagte Uwe noch, bevor er das Glas erneut hob. Gerade als er ansetzen wollte, um zu trinken, klopfte es.

Äppelwoi *(Ende Juli, Sommer 1977)*

In Schweinheim gab es sehr viele Bauernhöfe. Fast in jeder Straße roch es irgendwie nach Bauer. Und auf den Straßen lagen praktisch immer irgendwo auch die Hinterlassenschaften von Ochsen, Kühen oder Pferden herum. Wenn Uwe nach der Schule durch die Natur streifte, war es völlig normal, dass man auf den Wiesen immer wieder Kuhfladen sah, in die man besser nicht hineintrat.

Und auf den Äckern rings um Schweinheim wurde sehr oft mit Schweinegülle gedüngt. In Schweinheim hieß die Gülle aber nicht Gülle, hier nannte man das Puhl.

Wenn ein Bauer mit seinem Puhlfass durch den Ort fuhr, konnte man den Weg des Bauern noch stundenlang danach genauestens zurückverfolgen.

Die Ablasshähne der Puhlfässer waren damals noch nicht so gut, das waren ganz simple Bajonettverschlüsse ohne Dichtung. Das hieß, die waren immer undicht. Pikant war, dass nicht nur der Puhl nach Puhl stank, sondern meist auch der ganze Bauer und dessen ganze Familie.

Wer in der Schule der Sohn eines Bauern war, das konnte man riechen.

Die Population an Nutztieren war hoch in Schweinheim und nicht nur die der Nutztiere. Auch die Randerscheinungen dieser jahrhundertealten Kultur sah man im Ort.

Praktisch an jedem Haus hingen unter den Dachtraufen Dutzende von Schwalbennestern, welche in der bäuerlichen Struktur des Dorfes, welches ein Stadtteil von Aschaffenburg war, ein riesengroßes, mückengeschwängertes Futterangebot hatten.

Ebenso gab es Katzen en masse und jedes Kind wusste auch, wie eine Ratte aussah oder eine Maus. Hühner waren selbstverständlich und die Hähne durften auch krähen, wann immer sie es wollten, niemand störte sich daran. Hunde waren in der Regel Wachhunde, die meist an langen Laufleinen angeleint, den Hof bewachten, den Aktionsradius gerade so begrenzt, dass man bis zum Hoftor konnte als Besucher, oder maximal bis zum Misthaufen und dann aber keinen Schritt weiter, sonst wäre man gebissen worden!

Bei Uwe zu Hause gab es vor allem Kaninchen, Uwes Vater hatte zudem immer einige Bienenvölker. Einmal im Jahr wurde eine Sau gefüttert, die dann geschlachtet wurde. Sonntags durften die Hühner aus ihrem Stall heraus, was sie jedes Mal mit ausgiebigen Ausflügen in das frische Grün der Wiese unter den Obstbäumen feierten.

Der Hahn hatte es sich zur Gewohnheit gemacht, kaum dass er das Hühnergatter verlassen hatte sonntags, zuerst den kleinen Bienenstand anzusteuern, auf diesen obenauf zu flattern und erst einmal ausgiebig zu krähen.

Eines Sonntags, gerade als der Hahn wieder zum Krähen ansetzen wollte, begann dieser plötzlich erst verwirrt, dann panisch, von links nach rechts zu rucken, hin und her, er begann mit den Flügeln wild um sich zu schlagen, bis er in einer katharsischen Kakophonie, von schreiendem Krächzen begleitet, das Weite in der Wiese suchte, bis ans andere Ende des Grundstücks rannte er.

»Was ist mit dem Hahn?«, fragte Uwe seinen Vater, der mit Tränen in den Augen im Garten stand, die Hände auf den Oberschenkeln halb vornübergebeugt vom Lachen.

»Uwe! Des hättste ewe sehn müsse! Hahahaha! Der Hahn, hahahahaha!, der wollt' wieder wie immer auf des Bienehäusje owwe druff, hahahaha!, hör' zu, aber desmol, als hennse auf ihn gewart', die Biene, hamse ihn geläddert! Hahahahaha!«

Am Ende standen sie zu zweit im Garten und lachten sich krumm und bucklig, Vater und Sohn, während sie den Hahn beobachteten, wie dieser völlig von der Rolle, nun sogar vor seinen Hühnern im hohen Gras davonrannte.

Bei Uwe zu Hause gab es auch einen Hund. Kein völlig scharfer Wachhund, wie auf richtigen Bauernhöfen üblich, aber beileibe auch kein Schoßhund.

Der Vierbeiner gehörte Uwes Opa Winfried und hieß Strolchi.

Wie schon angedeutet, wie das damals üblich war, wurde mit einem Hund nicht lange gefackelt, so ein Hund musste sehr schnell lernen zu hören und wenn er das nicht tat, brachte man dem Hund mit ziemlich harter Hand bei, wer der Herr im Haus war. Opa Winfried war da unerbittlich. Stets lag eine zusammengerollte, alte Zeitung parat, mit der Strolchi praktisch täglich unliebsame Bekanntschaft machte. Strolchi hörte nicht, weil er seinem Herrchen gefallen wollte, Strolchi hörte, weil er Angst vor dem hatte, was passieren würde, wenn er nicht hörte.

Erschwerend hinzukam, dass Opa Winfried ein ziemlich fauler Mensch war. Er hasste es, sich bewegen zu müssen. Wann immer es ging, mussten alle anderen im Haus seine Gänge erledigen.

»Uwe, bring mir emol ein Bier aus'm Keller! Uwe, mach emol den Äbbelwoikruch voll! Uwe, geh emol zum Spielplatz und hol' mir ein Eimersche voll Sand für die Vüchel!« Die Vüchel, das waren die beiden Kanarienvögel, die Opa Winfried besaß.

Es war Uwe ein völliges Rätsel, wie diese beiden Vögel in Opas vier Wänden überleben konnten. Eigentlich müssten sie des ständigen, dicken Zigarrendunstes wegen längst tot sein, dachte Uwe oft, so wie die Kanarienvögel, die man mit in Bergwerksschächte nahm, welche starben, wenn Böses Wetter in der Grube herrschte. In Opa Winfrieds Wohnung herrschte nach Uwes Dafürhalten immer Böses Wetter.

Selbst zum Hereinholen der Tageszeitung war Opa Winfried zu faul. Aber Faulheit machte ja bekanntlich erfinderisch.

Eines Tages bastelte Opa Winfried auf dem Gartentisch vor der Werkstatt, nur mit Rippunterhemd über dem dicken Bauch bekleidet, eine Klemmschiene an das Ende einer dicken Schnur.

Während er, umständlich und ungeschickt wie er war, versuchte, einen Knoten zu binden, fiel ihm immer wieder weiße Asche von der Zigarre (Marke Weiße Eule), die er fortwährend im Mund stecken hatte. Uwe beobachtete das Geschehen von seinem Lager aus, das er sich auf dem schmalen Dachboden über der Werkstatt eingerichtet hatte. Dabei verhielt er sich mucksmäuschenstill, denn er wollte auf keinen Fall wieder bei irgendetwas helfen müssen.

Zwischendurch musste Opa Winfried öfter seinen Durst mit Äppelwoi löschen, das war enorm wichtig. Wenn Opa Winfried Stress hatte (jede Art der Bewegung versetzte ihn in Stress), musste die Kehle mit noch mehr Äbbelwoi als sonst schon geschmiert werden.

Opa Winfried trank jedes Jahr rund acht Hektoliter Apfelwein, den er jeden Herbst selbst kelterte.

Und das Keltern war der Mörderstress schlechthin, weshalb während des Kelterns am meisten getrunken wurde.

Weil Opa Winfried das Arbeiten generell nicht erfunden hatte, waren die alten Holzfässer gerade so rechtzeitig wieder einigermaßen sauber und fertig zum Wiederbefüllen, wenn der frische Most angeliefert wurde. An diesen Keltertagen roch das ganze Haus nach den sauren Ausdünstungen, die aus dem Keller hochstiegen. Am Tag vorher kam der Küfer, der alle Fässer kontrollierte und, wenn nötig, wieder mit Schilfblättern dicht machte.

Nicht selten schimpfte der Küfer dann mit Opa Winfried, weil er so spät dran war und überhaupt, weil seine Fässer nie richtig sauber waren. So ein bisschen Schmodder von dem alten Äppelwoi des Vorjahres hing immer noch in den Ritzen, und der Küfer sagte jedes Mal wieder, dass sich Winfried nicht bei ihm beschweren solle, wenn der Äppelwoi sauer würde. Aber Opa Winfried störte das nicht. Er trank jeden Äbbelwoi, egal wie sauer der war. Und er teilte diesen Apfelwein mit niemandem, er trank den ganz alleine.

Acht Hektoliter, das waren achthundert Liter. Ein Jahr hatte dreihundertfünfundsechzig Tage, das machte über zwei Liter blanken Äbbelwoi pro Tag, errechnete Uwe. Und da war das Bier noch nicht eingerechnet, das auch noch getrunken wurde.

Uwe beobachtete seinen Opa jetzt schon eine ganze Weile. Bei so viel Alkohol pro Tag verwunderte es ihn natürlich nicht, dass Opa Winfried so seine Probleme damit hatte, nur einen Knoten in eine Schnur zu binden.

Als der Opa aber endlich damit fertig war, ging dieser in das Haus zurück und knotete das andere Ende der Schnur an das Fensterbrett seines Schlafzimmers.

Winfried schlief zur Straßenseite hin und konnte nun, nachdem er den Zeitungsausträger entsprechend instruiert hatte, jeden Morgen seine Zeitung einfach mit der Schnur die drei Meter bis zum Fenster hochziehen, sodass er nicht mehr das Haus verlassen musste, um die Zeitung hereinzuholen. Das funktionierte eine ganze Weile recht gut, bis mit einem Mal die Schnur tagelang leer war.

Opa Winfried war total verärgert, weil auf einmal die Zeitung ausblieb.

Ein Morgen, an dem er nicht seine geliebte Zeitung lesen konnte, war ein verlorener Morgen.

Es war nicht so schlimm für Opa Winfried, dass er nicht erfuhr, was in der Welt gerade so geschah, aber es war ein Drama ohnegleichen, dass Opa Winfried die Kontaktanzeigen nicht lesen konnte.

Opa Winfried, der selbst noch aktiver Wehrmachtssoldat gewesen war, stammte aus einer Zeit, nach dem Zweiten Weltkrieg, in der Männer Mangelware waren und ein Frauenüberschuss in der Gesellschaft herrschte.

Diese Generation Männer konnte sich seine Frau aussuchen.

Opa Winfried war im Laufe seines Lebens dreimal fest liiert. Also, von diesen dreimal wusste die Familie.

Was Opa Winfried sonst noch so mit anderen Frauenzimmern parlierte, etwa wenn er wieder mal mit der Bahn nach Nürnberg oder sonst wohin fuhr, das erfuhr die Familie nie, nur Gerüchte gab es. Sogar, dass es noch Verwandtschaft in Nürnberg geben müsse, die aus den Eskapaden des Opas herrührte. Man musste wissen, zwischen 1939 und 1942 hatte der Opa fast drei Jahre in Nürnberg gelebt, weil er dort die Eisenbahnerschule besucht hatte. Unmittelbar nach Beendigung der Ausbildung dort, musste er in den Krieg.

Er war zweimal verheiratet und zweimal verwitwet. Die dritte Lebenspartnerin hatte er nicht mehr geheiratet, das war dann nur seine Freundin. Seine zweite und dritte Lebenspartnerin fand er, indem er Kontaktanzeigen beantwortete.

Die Damen suchten jedes Mal nach einem gestandenen Herrn, der bitte nicht rauchen und nicht trinken solle. Opa Winfried antwortete dementsprechend, er sei weder Trinker, noch Raucher, und in jedem Falle ein gestandener und gemachter Mann. Die Masche klappte immer, trotz der nach brennendem Mist stinkenden Zigarren und trotz acht Hektoliter Äbbelwoi pro

Jahr.

Besonders Opa Winfrieds dritte Lebensgefährtin, Berta, die aus Offenbach kam, war als Städterin, die sie war, eher intellektuell und gebildet. Die Redewendung Alter schützt vor Torheit nicht, bekam mit Bertas Einzug in der Ebersbacher Straße eine neue Dimension. Berta war milde, immer verständnisvoll, klug und konnte zuhören, Uwe mochte seine dritte Oma mütterlicherseits.

Uwes Opa stellte nach etwa einer Woche den Zeitungsausträger zur Rede.

Dieser schwor Stein und Bein, dass er wie jeden Tag die Zeitung an die Schnur gehängt habe.

Da Opa Winfried trotz seiner Allüren ein cleverer Mann war, musste er nicht lange kombinieren, um zu wissen, dass nur eine Alternative blieb: Dann musste es jemanden geben, der ihm die Zeitung klaute!

Am nächsten Morgen legte sich Opa Winfried auf die Lauer (was ein Stress! Da musste gleich am Morgen ein Glas Äbbelwoi mehr getrunken werden!). Kurz nachdem der Zeitungsausträger da war und dieser die Zeitung ordnungsgemäß an die Schnur geklemmt hatte, also noch in aller Frühe, kam ein junger Bauarbeiter den Gehweg hochgelaufen.

Am Ende der Straße wurde seit einigen Tagen ein Haus gebaut, dort war vermutlich sein Arbeitsplatz.

Gerade als der junge Kerl, mit verwegener Schiebermütze auf dem Kopf und mit frisch angezündeter Kippe im Mund, völlig ungeniert und wie gewohnt nach der Zeitung griff, kippte Opa Winfried einen großen Eimer Wasser nach unten, dessen Inhalt den Maurerburschen voll erwischte. Von diesem Tag an war Opa Winfrieds Zeitung wieder jeden Tag dort, wo sie hingehörte.

Besonders in den Ferien, fand Uwe, war jeder Tag zwar Gold wert, aber von morgens bis abends zu Hause zu sein, das konnte gerade in den Sommerferien schon auch ein arger Spießrutenlauf sein. Opa Winfried hatte ja immer alles im Blick. Man konnte im Hof praktisch nichts machen, ohne dass Opa Winfried einem dabei zusah. Die meiste Zeit verbrachte der Großvater nämlich damit, bei offenem Fenster und immer mit einem obligetorischen, weißen Feinrippunterhemd bekleidet, seinen Enkeln beim Spielen zu zusehen. Vorne war das Unterhemd immer mit vielen braunen Flecken gesprenkelt, die waren vom Schnupftabak, den der Opa neben seinen anderen Lastern auch noch regelmäßig konsumierte.

»So, moin Bu, do haste eine Mark! Geh ma rüwwer zum Tiroler und hohl mir ein Schnupptawack!«, war einer der häufigen Botengänge, den man erledigen musste. Der Tiroler, das war die Wirtschaft schräg gegenüber.

Einmal waren einige Nachbarskinder da und man warf sich gegenseitig Bälle und Plastikkegel zu. Einer der Kegel flog dabei irgendwann dem Opa an den Kopf, was zur Folge hatte, dass dieser von einer Sekunde auf die andere von ausgelassener und zur Schau gestellter Heiterkeit, in einen wüsten Jähzornmodus wechselte. Da war der Opa dann von einem Moment auf den anderen wieder ein Frontsoldat. Das Spiel musste sofort unterbrochen werden, alle Kinder mussten heim und Uwe musste den Hof verlassen und den Rest des Tages drinnen verbringen. Zum Glück wohnten Uwe, seine Eltern und Geschwister einen Stock höher.

Hin und wieder hatte Uwe Glück und Opa Winfried war nicht daheim. Er machte dann einen Ausflug mit Berta. Strolchi wurde da aber nie mitgenommen.

Uwe liebte Strolchi, obwohl dieser auch ein anstrengender Hofhund sein konnte, über alles. Und da er oft mit dem Hund spielte, liebte dieser Uwe im Grunde seines Herzens genauso.

Es war ein heißer Sommertag im Juli, die großen Ferien hatten gerade begonnen, als sich Uwe einen alten Tennisball nahm und begann, diesen Strolchi zu zuwerfen, damit dieser ihn im Sprung mit seinem Maul auffangen konnte.

Strolchi hatte, wie alle Schnauzer, einen starken Haarwuchs. Aus diesem Grund wurde der kleine, lebhafte Hund zwei- bis dreimal im Jahr geschoren.

Einen Tag zuvor war es wieder einmal so weit gewesen.

Strolchis Fell war so kurz, dass Uwe fast die rosa Haut darunter durchsehen konnte.

Opa Winfried machte das mit dem Scheren von Strolchis Fell immer selbst, mit so einem Elektrorasierer, wie sie jedermann vom Friseur kannte.

Strolchi musste dann unter der Halle auf einem ausrangierten Holzfass mucksmäuschenstill stehen bleiben, bis die Tortur vorüber war. Angesichtes der zusammengerollten Zeitung neben ihm, rührte sich der arme Kerl auch nie nur einen Zentimeter. Der arme Strolchi zitterte dabei immer am ganzen Körper vor Angst wie Espenlaub im Herbstwind. Uwe konnte das absolut nachvollziehen, ihm ging es beim Dorffriseur nicht anders. Die alte Friseuse, die ihm immer seine Haare schnitt, tauschte auch am Ende einer Sitzung immer die Schere mit so einem Rasierer, um damit die Ohren auszurasieren. Uwe zuckte sich dann auch überhaupt nicht, aber nicht, weil er so besonders brav war, sondern einfach weil er Angst hatte, wieder in die Ohren geschnitten zu bekommen von der Friseuse und ihrem surrenden Lieblingswerkzeug. Nicht selten passierte es, dass Uwe mit einem Pflaster am Ohr nach Hause trottete nach so einem Friseurbesuch.

Was Uwe nicht wissen konnte, war, dass diese Fellrasuren für Strolchi so ein monströser Stress waren, dass der arme Hund mittlerweile ein regelrechtes Trauma davon hatte. Noch Tage nach dem unter Todesangst stattgefundenen Prozedere, war Strolchi verschreckt, hypersensibel und bei kleinsten Anlässen folglich unberechenbar.

Strolchi stand an der Oberkante der Eingangstreppe, etwa sechs Stufen über dem neunjährigen Uwe. Der Tennisball lag auf der dritten Stufe. Uwe stand auf der ersten Stufe und bückte sich nach dem Ball, als Strolchi plötzlich ohne Vorwarnung die Zähne fletschte, guttural knurrte und sich dann wie ein wildgewordener Derwisch auf Uwe stürzte.

Im nächsten Moment schrie Uwe wie am Spieß, er schaute an sich herunter, Strolchi und der Ball waren nicht mehr zu sehen, die beiden waren auch nicht mehr wichtig, überall war Blut und es blutete immer mehr. Ein Stück der linken Brust hing herunter wie ein aufgeklappter Waschlappen so groß, immer mehr Blut floss.

Dann kam schon Uwes Mutter Gerda gerannt, die Augen schreckgeweitet, auch schreiend rannte diese wieder in die Wohnung. Uwe verstand nur, dass er stehen bleiben solle, wo er war und dass er sich nicht rühren solle.

Im nächsten Moment war seine Mutter wieder da, drückte einen ganzen Berg frischer Küchenhandtücher auf die Wunde und ging auch schon mit ihm aus dem Haus, hinaus auf die Straße. Der Nachbar, der im übernächsten Haus wohnte, sah die beiden und fing Wortfetzen auf, Uwe hörte nur die Worte »Strolchi!« und »gebissen!« und »schlimm« und »muss ins Krankenhaus, sofort!« Der Nachbar stürzte in die Wohnung, holte seinen Autoschlüssel und fuhr Mutter und Sohn sofort mit seinem Opel Kapitän in das alte Aschaffenburger Krankenhaus in der Lamprechtstraße.

Uwe war noch nie zuvor in einem Krankenhaus gewesen. Also schon, aber nie als Patient. Er hatte immer Angst davor, mal hierher zu müssen und operiert werden zu müssen. So wie Karlheinz oder Ralf, die beide schon komplizierte Knochenbrüche hatten.

Jetzt war es soweit.

Jetzt war auch er dran.

Irgendwann war immer das erste Mal.

Uwe war klug genug, um zu wissen, dass das jetzt gemacht werden musste, sonst würde er das nicht überleben. Die Wunde sah schlimm aus, soviel hatte er sehen können. Merkwürdigerweise tat es aber überhaupt nicht weh. Hinterher erklärte ihm irgendjemand, dass das am Schock lag, den er bekommen hatte. Als Uwe auf dem OP-Tisch lag, wurden die Handtücher vorsichtig weggenommen, Uwe schielte nur einmal vorsichtig hin. Was er sah, war so abnormal, so grauenhaft, dass er es sofort vorzog, ab jetzt woanders hinzuschauen.

Der OP war grün gefliest, an der Decke hingen kreisrunde, große Lampen, die in der Mitte einen Griff hatten, sodass man sie hinziehen konnte, wo man gerade Licht brauchte.

»Mhmmm, das war ganz schön knapp. Die Wunde ist sehr tief, einen Zentimeter mehr und der Hund hätte den Herzmuskel erwischt, dann wäre es das gewesen«, sagte der Chirurg lapidar, um dann hinzuzufügen: »Aber das kriegen wir wieder hin junger Mann. Nur eine große Narbe wirst du behalten, die wird dich ewig an diesen Tag erinnern!«

Rings um den Biss bekam Uwe mehrere Spritzen, die Wunde wurde betäubt und dann mit Drahtschlingen so vernäht, dass man sie jeden Tag etwas enger zuziehen konnte. Uwe musste drei Wochen im Krankenhaus bleiben. Jeden Tag wurde der Verband abgenommen, täglich wurde die Wunde erst kontrolliert, dann gereinigt, dann wurden die Drähte enger gezogen, das klaffende Loch mit den hässlichen, verbissenen Wundrändern kleiner gemacht und letztendlich mit kleinen Antibiotika-Paketen behandelt, um so eine Infektion zu verhindern. Uwe wurde erklärt, dass diese umständliche Vorgehensweise deshalb so wichtig war bei ihm, weil er von einem Hund gebissen wurde. In deren Speichel seien so viele Keime, das könne richtig gefährlich werden.

Uwe weinte viel und wollte wieder nach Hause, es waren doch

jetzt große Ferien! Aber er bekam jeden Tag Besuch von seiner Mutter und seinen Geschwistern. Sogar seinen Bruder Erwin vermisste er irgendwann und der war sogar richtig lieb zu ihm, wenn er zu Besuch kam. Das war Uwe überhaupt nicht gewohnt! Anscheinend vermisste auch dieser seinen kleinen Bruder.

Uwe und Erwin lernten in diesen Wochen, dass Blut eben doch dicker war als Wasser.

Einmal freute sich Uwe ganz besonders über Besuch. Seine Nachbaroma Helga tauchte ganz überraschend bei ihm auf. Nie und nimmer hatte es Uwe für möglich gehalten, dass diese mal in die Stadt gehen würde, für Helga musste ein Ausflug ins Krankenhaus eine Weltreise sein, mutmaßte Uwe.

»Ja Uwe! Was hab' isch da gehört! Der Strolchi hat disch gebisse! Sag mal! Der Sauhund! Wie geht's dir denn?«

»Och, eigentlich geht es mir ganz gut Helga. Die Wunde ziept manchmal ein bisschen, wenn ich mich falsch bewege und ich kann mich beim Schlafen noch nicht wieder auf den Bauch legen. Und guck mal, ich habe jetzt einen Py-ja-ma!«

Während Uwe sprach, zeigte er seiner Nachbaroma, wie man so einen Pyjama aufknüpfte. Uwe hatte das Kleidungsstück von seiner Mutter bekommen, damit er sich nicht bei jedem Verbandswechsel so verrenken musste, mit Pullover so über Kopf ziehen und allem.

Stolz zeigte Uwe der Helgaoma den großen Verband auf seiner Brust. Unten drunter die Haut war noch ganz gelb vom jodhaltigen Desinfektionsmittel.

»Oh, du lieber Gott, Uwe! Mach's wieder zu! Isch kann gor nit hingugge!», lachte die Helga, bevor sie weiterberichtete: »Ja, isch habs nur zufällisch erfahrn, Uwe, mir hat keiner was gesacht. Isch hat gestern deine Mutter übern Gartezaun gefracht, ob du do bist und ob sie vielleischt uff en Kaffee rüberkomme mach, und da hatse mirs gesacht, dass du im Krankenhaus bist. Da hab isch ihr gesacht, isch besuch' disch. Aber ein Kaffee hatse nicht mit mir getrunke, schad.«

»Wenn die Pilzzeit wieder losgeht, bin ich wieder fit Helga, dann gehen wir wieder in die Pilze, ja?«, schnitt Uwe ein neues Thema an. Es war ihm peinlich, dass seine Mutter nie, nie, nie einen Kaffee mit ihrer Nachbarin Helga trinken wollte. Uwe hatte schon oft probiert, seine Mutter dazu zu bewegen, doch mal mit ihm zusammen rüber zu gehen, aber seine Mutter bewegte sich in dieser Sache keinen Millimeter.

»Na klar gehen mir wieder in die Pilz Uwe!«, sagte Helga lachend, bevor sie sich wieder verabschiedete.

Uwe lag eigentlich in der Kinderabteilung, aber weil das Krankenhaus total überfüllt war, wurde irgendwann auch ein Erwachsener für einige Tage in sein Zimmer verlegt. Für seine Begriffe ein richtiger Opa. Uwe konnte mit dem alten Mann gar nichts anfangen, außerdem machten Jungs wie er mit alten Opas meist eher schlechte Erfahrungen, irgendwann bekam man doch nur eine Schelle von denen. Da der Mann nicht aufstehen konnte, musste dieser immer, wenn er mal musste, die Schwester rufen. Der Mann machte dann, wenn er ein kleines Geschäft machen musste, in eine Pissflasche. Und immer, wenn er ein großes Geschäft machen musste, bekam der Mann eine Bettpfanne untergeschoben. Uwe zog sich dann immer die Bettdecke übers Gesicht und sah zu, dass diese so lange es nur irgendwie ging, zu allen Seiten hermetisch verschlossen war. Uwe wollte so unbedingt vermeiden, dass der Gestank, den sowohl die flüssigen, als auch festen (oder halbflüssigen) Hinterlassenschaften des komischen Opas verursachten, zu ihm vordringen konnten. Was Uwe nicht verhindern konnte, waren die lauten Geräusche, die dem Opa sein Hintern machten beim Kackern. Es klang furzigfeucht und quahtschig und faulig. Und dazwischen schnaufte und stöhnte der Opa angestrengt.

Wenn die Luft unter der Decke aufgebraucht war, hielt Uwe

die Luft an.

War auch das nicht mehr möglich, versuchte Uwe abzuschätzen, welcher Zipfel seiner Bettdecke den weitest möglichen Abstand zu seinem unangenehmen, ältlichen Mitpatienten hatte. Uwe kroch dann mit seinem Gesicht an genau diese Stelle, lupfte sie minimal und begann nicht mit der Nase, sondern mit dem Mund zu atmen.

Uwe hätte ja am liebsten öfter das Zimmer verlassen, aber das durfte er die ersten zehn Tage seines Aufenthaltes noch nicht, da waren die Schwestern im Krankenhaus eisern. Uwe erfuhr in diesen Tagen, was der Satz »was nicht tötet, härtet ab« bedeutete.

In den drei Wochen seines Aufenthaltes bekam Uwe immer wieder neue Zimmergenossen. Es war ein Kommen und Gehen.

Gegen Ende seines Aufenthaltes dachte Uwe, er hatte es doch noch ganz gut getroffen. Andere hatten Blinddarm oder einen Leistenbruch, das waren richtig, richtig große Operationen, wo man auch eine Narkose bekam. Das hatte er ja nicht. Er hatte ja nur einen Hundebiss.

Als Uwe nach Hause kam, war seine größte Sorge, dass Strolchi noch da war. Uwes Vater hatte ihm zwar noch am ersten Tag im Krankenhaus versichert, dass, wenn er zu Hause gewesen wäre, er Strolchi sofort erschlagen hätte. Aber davon konnte sich Uwe nichts kaufen. Natürlich tat ihm Strolchi auch leid, er mochte ihn ja nach wie vor, aber jetzt hatte er auch Angst vor ihm. Nein, er hatte Schiss! Und was für einen Schiss er hatte! Und Uwe fragte sich, wie er mit dem Hund, der ihn so zugerichtet hatte, künftig unter einem Dach leben sollte?

Uwes Opa Winfried hatte Uwe zwar ein paarmal im Krankenhaus besucht und ihm erzählt, dass er Strolchi abends, als er wieder daheim war, wie wahnsinnig verdroschen habe und ihm versichert, dass er das ganz sicher nicht nochmal tun würde, aber Uwe hatte keinerlei Vertrauen in diese Worte. Zurecht, denn wie Uwe viele, viele Jahre später als Erwachsener lernen sollte, waren Hunde gar nicht in der Lage, Bestrafungen, die erst mit einem gehörigen Zeitabstand zu einer Tat erfolgten, mit dieser in Zusammenhang zu bringen. Wie also sollte ein Hund, der erst einen Tag später Prügel für etwas bekam, wissen, wofür er diese bekam? Uwe beließ es schließlich dabei und stellte sich seinem Schicksal und seiner Angst, es blieb ihm ja nichts anderes übrig, Opa war schon immer dominant und herrisch, Uwe kannte es gar nicht anders. Was der Opa sagte oder der Papa, das war Gesetz. Uwes Mutti Gerda war die Einzige, die zu ihm hielt, sie hätte Strolchi ihrem Sohn zuliebe sofort weggegeben, aber auf Mutti hörte gleich niemand. Auch das war wie immer.

Am Tag von Uwes Rückkehr ins Elternhaus wich Uwes Mutter nicht von seiner Seite, wofür er ihr sehr dankbar war. Strolchi lief frei im Hof herum, kam direkt an die Türe gerannt, wie immer, wenn Besucher kamen und knurrte Uwe unverhohlen an. Wie ein Wolf die Herde umrundet, bevor er zuschlägt, tat das auch Strolchi bei Uwe, der Hund witterte die Angst des Jungen und gab sich diesem Instinkt fortan hemmungslos hin. Er, der Hund, stand jetzt über ihm und diese Rolle gab der Zwergschnauzer nicht mehr her. Es dauerte ein geschlagenes Jahr, bis Uwe wieder völlig sorglos alleine mit Strolchi im Hof sein konnte.

Am schlimmsten war die Situation, wenn Uwe eine Treppe hochlaufen wollte und oben stand der Hund bereits, um ihn förmlich zu erwarten.

Bei jedem Gang in den Keller, zum Getränke holen, zum Holz reinholen, zum Konserven oder Marmelade oder Milch hochholen, wenn er von der Schule heimkam, wenn er »Schnupptawack« oder »Vuchelsand« holte, Uwe musste von nun an immer wachsam sein und immer dafür sorgen, dass irgendein Erwachsener da war, meist seine Mutter, um die Situation zu entschärfen.

Uwes Opa Winfried war die missliche Lage seines jüngsten

Enkels entweder total egal oder aber er war, unter anderem durch seine Kriegserlebnisse, so verroht und abgestumpft, dass er tatsächlich nicht merkte, wie sehr er seinen Enkel hier im Stich ließ.

Viele schöne Sommertage verbrachte Uwe ab jetzt im Haus, statt im Garten. Immer dann, wenn gerade sonst niemand da war, der auf ihn hätte aufpassen können, wagte er es nicht, nach unten in den Hof zu gehen, wo Strolchis Revier war.

Als viele Jahre später der Opa starb, wurde Strolchi doch noch weggegeben. An eine Familie auf einem Aussiedlerhof, die ihn als Wachhund haben wollten.

Die waren so glücklich mit ihm, dass sie noch Jahre später Hausmacher Wurst als Dankeschön vorbeibrachten.

Bohnensuppe

Einen großen Vorteil hatte es, wenn man etwas Schlimmes hatte oder gerade überstanden hatte. Man wurde von Mutti verwöhnt!

Als Uwe aus dem Krankenhaus nach Hause kam, hatte seine Mutter seine Leibspeise für ihn gekocht. Und das war Bohnensuppe! Muttis Bohnensuppe war etwas, womit man Uwe Dinge hätte beibringen können, die man ansonsten Hunden beibrachte, wie etwa Männchen machen, Sitz und Platz. Uwe hätte für die Bohnensuppe sogar dem Opa jeden Tag die Zeitung aus dem Zeitungsrohr geholt und ihm ans Bett gebracht.

Wie alle alten Hausgerichte, die es bei Uwe daheim beinahe täglich gab, war auch dieses ein ganz altes und ganz spezielles Rezept, das es so nur bei ihnen gab und sonst nirgends.

Uwes Mutter Gerda freute sich riesig darüber, wenn sie ihrem Sohn so eine große Freude mit ihrem Essen machen konnte. »Uwe, das ist alles aus dem Garten!«, pflegte sie dann zu sagen. Oh ja, das war es.

Eine wesentliche Zugabe zu der Bohnensuppe waren Kartoffelpfannkuchen. Der Gemüsegarten hinter dem Haus belegte etwa eine Fläche von tausend Quadratmetern. Auf gut der Hälfte wurden jedes Jahr Kartoffeln gesteckt. Kartoffeln waren bei Uwe zu Hause ein Grundnahrungsmittel. Es gab regelmäßig Pellkartoffeln, Kartoffelbrei, Kartoffelsuppe, Kartoffelgemüse und Kartoffelpfannkuchen (hauptsächlich zur Bohnensuppe). Wenn gekochte Kartoffeln von einer Mahlzeit übrig waren, wurden die nicht weg geworfen. Aus den gekochten Kartoffeln vom Vortag machte Mutter Gerda nicht nur beste Bratkartoffeln (die nannte man »Geräiste«), zudem verstand sie es, daraus auch extrem gute Kartoffelklopse zu machen, die in der Pfanne goldgelb herausgebraten wurden, um sie dann mit eingemachtem Obst zu vertilgen.

Immer, wenn der Garten für die neue Kartoffelsaison im Frühjahr vorbereitet werden musste, kam Opa Konrad aus Haibach schon im Herbst vorher zu Besuch. Man musste wissen, Opa Konrad war nicht nur ein stiller und äußerst genügsamer Mensch, der nie schlecht gelaunt war, er war außerdem der ausdauerndste Mann, wenn die Gemüsebeete umgegraben werden mussten und es galt, den über das Jahr angewachsenen Misthaufen als Dünger in den Boden zu bringen. Niemand konnte das besser, als Opa Konrad. Höchstens noch Papa Hermann, aber der hatte es ja auch von seinem Vater, Opa Konrad, gelernt.

Opa Konrad hätte sogar einen ganzen Acker umgegraben, wenn man ihn dazu aufgefordert hätte. Schon sehr früh lernte Uwe von ihm das Umgraben, so wie es schon sein Vater von ihm gelernt hatte. Man musste erst einen guten Anfang machen, das hieß einen Graben schaffen. Man warf die erste Reihe Erde hinter sich. Sodann wurde frischer Mist geholt und dieser mit einer Mistgabel in den Graben gegeben und festgetreten. Dann wurde mit dem Erdaushub der nächsten Reihe, der Mist auf der vorderen Reihe bedeckt. Immer von links nach rechts. Und so ging es stoisch immer weiter, bis der ganze Garten umgegraben

war.

Sobald im Frühjahr das Thermometer über zehn Grad geklettert war, wurden die Kartoffeln gesteckt, welche dann bei entsprechender Pflege im Sommer, ab Mitte Juni, geerntet werden konnten. Bei Uwe zu Hause gab es verschiedene Sorten Kartoffeln, frühe und späte, sodass man möglichst lange erntefrische Kartoffeln aus dem Garten verarbeiten konnte. Der Ernteüberschuss wurde im Kartoffelkeller eingelagert, der möglichst dunkel und frostfrei sein musste.

Ein großes Ärgernis waren die Kartoffelkäfer. Es war selbstverständlich, dass alle Familienmitglieder immer wieder beim Einsammeln der Käfer halfen. Kartoffelkäfer sammeln war eine mühsame Arbeit, die Uwe aber eigentlich ganz gerne machte. Da er und seine Familie ordentlich ernten wollten, mussten die Kartoffelpflanzen eben davor bewahrt werden, dass die Larve des gefräßigen Käfers den oberen Teil der Pflanze auffraß. Nebenbei erfuhr Uwe bei einer der abendlichen Philosophierstunden mit dem Vater so Erstaunliches über den Kartoffelkäfer, dass er seinen Vater danach wieder ein Stück besser verstand, wenn dieser über die Schlechtigkeit in der Welt im Allgemeinen und die Verlogenheit der meisten Regierenden im Besonderen, sich ausließ.

»Der Kartoffelkäfer, Uwe, das ist ein Ami!«, hatte Hermann seinem Sohn erklärt und ihm berichtet, dass dieser Käfer ursprünglich, wie die Kartoffel selbst, aus Amerika stammte.

Als die Kartoffel nach der Entdeckung Amerikas nach Deutschland eingeführt worden sei, sei nur die Kartoffel, nicht aber der Käfer eingeführt worden. Hunderte Jahre lang stellte dann der Anbau der Kartoffel in Europa sicher, dass es keine verheerenden Hungersnöte mehr in der Alten Welt gab. Im immer mehr eskalierenden Ost-West-Konflikt der Nachkriegszeit aber, erklärte Papa Hermann seinem einmal mehr an seinen Lippen hängendem Sohn, hätten die Amerikaner dann, um das kommunistische Osteuropa und die Sowjetunion zu schwächen, mit dem Flugzeug Millionen der gefräßigen Tiere über deren Kartoffelackerflächen abgeworfen.

Da Uwes Papa, wie Uwe wusste, immer die Wahrheit sagte, hatte er nicht den leisesten Zweifel, dass diese unfassbare Geschichte tatsächlich wahr war.

Uwe war schockiert.

Aber trotzdem ging er immer noch gerne auf den Exe, das war der nahe Truppenübungsplatz, um mit den dortigen amerikanischen Soldaten Geschäfte zu machen, wie es Mark Twains Tom Sawyer nicht besser gekonnt hätte.

Es dauerte, wie bei vielen anderen Erkenntnissen, die Uwe im Laufe seines Lebens machte, wieder Jahrzehnte, bis er die ganze Wahrheit erfuhr.

Und die war, dass der Kartoffelkäfer schon viel früher in Europa gesichtet wurde, nämlich schon Mitte des Achtzehnten Jahrhunderts.

Die Mär von spionageartig verbreiteten Beständen des Schädlings durch bösartige Menschen hatte tatsächlich eine lange Tradition. Schon im ersten Weltkrieg wurde von der Kriegspropaganda der Deutschen behauptet, die Franzosen hätten den Schädling nach Deutschland gebracht, was tatsächlich genauso ein Blödsinn war, wie das, was die Nazipropaganda später behauptet hatte, nämlich dass die Amerikaner da schon den Käfer von Flugzeugen aus über Deutschland abgeworfen haben.

Nachweislich hatte aber die deutsche Wehrmacht 1943 eine spezielle Züchtung des Schädlings über eigenem Gebiet bei Speyer abgeworfen, um so zu testen, ob der Käfer als biologische Waffe taugte. Im Deutschland der Siebzigerjahre indes war es eine fest verankerte Gewissheit, dass der Kartoffelkäfer von den Amis über Deutschland abgeworfen worden war.

Ein weiterer, wesentlicher Bestandteil der Bohnensuppe waren natürlich Bohnen.

Bohnen wurden im Garten bei Uwe daheim auf zwei Arten angebaut: Einmal als Buschbohnen und einmal als Stangenbohnen. Die letzteren nannte man auch Feuerbohnen.

Wenn Uwes Papa im Frühjahr das Gerüst für die Stangenbohnen im Garten aufstellte, wusste Uwe, dass jetzt das Gartenjahr wieder voll in Gang kam, was Uwe immer überglücklich machte.

Die Bohnenstangen lagerten das ganze Jahr am Ende des Gartens senkrecht aufgestellt in einem nach drei Seiten eingebretterten Platz, der etwa zwei Meter hoch war. Die Stangen standen dicht auf ihrem etwa einen Quadratmeter großen Pferch und wirkten mit ihren drei bis vier Metern Länge wie Zinnsoldaten mit aufgepflanzten Bajonetten, die man in eine Sardinendose gezwängt hatte. So verharrten sie fast ein ganzes Jahr, bis sie wieder zum Einsatz kamen.

Bei Bohnen überaus wichtig war, dass sie immer genug Wasser hatten!

Wenn man das tägliche Gießen nicht vergaß, wuchsen Bohnen wahnsinnig schnell.

Einmal hatte einer von Uwes Lehrern einen Versuch mit der Schulklasse mit Stangenbohnen gemacht, die Uwe mitgebracht hatte. Eine Bohne wurde in Erde gesteckt und ganz normal gegossen, eine andere wurde nur in ein Taschentuch eingewickelt, ohne Erde, und auch ganz normal gegossen. Eine Weitere wurde in Erde gesteckt und nicht gegossen, eine vierte wiederum in ein Taschentuch gewickelt und auch nicht gegossen. Gekeimt waren nur jene, die immer genug Wasser bekommen hatten, gut entwickelt hatte sich letztlich aber nur die Bohne, die auch Erde und damit Zugriff auf Mineralien und Nährstoffe hatte.

Die Bohnen bei Uwe zu Hause hatten die beste Pflege, die man sich vorstellen konnte, weswegen man ihnen buchstäblich beim Wachsen zusehen konnte.

Sobald die ersten Bohnen reif waren, begann die Zeit der Ernte, die sich über mehrere Wochen hinstreckte. Fortwährend blühten die Bohnenpflanzen in feurigem, attraktiven Rot nach und bildeten immer wieder neue Früchte, die nach und nach abgeerntet wurden.

Die jungen Bohnen, welche in den ersten Wochen der Erntezeit gepflückt wurden, wurden noch am gleichen Tag von Uwe und seinen Geschwistern pflückfrisch durch ein »Bohneleiermaschinchen« gedreht. Dieses schnitt die Bohnen gewissermaßen der Länge nach in Streifen.

Das kleine Gerät wurde mittels einer Stellschraube am Küchentisch oder an einem der Gartentische befestigt, je nachdem wo man gerade arbeiten (also leiern) wollte.

An der Oberseite befand sich ein kleiner Einwurfschacht, wo man die Bohnen mit einem Ende hineinstecken musste, während man mit einer Handkurbel zwei Messerwalzen im Innern bewegte, die sich dann gegenläufig zueinander drehten.

Der Umstand der sich einziehenden Gegenläufigkeit sorgte dafür, das oben eingesteckte Bohnen, so sie denn einmal vom Messerwerk erfasst waren, nach unten durchgezogen wurden, wo sie in Streifen geschnitten wieder herauskamen.

Jedes Kind liebte diese Arbeit, denn es war faszinierend zu beobachten, wie durch die eigene Kraft und eine clevere, kleine Mechanik eine eben noch vollständige Bohnenhülse plötzlich zu etwas ganz anderem wurde. Für ganz kleine Kinder, die so etwas das erste Mal erlebten, war der Vorgang tatsächlich fast so etwas wie ein Wunder. Und weil das Bedienen dieses famosen Maschinchens wirklich völlig ungefährlich und leicht war, war diese Arbeit auch eine der ersten, die man als kleines Kind lernte, fast noch, bevor man laufen konnte. Denn das Bohneleiermaschinchen zu bedienen war überdies eine perfekte Methode, um kleine Kinder stundenlang zu beschäftigen.

War eine Ladung Bohnen entsprechend zu Streifen verarbeitet, wurden diese direkt im Anschluss mit Salz in einem Steingutfass eingestampft, wo sie mittels Milchsäurevergärung in einigen Wochen zu sogenannten Sauren Bohnen wurden.

Dieser Vorgang war im Übrigen der exakt gleiche wie beim Sauerkraut machen! Nur dass man da anstatt Bohnen, Weißkraut verwendete.

Die letzten Bohnen ließ man dann dick werden und am Strauch hängen, bis die Hülsen und die ganze Bohnenpflanze im Herbst braun und trocken waren. Wenn dann die Bohnen abgeräumt wurden, so nannte man das Entfernen des trockenen Bohnenkrauts aus dem Garten, zupfte man die vollen, braunen Hülsen ab, um sie zunächst noch einige Tage auf einer hölzernen Trockenhorde vollends austrocknen zu lassen. Hier musste man sehr darauf achten, dass genügend Luft an die Bohnen kam! Aber sie durften keinesfalls noch einmal nass werden! Ein wunderbarer Platz bei Uwe daheim für diesen Zweck war die offene Halle unter der Scheune. Holzkisten wurden aufeinandergestapelt, um dann obenauf die Horten zu legen, bis man sie während der ersten Wintermonate dann weiterverarbeitete.

Das Auslösen der dicken Bohnen oder Feuerbohnen, von denen eine schöner aussah, als die andere, waren Arbeiten, die Uwe und seine Geschwister ebenso sehr liebten, wie das Bedienen des Bohneleiermaschinchens.

Lange Zeit machte sich Uwe überhaupt keine Vorstellung davon, wie das funktionierte, so eine Bohnensuppe zuzubereiten. Meist war es so, dass Uwe zum Beispiel von der Schule heim kam und dann stand die wunderbare Suppe schon auf dem Tisch.

Der Geruch von frisch gebackenen Kartoffelpuffern zog durch die Küche, mehrere von ihnen stapelten sich schon auf einem großen Teller.

»Ooooh! Leeeeeecker!! Es gibt Bohnensuppe!«, rief Uwe dann.

»Jetzt stell deinen Schulranzen erstmal ab und zieh die Jacke aus. Ich habe einen ganz großen Topf voll gekocht, mal sehen, wie viele Teller du heute packst!«, freute sich Mutti Gerda dann über Uwe.

Uwe war problemlos in der Lage, vier bis fünf Teller von der Bohnensuppe zu essen. Jeweils mit ordentlich frischem Sauerkraut drinnen.

Wenn Gäste da waren und diese Uwe beim Essen zusahen, verschlug es ihnen oft die Sprache.

»Sach emol, wo isst dann der des alles hie? Källe, du musst doch blatze!«

Uwe platzte nicht, stattdessen hielt er den leeren Teller in Richtung seiner Mutter und sagte: »Mutti, bekomm ich noch einen Teller?«

Obwohl Uwe so viel aß, dass man sich ernsthaft fragen musste, ob sich in Uwes Körper gerade eben noch irgendetwas anderes als Bohnensuppe befand, zeichnete Uwe eines doch aus: Er war gertenschlank. Alle seine Geschwister waren das. Und jede und jeder von ihnen hatte seine ganz eigenen Leibspeisen. Niemand in Uwes Familie, außer dem Opa Winfried natürlich, war dick.

Mutti Gerdas Kochkünste waren nicht nur lecker, sie waren vor allem auch äußerst gesund und hochwertig. Bei Uwe zu Hause gab es fast jeden Tag Gemüse, es kamen nur selten Nudeln auf den Tisch und Fleisch blieb Wochenenden und Feiertagen vorbehalten.

Manchmal kam es vor, dass Arbeitskollegen von Uwes Vater zum Essen da waren. Meist war das rein zufällig der Fall. Einer von ihnen hieß Schmidtchen.

Uwe mochte Schmidtchen, weil der sehr witzig war und nie um einen flotten Spruch verlegen. Schmidtchen konnte auch richtig zotig sein. Manchmal so zotig, dass Uwes Eltern dann so taten, als hätten sie ihn nicht gehört. Uwes Eltern waren nämlich ziemlich prüde.

Als es wieder mal Bohnensuppe gab und Schmidtchen mit der Familie am Küchentisch saß, kommentierte er die Bohnensuppe so: »Aaaaaa! Gerda! Doi Suppe, da könnt isch misch noilesche! Un üwwerhaupt! E Bohnesuppe! Des mescht moi Fraa nie! Isch glaab, isch muss öfter zu eisch kumme! Hahaha! Erbse, Bohne, Bier un Linse, die lasse es Orschloch grinse! Hahahaha!«

Uwe lachte sich dann immer tot.

Und bei allem Witz, Schmidtchen hatte ja Recht, neben der Tatsache, dass Hülsenfrüchte wie Bohnen unglaublich gesund waren, hatten sie einen Nebeneffekt, sie ließen wirklich das besagte Arschloch grinsen. Nach dem Genuss von vier bis fünf Tellern Bohnensuppe konnte es im Bauch und Magen schon ordentlich rattern, der ein oder andere gepflegte Furz konnte einem da schon herausrutschen einige Stunden später, wusste auch Uwe.

An dem Tag, an dem Schmidtchen zum Mittagessen da war, blieb er noch den Nachmittag, um zusammen mit Hermann in der Werkstatt ein Gartentor zusammenzuschweißen.

Als sie eine Pause machten und vor den Hasenställen eine Zigarette rauchten (Schmidtchen rauchte Reval ohne Filter und hatte von der jahrelangen Gewohnheit schon eine Kerbe in der Unterlippe), stand Uwe dabei. In einem der Ställe waren anstatt nur eines Hasen zwei eingesperrt und einer von den beiden bestieg den anderen gerade von hinten. Kurz darauf bewegte er seinen Hintern in einem irrsinnigen Tempo, bevor er plötzlich erstarrte und dann wie tot von dem anderen runterfiel.

»Papa, Papa! Schau mal! Was machen die da?!«

Uwes Papa sah kurz in den Stall und sagte nichts. Stattdessen zog er noch einmal an seiner Zigarette und drehte sich um.

Schmidtchen, der das alles mitbekam, lachte sich schlapp, bückte sich zu Uwe runter und sagte so, als sei er John Wayne persönlich, mit der Kippe im Mundwinkel, zu ihm: »Bumse! Bumse tun die Uwe! Bumse!! Gell, des waßt du noch nit, was des is, bumse?! Hahahaha!«

Uwe schaute Schmidtchen an wie ein Auto und wusste überhaupt nicht, was dieser mit »Bumse« meinte, während sein Papa ohne mit einer Wimper zu zucken in der Werkstatt stand, an seiner Zigarette zog und hinaus in den Garten schaute. Während Schmidtchen noch einmal laut auflachte, drehte sich Uwe schließlich verwirrt um und ging den Gartenweg hinter, wo er nach seiner Schildkröte schauen wollte. Er hörte noch, wie sein Papa einen mächtigen Furz ließ.

Gott sei Dank, dachte Uwe, stand er jetzt gerade eben nicht in der Werkstatt.

Da fielen gerade die Fliegen von der Wand.

Heidelbeeren

Uwe und seine Geschwister liebten es und sie hasten es. Wenn im Sommer die Heidelbeeren reif waren, ging es fast täglich raus in den Wald zum Sammeln. Die Geschwister bekamen jeder eine blecherne Milchkanne, die musste voll werden. Eher ging es nicht nach Hause.

Da war Mutti gnadenlos.

Selbst gesammelte Heidelbeeren waren so ungefähr das kostbarste Gut, was man aus der Natur besitzen konnte.

Sie waren wertvoller als Gold.

Heidelbeeren waren klein, das Sammeln war ein äußerst mühsames Geschäft und man konnte mit Heidelbeeren einfach unfassbar leckere Sachen anstellen, was Uwes Mutter Gerda, die immerhin eine gelernte Hauswirtschafterin war, natürlich wusste.

Da gab es Heidelbeerkuchen, sehr lecker waren auch eingemachte Heidelbeeren im Glas, diese schmeckten am besten zu frischen Pfannkuchen und mit frischem Puderzucker obendrauf.

Und auf dem Südseitenbalkon von Uwes Familie standen immer etliche, riesengroße Flaschen, in denen bester Likör vor sich hin reifte. Der König unter den selbstgemachten Likören war natürlich der Heidelbeerlikör. Gleich danach kam der Brombeerlikör.

Zum Ansetzen eines Likörs brauchte es nicht viel. Frische Früchte, Rohzucker und Schnaps. Verfeinert wurde mit Vanille- oder Zimtstangen.

Unabdingbar war aber, dass der Likör in einer unglaublich großen Dreiliter-Asbachflasche angesetzt wurde.

Uwe war sich sicher, es gab wahrscheinlich keinen einigen Haushalt, der diese großen Flaschen nicht zum Likör ansetzen daheim hatte. Bis jetzt hatte er noch bei allen seinen Freunden irgendwo so eine Bombe herumstehen sehen.

Man musste wissen, eines der beliebtesten Partygetränke zu dieser Zeit war das sogenannte Häubchen. Für ein Häubchen wurden etwa zwei bis vier Zentiliter Asbach in ein Glas gegeben, das dann mit Cola aufgefüllt wurde. Häubchen wurden eigentlich bei fast jeder Gelegenheit getrunken, vor allem abends in den Kneipen. Häubchen waren mindestens genauso ein Standard wie der klassische Kurze, also ein klarer Schnaps. Denn der wurde ja auch sehr oft getrunken, entweder als Willi, oder als Quetsche oder einfach als Doornkaat oder Zinn 40. Wer also Kontakte zu einer Kneipe hatte, konnte sich ohne Probleme auch eine oder mehrere leere Dreiliter-Asbachflaschen organisieren.

Und wer hatte vor allem Kontakt zu einer Kneipe?

Richtig! Fußballer.

Jeder Fußballverein hatte eine Vereinskneipe.

Und was wurde da außer dem Standardgetränk Bier viel konsumiert?

Richtig. Häubchen.

Da Uwe, sein Bruder und sein Papa aktive Fußballer waren, war das mit den Asbachflaschen bei ihm zu Hause überhaupt gar kein Problem.

Ein Problem, und zwar ein richtig großes, hatte man, wenn einem im Sommer, beim Spielen auf dem Balkon, aus Versehen so eine große Likörflasche umfiel. Das kam schon mal vor.

Fußballspielen auf dem Balkon war absolut tabu! Aber auch bei anderen, scheinbar völlig harmlosen Spielen, wie Fangen, Fliegen abklatschen, die Katze jagen oder sich mit seinem Bruder kloppen, konnte einem das Missgeschick passieren, dass eine Likörflasche umfiel und dann, im schlimmsten Fall, platzte. Wenn das geschah, gab es erstens eine Riesensauerei und zweitens, das wollte und will niemand wissen, furchtbar Schimpfe und im schlimmsten Fall auch Dresche, aber das dann so richtig. Mit runtergezogener Hose quer über dem Sessel mit dem Ledergürtel und allem.

Dresche war etwas, womit man aufwuchs, das war so selbstverständlich wie man in einem Bett schlief, nicht ohne Hosen aus dem Haus ging oder in die Schule musste. Entweder gab es daheim Dresche (weil man z. B. die Likörflasche zum Platzen brachte) oder es gab in der Schule auf dem Pausenhof oder auf dem Schulweg Dresche oder es gab Dresche, wenn man mit seiner Bande auf eine feindliche Bande traf.

Dresche war eigentlich etwas, was die Ambivalenz des täglichen Wunderbarseins von Uwes Kindheit mit am besten ausdrückte. Denn Uwe fand, er hatte trotzdem die besten Eltern und das beste Zuhause auf der Welt, und er lebte in der absolut besten Zeit, die man sich nur vorstellen konnte.

Er fand, es ging ihm unerhört gut, naja, bis auf die Tatsache, dass er einen, wie er fand, absolut bekloppten Bruder hatte. Und nur weil der ihn jetzt ein oder zweimal im Krankenhaus besucht hatte, war er noch lange nicht weniger bekloppt. Und Uwe hatte die Amis und den Exe.

Das war das alleralleraller beste überhaupt.

Aus all diesen Gründen wünschte er sich regelmäßig, dass sich nie, nie, nie etwas an seiner absolut tollen Kindheit ändern möge. Trotz Dresche.

Aber schon am Sonntag, wenn er wieder in die Kirche musste, wie jeden Sonntag, gab es wieder Dresche.

Uwe war natürlich kein Kind von Traurigkeit, er liebte es, Blödsinn zu machen. Die Kinder saßen in der Kirche meistens vorne. Diejenigen, welche zur Kommunion gingen im laufenden Jahr, sowieso.

Einmal, als Uwe während des Gottesdienstes ständig mit seinem Nachbarn schwätzte, hatte Uwe, kaum dass der Gottesdienst vorbei war, noch in der Kirche von einem gottesfürchtigen Mann, der hinter ihm saß, eine fette Schelle bekommen. Das war ganz normal damals, dass wildfremde Menschen wildfremden Kindern einfach eine Schelle gaben, wenn diese etwas taten, was ihrer Meinung nach nicht in Ordnung war, beziehungsweise nicht anständig war. Und Uwe hätte sich nie getraut, zu Hause zu erzählen, dass ihm der oder der heute eine Schelle gegeben habe. Wenn seine Eltern so etwas erfuhren, gab es gleich noch eine Schelle. Und wenn der Vater vorher beim Frühschoppen war, kam es noch dicker.

Einmal war es ganz schlimm. Und ausgerechnet da konnte Uwe gar nichts dafür.

Uwe kam an jenem Sonntag zu spät in die Kirche, der Gottesdienst hatte gerade eben schon begonnen und Uwe saß deshalb fast ganz hinten. Außen herum waren lauter erwachsene Leute. Als, wie bei einer richtigen, katholischen Messe üblich, während der Gabenvorbereitung die Kollekte gemacht wurde, also der sogenannte Klingelbeutel weitergereicht wurde, hatte Uwe nicht bedacht, dass der Klingelbeutel, wenn man weiter hinten saß, einfach unendlich viel schwerer war, als wenn man ganz vorne saß. Nachdem Uwe der von den vielen gesammelten Kleingeldmünzen hundsschwere Klingelbeutel in die Hand gereicht wurde, fiel ihm dieser schnurstracks auf den Boden und die ganzen Münzen schepperten mit einem hässlichen, metallenen Kreischen auf die glatten Solnhofener Marmorplatten unter ihm, wo sie sich auseinanderschießend nach allen Seiten verteilten. Uwe erschrak natürlich zu Tode, was schon schlimm genug war, und bückte sich augenblicklich nach unten und fing an einzusammeln, was das Zeug hielt. Alle umstehenden Kirchgänger halfen mit, die gefühlte halbe Kirchengemeinde (die Kirche war wie immer rappelvoll) bückte sich und half mit. Uwe wäre am liebsten zehn Meter tief im Erdboden versunken.

Letztlich war der Vorfall natürlich halb so wild, es gab Schlimmeres und überhaupt, der Bub, wie sollte der denn wissen, dass der Klingelbeutel da hinten so schwer war und so weiter und so fort.

Als die Kirche um war, Uwe geläutert und gedemütigt derer genug, hatte Uwes Bruder Erwin, kaum zu Hause angekommen, natürlich nichts Besseres zu tun, als das ganz Malheur brühwarm der Mutter zu erzählen. Die, sich schon im Fegefeuer eines Spießrutenlaufes kommende Woche im Dorf ausgesetzt sehend (»Da, dein Freggling, was er widdä angestellt hot in de Käisch!«), war außer sich, schimpfte ihren Jüngsten aufs Feinste zusammen und verbannte ihn auf sein Zimmer, zusammen mit der Drohung: »Warte, bis der Papa daheim ist!«

Der Vater war an jenem Sonntag dummerweise beim Frühschoppen und das hieß nichts Gutes.

Frühschoppen hieß, der Papa hatte, wenn er heute Mittag heimkam, ordentlich einen sitzen und war entsprechend hemmungslos.

Der Rest dieser Geschichte war schnell erzählt, das wusste auch Uwe, als er in seinem Zimmer auf seinem Bett angsterfüllt brütete, nur getröstet vom warmen Blick der Katze, die bei ihm kuschelte, während er nur kauerte, bis der Vater heimkam.

Als er dann kam, ging es schnell.

Der Vater wurde sofort in die Küche bugsiert, nach kurzer Aufklärung hieß es für Uwe Hosen runterlassen und vornübergebeugt über dem Wohnzimmersessel die Züchtigung über sich ergehen lassen.

Der Vater war schön angeschiggert und williges Instrument

der wütenden Mutter. Uwe wusste gar nicht, ob der gerade überhaupt wusste, was er tat.

Erwin indes freute sich diebisch, wieder ein Haken an seiner imaginären Tabelle machend: Sonntag, dem verhassten Uwe ordentlich eins mitgegeben.

An diesem Tag hatte Uwe jedoch noch Glück, der Gürtel blieb in der Hose des Vaters, heute waren hinterher nur die großen Hände des Vaters rot auf den Arschbacken zu sehen. Bis zum Abend war das weg, wusste Uwe, während er tränenüberströmt sich die Hosen wieder hochzog. Oweihoweih, wenn man was ausgefressen hatte, ob schuldig, nur mitgehangen, mitgefangen oder gar nichts von alledem und die Mutter drohte nur, »warte, bis der Papa daheim ist!«, dann war Schluss mit Lustig.

Der Wald um Aschaffenburg war ein sehr schöner. Die Ausläufer des Spessarts, eines wunderbaren Mittelgebirges vor der hessischen Rhein-Main-Ebene, mit seinen weiten Mischwaldbeständen, umsäumten das östliche und südliche Aschaffenburg wie der liebevolle Arm einer fürsorgenden Mutter. Quasi direkt hinter der Haustüre begannen die lichten Kiefernwälder, die auf den Buntsandsteinverwitterungsböden dieser Gegend hervorragend gediehen. Das leicht saure Milieu im Boden war der perfekte Standort für wilde Waldheidelbeeren.

Etwa kniehoch standen die Büsche, je tiefer man in den Wald eindrang, weiter als das Auge reichen konnte.

Zwischen den vielen Kiefern standen Eichen und Buchen, welche nur wenige Wochen nach der Heidelbeersaison einen perfekten Pilzstandort aus dem Wald machten.

Ein großer Teil des Waldes rund um Uwes Zuhause war ein von den amerikanischen Soldaten genutzter Standortübungsplatz.

Für Uwe und alle Schweinheimer hieß das Gelände, das auch aus weiten, offenen Flächen bestand, auf denen regelmäßig ganze

Panzerarmeen für einen neuen Krieg übten, schlicht Exe. Das Wort Exe war die Kurzform von Exerzierplatz, wie das Gelände ab 1936 hieß, als die deutsche Wehrmacht während der Naziherrschaft dort für den Krieg übte.

Seit Ende des zweiten Weltkrieges war Aschaffenburg Garnisonsstadt der Amerikaner. Die Amis hatten die vier Kasernen der Wehrmacht übernommen, umbenannt und seither das Gelände immer intensiver für Übungszwecke genutzt. Bisweilen fanden auf dem Exe und dem umgebenden Wald die größten Manöver Süddeutschlands statt.

Das gesamte Übungsgelände war rund fünfhundert Hektar groß. Der Wald, der Bestandteil des Exe war, war offiziell Sperrgebiet, sogar Atomwaffen seien da gelagert, wurde gemunkelt. Man durfte diesen Wald offiziell nicht betreten. Was aber niemanden scherte.

Der Exe war der beste, der größte, der genialste, der gefährlichste und natürlich verbotenste Spielplatz, den man sich überhaupt vorstellen konnte.

Besonders während der Truppenübungen!

Wenn es hier während der Großübungen richtig rund ging, mit zigtausend Soldaten im Wald, konnte die männliche Dorfjugend absolut nichts und niemand zurückhalten. Man musste da einfach hin, so wie ein junger Rüde einer läufigen Hündin blind hinterherrannte, so ging es direkt nach der Schule unerbittlich hierher. Die Amis waren die Rattenfänger und alle Dorfbuben die Ratten.

Man trieb Handel mit den GI‘s im Wald, tauschte Papas Biervorräte mit den amerikanischen MRE‘s. Das waren die Meal ready to eat ration packs. Uwes Mutter und seine Geschwister liebten die kleinen braunen Konservendosen, in denen leckerste Marmelade drinnen war oder auch deftige Sachen wie Corned Beef. Oft sprangen noch ganz andere Sachen bei den Streifzügen auf dem Exe raus. Und häufig waren die Streifzüge tatsächlich nicht ungefährlich. Der Exe, das war definitiv Uwes Heimat und Paradies.

Und hier, im Bereich des Exe, gab es die meisten Heidelbeeren.

Man musste, wenn man sich hier bewegte, natürlich aufpassen.

Es konnte schon mal passieren, dass man beinahe in einen frisch ausgehobenen Schützengraben fiel. Oder Schneisen kreuzte, die eine Woche zuvor noch gar nicht da waren, das waren dann die Spuren schwerer Abrams-Kampfpanzer, die hier ihre Gefechtsübungen durchführten.

Glücklicherweise war es zwar so, dass nicht der ganze Schweinheimer Wald von den Amerikanern annektiert wurde. Ein nicht minder großes Stück Wald wurde ganz normal für die örtliche Forstwirtschaft genutzt, hier ging man auch an den Sonntagen Wandern, aber die besten und meisten Heidelbeeren gab es nun mal im von den Amerikanern genutzten Bereich. Und wenn gerade keine Übung war, war es auch richtig ruhig und verwunschen in diesem Wald. Im Grunde genommen war dieser Wald fast so etwas wie ein Urwald, ein riesengroßer Abenteuerwald, eben weil hier, wegen der Umnutzung durch die amerikanische Armee, sonst nicht viel passierte.

Wenn Uwe mit seinen Geschwistern und seiner Mutter zum Heidelbeeren sammeln in diesem Wald unterwegs war, passierten Wunder.

Man musste wissen, so eine Ein-Liter-Milchkanne voll zu machen mit Heidelbeeren, selbst wenn man ein geübter Pflücker war, das dauerte. Eine gute Stunde in jedem Fall.

Uwes Schwester Vroni war einmal besonders schnell. Bereits nach zehn Minuten vermeldete sie: »Ich bin fertig, meine Kanne ist voll!«

»Was? Nie im Leben! Zeig her!«, rief Gerda, welche risengroße Augen machte, als sie sah, dass Vronis Kanne tatsächlich voll war. Völlig verblüfft sagte sie zu ihrer Tochter: »Also gut, dann hattest du wohl einen besonders guten Platz Vroni. Dann kannst du jetzt aufhören zu sammeln, setz dich halt ein bisschen da vorne auf den Baumstamm, bis wir soweit sind, wir kommen dann zu dir, wenn wir auch soweit sind.«

Zu Uwes Verblüffung hatte Vroni sogar ein Buch mitgenommen, in dem sie jetzt lesen konnte. Als hätte sie vorher schon gewusst, dass sie heute einen so genialen Platz zum Sammeln finden würde, dass sie hinterher noch Zeit haben würde zum Lesen..

Uwe und seine anderen Mitpflücker waren natürlich neidisch wie die Sau auf Vroni und pflückten noch schneller, um wenigstens Zweiter oder Dritter an diesem Tag zu werden. Außerdem wollte Uwe so schnell wie möglich heim. Er wollte sich noch mit seinen Freunden auf dem Bolzplatz treffen oder nochmal auf den Exe radeln, dann aber ohne Mutti.

Während Uwe durch das Unterholz streifte, sich immer wieder bückend, vergaß er Zeit und Raum.

Plötzlich hörte er von der Seite ein Geräusch, wie wenn jemand auf ihn zugeht.

Da Uwe wusste, dass seine Mutter und seine Geschwister mindestens siebzig, achtzig Meter weit weg sein mussten, erschreckte er sich zu Tode, als er sich in die Richtung des Geräusches drehte und Magda sah, die ihn keck angrinste. Magda war die einzige Tochter des Försters Ruppert, der nicht weit von hier, mitten im Wald, fernab des Dorflebens, wohnte.

Ehe Uwe etwas sagen konnte, rannte Magda schon wieder in die entgegengesetzte Richtung davon, Uwe hörte noch ihr Lachen, während er ihr verwirrt und auch ein bisschen sehnsüchtig hinterherschaute.

Er mochte Magda, aber sie war ein seltsames Mädchen, er kam einfach nicht so richtig an sie heran, niemand tat das.

Die ganze Familie Ruppert war seltsam.

Überhaupt war es vollkommen mysteriös und gruselig ganz

alleine in einem großen, alten Forsthaus zu wohnen, das viele Kilometer weit weg vom Dorfrand, mitten im Wald stand. Magda hatte noch vier Brüder. Drei davon waren schon ein ganzes Stück älter, die gingen auch nicht mehr zu Schule. Aber die waren alle ganz okay, wie Uwe wusste. Jeder hatte einen Riesenrespekt vor denen. Das lag daran, dass alle drei schießen konnten, logisch, der Vater war ja ein Förster und somit auch Jäger. Außerdem fuhr Gunnar, der Älteste, Motorrad, was total flippig war. Dem alten Ruppert war das wichtig, dass seine Kinder bald selbst mobil waren, denn dann, so hoffte er, musste er diese nicht mehr selbst überall hinkutschieren.

Magdas jüngster Bruder Siegfried war erst zwei Jahre alt.

Es passierte immer wieder, dass Magda, wenn die Schule zu Ende war, ganz alleine den weiten Weg vom Dorfrand bis in das Forsthaus laufen musste. Denn der Schulbus fuhr nicht immer bis zum Forsthaus. Aber Magdas Familie versuchte, wann immer es ging, zu vermeiden, dass ihre Tochter den langen, einsamen Weg ganz alleine durch den Wald laufen musste. Uwe ertappte sich regelmäßig dabei, wie er daran dachte, dass Magda etwas zustoßen könnte und er fühlte sich gar nicht wohl dabei, wenn seine Schulkameradin, die er so gerne sah, alleine nach Hause ging.

Als Uwe Magda so hinterher schaute, beschloss er, sich ein Herz zu fassen und Magda demnächst mal anzubieten, sie zu begleiten. Bei dem Gedanken machte sein Herz einen Hüpfer.

Irgendwann war Uwes Milchkanne voll und er suchte stolz seine Mutti Gerda auf, die ihn ordentlich lobte. Erwin, Vroni, Lotte (Uwes zweite Schwester), Mutter Gerda und Uwe spazierten fröhlich nach Hause, wo sie am frühen Abend eintrafen. Zuhause angekommen fragte Vroni sofort, ob sie direkt zu ihrer Freundin Anne gehen könnte, die drei Häuser weiter wohnte, wogegen ihre Mutter nichts einzuwenden hatte. Mutter nahm Vroni die Milchkanne ab, worauf Vroni sich sofort umdrehte, um loszurennen zu Anne.

Als die anderen im Haus waren, holte Uwes Mutter eine große Schüssel aus dem Küchenschrank, um die gesammelten Heidelbeeren hineinzuschütten, bevor sie direkt weiterverarbeitet wurden. Als Vronis Kanne an der Reihe war, ergossen sich nicht nur Heidelbeeren in die Schüssel, sondern auch zahlreiche Kiefernzapfen, die Vroni, um die Kanne schneller zu füllen, zwischenrein gesammelt hatte.

»Ah! So ein Schinnoos! Wart nur, bis die heim kommt!«, rief Uwes Mutter erbost, aber auch ein bisschen amüsiert, ob des Einfallsreichtums ihrer zweiten Tochter.

Als Schinnoos bezeichnete man damals vor allem Mädchen, die ziemlich aufgeweckt und gewitzt, um nicht zu sagen, durchtrieben waren, wusste Uwe. Wäre er der Täter gewesen, hätte seine Mutter ihn einen Freggling geheißen, was die bösere Variante des Freggers war. Und er hätte seine »Feng gekrischt«, also Dresche bekommen.

Dresche bekamen seine Schwestern natürlich nie, egal was die anstellten, das waren ja Mädchen. Die bekamen höchstens mal eine Schelle, das war es dann aber auch.

»Uwe, der Papa ist heute Abend da, magst du dich dann mit ihm in die Küche setzen? Er freut sich schon auf dich. Ihr könnt dann wieder ein bisschen zusammensitzen und vespern, ich hab frische Hausmacher gekauft.«

»Auja! Wann ist er denn da? Darf ich vorher noch eine Stunde zu Harry?«, antwortete Uwe hocherfreut seiner Mutter. Uwe liebte es, abends mit seinem Papa in der Küche zu sitzen und über alles Mögliche mit ihm zu schwadronieren, das war immer ganz toll!

»Also, bist du um Sechs wieder da, ja?«

»Alles klar, bis dann, ich freu mich!«

Quetschekuche *(24. September 1977)*

Der Sommer war um, einige Wochen waren vergangen. Völlig fasziniert verschluckten die Augen des neunjährigen Uwe, was um ihn herum passierte. Es war bereits Abend und so spät war er noch nie auf der Quetschekuchekerb gewesen, dem einwöchigen Schweinheimer Stadtteilfest, das einer der absoluten Höhepunkte des provinziellen Lebens in Aschaffenburg, dieser mittelgroßen Stadt am Main, war. Rausgeschlichen hatte er sich zu Hause. Seine Mutter war völlig erschöpft früh schlafen gegangen, weil morgen die Verwandtschaft zu Besuch kam und sie schon in aller Herrgottsfrühe in der Küche weitermachen musste.

Uwes Vater hatte den ganzen Tag im Garten geschafft und, da es Wochenende war, dabei einige Bierchen gezischt, weshalb auch dieser recht früh seine Bettschwere hatte. Eine perfekte und einmalige Gelegenheit, wie Uwe fand.

Neben den üblichen Buden wie Losbude, Dosen werfen, Auto-Scooter, Zuckerwatte und Schießbude, beherrschte ein riesengroßes Festzelt die Szenerie. Die laute Musik, das Geklingel und Gehupe der Fahrgeschäfte, übertönte außerhalb des Zeltes alles. Beim Auto-Scooter lief gerade *Yes Sir, i can Boogie* von

Baccara.

Halbstarke Jungs mit Pickeln im Gesicht rauchten an der Bande Kette. Uwe kannte sie.

Richi, Bomber und Kobra waren schon älter und Uwe winkte ihnen zaghaft zu. Seine Stellung gegenüber diesen Jungs, die Uwe in einer imaginären Schublade einsortiert hatte, auf der vorne drauf Arschlöcher stand, war klar. Er hatte sich unterzuordnen und zu gehorchen.

Richi und Kobra waren Brüder und Richi fuhr sogar schon Auto, denn der war schon Achtzehn. Kobra und Bomber waren Sechzehn. Bomber hieß eigentlich Peter, aber weil er aus Schwarzpulver immer Rohrbomben baute, die er dann bei waghalsigen Aktionen sprengte, nannte ihn alle nur den Bomber. Und es war auch so, dass nicht etwa der ältere Richi, sondern der jüngere Bomber der Anführer dieser Truppe war. Kobra wiederum hatte einen Aufkleber auf seinem Mofa, der die gleichnamige Schlange zeigte, deshalb hieß der Kobra. Und Richi war Richi, weil er Richard hieß. Richi war nicht besonders hell auf der Platte. Aber er war stark und skrupellos. Andere Freunde hatten die Drei keine, man hielt sie für ein bisschen asozial.

»Hey Schbassti! Was glotzten so blöd? Alles fit im Schritt bei Dir? Hähähähähä!«, rief Bomber rüber.

Uwe grinste gequält und ging einen Schritt schneller auf das Festzelt zu. Er hielt die drei dorfbekannten Halbstarken für ziemlich hirnamputiert. Gott sei Dank können die keine Gedanken lesen, dachte er sich. Sie standen rum, als hätten sie Rasierklingen unter den Armen, lachten über ihn und wendeten sich wieder den Mädchen zu, die bei ihnen standen und die drei Hirnis augenscheinlich vergötterten.

Auch ein Fotograf der Lokalzeitung, der anscheinend einen Bericht über die diesjährige Quetschekuchekerb schreiben wollte, war auf die drei schrägen Jungs aufmerksam geworden. Geschmeichelt stellten sich die Drei in Positur, damit der

Fotograf abdrücken konnte.

Die Bevölkerung feierte das lauwarme Septemberwochenende, während der unbestrittene Höhepunkt der jährlichen Quetschekuchekerb unmittelbar bevorstand: Der Boxkampf.

Es war Tradition, dass am Samstagabend der Kerbwoche eine ganze Staffel des städtischen Boxclubs gegen Kämpfer einer anderen Stadt antrat. Im Festzelt war kein Sitzplatz mehr zu bekommen und an den Zeltwänden drückten sich inzwischen so viele Menschen gegen die schwere, fleckige LKW-Plane, dass man diese fast nicht mehr sehen konnte. Zudem lag blaugrau schwarer Zigarettendunst in der Luft, wie zerlumpte Geister zogen die trockenen Nikotinwolken über den Menschen dahin. Praktisch jeder Mann im Zelt rauchte seine HB, Ernte 23, Reval, Overstolz oder sogar Rothhändle, bestimmt jeder zweite ohne Filter.

Zahllose Bierkrüge drängten sich auf den Biertischen. Die Menge Gerstensaft der Marke Schwind Bräu, die gerade im ganzen Zelt in den Halblitergläsern schwamm, hätte einer mittelgroßen Maurerkolonne fünf Jahre gereicht, schätzte Uwe.

An einem Tisch erblickte Uwe den Bauer Kohlmann, wie er gerade den Bierkrug hob. Der Mann, von dem es hieß, ihm gehöre halb Schweinheim, war alleine da. Eine Frau hatte der Kohlmann nicht und Kinder auch nicht. Auch keine Unehelichen. Er führte den Hof zusammen mit seiner Schwester, die Uwe nur als das Ännchen kannte.

Der alte Kohlmann, der mit Vornamen Josef hieß, sah ganz und gar nicht so aus, als sei er irgendwie reich, fand Uwe. Der Bauer Kohlmann sah eher aus wie ein Mann, der völlig aus der Zeit gefallen war. Ein uralter Anzug in dunkelbraun hing über dem gebückten Rücken, den er hatte. Und es roch immer nach Puhl, wo der Kohlmann auch auftauchte. Man roch ihn, bevor man ihn sah und man konnte noch Stunden später riechen, dass der Kohlmann da war.

Morgen früh würde als einer der Ersten der Michel oder das Michelchen, wie ihn hier alle nannten, da sein. Das war der Knecht des Bauern Kohlmann.

Das Michelchen war im ganzen Ort bekannt. Alle mochten den kauzigen Polen, obwohl dieser kein Wort deutsch sprach. Aber der kleine Mann, der immer eine alte Feldmütze der Wehrmacht auf dem Kopf trug und einen passenden Filzmantel dazu, verstand vieles. Es hieß, wusste Uwe, dass der Michel vom Krieg übrig geblieben sei. Und dass er während der Kriegswirren als Arbeiter auf dem Bauernhof gelandet wäre, unter welchen Umständen auch immer, so genau wusste das keiner.

Abends, während des Festbetriebs, wäre es dem Michel nie in den Sinn gekommen, mit auf die Kerb zu gehen. Er mochte den ganzen Radau nicht, er war eher einer von der stillen Sorte und wollte nur seine Ruhe haben. Auf jeden Fall lag es nicht an seinem Arbeitgeber, dass das Michelchen jetzt nicht da war, dieser hätte ihm bestimmt ein Bier oder zwei spendiert, wusste Uwe. Quetschekuchekerb war nur einmal im Jahr.

Aber es hatte noch einen anderen Grund, warum das Michelchen immer erst auf ein Fest ging, wenn es schon vorbei war. Weil das Michelchen nie Geld hatte, aber gerne ein Bier trank und auch nach Herzenslust rauchte, suchte er, wenn alle Gäste endlich gegangen waren, den Ort des Geschehens auf, um weggeworfene Kippen aufzusammeln und stehen gelassene Bierreste auszutrinken. Er setzte sich dann mit seinem Berg Kippen an einen der Biertische und dröselte sich den restlichen Tabak aus diesen heraus, um sich daraus sogleich neue Zigaretten zu drehen, die er sorgfältig in den tiefen Taschen seines schweren Mantels verstaute. Die rauchte er dann, wenn er mit dem Kohlmann wieder unterwegs zu den Feldern war. Er saß dann hinten auf dem Ochsenwagen, ließ die Füße baumeln und winkte Uwe zahnlos zu, wenn er ihn, etwa auf dem Nachhauseweg von der Schule, erblickte.

Die Stimmung im Zelt nahm Fahrt auf. Ein Höllenlärm kreischte durch die schwere, dunstige Luft. An einzelnen Tischen wurde Schafkopf gespielt und überall stapelten sich kleinere Türme mit Tellern, auf denen Essensreste erkennen ließen, dass es Rollbraten, Bratwürste und gebackenen Leberkäse, letzteren mit Kartoffelsalat, im Zelt zu kaufen gab. Es war bereits 21:30 Uhr und der erste Kampf stand unmittelbar bevor. Neben unzähligen bekannten Gesichtern sah Uwe eine Handvoll Gestalten, um die er sonst einen Bogen machte oder die Straßenseite wechselte, wenn er sie von weitem kommen sah. Gegen die waren die drei Hirnis draußen am Autoscooter Waisenkinder. Diese Typen hier waren die aus dem benachbarten Hefneralteneckviertel oder Fortschuma, wie man selbiges auch nannte. Sie waren alle da. Die Verwegensten unter ihnen waren alle Boxer der heimischen Staffel und natürlich hatte man ordentlich Schiss vor denen. Am meisten vor den Jackson-Gebrüdern, deren Vater ein echter amerikanischer Soldat war. Die Rabauken waren berüchtigt und etliche von Uwes Schulkameraden hatten schon die ein oder andere Klatsche von ihnen eingesteckt. Der ältesten von Ihnen, Jacko, hatte sogar schon Anzeigen deshalb bekommen und hatte schon mit der Polizei zu tun gehabt. Seitdem schlug dieser nur noch mit der flachen Hand zu, wenn es irgendwo brannte. Denn wo Jacko mit der Faust hinhaute, da wuchs nicht nur kein Gras mehr, da flogen auch Zähne oder brachen Knochen.

Die Jackson-Gebrüder waren jähzornig, schnell hatte man sie auf die Palme gebracht oder provoziert, ohne vorher ahnen zu können, dass das passieren konnte. Ein Millisekunde zu viel in deren Richtung geschaut, fast so wie vorhin bei Richi, Kobra und Bomber, schon musste man damit rechnen, dass einem ein rauer Ruf in die Ohren flog: »Hey Arschgeige! Willste en paar uff die Fresse?«

Uwe sagte dann gar nichts. Nicht weil er feige war, sondern

einfach, weil das die beste Strategie war, um heil aus einer von vornherein aussichtslosen Lage herauszukommen. Er sah einfach zu, dass er schnellstens Land gewann und verschwand dann außer Sichtweite.

Wenn man Glück hatte, wurde man nicht verfolgt, aber es war schon klug, wenigstens drei oder vier Straßen weit die Beine in die Hand zu nehmen. Und das im Laufschritt! Solange man noch in Sichtweite war, hieß das schnell gehen, sobald man um die erste Kurve war, war Rennen angesagt!

Wenn Uwe im Sommer mit dem Fahrrad ins städtische Freibad wollte, war der kürzeste Weg durch das Fortschuma. Solange Uwe denken konnte, war er da noch nie abgestiegen. Stattdessen wurde vorher schon der größte Gang ins Fahrrad gemacht und dann wurde getreten, was das Zeug hielt. Das war bisher immer gut gegangen.

Uwe war damals der Meinung, diese Leute waren die Verlierer, aber so richtig vorstellen, was das bedeutete für deren späteres Leben, konnte er sich das nicht. Er bezweifelte, dass die mal normal leben würden oder einer herlichen Arbeit nachgehen würden, oder dass sie mal eine richtige Familie haben würden, in einem eigenen Haus mit Garten, so wie er bei sich zu Hause.

Es war soweit, die ersten Kämpfer betraten den Ring. Den einen kannte er, das war Ossi.

Ossi ging in seine Klasse und es wunderte Uwe schon immer, dass Ossi gerade mal um die Ecke wohnte, bei den ganz normalen Menschen, und nicht im Hefneralteneck. Ossi war in der Klasse ziemlich gefürchtet. Alle nannten ihn nur den »Boxer«, ja, weil er eben boxte. Ossi war ein ziemliches Großmaul und legte sich mit fast jedem an. Sogar mit den Lehrern. Und das hieß was. Kopfnüsse und Schellen saßen bei den strengen Lehrern locker und waren an der Tagesordnung. Ossi bekam ziemlich oft eine Schelle und wurde dann nach draußen vor die Tür gestellt, wo er laut flennend herumschrie, bis irgendwann nach einer halben

Stunde nur noch ein Wimmern zu hören war, dann durfte er wieder rein.

Ossi betrat den Ring und schaute ziemlich böse. Boxer machten das so. Im Zelt wurden Bierkrüge von den Tischen gezogen und viele Leute kamen schon mal mit dem hellen Gerstensaft nach vorne gewackelt, obwohl das hier sozusagen nur ein Vorvorvor-Kampf war. Die großen Nummern mit den richtig erwachsenen Männern kamen ja erst viel später. Die Leute waren alle schon ziemlich betrunken, um nicht zu sagen sturzbesoffen. Uwe hatte sich zwischen Ring, Bar und Getränkeausgabe eine Nische gesucht. Wenn es Zoff gab, konnte er blitzschnell unter den Ring verschwinden und von da heimlich das Zelt hinten raus verlassen. Er musste dann nur noch eine angrenzende Böschung hochklettern, anschließend konnte er das Kerbgelände großräumig umrunden und verlassen, wenn nötig.

Der Kampf wurde eröffnet. Ossi verließ seine Ecke und ging leicht tänzelnd auf seinen Gegner zu, der ungefähr so groß war wie er. Dieser jedoch verhielt sich eher defensiv, abwartend und er hatte eine sehr gute Deckung, wohingegen Ossi eher herausfordernd offen war.

Es war an Uwes Schule kein Geheimnis, dass sich Ossi auf dem Pausenhof für den kommenden, deutschen Muhammad Ali hielt.

Ossi holte arrogant zum ersten Schlag aus, doch sein Gegner wich ganz konzentriert und sicher aus. Ossi presste seine Lippen aufeinander, Uwe konnte ihm ansehen, dass er das Verhalten seines Gegenübers als ungeheure Provokation empfand, das sofort, furchtbar und vernichtend geahndet werden musste. Also, völlig klar, Ossi forcierte umgehend den zweiten Angriff. Sein Gegenüber machte eine Finte, Fuß nach links, Gewichtsverlagerung nach rechts und dampfte seine Linke in Ossis offene, rechte Wange. Ossi fiel augenblicklich um wie eine Klappleiter, die man aus Versehen im Vorbeigehen mit dem

Ellbogen touchiert hatte.

Immerhin, Ossi stand sehr schnell wieder auf, mit Tränen in den Augen, das Gesicht aber auch voller wütender Überraschung. Er hieb seine behandschuhten Fäuste auf Bauchhöhe einmal fest zusammen und gab dem Ringrichter so zu verstehen, dass es sofort weitergehen konnte. Ossis Gegner war jetzt erst richtig im Kampf angekommen. Seiner Überlegenheit sicher, ergriff nun dieser die Initiative und drosch den hilflosen Ossi innerhalb von wenigen Sekunden total zusammen.

Nach etwa zwei Minuten war der Kampf beendet und Uwe sah zu, dass er unter den Ring verschwand, auf keinen Fall durfte Ossi ihn sehen und so erfahren, dass Uwe wusste, was eben geschehen war.

Natürlich war von Ossis und Uwes Klassenkameraden ansonsten sonst kein einziger da. Die durften nämlich alle nicht zum Boxkampf auf der Quetschekuchekerb. Normale Leute fanden die Quetschekuchekerb zwar toll, aber den Boxabend einfach nur vollkommen daneben. Kinder hatten da dreimal nichts zu suchen. Einzige Ausnahme Ossi, denn der gehörte ja eigentlich ins Hefneralteneck. Ins Fortschuma. Und außerdem boxte auch Ossis Vater.

Irgendwann war auch dieser an der Reihe. Es erging ihm jedoch nicht viel anders, als seinem Sohn. Zu behäbig waren seine Bewegungen und einfach zu vorausschauend seine Schläge. Uwe hatte ihn den ganzen Abend schon beobachtet, von den sieben- oder achtmal, wo er ihn kurz gesehen hatte, hatte er bestimmt fünfmal ein Bierglas angesetzt. Sein Gegner hatte gar kein Bier getrunken. Man konnte sagen, was man wollte, die Boxstaffel aus dem benachbarten Hessen war irgendwie professioneller. Mit Ausnahme der Gebrüder Jackson waren die Boxer der Heimmannschaft ziemliche Krücken.

Das Zelt war mittlerweile ein brodelnder Rodeokessel. Die Lautstärke war noch einmal angestiegen und einige wenige

Ordner versuchten vergeblich, niemanden mehr einzulassen. Inzwischen hatte sich auch eine Rockertruppe eingefunden, diese nannten sich die Hells Owns. Alle hatten Jeans- oder Lederkutten an, die Typen sahen respekteinflößend aus und sie tranken ihre Biergläser in Rekordzeit aus. Uwe machte sich keine Gedanken darüber, wie man in dem Zustand später noch Motorrad fahren konnte, das machte keiner. Die Polizei nahm hier in der Provinz ohnehin keiner so richtig ernst. Gesoffen wurde praktisch immer und immer wieder kam es deshalb zu folgenschweren Verfolgungsrennen mit den Ordnungshütern in Grün, wenn ein augenscheinlich Betrunkener versuchte, sich einer Kontrolle zu entziehen. Uwe wusste von einem Bekannten seines Vaters, der herumgeprahlt hatte, dass er mal nach Hause gerast war und es tatsächlich schaffte, vor den Ordnungskräften ins Haus zu rennen, wo er sich dann schnell eine Flasche Schnaps aus der Bar nahm und mit dieser der gerade ankommenden Polizei entgegenwinkte, während er einen großen Schluck nahm. So konnte ihm keiner mehr beweisen, dass er nicht vorher schon steckensteif war, wie man hierzulande sagte.

Die Rocker im Zelt übernahmen das Zepter im Raum. Es wurden immer mehr und sie machten immer ungehemmter Stunk mit egal wem. Sogar während der Boxkämpfe wurde es zunehmend schwieriger für die Veranstalter, so etwas wie annähernde Ruhe und Ordnung im Zelt zu bewahren. Irgendwann betrat ein Polizist mit Schäferhund das Zelt. Einer der Rocker ging ohne mit der Wimper zu zucken auf den Polizist zu, nahm diesem die Mütze vom Kopf und setzte sie dem Hund auf. Der Rocker lachte dabei schräg und tätschelte dem Hund das Maul, als wäre dieser ein kleiner Pinscher. Der Hund war völlig verdattert, wedelte mit dem Schwanz und schaute mit Polizeimütze auf dem Kopf verwirrt zu seinem Herrchen, dem Polizisten ohne Mütze, dessen Glatze jetzt sichtbar war. Der überlange Scheitel, mit dem der Polizist normalerweise versuchte die Glatze zu verdecken, hing nun verschwitzt über seiner linken Gesichtshälfte. Ehe der arme Kerl richtig reagieren konnte, schnappte sich der Rocker die Krawatte des Polizisten und zog diese enger. So wie er das tat, sah es aus, als würde er das nicht zum ersten Mal machen. Die Augen des Polizisten wurden immer größer und der Stress, den er gerade erlebte, versetzte ihn regelrecht in Atemnot. Der Mann konnte nicht weit weg von einer Panik sein. Uwe wusste, es gab keinen Zweifel, gleich würde es hier so richtig rundgehen.

Uwe fand, das war der richtige Zeitpunkt, um jetzt nach Hause zu gehen. Schnell verließ er das Zelt über seinen schon vorher geplanten Fluchtweg.

Als er nach Umrundung des in der Dunkelheit dampfenden Zeltes wieder am Eingang der Kerbwiese herauskam, bekam er mit, wie einer der Jugendfußballtrainer seines Vereins auf einen Polizisten einredete, der am Steuer eines Einsatzwagens saß: »Hier, geh mal da rein, deinem Kollegen da drinnen wird der Schlips immer enger, der braucht Hilfe!«

Der Polizist am Steuer schaute den ihn ansprechenden Fußballtrainer gar nicht an. Beinahe gelangweilt schaute er stattdessen stur geradeaus aus dem Frontfenster heraus und erwiderte lapidar: »Das ist nicht meine Aufgabe«.

Aufgewühlt von dem Geschehen auf dem Fest spazierte Uwe in der nächtlichen Dunkelheit nach Hause. Der Weg war nicht weit zum hinteren Gartentor, über das er zu seinem Elternhaus gelangte.

Seine Eltern schliefen tief und fest und bekamen gar nicht mit, wo Uwe an diesem Abend war und das war auch gut so. Als sich Uwe klammheimlich in die Wohnung schlich und leise den Flur betrat, konnte er schon riechen, was es am nächsten Tag zu essen geben würde. Lecker! Mutti hatte wieder einen Hasen gemacht! Vorher würde es bestimmt eine gute Fleischsuppe geben, schätzte Uwe. Und weil Sonntag war, würde bestimmt das schöne

Goldrandgeschirr von Schirnding aufgedeckt werden.

Es war still im Haus. Im Flur, dessen eines Ende als schräge Rampe Richtung Wohnzimmer anstieg, stand mittig ein kleines Holzschränkchen, eine Tür stand offen und Uwe konnte so einen Blick hineinwerfen auf die vielen Knäuel selbstgestrickter Kniestrümpfe. Uwes Oma Adelheid war die beste Sockenstrickerin der Welt. Oma Adelheid würde morgen, am Sonntag, zu Besuch kommen, wusste Uwe. Und mit ihr Opa Konrad. Uwe wusste jetzt schon, dass Opa Konrad wieder den Kopf des Hasen zu essen bekommen würde. Der Kopf war für Opa Konrad reserviert. Uwes Opa liebte es, diesen abzunagen. Es würde Klöße dazu geben und Salat aus dem Garten. Und eine Sauce, wie es sie sonst nirgends gab. Uwe war nicht vollends in die Geheimnisse der Zubereitung eingeweiht, aber er wusste, dass der Hasenbraten immer in einem gusseisernen Bräter im Ofen stundenlang vor sich hin schmorte. Immer wieder goss seine Mutter Bier nach, legte noch eine Kante altes Schwarzbrot dazu oder gab noch etwas Senf hinzu. Uwe lief das Wasser im Mund zusammen, als er jetzt müde seinen Gedanken nachhing und sich in Richtung Bett bewegte. Zähne putzte er heute keine mehr.

Als Uwe morgens vom Gepolter seiner Geschwister im Flur wach wurde, lag Moritz, seine getigerte Katze, bei ihm im Bett und räkelte sich schlaftrunken. Mit pelzigen Augen blickte sie Uwe an und fing an zu schnurren, richtete sich anschließend langsam auf und begann mit einem zarten Milchtritt auf Uwes Bettdecke, gerade mal zwanzig Zentimeter von seinem Gesicht entfernt. Während Uwe begann, Moritz mit der linken Hand zu kraulen, popelte er mit dem rechten Zeigefinger erst einmal ausgiebig in seiner Nase. Wenige Augenblicke später formte Uwe zwischen Daumen und Zeigefinger einen schönen, runden Popel. Seine Hand baumelte dabei an der Seite seines Bettes herunter. Als Uwe der Meinung war, der Popel sei fertig, schmierte er ihn Moritz an die Nase. Die Katze schüttelte sich abrupt, leckte sich dabei den Popel in den Mund und aß ihn genussvoll auf. So den neuen Tag begrüßt, machte der getigerte Kater erst einen ausgiebigen Buckel und sprang dann von der Decke und stolzierte Richtung Türe. Uwe wusste, jetzt musste er sich beeilen und Moritz rauslassen, sonst würde dieser womöglich noch reinmachen. Also schlug er die Bettdecke zurück und stand entschlossen auf. Weil in seinem Zimmer der Ofen noch nicht brannte, begann er sofort zu frösteln, was aber nicht weiter schlimm war, denn Uwe wusste, in der Küche war es warm. Außerdem hatte Uwe seinen neuen blaugelben Frottee-Schlafanzug an, den er letzte Weihnachten geschenkt bekommen hatte. Der hielt auch einigermaßen warm, wenn man das Bett verlassen hatte. Seine Mutter hatte sicher schon den Küchenofen angeschürt.

Uwe wackelte schnurstracks zum Ofen, sagte »Morgen« und rieb sich die Hände über der Herdplatte, während er sich vorsichtig an die warme Ofenseite drückte. Dabei musste man sehr aufpassen, dass man sich nicht verbrannte!

»Na? Hast du ausgeschlafen?«, begrüßte ihn liebevoll lächelnd seine Mutter, die schon fleißig am Arbeiten war. Der Küchentisch war schon ausgezogen, Uwes Vater hatte bereits die zusätzlichen Stühle für die Gäste aus dem Speicher geholt. Eine Tischdecke lag noch nicht auf, dafür standen alle Frühstückssachen noch auf dem Tisch. Uwes Bruder Erwin würdigte seinen Bruder keines Blickes. Ihm gegenüber übel gelaunt, wie so oft, kaute Erwin an einem Geleebrot herum. Uwe hasste es, wie Erwin sein morgendliches Geleebrot aß. Erwin aß immer nur die weiche Mitte des Brotes, die knusprigen Krusten ließ er grundsätzlich liegen, die bekamen dann die Hühner. Uwe verstand seinen Bruder nicht. Und ihm war längst klar, dass er es niemals verstehen würde, warum sein Bruder so eine Hohlbirne war. In hundert Jahren würde er das nicht verstehen. Aber ertragen musste er es. Zumindest so lange, bis er erwachsen war und ausziehen konnte, damit hatte er sich längst abgefunden.

Eine Chance, dass Uwes Mutter jemals intervenieren würde, gab es nicht. Der zwei Jahre ältere Erwin war das Lieblingskind unter den vier Geschwistern. Erwin war praktisch vogelfrei. Er durfte machen, was er wollte, durfte praktisch immer frei entscheiden. Er schrieb in der Schule nur gute Noten und stellte nach der Überzeugung seiner Mutter nie etwas Verbotenes an. Und Mutti erzählte auch immer und überall, dass der Erwin so ein Braver sei und dass der nie den Familienfrieden stören würde. Was stimmte war, dass Erwin es vorzog, sich alleine zurückzuziehen, um sich seinen einsamen Interessen hinzugeben. Was nicht stimmte war, dass Erwin ein Unschuldslamm war. Ganz im Gegenteil. Er war ein vollkommen durchtriebenes Sackgesicht, fand sein Bruder Uwe. Vor allem war Erwin aber ein merkwürdiger Mensch.

Das Frühstück bei Uwe zu Hause, in Gegenwart seines Bruders, lief immer gleich ab. Erwin hatte es sich zum Sport gemacht, seinen jüngeren Bruder absolut immer mit ärgster Tücke und Hinterlist zu ärgern. Erwin hatte das perfektioniert. Er war ein Weltmeister im hinterfotzigen Ärgern seines kleinen Bruders, so perfekt, dass er selbst nie direkt als Verursacher wahrgenommen wurde.

Unter dem Tisch trat er Uwe permanent auf die Füße.

Wenn Uwe sich darüber beschwerte, sagte Erwin immer: »Was willste denn schon widder?! Pass halt uff, wo du hintrittst! Ich war eher da!«

Erwin schob die Milch immer ein Stück zu weit von Uwe weg. Das Geleeglas oder der Honig wurde von Erwin, kaum dass Uwe am Tisch war, immer an das andere Ende des Tisches gestellt.

Und weil Erwin wusste, dass es Uwe verabscheute, wenn jemand mit dem Buttermesser in der Gelee oder der Marmelade herumstocherte, machte er dies gerade erst recht. Und dann auf so eine widerwärtige Art, dass hinterher immer mehr große

Butterstücke im Brotaufstrich schwammen, je leerer das Glas wurde. Erwin fand das abscheulich.

Setzte sich die Katze auf Uwes Schoß, nahm Erwin ein Stück Butter und lockte Moritz damit zu sich.

War der Kaba fast leer, nahm sich Erwin extra, unmittelbar bevor Uwe sich einen Kaba machen wollte, den Rest aus der Dose, so dass Uwe aufstehen musste, um eine neue Dose aus dem Schrank zu holen.

Und, und, und...

Manchmal eskalierte die Situation und es gab eine handfeste Prügelei zwischen den Gebrüdern. Logischerweise zog Uwe dabei meist den Kürzeren, weil er einfach kleiner war. Aber Uwe wusste mit seinen neun Jahren, das würde nicht immer so bleiben. Er hatte Geduld und konnte warten und er hatte Gottvertrauen, dass er irgendwann der Größere sein würde. Uwe wusste, irgendwann würde er seinem bräsigen Bruder nicht nur über den Kopf wachsen, irgendwann würde er auch stärker sein. Aber Uwe wusste auch, solange er mit seinem Bruder unter einem Dach wohnte, würde er nie richtig glücklich sein.

Es gab nur sehr, sehr wenige Situationen, bei denen Uwe froh war, einen Bruder zu haben. Die seltenen Augenblicke einigermaßen passablen Geschwisterglücks beschränkten sich auf die Momente, an denen Erwin einen guten Tag hatte. Uwe durfte dann mit seinem Bruder Zinn gießen, mit ihm zusammen im Hof Murmeln spielen, Drachen steigen lassen, mit ihm am Fahrrad schrauben oder den Sperrmüll in den Straßen durchsuchen, wenn dieser zweimal im Jahr war.

Überhaupt, Sperrmüll!

Wenn Sperrmüll war, dann war das der ultimative Feiertag im Jahr. Sperrmüll war der Wahnsinn!

Uwe konnte nicht fassen, was da alles weggeworfen wurde. Wenn Uwe gedurft hätte, er hätte alles Mögliche mit nach Hause genommen, denn er war sich sicher, viele Dinge würden in zwanzig, dreißig Jahren bestimmt mal ein Vermögen wert sein. Das glaubte ihm aber keiner, seine Eltern lachten ihn nur aus, wenn er damit anfing.

Alte, voll funktionsfähige Motorräder wurden rausgestellt, die jetzt schon echte Old-Timer waren. Alte Radios, nicht selten noch gut gehende Volksempfänger aus der Zeit des noch nicht so lange zurückliegenden Krieges. Einmal hatte Uwe einen mit nach Hause genommen, aber seine Eltern hatten den wieder weggeschmissen, sowas wollten sie nicht im Haus haben, es erinnerte sie zu sehr an den Krieg, der noch nicht so lange zurücklag.

Eines Tages hatte Uwes Vater sein eigenes, altes Motorrad der Marke Triumph zum Sperrmüll rausgestellt, das hatte sogar einen Beiwagen. Und einen großen alten Heinkel Roller. Er brauche den Platz im Hof, hatte er gesagt. Uwe hatte seinen Vater angefleht, er möge die beiden Zweiräder dalassen, er wolle sie haben, wenn er groß sei. Es half alles nichts. Weg waren sie.

Aktuell beschäftigte die Erwachsenen aber ein ganz anderes Thema: Das hieß RAF. Das war die Rote Armee Fraktion. Weil es die RAF gab, lernte Uwe ein vollkommen neues Wort und das war der Begriff Terroristen. Erst vor wenigen Wochen wurde gemeldet, dass der Arbeitgeberpräsident Hanns Martin Schleyer von der RAF entführt worden sei. Früher im Jahr waren der Generalbundesanwalt Siegfried Buback und der Vorstandssprecher der Dresdner Bank, Jürgen Ponto, ermordet worden.

In jedem öffentlichen Gebäude hingen Fahndungsplakate und immer wenn die Polizei einen weiteren Terroristen geschnappt hatte, wurde dessen Konterfei mit einem dicken schwarzen Filzstift durchgestrichen.

Erwin und Uwe sammelten Briefmarken. Einmal im Monat, wenn es neue Sondermarken gab, spazierte Uwe mit seinem Bruder in die kleine Postfiliale in der Rosengasse. Wenn jemand vor ihnen war, schauten die beiden nach, ob wieder ein Bild auf dem Fahndungsplakat durchgestrichen war. Aktuell waren folgende Gesichter durchgestrichen: Baader, Raspe, Meins, Ennslin, Meinhof, Möller. Die saßen alle schon im Knast in Stuttgart-Stammheim. Uwe versuchte sich immer, die Gesichter derer einzuprägen, die man noch nicht gefasst hatte, denn er war sich sicher, irgendwann würde er einem der Halunken in der Stadt oder irgendwo im Wald über den Weg laufen, diesen erkennen und dann anzeigen und dann das Lösegeld kassieren. Das passierte natürlich nie.

»Uwe, du holst dann bitte noch Holz rein. Und du, Erwin, bringst Getränke hoch. Die Oma Adelheid und der Opa Konrad kommen in zwei Stunden. Und schau bitte mal auf der Eckbank bei den alten Zeitungen nach Uwe, ob da noch die Kreuzworträtsel von den letzten Wochen liegen. Ich habe sie extra aufgehoben. Bringe die bitte noch ins Wohnzimmer für die Tante Rosa, die kommt auch mit«, sagte Uwes Mutter Gerda zu ihren Söhnen.

»Mach ich Mutti. Darf ich dann noch mit Helga in die Pilze? Sie hat mich gestern Mittag gefragt. Es dauert doch bestimmt noch länger, bis das Essen soweit ist, oder?«, fragte Uwe.

»Meinetwegen. Aber sei bloß pünktlich da! Und wenn sie wieder fragt, ob ich einen Kaffee mit ihr trinke, die Antwort lautet nein! Wir haben Besuch! Und getraue dich nicht, sie zu uns einzuladen!«

»Jaja, ist ja schon gut..«

Heringssalat *(7. Oktober 1977)*

Mutti Gerda wälzte sich in ihrem Bett hin und her. Ein unruhiger Traum riss an ihren Gedanken und an ihrem Körper, der noch in tiefem Schlaf lag.

Draußen war es noch dunkel.

Sie hörte die Panzer, wie sie die Straße heraufratterten. Und sie hörte die Flieger. Obwohl sie die Geräusche schon in und auswendig kannte, überkam sie die Angst. Seit jenem Vorfall vor sechzehn, siebzehn Jahren war das so.

Wo waren ihre kleinen Mädchen?

Trugbilder ihres jungen Vaters erschienen wie Schemen und gingen wieder.

Die Gesichter von Kilian und Helga waren auch kurz zu sehen, um dann nach unten zu verschwinden, als würden ihre Augen nach oben wegfliegen. Kilian.., das war Helgas Mann gewesen, damals.., sie konnte sich nur blass an sein Gesicht erinnern…

Plötzlich war sie eine Taube, ein Vogel, der einfach davonfliegen konnte, weg, in Sicherheit. Oder war sie eine lahme Krähe? Gerda öffnete den Schnabel, aber kein Laut drang aus ihrer Kehle. Ein Fahrzeug der Wehrmacht war zu sehen, Kilian stieg ein. Der Kübelwagen wurde zu einem Bollerwagen, den Kilian zog. In vollem Feldgrau zog er einen Wagen mit Schafsköttel hinter sich her. Dann Helga im Garten, die mit Kilian die Schafsköttel bei sich im Garten vergrub, ganz fanatisch der Blick, als würde es sich um einen Goldschatz handeln.

Eine Hand erschien, die eine dicke, große Tomate vor ihr Gesicht hielt..

Das Rattern der Panzer wurde lauter und lauter, es kam immer näher. Eine Sirene war zu hören.

Bombenalarm.

Menschliche Schreie. Rauch, Feuer.

Die Hand zerdrückte die Tomate.

Ein Geschützturm bewegte sich und deutete auf sie.

Gerda schlug im Traum um sich. Ihre rechte Hand musste ihren Mann Hermann ins Gesicht getroffen haben. Der wurde augenblicklich wach, mit wirrem Haar beugte er sich schlaftrunken zu ihr und nahm sie in den Arm. Sofort übermannte ihn wieder der Schlaf, Gerda hatte die Augen jetzt offen und lag ganz ruhig, sie war froh darüber, dass Hermann da war, auch wenn er nicht wusste, nicht wissen konnte, was für ein Nachtmaar sie immer wieder quälte. Sie fühlte sich schuldig, obwohl sie wusste, dass sie keine Schuld trug, sie war doch gerade mal vier Jahre alt gewesen an dem Tag, der zu einem wurde, mit dem sie eine ihrer frühesten Erinnerungen verband.

Draußen kroch langsam die Dämmerung aus Richtung Osten hoch und ein erstes, fahles Licht schimmerte durch die Ritzen des heruntergelassenen Holzrolladens vor dem Fenster. So viele Erinnerungen, die kein Mensch brauchte, dachte sie. So viele Selbstzweifel hatte sie auf dem Weg ihres Lebens immer wieder wegschieben müssen, sich so viel mit Dingen beschäftigen müssen und mit sich herumtragen müssen, die gar nicht ihre Sache waren. Aber sie lebte nun einmal in einer Zeit, in der die nachkommende Generation auch sühnen musste für die Verwerflichkeiten und Zerwürfnisse, die die Eltern und Großeltern, ohne dass die das wollten, hinterlassen hatten. Gerda war sensibel. Wurde immer dazu erzogen, ganz wie es dem alten Bild der Frau entsprach, zu knauken und zu kuschen und auszuhalten. Was beneidete sie manchmal die modernen Weiber in der Stadt oder die selbstbewussteren Frauen hier im Dorf, die ihre Männer besser im Griff hatten als sie, die ein freieres und selbstbestimmteres Leben führen durften. Sie durfte nichts sagen und nicht meckern. Wenn sie das tat, kam der übermächtige Vater um die Ecke. So war es schon immer gewesen. Freilich hatte er sich auch gekümmert um sie und um ihre ältere Schwester. Wenn es wirklich brannte, war er da gewesen. Aber er war auch ein verdammter Hundesohn, ihr Vater, der Winfried. Der lag bestimmt in seinem Bett, einen Stock tiefer, und schlief ruhig und fest, dachte sie. Den erschütterte nichts und niemanden. Kalt war der. Und abgehärmt. Wie alle, die mitgemacht hatten, was der mitgemacht hatte. Sie durfte ihm nicht böse sein, er war ja auch nur eine Figur gewesen auf diesem unsäglichen Schachbrett.

Jetzt wach, hörte sie aus der Ferne die Amis, wie sie wieder, wie jeden Tag in der Frühe, mit ihrem Morgenapell durch das Dorf zogen. Richtige Yankees, eine ganze Kolonne, egal ob es regnete, die Sonne schien oder schneite, immer nur in kurzen Hemden. Der erste Mann vorneweg, sie wusste genau, wie er aussah, der hielt eine Flagge in der Hand, vermutlich die seiner Einheit, des siebten Infanterie-Regiments.

Einer war immer der Vorsänger, brüllte irgendeinen rhythmischen, militärisch klingenden Singsang. Die anderen brüllten dann immer hinterher. Alles im Gleichklang mit dem Stampfen der Stiefel auf der beschädigten, löchrigen Straße. In Viererreihen machten sie das. Selbst jetzt noch, über dreißig Jahre nach Kriegsende, taten sie das. Sie wechselten ab. Jede Straße kam mal dran, als wollten sie sich nicht in erster Linie fit halten, sondern vor allem immer noch zeigen, wer hier der Herr im Haus war. Jedem Schweinheimer sollte klar gemacht werden, jeden Tag aufs Neue, wer den Krieg gewonnen hatte und wer ihn verloren hatte. Psychologische Kriegsführung nannte man das.

Was den Schweinheimern, die in den Nebenstraßen wohnten, erspart blieb, das waren die Panzerkolonnen. Leider war die Straße, in der Gerda mit ihrer Familie wohnte, keine Nebenstraße.

Die Ebersbacher Straße war die Hauptzufahrtsstraße zum Exerzierplatz, den die Amerikaner als großen Truppenübungsplatz nutzten.

Etwa fünfzehn, sechzehn Jahre war es jetzt her, dass ein Unfall mit einem Panzer direkt vor ihrem Haus den ganzen Schrecken aus ihrer frühesten Kindheit wieder hochholte. Immer wieder dachte sie daran. Erfolgreich verdrängt hatte sie es.

Lotte und Vroni waren noch ganz klein gewesen, noch kleiner als sie selbst, als sie seinerzeit mit dem Krieg so nah konfrontiert wurde, dass sie dachte, jetzt sei alles zu spät. Das traumatische Erlebnis vom November 1944, das in ihr schlummerte, erwachte damals zu einem neuen, alptraumhaften Leben und sie wurde es seither nicht mehr los.

Das war 1962 oder 63. Mit der Jahreszahl war sie sich gar nicht so sicher. Eine Panzerkolonne rumpelte lautstark wieder einmal die Straße hoch. Sie war mittlerweile eine junge Erwachsene, schon mit Hermann verheiratet und bereits zweifache Mutter. Bordsteine existierten schon lange keine mehr in der Ebersbacher Straße, die waren von den schweren, eisernen Ketten der Panzer längst zu Mehl geschreddert worden. Auf Höhe ihres Hauses verlor ein amerikanischer Panzerfahrer die Kontrolle über sein Ungetüm. Vielleicht blockierte auch etwas im Getriebe, die

Wahrheit hatten sie nie erfahren. Es stand auch niemals was in der Zeitung darüber, das fiel unter die Zensur.

Der Koloss fing Feuer, Rauch stieg auf und das Geschützrohr samt des ganzen Turms drehte sich mit einem uhrwerkartigen, bedrohlichen Rattern immer mehr in Richtung ihres Hauses, bis die Mündung des Kanonenrohrs unmittelbar vor ihrem Wohnzimmerfenster zum Stillstand kam.

Die Soldaten sprangen aus den Panzern und rannten die Straße nach unten.

Gerda, die sich mit ihren kleinen Mädchen im Wohnzimmer befand, erfasste Panik. Sie konnten genau in das Loch des Rohres schauen.

Der Lärm, der Panzer, die Soldaten, sie dachte nicht mehr nach. Sie sah sich selbst als kleines Kind an der Hand ihrer Mutter, wie sie seinerzeit das Haus verließen, als der Bombenangriff kam.

Jetzt tat sie das Gleiche mit ihren Töchtern und begab sich ihrerseits mit ihren Mädchen auf die Flucht.

Sie rannte in den hintersten Winkel des Gartens, Vroni links auf dem Arm und Lotte rechts, und verschanzte sich im Hühnerhaus. Sie hatte noch das protestierende Gackern der Hühner im Ohr, die neben ihr saßen und standen und verständnislos mit den Köpfen hin- und her ruckten, als stellten sie unablässig die eine Frage: Was macht ihr hier bei uns? Warum besucht ihr uns?

Im Nachhinein war die Anwesenheit der Hühner ein Segen, mit großen Augen bestaunten die Kinder den Raum. Die Eierlieferanten beruhigten die Kleinen und letztlich auch Gerda.

Sie wusste nicht, wie lange sie in dem Raum ausgeharrt hatte, bis ihr Vater sie rausgeholt hatte, mit seiner unvermeidlichen Zigarre in der einen und einem gerippten Apfelweinglas in der anderen Hand.

»Sind sie weg? Und ist der Panzer weg?«, hatte sie nur gefragt.

»Ja, sin alle wieder weg. Die sind stiften gegangen. Aber ihr Vorgesetzter hattse laut brüllend wieder hochgescheucht. Weiß der Herr, mit was der denne gedroht hat. Uff jeden Fall sinse dann hin und ham mit nem Großuffgebot den Brand gelöscht. Wie die Wiesel sinse rumgerannt. Dann is noch so en Trupp gekomme, wo den Panzer wieder repariert hat.«

Ganz ruhig war er gewesen, ihr Vater. Ihn hatte der Vorfall überhaupt nicht erschüttert. Was musste ein Mensch wie er schon anderes gesehen haben, wenn er angesichts einer solchen Situation so gelassen bleiben konnte? Gerda wollte es nicht wissen.

Wieder Hier und Jetzt. Hermann rührte sich. Auch er wurde nun langsam wach und schmiegte sich an sie. In dem Moment ging die Tür auf und ihr kleiner Uwe lugte am Nachttischschränkchen vorbei zu ihr.

»Mutti? Darf ich heute nach der Schule, falls kein Bus mehr rausfährt zum Forsthaus und Magda laufen muss, die Magda nach Hause begleiten? Ich wollte dich erst nicht fragen, aber ich dachte, du machst Dir dann vielleicht erst recht Sorgen, denn ich komme ja dann eine ganze Weile später heim. Ich verspreche auch, dass ich den Rückweg nicht über den Exe gehe. Was macht ihr da? Warum liegt der Papa auf dir?«

»Ja. Ist gut Uwe. Und jetzt geh wieder und mache die Türe zu, meinetwegen.«

Uwe schloss die Schlafzimmertüre und schüttelte verwundert den Kopf darüber, dass seine Mutter so mir nichts dir nichts soeben etwas erlaubt hatte, was er nie für möglich gehalten hatte. Manchmal verstand Uwe seine Eltern wirklich überhaupt nicht. Vielleicht sollte er bei schwierigen Dingen öfter früh morgens fragen, dachte er.

Aber jetzt musste er erst einmal aufs Klo.

Überhaupt war es noch viel zu früh, um aufzustehen. Nachdem Uwe ausgiebig gestrullert hatte, ging er noch einmal in sein Zimmer und in sein Bett.

Aus dem Schlafzimmer seiner Eltern hörte er komische Geräusche, Vater grunzte ganz komisch. Schnell schlief er noch einmal ein.

Das Verhältnis zwischen Jungen und Mädchen war nicht so einfach. Uwe hatte sich schon häufig gefragt, warum es so schwierig sein musste, mit einem Mädchen zu reden. Zumindest mit einem Mädchen, das einem gefiel. Und Magda gefiel Uwe nun einmal sehr. Obwohl Magda nicht die Begehrteste in der Klasse war. Was nicht hieß, dass Magda nicht hübsch war, ganz im Gegenteil. Aber sie hatte dadurch, dass sie die Tochter des Försters war und tief im Wald wohnte, nun einmal so eine Aura des Sonderbaren, was vielen anderen Kindern fast etwas unheimlich war.

Die umschwärmtesten Mädchen in Uwes Klasse waren eindeutig Jaqueline und Anette. Diese beiden wurden regelrecht von den Jungs umlagert. Vor allem Ossi, also Boxer, und sein Kumpel Moritz, die beiden schlimmsten Gesellen in der Klasse, schwirrten ständig um die zwei kleinen Fräuleins herum und hatten dabei permanent ein Auge auf andere Jungs, die offenkundig auch die Nähe zu dem hübschen Duo suchten. Uwes Fußballkollege Robert, aber auch seine besten Kumpel Harry und Holger, hatten es deshalb schon mit den zwei Schlägern zu tun bekommen.

Robert und Holger standen auf Jaqueline, während Harry Anette anhimmelte. Ossi und Moritz wurden wegen ihrer Überwachungstätigkeit auch die Wachhunde von Jaqueline und Anette genannt. Nicht nur Uwe, der ganzen Klasse war es schleierhaft, wie zwei Menschen so viel Dummheit in sich vereinigen konnten, wie Ossi und Moritz.

Zum Glück spielte Moritz wenigstens nicht auch noch Fußball. Somit blieb Uwe erspart, dass er diese Krücke auch noch zweimal die Woche abends beim Training aushalten musste.

Und zum Glück waren Ossi und Moritz so bekloppt, dass sie noch nicht einmal schnallten, wie sehr sie die ganze Klasse eigentlich verabscheute.

Ossi war einfach nur skrupellos und böse. Und Moritz war so etwas wie dessen Adjutant und vollkommen strunzdumm, wie Uwe fand. Moritz machte alles, was Ossi von ihm verlangte. Uwe schätzte, dass Moritz sogar von der Mainbrücke aus, ohne zu zögern, die zehn, zwölf Meter in den Fluss darunter springen würde, wenn Ossi das von ihm verlangen würde.

Uwe fand es oft verstörend, wie sehr nur zwei so beschränkte, dumme Typen einer ganzen, großen Gruppe von normalen Menschen, das Leben vermiesen konnten. Wieviel einfacher wäre mit einem mal alles, spekulierte er oft, wenn Ossi und Moritz einfach nicht mehr da wären. Aber weder er selbst, seine Klassenkameraden, noch Jaqueline und Anette, konnten sie ja nicht einfach umbringen oder wegzaubern.

Jaqueline und Anette waren in gewisser Weise die am meisten Leidtragenden, da sie regelrecht abgeschirmt waren von vielen ihrer anderen Jahrgangsstufenkollegen. Uwe war sich sicher, dass das für Jaqueline und Anette auch nicht einfach war, das konnte man spüren. Schönheit war auch eine Bürde, das war etwas, was die beiden Mädchen früh lernten. Uwe konnte zu diesem Zeitpunkt noch nicht ahnen, wie sehr er damit ins Schwarze traf. Wann immer es ging, versuchten die Zwei, in den Pausen eine Ecke zu finden, wo sie ungestört mit den anderen Mädchen spielen konnten und sie waren regelrecht begeistert, wenn sie mal Gelegenheit hatten, ein Wort mit einem anderen Jungen wechseln zu können. Was natürlich nur ging, wenn Ossi und Moritz gerade nicht in Sichtweite waren. Ossis und Moritz Selbstüberschätzung und Überheblichkeit ging sogar so weit, dass die beiden an den Nachmittagen, außerhalb der Schulzeit, sich besonders oft und gerne in der Nähe von Jaquelines und Anettes Zuhause herumtrieben. Was zur Folge hatte, dass man die zwei Mädchen praktisch nie alleine irgendwo traf. Da Ossi und Moritz berüchtigt waren, passten die Eltern der Mädchen auf, dass ihre Kinder so gut wie nie alleine aus dem Haus gingen und wenn sie sich irgendwo mit irgendwem zum Spielen treffen wollten, taten sie das immer bei sich daheim oder bei jemand anderem zu Hause. Grundlos waren diese Ängste außerdem auch deshalb nicht, weil man immer wieder davon hörte, dass jungen Mädchen etwas zustieß oder diese plötzlich spurlos verschwanden.

Zwei andere sehr auffällige Mädchen in Uwes Klasse waren Conny und Steffi, zwei richtige Fackeln waren das.

Die beiden waren unzertrennlich und ein genauso hübsches, wie infernalisches Duo. Sie scheuten sich nicht davor, auch mit Jungs richtig Ärger anzufangen, bis hin zu handfesten Prügeleien ließen die beiden nichts aus. Sie stifteten andere Kinder permanent an, es ihnen gleich zu tun, sie klauten beim Bäcker Lutz mehr Süßigkeiten als alle anderen und auch größere Diebstähle, etwa beim Spielwaren Schreck in der Rosengasse, waren für sie Tagesgeschäft. Mit Moritz und Ossi hingegen hatten die beiden gefährlichen Kaliber merkwürdigerweise gar nichts zu tun. Die Vier gingen sich aus dem Weg, was wohl an dem gegenseitigen Respekt lag, den die jeweilige Karriere bislang widerspiegelte.

Uwe jedoch konnte den beiden nicht ständig aus dem Weg gehen, dafür wohnten sie zu sehr in seiner Nähe. Zwangsläufig kam es hier und da zu Berührungspunkten, wenn sich die Kinder des Viertels für verschiedene Spiele und Aktionen trafen. Manchmal fand es Uwe sogar ganz lustig, wenn Conny und Steffi irgendwo dabei waren, denn die beiden waren alles andere als langweilig, aber es war eben auch immer ein Grenzgang, man tanzte auf dünnem Eis mit den Beiden.

Schon oft hatte sich Uwe von seiner Mutter Sprüche anhören dürfen wie »Mitgehangen, mitgefangen« oder »Uwe, ich erinnere dich noch einmal daran, was mir meine Mutter, die Hedwig, auch schon immer mitgegeben hatte, die hatte immer gesagt, ein böse Gesell bringt zehn annern in die Höll! Merk dir das!«

Als sichergestellt war, dass weder Ossi noch Moritz, und auch Conny und Steffi nicht in Sichtweite waren, fasste sich Uwe in der großen Pause ein Herz und ging auf Magda zu.

»Ähm, Magda? Hallo! Du, ich wollte dich mal was fragen!«

»Ja?«, Magda freute sich darüber, dass Uwe sie angesprochen hatte. Was mochte das nur für einen Grund haben?, schoss es ihr rasch in den Kopf. Sie legte den Kopf etwas schief, ihre langen Zöpfe fielen dabei zur Seite und baumelten kurz in der Luft. Uwe wurde von einem fröhlichen Gesicht und geraden, weißen Zähnen angestrahlt.

»Ich habe mich gefragt, falls du heute wieder heimlaufen musst, ob wir nicht zusammen gehen wollen, ich begleite dich auch gerne bis zum Forsthaus!«

»Das ist aber weit, Uwe!«

»Das macht mir nix. Ich bin viel im Wald und kenne mich da auch gut aus, haha!«

»Ich weiß, ich habe euch ja auch beim Heidelbeeren sammeln gesehen, hihi!«

»Stimmt, daran kann ich mich auch noch erinnern, hahaha!«

»Also, aber ja, ich würde mich sehr freuen! Und heute kommt mich tatsächlich niemand abholen. Gunnar muss arbeiten und meine beiden anderen Brüder Sven und Martin auch, die haben beide eine Lehre angefangen. Die kommen auch nicht vor heute Abend heim. Und meine Mama muss auf den kleinen Siegfried aufpassen, dem geht es gerade nicht so gut, der ist ein bisschen krank.«

»Aha! Ja.., gut, okay! Also dann, bis nachher!«

»Bis nachher, ja!«, Magda grinste noch einmal zum Abschluss und verband die Geste mit einem freimütig fröhlichen Schulterzucken, bevor sie sich umdrehte und wieder zu den anderen Mädchen ging, um mit diesen Gummitwist zu spielen.

Uwe war schrecklich aufgeregt. Er war noch nie mit einem Mädchen alleine irgendwohin gegangen. Und Jungs in seinem Alter waren ja eigentlich auch noch viel zu klein, um eine feste Freundin zu haben. Aber was sollte er machen, verlieben konnte man sich auch schon mit Neun. Er war auch schon mit Sechs, Sieben und Acht immer mal so ein bisschen verliebt gewesen. Jeder war das auch schon als kleineres Kind. Da gab es immer diesen einen Menschen, der einem Hummeln in den Bauch zaubern konnte oder der nur mit seiner bloßen Anwesenheit dafür sorgen konnte, dass man seinen Mund nicht mehr aufbrachte. Bei ihm war das mit Magda so. Und heute passte alles! Der Bus fuhr nicht bis zum Forsthaus, ihre Eltern und Brüder hatten keine Zeit, um sie abzuholen und die Sonne schien! Uwe hätte diesen schönen Tag umarmen können.

Das erste Stück des Weges gingen sie noch als größere Gruppe, die anderen Kinder mussten ja auch nach Hause. Aber je weiter sie der Weg führte, desto mehr dünnte sich die Gruppe aus. Der letzte, der noch dabei war, bevor er sich nach Hause verabschiedete, war Harry. Und der hatte sich schon gewundert, warum Magda heute ganz normal bei ihnen mitlief. Normal lief die doch immer so zwanzig, dreißig Meter vor oder hinter ihnen oder zumindest auf der anderen Straßenseite, fragte sich Harry, aber er sagte nichts dazu. Außerdem stand er ja sowieso auf Anette.

Als Harry sich verabschiedet hatte, liefen Magda und Uwe die letzten Meter bis ans Ende des letzten Hauses in der Ebersbacher Straße schweigend weiter. Magda schenkte Uwe ein offenes Grinsen, als er sie von der Seite anblickte.

»Was ist?«, fragte sie ihn keck.

»Nichts. Ich freue mich einfach nur.«

»Ich mich auch! Ich habe mir schon oft gedacht, dass es schön wäre, wenn mich mal jemand begleiten würde und ich nicht immer alleine laufen müsste.«

»Ich kann das gerne öfter machen, echt jetzt! Wenn es Sommer wird und das Wetter schön ist, ist das doch toll, zu laufen!«, führte Uwe aus.

Als Magda wieder schwieg, ergriff erneut Uwe das Wort: »Gehst du eigentlich auch manchmal auf den Exe? Ich meine, ihr wohnt ja da praktisch. Kennt ihr auch einige Amis persönlich? Ich meine, dein Vater?«

»Hmmhm, ja. Mein Papa hat ja immer wieder mit denen zu tun. Immer, wenn die in den Wald kommen oder auf dem Exe üben, sagen die Bescheid, dass wir Kinder uns fern halten sollen. Und Papa ist das auch sehr wichtig, dass wir uns daran halten. Das machen wir auch, da halten sich sogar meine Brüder dran. Aber weil für die das alles mit den Gewehren und dem Schießen sowieso ganz normal ist, haben die da eh keine Lust, sich bei den Amis rumzutreiben. Wenn die schießen wollen, gehen die einfach auf den kleinen Schießstand bei uns hinter dem Haus, die brauchen die Amis nicht zum Schießen und so.«

»Ja, das leuchtet mir ein. Wäre bei mir vielleicht genauso. Wir machen so Sachen daheim aber überhaupt nicht. Schießen und so. Ganz im Gegenteil. Meine Eltern verbieten meinem Bruder und mir zum Beispiel auch, in den Schützenverein zu gehen, obwohl wir das ganz gerne machen würden. Ein Arbeitskollege von meinem Papa, Schmidtchen, der hat ein Luftgewehr. Das hatte der Mal mitgebracht, als er uns besucht hatte, das hatte einen Riesenspaß gemacht, damit mal auf Dosen zu schießen. Ich würde das gerne öfter machen. Aber weißt du, alles, was damit zu tun hat, lehnen meine Eltern einfach voll ab. Sie sagen immer, sie hatten genug Krieg. Dabei geht es ja bei dem Exe gar nicht um Krieg spielen und um das Schießen. Es ist halt einfach nur toll, da hin zu gehen und da zu spielen. Das ist einfach ein riesengroßes Abenteuer, wenn man da ist..«

»Hahaha! Ja, und da gibt es viele Heidelbeeren!«, lachte nun

Magda Uwe wieder an. Der lachte zurück und unterhielt sich weiter mit Magda. Uwe erfuhr, dass Magdas drei ältere Brüder nur Halbbrüder waren. Die erste Frau von Magdas Papa war gestorben, als die drei noch kleiner waren. Dann hatte ihr Vater Magdas Mutter kennen gelernt und wurde mit der noch zweimal Vater.

Etwa auf Mitte des Weges bemerkten sie, dass links im Wald, in einiger Entfernung, Leute waren.

»Das sind bestimmt Amis. Die sind auch oft da, wenn kein Manöver ist«, sagte Magda.

»Ja, ich weiß«, antwortete Uwe, der sich dachte, dass er, wenn er sich auf den Rückweg machen würde, da mal nachsehen wollte. Er wusste zwar, dass er damit gegen das Versprechen verstieß, das er seiner Mutter gegeben hatte, aber wegen eines so kleinen Abstechers, hoffte er, würde sie ihm schon nicht den Kopf runter machen.

Magdas Vater und ihre älteren Brüder waren, wie von Magda schon angekündigt, nicht zu Hause. Aber ihre Mutter bedankte sich überschwänglich bei Uwe und lud ihn ganz herzlich ein, doch mal zu Besuch zu kommen, was Uwe fortan regelmäßig machte.

Uwe und Magda verband von da an eine tiefe Freundschaft, sie waren zwei Liebende, ohne genau zu wissen, was das bedeutete. Immer, wenn sie von nun an alleine im Wald unterwegs waren und sie niemand sonst sehen konnte, hielten sie gerne Händchen und taten so, als seien sie schon erwachsen und verheiratet. Natürlich war alles nur wie ein Spiel für die beiden, für mehr waren die Zwei schließlich noch zu klein. Waren sie in der Schule, ließen sie sich nie anmerken, dass sie mehr verband, als nur in der gleichen Klasse zu sein.

Auf dem Nachhauseweg beeilte sich Uwe an die Stelle zu kommen, wo sie die Leute im Wald bemerkt hatten.

Nachdem Uwe einige Zeit durch das Unterholz gestreift war, rief ihn mit einem mal jemand.

Bomber kam hinter einem dicken Baum hervor und gab sich zu erkennen.

»Hey, Schbassti! Was machst'n du hier?«, Uwe blieb wie angewurzelt stehen. Sein Herz klopfte ihm bis zum Hals. Wo Bomber war, konnten Richi und Kobra nicht weit sein. Und da kamen sie auch schon hinter zwei weiteren Bäumen hervor.

»Nichts«, sagte er schließlich so neutral er das konnte.

»Wie? Nix?«, fragte Richi einfältig.

Das Trio hatte ihn umrundet und musterte ihn herausfordernd. Einen Moment lang herrschte eine unheimliche Stille im Wald. Dann sprach ihn Richi erneut an.

»Hör ma. Wir haben hier was vor. Wir bräuchten aber noch einen vierten Mann. Wie isses? Biste dabei?«

Uwe zuckte mit den Schultern, was so viel wie ein Ja bedeuten sollte. Alles war besser, als von den Dreien jetzt wegen nichts verdroschen zu werden, dachte sich Uwe, also stellte er eine Gegenfrage: »Für was denn?«

»Komma mit«, sagte jetzt Bomber, bevor er sich zum Gehen umwand. Zu viert liefen sie dann ein Stück durch den Wald, bis zu einer Lichtung am Rande des Kiefernforstes, direkt neben dem offenen Truppenübungsplatzes, wo in einiger Entfernung ein kleiner Parkplatz war. Dort stand ein amerikanischer Jeep, dessen Ladefläche offen war. Weit und breit war sonst niemand zu sehen.

»Hör ma. In dem Jeep da, da liegt ein kompletter Seesack hinten drauf. Der is komplett vollgepackt. Wir vermuten, dass der einem der Amis gehört, die hier vorhin rumgestiefelt sind. Scheint ein höheres Tier zu sein, der hatte so ne andere Mütze auf, wie sie die Offiziere immer uffm Kopp ham. Wir wollen uns den holen. Ich mach das. Aber es müssen drei Leute Schmiere stehen. Einer unten an der Zufahrt, einer oben, wo es zum Munitionsdepot geht, einer auf der anderen Straßenseite hinter dem Hügel, falls von da jemand kommt.«

Uwe konnte es nicht fassen. Die Drei wollten einen amerikanischen Militärjeep ausräumen. Das hatte er noch nie gemacht. Er hatte bis jetzt immer nur Sachen ehrlich getauscht. Das hier war eine andere Nummer. Wenn sie da erwischt würden, dachte Uwe, dann würde das richtig böse ausgehen. Sein Vater würde ihn totschlagen. Auf der Platte. Das Risiko war enorm.

Als Uwe schwieg, mischte sich Kobra in das Gespräch ein: »Hast Schiss, hä? Hähähähähä!«

»Logisch habe ich Schiss!«, antwortete Uwe leise, dessen Adrenalinspiegel in ungeahnte Höhen schoss. Andererseits blitzte ihm der Gedanke in den Kopf, dass diese Sache die Chance bot, diesen drei einfältigen Arschgurken zu beweisen, dass er tatsächlich nicht annähernd der Jammerspacken war, für den sie solche Jungs wie ihn gerne hielten. Dieses Himmelfahrtskommando war auch eine Chance für ihn. Wenn die Sache gut gehen würde, kalkulierte Uwe, hätten sie künftig Respekt vor ihm und er würde nie wieder Ärger mit den Dreien haben. Im Gegenteil. Wenn er künftig irgendwo Stress hätte und die wären in der Nähe, hätte er in ihnen vielleicht sogar Verbündete. Ältere Typen, die ihm helfen konnten, wenn es mal irgendwo eng wurde, waren Gold wert! Zum Beispiel bei einem Streit mit den Leuten aus dem Fortschuma.

»Ich bin dabei!«, sagte Uwe fest.

»Hähä! Saugut! Wusste ich doch, dass du kein Pimmellutscher bist!«, sagte nun wieder Richi, der sofort einen Schritt auf ihn zuging und ihm auf die Schulter klopfte, bevor er ihm jovial zuraunte: »Wenn wir den Sack haben, bekommste natürlich auch was von dem Zeug, das da drinnen ist!«

Uwe wurde an die untere Zufahrt bugsiert, und er musste zugeben, dass das der ungefährlichste Wachposten war, weshalb er anerkennen musste, dass die drei Jungs doch so etwas wie Ehre in sich zu haben schienen. Die richtig gefährlichen Jobs übernahmen die Drei selbst. Als sie nach einem gründlichen Briefing von

Bomber auseinandergingen, schlugen sie sich alle vier mit ihrer flachen Hand noch einmal ab.

»Äh, Moment! Was ist eigentlich unser Erkennungszeichen, wenn jemand kommt?«, fragte Uwe.

»Kannste en Kuckuck nachmachen?«, fragte Bomber.

Uwe formte seine Hände zu einem Hohlkörper und blies an den aneinandergelegten Daumen hinein.

»Perfekt, wenn du jemanden siehst, machste das, dann hauen wir alle in unterschiedliche Richtungen ab und treffen uns anschließend bei den Sieben Quellen«, sagte Bomber. »Und wenn du den Kuckuck von uns hörst, machstes genauso. Abhauen. Alles klar?«

»Alles klar«, antwortete Uwe.

Bomber ergänzte: »Wenn alles gut geht, treffen wir uns hier bei dir wieder. Bleib einfach da. Direkt hinter deiner Stellung verschwinden wir dann in den Wald. Wir machen dann den Seesack auf und verteilen die Beute unter uns. Wir nehmen aber nichts davon mit nach Hause, hörst du! Wir verstecken alles hier im Wald. Alles andere ist zu gefährlich. Wir müssen die Sachen dann ein paar Tage später holen, wenn wirklich gerade niemand hier ist.«

Uwe versteckte sich an seinem Posten und wartete ab.

Aus der Entfernung konnte er sicher beobachten, was vor sich ging. Als Kobra und Richi auch an den vereinbarten Plätzen waren, wartete Bomber noch gute zehn Minuten ab, bevor er zur Tat schritt. Mit schnellen Schritten hastete er in gebückter Haltung zu dem Jeep und begann sofort an der Ladefläche herumzunesteln.

Uwe hörte leise Schleifgeräusche, Bomber hatte alle Hände voll zu tun. An seiner Gestik konnte Uwe erkennen, dass das Bergen des Seesackes Schwerstarbeit war.

Nachdem Bomber den Sack über die Ladefläche gewuchtet hatte, schulterte er diesen sofort und sprintete sodann in Uwes

Richtung. Als Bomber bei Uwe angekommen war, lief er sofort an Uwe vorbei weiter, in den Wald hinein. Kobra und Richi folgten ihm mit wenig Abstand und auch Uwe rannte, was das Zeug hielt, hinter Bomber her. Nach etwa zweihundert Metern blieb Bomber stehen und ließ den Sack fallen.

Schweißüberströmt begannen die vier Buben zu lachen.

Sie bemühten sich, dabei möglichst leise zu sein, was der Euphorie jedoch keinen Abbruch tat. Sie ballten die Fäuste und stießen stille Schreie des Triumphes aus, Bomber umarmte Uwe sogar und drückte ihn richtig, während er sagte: »Ey, kumma hier! Was bisten du fürn abgewetzter Halunke! Leckomio! Des haste gut gemacht!«

Die anderen beiden Diebe taten es ihrem Anführer gleich und würdigten ihren zufällig hinzugewonnen vierten Mann über die Maßen. Bomber ließ sich letztlich sogar dazu hinreißen, Uwe etwas zu versprechen: »Also hör ma! Wer son Ding reißt und sich nicht einscheißt, der ist kein Schbassti, alles klar! Der is' ab jetzt ein Käpt'n! Hähähähähä! Oder Jungs?« Richi und Kobra stimmten ihrem Kumpanen lachend zu und alle Drei riefen laut: »Käpt'n! Käpt'n!«, und hoben dabei Uwes rechte Hand hoch.

Uwe fühlte sich einfach unbeschreiblich.

Obwohl er auch ein schrecklich schlechtes Gewissen hatte.

Völlig fertig bückte er sich nach vorne, stützte sich mit seinen Armen auf seinen Oberschenkeln ab und schnaufte erst einmal durch. Bomber hatte schon begonnen, den Sack zu öffnen und auszuräumen.

Alles Mögliche kam zum Vorschein. Kleidungsstücke, Schuhe, eine Offiziersmütze mit einem blau-weiß-emaillierten Abzeichen des 7. Infanterie-Regiments. Außerdem eine komplette Felduniform, ein nagelneuer Stahlhelm, ein Army-Daunen-Schlafsack, zwei noch ungeöffnete MRE-Packungen, Handschuhe, ein kleines Taschenmesser, ein Bajonettdolch. Zuletzt hob Bomber ein Halfter aus dem Boden des Sacks heraus.

Darinnen steckte eine voll funktionsfähige und geladene Pistole. Eine rabenschwarze Colt Browning M1911. Uwe sackte sein Herz bis in die Kniekehlen und den anderen Dreien erging es auch nicht anders.

»Heilige Scheiße!«, sagte Bomber.

Und dann sagte erst einmal keiner der vier Jungs noch irgendetwas. Der Schock über diesen Fund stand ihnen ins Gesicht geschrieben.

Nach einigen Sekunden der Stille schien einzig und alleine Uwe noch in der Lage zu sein, überhaupt irgendetwas hervorbringen zu können. Und da Uwe mal gelesen hatte, dass es hilft, wenn man in Schocksituationen einfach das Thema wechselt, sagte er: »Heringssalat. Heute Abend gibt es bei uns Heringssalat.«

Die Köpfe von Kobra und Bomber drehten sich im Zeitlupentempo in Uwes Richtung. Und dann war es Kobra, dem eine knappe Antwort zu dieser Feststellung aus dem Mund fiel: »Was?!?«

»Heringssalat..,«, sagte nun Richi und beendete den Satz: »Bei Uwe gibt es heute Abend Heringssalat. Hat er gesagt. Ich mag Heringssalat..«

Schwarzbrot *(20. Oktober 1977)*

Am vergangenen Sonntag, knapp zehn Tage nach seinem Coup mit Bomber, Richi und Kobra, hatte sich Uwe wieder in den Wald getraut, um seine Beute zu holen. Er hatte den Schlafsack bekommen und diesen mitten in ein dichtes Brombeergestrüpp geworfen. Uwe war nach seinem gezielten und gelungenen Wurf extra noch einmal um das stachelige Dickicht rundherum gegangen, um zu überprüfen, ob man von außen erkennen konnte, dass da jetzt ein großer Daunenschlafsack drinnen lag, aber dem war nicht so. Er hatte, wie er fand, das perfekte Versteck gefunden.

Bomber hatte natürlich die Waffe für sich beansprucht. Der Anführer der jungen Diebe hatte sie in einem hohlen Baum in der Nähe versteckt.

Und auch all die anderen Dinge aus dem Seesack waren schnell in der Umgebung verborgen worden.

Samstags vor seiner Rückholaktion war Uwe den drei Jungs, die ihn kurzerhand für ihren Raubzug als vierten Mann rekrutiert hatten, im Dorf begegnet, wo sie ihm mitgeteilt hatten, dass sie schon im Wald gewesen seien und zu ihrer Enttäuschung feststellen mussten, dass alles verschwunden war. Offenbar hatten die Amis ob des Verschwindens einer Pistole kalte Füße bekommen und noch am gleichen Tag mit einer ganzen Kompanie das Gelände durchsucht. Bomber, Kobra und Richi hatten völlig cool an ihren Zigaretten gezogen, während sie ihm berichteten.

Die Schlange auf dem Tank von Kobras Mofa blickte Uwe direkt ins Gesicht, während er zuhörte und das böse grinsende Kriechtier schien ihm zu sagen: »Hey Käpt'n, alles easypeasy, null Problem, beim nächsten Beutezug haben wir wieder mehr Glück!«

Uwe war sich ab da sicher, dass dieses infernalische Trio nicht das erste Mal so ein Ding durchgezogen hatte. Nicht die Bohne waren die Drei auch nur im Geringsten beeindruckt gewesen.

»Ich hab mich noch nicht hingetraut«, hatte Uwe kleinlaut eingestanden.

»Hähähä! Sei nit so en Scheißer Käpt'n, na klar kannste jetzt hingehen, die warn ja schon da. Is auf jeden Fall sinnvoll, wenn du mal nachguckst, ob der Schlafsack noch da is. Die sind saugut die Armeeschlafsäcke von den Amis. Kriegste bei uns sonst gar nicht. Und in dem Brombeerbusch ham wir nicht geschaut hey, wollten uns nicht unsere Klamotten kaputt machen, hähähä!« hatte Bomber ausgeführt. Kobra ergänzte lakonisch: »Und das wollten die Amis bestimmt auch nicht, hähähä!«

Und es hatte sich gelohnt, dass Uwe noch einmal nachgesehen hatte. Der Schlafsack war tatsächlich noch an Ort und Stelle gewesen.

Überglücklich hatte Uwe ihn, einen großen Bogen um den Übungsradius der Amis schlagend, aus dem Wald geschafft, bis an den Rand einer Obstwiese vom Bauern Kohlmann, die sich weit den angrenzenden Hang hochzog. Ganz oben hatte er sein Fahrrad versteckt.

Uwe blieb kurz stehen, um zu verschnaufen. Der untere Teil der Wiese wurde von einer hohen, absolut undurchdringlichen

Schlehenhecke begrenzt, während sich auf der Wiese dahinter tiefhängende, alte Apfelbäume mit dichten Haselnusssträuchern abwechselten.

Die Apfelbäume kannte Uwe, er war da schon mal mit seinem Vater gewesen, als dieser einige Bäume veredelt hatte.

Da seine Familie beim Bauer Kohlmann immer frische Milch holte, hatte Uwes Vater im Frühjahr sofort zugestimmt, als der alte Großgrundbesitzer ihn freundlich gebeten hatte, einige seiner Äppelbäume zu veredeln.

Uwe packte den Schlafsack, der vor ihm auf dem Boden lag, kräftig an, schulterte ihn erneut auf seinen Rücken und ging weiter. Immer wieder suchten während des anstrengenden Bergaufgehens seine Augen die mit Säge, Edelreis, Okuliermesser, Bast und Baumwachs bearbeiteten Äste. Fast alle Reiser waren angegangen und hatten schon kräftige Triebe geschoben.

Uwe ging Zickzack und achtete peinlich darauf, immer in der größtmöglichen Deckung zu bleiben. Es gab keinen erkennbaren Weg, nur das hohe Gras, das dieses Jahr noch kein zweites Mal gemäht worden war.

Einmal in diese verwunschene Obstwiese eingetaucht, konnte man ihn auch von der offenen, weiten Fläche gegenüber, vom Exe aus, nicht mehr sehen, noch nicht einmal mit einem Feldstecher.

An seinem alten Klapprad angekommen, wuchtete er sogleich seinen neuen Besitz auf den Gepäckträger, schnürte diesen fest und schob sein vollgepacktes Gefährt über Stock und Stein und Wiese nach Hause. Bei Einbruch der Dunkelheit war er nassgeschwitzt und müde, aber auch glücklich, unbeschadet und heil mit seiner Beute angekommen zu sein.

Seinen Eltern hatte er erzählt, dass er den Schlafsack einfach in einem Schützengraben gefunden habe und niemand hielt das für unwahrscheinlich. Auf dem Exe konnte man schließlich alles Mögliche einfach so finden.

Noch am gleichen Abend hatte Uwe seinen neuen Schatz ausgerollt und erst einmal zum Auslüften unter die Halle gehängt.

Dem schweren Schlafsack hing auch nach vier Tagen an der Luft immer noch dieser typische, amerikanische Armeegeruch an. Uwe stand mit dem Teppichklopfer im Hof und malträtierte den Schlafsack damit, als ihn seine Mutter rief.

»Uwe, geh‘ bitte mal zum Lutz und hol‘ ein frisches Brot!«

Ein Grundnahrungsmittel in Uwes Familie, außer den vielen Sachen, die aus dem eigenen Garten kamen, war Schwarzbrot. Oder Bauernbrot, wie das in Schweinheim hieß. Es gab in Schweinheim noch ganz viele kleine Bäckereien, die allesamt noch eine eigene, echte, kleine Backstube hatten. Uwe wurde bestimmt einmal in der Woche von seiner Mutter zum Bäcker geschickt, um ein frisches Brot zu holen.

»Klar! Mach ich!«, rief Uwe seiner Mutter zurück.

Bevor Uwe das Haus verließ, drückte ihm Mutti Gerda zehn Mark in die Hand und gab ihm noch mit: »Du darfst dir auch noch was mitnehmen!«.

Für die Mutter einkaufen zu gehen, war mit das Erste, was man als Kind in Schweinheim lernte. Schon als Sieben- oder Achtjähriger hatte Uwe damit begonnen. Uwe wusste noch, wie aufgeregt er war, als er das erste Mal alleine zum Bäcker gehen durfte. Er bekam eine Einkaufstasche oder ein Einkaufsnetz mit und los ging's. Ebersbacher Straße runter, weiter unten in die Hennteichstraße rein, danach gleich wieder rechts runter in den Sportfeldweg, an dessen Ende links abbiegen in die Bischbergstraße und von da weiter in die Bachgartenstraße, an deren Ende links die Bäckerei Lutz war. Fröhlich tänzelte Uwe den Weg entlang.

Der Lutz war ein fantastischer, kleiner Laden. Es gab ein ganz kleines Schaufenster, direkt dahinter konnte man die Theke sehen und auch die vielen Brote und Brötchen, die in geflochtenen Körben im Regal lagerten. Man musste eine kleine Treppe hochsteigen, bevor man schon mitten im kleinen Verkaufsraum stand. Die Theke war über und über voll mit bauchigen Gläsern voller verschiedener Süßigkeiten. Da gab es Brausetabletten, Kaugummis, Erdbeergummi, verschiedenste andere Fruchtgummis, kandierte Nüsse, Marzipan, Bonbons, Esspapier, saure Lutscher und süße und noch etliche andere leckere Sachen.

Uwe mochte am liebsten die Brausetabletten, die in allen möglichen Pastellfarben leuchtend in einem der Gläser auf ihn warteten.

In der Bäckerei roch es immer nach frisch gebackenem Brot. Es gab auch nur eine Sorte Brot und das war das besagte Schwarzbrot, das Uwe auch an diesem Tag holen sollte. Es gab auch nur eine Größe Brot. Ein Brot hatte immer drei Pfund. Andere Bäckereien gingen langsam mit der Zeit und boten auch Zweier an. Wenn man ein noch kleineres wollte, nahm man einfach nur ein halbes Dreier oder ein halbes Zweier.

Was Uwe nie verstand, dass man immer sagte, geh mal *zum* Lutz. Denn eigentlich, wie Uwe fand, hätte es heißen müssen, geh mal *zur* Lutz. Denn es stand immer nur die Frau Lutz im Laden, nie der Herr Lutz.

Uwe wusste nicht und würde es auch nie erfahren, ob es überhaupt einen Herr Lutz gab.

Frau Lutz war eine Frau, die ungefähr so aussah, wie man sich die Frau Holle vorstellte. Nur mit dunklen Haaren, anstatt mit hellen Haaren. Frau Lutz hatte ihre Haare immer zu einem monströsen Dutt zusammengebunden, sie hatte so viele Haare auf dem Kopf, dass sich Uwe gar nicht vorstellen konnte, wie die Frau mit offenen Haaren aussah. Vermutlich schlief die Frau sogar mit dem Dutt auf dem Kopf, mutmaßte Uwe nicht nur einmal. Aber Frau Lutz war immer unglaublich nett. Sie war immer am Lachen. Frau Lutz lachte sogar dann noch, wenn sie zwischendurch mal nach hinten musste, um neues Brot aus der Backstube zu holen, was Uwe (und nicht nur er, alle machten das so) dazu nutzte, schnell zwei, drei Brausetabletten aus dem Glas auf der Theke vor ihm zu stibitzen.

Die Bäckerei Lutz lag auch auf Uwes Schulweg. Es war bei Uwes ganzen Klassenkameraden Usus, dass man auf dem Nachhauseweg in den Laden ging, dort zwanzig Pfennig aus der Tasche kramte, Süßigkeiten kaufte und wann immer es ging, auch einige Gutsjen, wie man die Bonbons umgangssprachlich nannte, stibitzte. Uwe war sich sicher, Frau Lutz wusste das, trotzdem lachte diese immer.

Der Vergleich mit Frau Holle kam Uwe in den Sinn, weil Frau Lutz auch immer voller Mehlstaub war. Sie sah dann aus wie eine gute, dicke Fee. Sie hatte von dem Mehl immer ein ganz blasses Gesicht, der feine Staub hing auch in ihren Wimpern und in den Augenbrauen, der ganze Oberkörper von Frau Lutz, die zudem einen einschüchternd großen Busen hatte, war eingestäubt, als hätte es eben puderfein im Laden geschneit oder als habe soeben Frau Holle ein riesengroßes Kopfkissen mit feinsten und schneeweißen Daunenfedern geschüttelt. Das war das ganze Jahr so, die Bäckerei Lutz war praktisch das ganze Jahr ein Weihnachtsmärchen. Immer roch es gut, immer lag Mehlstaub im verwunschen schönen Verkaufsraum und immer gab es Süßigkeiten.

Und im Sommer gab es sogar Eis!

In der Ecke des Ladens stand dann eine große Softeismaschine, wo es immer drei Sorten Eis gab. Vanille, Schoko und Erdbeere. Frau Lutz machte da keine Experimente, so wie die vielen anderen langsam aufkommenden Eisdielen in der Stadt, wo man nur noch italienisches Bällcheneis bekam. Das Softeis von Frau Lutz schlängelte sich aus der Maschine wie eine zu Sahne gewordene Schlange, welche Frau Lutz mit geübten Bewegungen in eine formvollendete Spirale formen konnte.

Frau Lutz, die wie immer eine weiße Schürze anhatte (die wie immer vollends mit Mehl eingepudert war, hatten wir das schon erwähnt?), packte ein Dreier Schwarzbrot für Uwe ein, der anschließend artig bezahlte (nicht ohne sich noch ein paar Brausetabletten geben zu lassen) und den Laden wieder in Richtung Ebersbacher Straße verließ. Auf dem Rückweg machte Uwe einen kleinen Umweg. Schon als er um die erste Kurve herum war, packte er das verführerisch duftende Brot aus und biss herzhaft hinein. Es war noch warm! Und so ein warmes, noch ofenfrisches Schwarzbrot, da musste man einfach hineinbeißen, das war so dermaßen lecker!

Als Uwe an der Ecke Ebersbacher Straße Marienstraße vorbeikam, packte ihn eine düstere Beklemmung.

Genau hier war ein Junge aus der Parallelklasse, Günther, vor etwa zwei Monaten tödlich verunglückt.

Günther war mit dem Fahrrad unterwegs gewesen. Ein LKW übersah den Buben, der in der engen Kurve zwischen Ladepritsche und einem Verkehrsschilderpfosten eingeklemmt wurde.

Auf der Beerdigung hatte sogar der Pfarrer geheult, als Günther in einem schneeweißen Sarg zu Grabe getragen wurde. Nur wenige Monate vorher hatte Günther seine Erste Heilige Kommunion empfangen.

Uwe fröstelte es und seine Schritte wurden etwas schneller, bevor er nach weiteren zwanzig Metern verdrossen und nachdenklich noch einmal in das Brot biss. Was ging es ihm so gut, dachte er. Er lebte, besaß einen neuen Armee-Schlafsack und hatte immer wieder Glück in seinem Leben, wo so jemand wie Günther einfach nur Pech hatte.

Wenn Uwe nach so einer Brot-Einkaufs-Tour wieder nach Hause kam, wusste Mutti Gerda immer schon ganz genau, dass es keine Mäuse waren, die unterwegs von dem frischen Brot geknabbert hatten, aber ernsthaft böse war sie ihrem Jüngsten nie, ganz im Gegenteil. Und heute erst Recht nicht, Uwe war heute anders als sonst, weswegen sie ihren Sohn ansprach:

»Was bist du denn am Similieren Uwe? Du schaust so nachdenklich aus, ist was?«

»Nein, schon gut, ich habe nur eben an Günther gedacht, ich bin da unten an der Ecke vorbei gekommen, wo sein Unfall war. Was heißt denn Similieren Mutti?«

»Weißt du das nicht? Du bist doch sonst so schlau! Das sagt man halt so, wenn jemand am Grübeln oder Nachdenken ist. Das ist ein Fremdwort!«

Uwes Mutter liebte Fremdwörter. Wenn auch sie diese nicht immer richtig aussprach oder anwendete, was dann hin und wieder für einen ordentlichen Lacher sorgen konnte.

Richtig witzig wurde es, wenn Uwes Mutter anstatt strapazieren straplizieren sagte oder wenn aus ihrem Mund aus der Redewendung »von Pontius zu Pilatus« »von Pontius und Pistazien« wurde. Was sie auch gerne sagte war, dass dieses oder jenes von jemandem falsch kommaniziert wurde. So wie neulich, als seine Mutter ihm einen falschen Bleistift vom Schreck mitgebracht hatte: »Da hast du das falsch mit mir kommaniziert, als du mir gesagt hast, ich soll dir einen neuen Bleistift beim Schreck besorgen! Das hättest du etwas genauer kommanizieren müssen, wenn du einen ganz bestimmten Bleistift willst!«

Uwes Mutter hatte ihm einen 3B mitgebracht, der war aber viel zu weich. Er hatte einen stinknormalen HB gebraucht. Das musste man doch nicht extra betonen, wenn man einen stinknormalen HB wollte, oder?

Wenn Uwe abends mit seinem Vater in der Küche saß, um mit dem über alles Mögliche zu diskutieren und zu debattieren, sagte seine Mutter immer, die zwei würden philosephieren, mit e anstatt o hinter dem s.

Philosephieren hieß, dass Uwe mit seinem Vater meist über Politik redete.

Uwe war zwar noch keine zehn Jahre alt, dennoch fand er es phantastisch, seinem Vater dabei zuzuhören, wenn dieser über Schmidt und Brandt und Wehner Vorträge hielt und sich dabei über Strauß und Adenauer und die ganzen anderen schwarzen Spitzbuben, wie er sie nannte, aufregte.

Uwe lernte so schon sehr früh, was der Bundestag war und dass es einen Bundesrat gab, dass es einen Bundeskanzler gab und einen Bundespräsidenten und dass der Letztere eigentlich eher unwichtig war. Der aktuelle Bundespräsident hieß Walter Scheel und der war von der FDP. Walter Scheel war vor allem durch seine musikalische Karriere bekannt, die sich auf den Nummer-5-Hit *Hoch auf dem gelben Wagen* beschränkte. Über Walter Scheel redete Uwes Vater nie. Scheel war nur Thema, wenn der Fußballverein wieder einmal einen Wanderausflug machte und unterwegs wurde gesungen, zum Beispiel *Hoch auf dem gelben Wagen.*

Helmut Schmidt indessen war ein feiner Mann, für den Uwes Vater Hermann höchste Hochachtung empfand. Schmidt hatte Stil, war stets in der Lage, vollkommen frei bahnbrechende Reden zu halten, er war ein lupenreiner Sozialdemokrat, immer geradlinig. Schmidt hatte die Rentenfinanzierung durchgeboxt, der Schmidt war für die kleinen Leute da! Und der war ein überzeugter Europäer, bisweilen knallhart, vor allem gegenüber der RAF, war dabei aber immer komplett ehrlich.

Wenn Schmidt-Schnauze den Mund aufmachte, hörten Männer wie Uwes Vater, der ein einfacher, harter Arbeiter war, zu und hielten die Klappe.

Ganz anders Leute wie Franz Josef Strauß und Konrad Adenauer. Mehr als einmal bat Uwe seinen Vater abends beim Philosephieren in der Küche: »Bitte Papa, erzähl‘ nochmal die Geschichte, wie das war, als der Adenauer die ersten Bundeswehrsoldaten vereidigt hat und was der Strauß zur Wiederbewaffnung gesagt hat!«

Hermann, Uwes Vater, schwieg dann kurz, machte sich noch ein Bier auf und begann zu erzählen: »Wer noch einmal ein Gewehr in die Hand nehmen will, dem soll die Hand abfallen, hat der Strauß 1949 gesagt. 1956 ist der Lügner Verteidigungsminister geworden! Zusammen mit dem Konrad Adenauer hat der Deutschland wieder aufgerüstet! Weil es sein muss, hat es geheißen! Wesche der Aufrüstung in der Sowjetunion. Es is immer nur ums Geld gegange! Millionen hat der eingesteckt, als er den Kauf von denne Starfighter-Düsenflieger für die Bundeswehr eingefädelt hat, schmieren lassen hat der sich! Und was isses Ende vom Lied? En Haufe tote Bundeswehrpilote! Abgestürzt sind se in dem Strauß seim Witwenmacher! Nit einer Witwe hat der persönlich in die Auche geguckt Uwe! Und der Kerl wird immer reicher und sitzt jetzt so fest im Sattel wie nie! Un wenn's dumm läuft, wird der Kerl irgendwann ach noch Kanzler! Und de Adenauer? Der hat genau gewusst, was los is! Hat den als sein Kettehund zum Minister gemacht! Der hat den gedeckt! Und unner dem Adenauer sin 1955 die erste Bundeswehrsoldate vereidigt worn! Und weißte was Uwe? Ein riesengroßes Eisernes Kreuz hatte se da an die Wand gehängt!«

Die ganze Sache mit der Wiederbewaffnung, der Bundeswehr und dem Militär überhaupt und dem Krieg war für Uwes Vater ein ganz heißes Eisen. Papa Hermann war bei Kriegsende genauso alt gewesen, wie Uwe jetzt. Neun Jahre. Und er hatte das Grauen mit eigenen Augen gesehen. Als damals im Mai 1945 sein Heimatort Haibach von den Amerikanern eingenommen wurde, gab es noch einmal richtig viele Tote. Der kleine Hermann hatte die jungen Soldaten erst den Berg hoch zum Buchberg laufen sehen, wenig später wurden sie tot heruntergetragen und nebeneinander hingelegt. Ein Bub, den Uwes Papa damals kannte, der vielleicht zwei, drei Jahre älter war, wäre damals beinahe auch noch erschossen worden, als er versucht hatte, einem toten Ami die Armbanduhr zu klauen.

Viele verantwortliche Altnazis bekleideten nach dem Krieg erneut verantwortungsvolle Ämter, waren vor allem in der Kirche aktiv und alle wählten natürlich die Partei mit dem C. Die CSU.

»Vor dem Krieg hammse die Kreuze abgehängt, dann hammsese wieder uffgehängt!«, redete sich Papa Hermann dann gerne in Rage.

Und das sei der Unterschied zwischen den Einen (CDU/CSU) und den Anderen (SPD), erklärte Uwes Vater dann zum x-ten-Mal. Die Einen und die Anderen. Gut gegen Böse. So einfach war Deutschland in diesen Tagen aufgeteilt, die Regierung und die ganze Welt.

Der Schmidt sei zwar auch ein Wirtschaftsfreund. Und auch einer, der sagt, man brauche die Bundeswehr. Aber er sei eben auch ein echter, ehrlicher Staatsmann, der nie jemanden belügen würde. So eine ehrliche Haut müsse man erstmal wieder finden. Schmidt redete auch immer mit den anderen, erklärte Uwes Vater: »..mit dem Osten, der DDR und mit den Russen. Macht Angebote, verhandelt und stößt nicht einfach alle vor den Kopf.«

Willi Brandt, Bundeskanzler vor Schmidt, hatte sogar den Friedensnobelpreis bekommen, weil er wie kein anderer sich für Versöhnung eingesetzt habe. Uwe lernte, dass ein Deutscher Kanzler 1970, da war Uwe zwei Jahre alt, einen Kniefall gemacht hatte, und dass der gleiche Mann wie kein anderer eine Politik der Entspannung, statt der ständigen Konfrontation verfolgt hatte, und dass eben jener Mann zeitlebens, bis unter die Gürtellinie, dafür von seinen politischen Kontrahenten, den Schwarzen, gehasst wurde und wird. Dass er bis heute immer wieder diffamiert wurde. An dieser Stelle betrat Uwes Mutter Gerda die Küche und fragte: »Wer wurde difftamiert?«, hängte dabei ein Handtuch auf und ging wieder hinaus.

Und je mehr und je öfter Uwe seinem Papa zuhörte, desto komplexer und zugleich einfacher und klarer wurde seine Sicht der Dinge: Das Eine war eben, ab und zu eine Schelle zu bekommen und trotzdem den besten Papa der Welt zu haben, so wie Uwe. Das andere war, ab und zu eine Schelle zu bekommen, aber nie zu wissen wofür und zudem ständig vor demjenigen

Angst haben zu müssen, der diese austeilte, weil derjenige einfach völlig egoistisch und unberechenbar war.

Uwes Papa wusste auf seine einfache Art ganz genau, dass Leute wie Strauß im Grunde genommen hochgradige Narzissten waren. Und das, ohne zu wissen, was ein Narzisst überhaupt genau war. Was ein Nazi war, das hingegen wusste Uwe bereits.

Am Abend des 20. Oktober 1977 saß Uwe auch wieder mit seinem Vater am Küchentisch. Der Begriff vom Deutschen Herbst machte die Runde und Uwe wollte wissen, was es damit genau auf sich hatte.

»Die ham schon recht von de RAF, wie die dem Staat mal ans Schienbein trete! Die machen nur den Fehler, dass da immer zu viele Unschuldige mit draufgehen! Chauffeure, Leibwächter und so weiter..«, sagte Papa Hermann.

Vor zwei Tagen hatte die deutsche Sondereinheit GSG 9 die entführte Lufthansamaschine Landshut in Mogadischu gestürmt. Wenige Stunden später hatten sich die in Stuttgart-Stammheim inhaftierten Terroristen Andres Baader, Gudrun Ensslin und Jan-Carl Raspe das Leben genommen. Und gestern wurde die Leiche des entführten Arbeitgeberpräsidenten Schleyer in Frankreich geborgen.

Den offenen Schlagabtausch, den sich der Staat und die RAF lieferten, hielt auch Uwes Heimatort Schweinheim in Atem. Und Uwe dachte wieder an das Fahndungsplakat in der Postfiliale, das er regelmäßig anschaute.

All das waren Dinge, die Uwe brennend interessierten und sein Vater berichtete bereitwillig und bildete seinen Sohn, der in diesem Alter noch mit seiner Modelleisenbahn spielte und Bierdeckel sammelte oder begeistert auf dem Exe mit den Amis Papas Bier gegen MRE's tauschte. Insgesamt konnte man auch deshalb sagen, dass Uwes Kindheit eine absolut einzigartige war. Und die Zeit, in der er aufwuchs, in etwa so zu beschreiben war:

Man saß mit seinem ganzen Dorf in einer Art Heißluftballon und schwebte zwischen den alten Zeiten, die noch nicht so lange her waren und den neuen, von denen man noch nullkommanull wusste, wo sie hinführen würden und wie diese letztlich aussehen würden.

Das Leben war spannend und zugleich irritierend schön, weil im Grunde genommen alles ganz einfach war. Wie in einer dieser Fernsehserien. Lassie oder Flipper oder Bonanza. Nur, dass das Leben eben keine Fernsehserie war. Uwes Leben fühlte sich bis hierhin aber genauso an.

Als Helmut Schmidt, der deutsche Bundeskanzler, die Stürmung der Lufthansamaschine Landshut durch die GSG 9 anordnete, hatte er sein unterschriebenes Rücktrittsschreiben in der Tasche, das er im Falle eines Fehlschlags auf den Tisch gelegt hätte, erfuhr man in der Öffentlichkeit. Helmut Schmidt hatte halt wirklich Grandezza und Schneid.

Zwischendurch stillten Uwe und sein Papa ihren Hunger beim Vespern. Der Aschaffenburger (und der Schweinheimer erst Recht) kannte natürlich die drei Grundsorten Hausmacher Wurst: Pressack, Schwartenmagen und Grobe Leberwurst. Wirklich gute Metzger boten dieses Trio auch immer in der Dose an. Ein richtiges Hausmacher Wurstbrot musste mit Wurst aus der Dose gemacht werden, fand Uwe, weil die einfach am saftigsten war. Dazu gab es natürlich Saure Gurken. Und oh ja, diese wurden natürlich von Mutti Gerda selbst eingemacht. Was als Zutat zudem unentbehrlich war, das war Senf!

An solchen Philosephierabenden, wie sie Uwe oft mit seinem Vater Hermann erlebte, wurden Unmengen Schwarzbrot und Hausmacher Wurst vertilgt. Während Uwe eine Limo nach der anderen trank, vernichtete Papa Hermann schon mal fünf, sechs Bier, weshalb es diesem am Ende des Abends dann auch stets reichte. Je später der Abend wurde, desto mehr musste Uwe sich oft anstrengen, um seinem Vater noch folgen zu können. Gelacht wurde natürlich auch unendlich viel. Und zwischendurch wurde auch immer wieder über den Garten geredet, die Obstbäume, die Bienen oder die Kaninchen. Und je später der Abend wurde, desto hemmungsloser ließ Uwes Vater auch den ein oder anderen Furz heraus, da musste Uwe dann schon mal die Luft anhalten in der elterlichen Küche.

Der Aschenbecher, der damals wie selbstverständlich auch noch auf dem Küchentisch stand, war dann zu später Stunde auch randvoll, denn Uwes Vater qualmte während solcher fabelhaften Abende auch ohne Ende und ohne Unterlass. Im Ofen glühten die letzten Kohlen aus und Uwe und sein Papa Hermann beendeten dann oft spät nach Mitternacht ihre Runde. Uwe liebte diese Stunden mit seinem geliebten Vater, schade war nur, dass diese sich ausschließlich auf Freitage und Samstage beschränkten. An den anderen Tagen musste Uwe, wegen der Schule, um acht im Bett sein, da war seine Mutter unerbittlich. Außer es waren Ferien. Uwes andere Geschwister nahmen übrigens nie oder nur sehr, sehr selten an diesen abendlichen Gesprächsrunden teil, was Uwe überhaupt nicht verstand, er genoss es aber auch, seinen Papa da ganz für sich alleine zu haben.

Eierlikör *(19. November 1977)*

Es war ein wesentlicher Bestandteil von Uwes Leben, dass er sehr, sehr viel zu Fuß unterwegs war. Seine Eltern hatten zwar ein Auto, einen grauen Ford Taunus GXL, aber nur sein Vater Hermann hatte den Führerschein. Da Uwes Papa mit dem Auto jeden Tag zur Arbeit fuhr, war tagsüber also weder ein Auto da, noch jemand, der es hätte fahren können.

Bei den anderen Familien in Uwes Umfeld verhielt es sich nicht viel anders. Praktisch alle Kinder gingen immer zu Fuß. Oder fuhren Rad oder Tretroller.

Und niemand wurde zur Schule gebracht, so gut wie jeder ging morgens zu Fuß zur Schule. Egal, wie weit der Weg auch war. Wer weiter weg wohnte, ging entsprechend früher los, so einfach war das.

Außerdem konnte man zu Fuß auf dem Schulweg bereits in aller Frühe schon alles Mögliche mit seinen Kumpels klar machen. Im Bus ging das ja gar nicht, kaum hatte man jedem nur Hallo gesagt, musste man schon wieder aussteigen und war - schwuppdiwupp - schon in der Schule, voll blöde.

Es war also völlig normal, dass jeder, der das konnte, lief. Nicht normal war, wenn jemand nicht zur Schule lief. Nur die Kinder, die ab der fünften Klasse auf das Gymnasium gingen, die gingen nicht mehr zu Fuß zur Schule, die fuhren mit dem Bus, weil das Gymnasium in der Stadt war.

Wer es nicht auf das Gymnasium schaffte, musste, bzw. durfte, weiter in die Hauptschule laufen und hatte erst zwei weitere Jahre später Gelegenheit, sich für den Bus zu qualifizieren, indem er den Übertritt auf die Realschule schaffte. Denn auch diese war in der Stadt.

Der einzige Bub aus Uwes Klasse, der nicht zur Schule lief, das war Holger.

Holger wurde tatsächlich jeden Morgen von seinem Vater zur Schule gefahren, was vollkommen sonderbar war. Holgers Papa machte das, weil er schon in Rente war und Zeit hatte. Uwes Papa Hermann war das auch schon aufgefallen, der sagte dazu: »Da leckste mich am Buckel! Da wüsst ich aber Besseres mit meiner Zeit anzufangen! Das tät dem Källe gut, wenn er sich einmal ein bissje mehr bewesche würd!«

Holger hätte etwas mehr Bewegung wirklich gut getan, er war wirklich ziemlich dick, nein, er war fett, und wurde deshalb auch oft von seinen Klassenkameraden aufgezogen. Dass er dann noch jeden Morgen mit dem Auto zur Schule gebracht wurde, trug natürlich nicht zur Besserung seiner Gesamtsituation bei. »Roller-Holger« war noch einer der harmloseren Spitznamen, den Holger weg hatte, weil man ihn eben fast rollen konnte, weil er so rund war. Da nützte es ihm auch nichts, dass er ein ganz passabler Torwart war. Wobei auch Uwe fand, dass es ehrlich echt schwer war, den Ball überhaupt noch ins Tor zu bekommen, ohne Holger zu treffen, denn dieser verdeckte ja praktisch das ganze Tor. Dass Holger weniger Bewegung als seine Altersgenossen hatte, war aber nicht der einzige Grund dafür, dass er so dick war.

Uwe war eines der wenigen Kinder, die mit Holger so etwas

wie eine Freundschaft pflegten. Beide lasen gerne Bücher und spielten gerne Spicker werfen, weshalb sie sich ab und zu nachmittags trafen. Einmal, als Uwe bei Holger zu Besuch war, kam plötzlich dessen Mutter ins Zimmer und stellte ihrem Sohn einen ganzen mit Dosenpfirsichen belegten Obstboden hin, den dieser wie selbstverständlich entgegennahm, so, als wäre es ein ganz normales Mittagessen. Uwe lief schon das Wasser im Mund zusammen, weil er zunächst im Glauben war, er bekäme auch ein Stück. Weder Holger, noch dessen Mutter boten ihm aber ein Stück an, stattdessen tat Holger so, als sei gar nichts passiert und aß während des Spickerwerfens einfach ein Stück nach dem anderen auf, bis der Kuchen kurze Zeit später komplett vernichtet war.

Uwe brauchte sehr lange, um die Bilder anschließend aus seinem Kopf zu bekommen. Holger, in der rechten Hand den Spicker, ein Auge zugedrückt, damit er mit dem anderen zielen konnte. In der linken Hand den Obstboden, der schon in Holgers Hand auseinanderfiel, der Tortenguss tropfte schon auf den Teppichboden. Holgers Mund rechts etwas geöffnet, wegen des zugekniffenen Auges. Die Biskuitbrocken sichtbar zwischen den schiefen Frontzähnen, Holger weiter kauend, zielend, dann der Wurf und ein lautes »Jaaa!« von Holger, immer weiter mit dem zerkauten Kuchen im Mund.

Der Weg zur Schule war zwar irgendwie auch toll, weil man da gleich morgens freie Zeit mit seinen Freunden verbringen konnte, dennoch war er für Uwe nicht immer einfach. Aus mehreren Gründen konnte der morgendliche Weg zur Schule eine echte Herausforderung sein.

Es konnte regnen oder einfach saukalt sein. Wenn man da keine ordentlichen Winterschuhe hatte, zum Beispiel weil die alten Schuhe plötzlich zu klein geworden waren, hatte man schon ein Problem. Aus diesem Grund war es eine von Mutti Gerdas wichtigsten Vorhaben, jedes Jahr im Herbst das Schuhwerk ihrer

Kinder einer eingehenden Prüfung zu unterziehen. Wenn die Schuhe noch passten, aber die Sohlen abgelaufen waren, hieß das, dass wieder ein Gang zum örtlichen Schuster anstand. Das war etwas, worauf sich Uwe immer sehr freute, weil die Schusterwerkstatt ein ganz besonderer Ort war. Es roch nach Leder und nach Klebstoff, in den Regalen und auf den Fußböden türmten sich Schuhe verschiedenster Art, wobei braune und schwarze Schuhe natürlich überwogen. Bunte Schuhe gab es praktisch nicht. Insgesamt wirkte alles beim Schuster ein bisschen wie aus einer anderen Welt. Uwe konnte sich durchaus vorstellen, wenn er mal groß war, Schuster zu werden.

»Ah! Die gehen noch! Do mache mer e neue Sohle druff, des ist gar kein Problem!«, sagte der Schustermeister. Uwe hielt sich, da er noch nicht so groß war, an der Theke fest und schaute interessiert zu, wie seine Mutter und der alte Oswald, so hieß der Schuster, miteinander sprachen.

»Und guck mal hier, das sind die abgetragenen Herbststiefel von meinem Großen, die würden jetzt dem Uwe passen, aber da ist bei dem linken der Reißverschluss kaputt. Kannst du da einen Neuen reinmachen Oswald?«

»Ah! No freilisch Gerda! Do mache mer grad en Neue noi, hohoho!«

Nachdem sie alle kaputten Schuhe, die Oswald reparieren sollte, auf die Theke gelegt hatten, reichte der Schuster die Schuhe rüber, die er seit dem letzten Besuch repariert hatte. Uwe erkannte seine neuen Mokassins, die er erst im Sommer bekommen hatte. Am rechten Schuh war die Sohle komplett weg gewesen, weil Uwe mit diesem Fuß immer abbremste, wenn er es besonders eilig damit hatte, von seinem Fahrrad herunter zu kommen. Ähnlich verhielt es sich, wenn Uwe Kettcar fuhr oder Tretroller.

Den heftigsten Abrieb erzeugte jedoch das Bremsen mit dem Skateboard. Naja, Skateboard konnte man dazu nicht so richtig sagen, wusste Uwe. Für ein richtiges Skateboard hatten seine Eltern kein Geld. Uwes Skateboard war einfach ein Stück Pressspanplatte, das in Form einer Bombe mit einer Stichsäge in Form geschnitten war und unten waren die Rollen von einem alten Rollschuh festgeschraubt.

»Für was hasten du e Bremse an doim Rad? Hä? Hohoho!«, lachte Oswald Uwe an und ergänzte: »Isch waaß scho Bescheid, warum der Schuh kä Sohle mer gehabt hat! Bist nit de Einzische, wou sou e Zeisch mescht! Hohoho!«

Uwe wurde etwas rot und Gerda zog eine Augenbraue nach oben, während ihre Lippen zu einem schmalen Schlitz wurden. Mutti Gerda beherrschte es perfekt, nur mit ihrer Mimik eine zentnerschwere Unbehaglichkeit bei ihrem Gegenüber zu erzeugen.

Als sie wieder auf dem Nachhauseweg waren, spazierten sie kurz beim Bäcker Lutz vorbei. Uwes Mutter erklärte ihm: »Wir müssen noch ein Brot kaufen Uwe, wir haben keins mehr daheim, morgen ist doch Sonntag.«

»Auja! Darf ich mir ein paar Vize mitnehmen für den Kaffee heute Mittag, bitte!«

Es war Samstag und samstags gab es immer Vizen. Die Vizen konnte man nicht einzeln kaufen. Es handelte sich dabei um ein flaches, süßes Hefegebäck. Eine Vize hatte in etwa die Form eines flachen Tropfens, an der flachen Seite hing der zweite Vizeweck wie ein siamesischer Zwilling an dem anderen.

Uwe war erleichtert, dass seine Mutti wieder lieb zu ihm war und er freute sich, als sie ihn angrinste und seiner Bitte entsprach. »Aber heute trinkst du keinen Bohnenkaffee!«

»Doch! Bitte«

Mutti Gerda musste jetzt laut lachen. »Du bist eine kleine Kaffeetante!«, sagte sie zur ihrem Sohn.

Seit Uwe vor kurzem das erste Mal bei seiner Haibachoma Adelheid richtigen Kaffee trinken durfte, freilich mit einem ordentlichen Schuss Milch und Zucker drinnen, war Uwe richtig süchtig danach.

Auf dem weiteren Heimweg sprachen Uwe und seine Mutti noch einmal über den Schuster im Allgemeinen und Schuhe im Besonderen.

»Mutti, warum darf ich meine Turnschuhe eigentlich nicht anziehen, wenn ich so mit meinen Freunden weg gehe? Der Nick und der Mike dürfen das auch. Oder sonst so, wenn ich was mache?«

»Was die anderen dürfen, das interessiert mich nicht Uwe. Was denken denn die Leute, wenn du zum Beispiel zum Bäcker gehst oder sonntags in die Kirche und du stehst da in Turnschuhen rum? Das macht man nicht! Wie sieht denn das aus? Wir sind doch bei uns daheim nicht bei Strempels unterm Sofa!«

»Es heißt Hempels unterm Sofa!«

»Ah! Hör auf mich zu verbessern! Außerdem kann ich die Turnschuhe nicht zum Oswald bringen, wenn die kaputt sind, die kann der nicht reparieren, wir können uns das auch gar nicht leisten, dir dann immer wieder Neue zu kaufen. Aus diesem Grund ziehst du Deine Turnschuhe nur dafür an, wozu du sie hast, nämlich zum Turnen!«

»Aber Mutti..«

»Nichts da.«

Damit war die Diskussion beendet.

Uwes Turnschuhe verbrachten die meiste Zeit in einem Stoffbeutel, den man oben mit einer Schnur zu ziehen konnte. Und Uwe fand es komplett behämmert, dass alle Menschen in ganz Schweinheim immer wussten, an welchem Wochentag er in der Schule Turnen hatte. An diesen Tagen hatte Uwe neben seinem Schulranzen nämlich auch noch seinen Turnbeutel dabei, in dem seine Turnschuhe schlummerten. Aber noch beknackter fand Uwe, wenn alle seine Freunde, die mit ihm in einer Klasse waren, gemeinsam mit ihm zur Schule gingen und bei allen baumelte dieser dämliche Stoffbeutel an der Seite.

Uwe grummelte vor sich hin und lief einige Schritte hinter seiner Mutter mit seinen alten Mokassins weiter, die er heute trug.

An der Kreuzung zur Ebersbacher Straße hätten Uwe und seine Mutti eigentlich rechts abbiegen müssen, Gerda überquerte aber stattdessen die Straße und hielt auf die Altholstraße zu.

»Warum gehen wir nicht nach Hause Mutti? Ich denke, wir wollen einen Kaffee trinken?«, fragte Uwe.

»Wir besuchen eben noch Tante Klärchen. Mir ist eben eingefallen, dass sie diese Woche ja kurz mit ihrem Klapprad bei mir war, um mir zu sagen, dass sie heute frischen Eierlikör macht, wir dürfen uns eine Flasche abholen.«

»Echt jetzt! Darf ich da einen trinken?« Uwe liebte Tante Klärchens Eierlikör.

Tante Klärchen, die eigentlich Klara hieß und die letzte noch lebende Tante von Mutti Gerda war, machte den besten Eierlikör der Welt!

Uwe war noch ein Kind und Kinder durften keinen Alkohol trinken. Kinder bekamen grundsätzlich keinen Alkohol von ihren Eltern. Wenn die Erwachsenen bei Familienfesten selbstgemachten Heidelbeerlikör tranken oder ihren selbst gebrauten Hagebuttenwein ausschenkten, bekamen die Kinder einen Eierlikör. Da war zwar auch Alkohol drinnen, aber merkwürdigerweise wurde Eierlikör von den Erwachsenen eher im Bereich von harmlosen, aber besonderen Säften eingeordnet.

Diese Kategorisierung von Eierlikör war so tief verwurzelt und so selbstverständlich, dass tatsächlich jeder vollkommen den Alkoholgehalt von Eierlikör ausblendete.

Mit Eierlikör konnte man sogar Auto fahren. Wenn die Polizei einen Autofahrer anhielt und zur Alkoholkontrolle bat und der Wachmann fragte: »Haben Sie was getrunken?«, und man antwortete »Nö, nur einen Eierlikör bei Tante Klärchen«, dann konnte es passieren, dass der Ordnungshüter einfach nur sagte: »Na dann Gute Fahrt! Und schöne Grüße an Tante Klärchen!«

Selbst Schnapsbohnen, die ein beliebtes Konfekt zum Verschenken waren, wurden als gefährlicher eingestuft. Mit Schnapsbohnen musste man bei der Polizei unweigerlich blasen. Wer Schnapsbohnen gegessen hatte und Turnschuhe trug, der musste damit rechnen, dass man ihn mit zum Revier nahm.

»Na! Wart ihr oikaafe? Des is aber schö, dass ihr misch besucht, da freu isch misch! Kummt roi! Uwe! Isch mein, du bist scho widder gewachse! Du werst ja immer größer!«

Tante Klärchen war eine Seele von Mensch und Uwe mochte sie sehr. Sie lachte immer, war immer gütig und eine gute Zuhörerin. Tante Klärchen redete nie schlecht über jemanden und für Mutti Gerda war Tante Klärchen eine der wichtigsten Bezugspersonen im Leben. Mit ihr konnte sie über persönliche Dinge reden, ihre Sorgen und Nöte mitteilen, ohne je Angst haben zu müssen, nur dumme Ratschläge zu bekommen. Tante Klärchen war einfach wunderbar.

Als sie Tante Klärchens Küche betraten, räumte diese behende einige Dinge von dem kleinen Küchentisch ab, um gleich darauf drei kleine Schnapsgläschen aus ihrer Kittelschürze zu zaubern. Diese stellte sie behutsam auf den Tisch.

»Sou, jetzt trinke mer erstemol en Eierlikör. Du trinkst ach äner Uwe, gell?«

Uwe strahlte und antwortete begeistert: »Jaà! Ich hab schon gefragt, ich darf! Gell Mutti!«

Mutti Gerda grinste ihren Sohn nur an und begann eine Unterhaltung mit Tante Klärchen.

»Klärchen, irgendwann muss ich mir dein Eierlikörrezept mal aufschreiben! So gut bekomme ich den nie hin! Verrätst du es mir?«

»Waaßte Gerda, des ist gor nit sou schwer. Als Erstes tust du die Eier uffschlache un trennst se. Du brauchst nur die Eidotter, des Eiweiß tust du weg. Dann, des is ganz wischtisch, dass du kein Vanillezucker nimmst! Du nimmst eine Vanilleschote! Die schneidste uff und kratzt des Vanillemark raus und des tuste dezu. Da kimmt dann e bissje Salz dezu und de Puderzucker und dann tust du des alles vorsischtig und schei behutsam mit dem Schneebesen verrührn. Dann kimmt die Dosemilsch und die Sahne dezu, als weiterrührn. Sou, un jetzt Gerda, kimmt de schwierigste Teil! Do musste oisch uffbasse! Jetzt tuste des alles in en Grobbe und stellst den uff de Herd. Schaltst oi, des derf aber höchstens sou 60 bis 70 Grad worm wern! Uff kän Fall derf des koche! Wenns kocht, gäit dä de Likör kaputt! Un immer schei mit dem Schneebesen weiterrührn! Des meschste sou zehn Minute lang. Und zum Schluss kimmt dann noch der Rum noi, ach wieder schö noigerührt. Und dann musste de Eierlikör, solang er noch heiß is, gleisch in Flasche abfülle! Fäddisch, des wors!«

Zwischendurch tauchte Onkel Berti auf. Das war der Mann von Tante Klärchen.

Onkel Berti war ein grundgütiger, etwas schelmisch aussehender Opa mit grauem Bürstenhaarschnitt. Ein ganz ein lieber Mensch.

»Ei Gerda! Un? Wie? Und de kleine Uwe ist auch debei! Alles klor, moin Bu?«

»Ach! Berti! Ich habe nicht gewusst, dass du auch da bist, wir wollten nicht stören, nur schnell einen Eierlikör abholen«, sagte meine Mutter mit einem ehrlichen Lachen in den Augen.

»Oh Gerda! Alles gut! Isch hob nur ein kleines Mittagsschläfche gemacht. Geh grad emol mit! Isch muss der was zeische..«, sprachs, und Berti drehte sich um, was der Aufforderung glich, ihm zu folgen.

Während Uwes Mutter sich anschickte, Onkel Berti nach draußen zu folgen, sagte Tante Klärchen zu Uwe: »Mir bleiwe da Uwe. Magst du noch ein Eierlikör?«

Da Gerda und Berti eine ganze Weile weg waren, wurden aus einem dann noch einer, und noch einige mehr Eierliköre für den kleinen Uwe.

Auf dem Nachhauseweg, inzwischen war es Spätnachmittag, fühlte sich Uwe merkwürdig leicht und beschwingt. Irgendetwas zauberte ihm ein Dauergrinsen ins Gesicht. Das musste an Tante Klärchen liegen, mutmaßte Uwe, das war immer so, wenn er sie besuchte. Aber so arg war es noch nie, dass er sich so seltsam leicht und beschwingt fühlte. Was war nur los mit ihm?

Irgendwie war seine Tante Klärchen so etwas wie eine Fee oder so eine liebe Schrumpelhexe aus einem dieser schönen Märchenfilme, die manchmal im Kinderprogramm liefen. Sie sah ja auch so ähnlich aus. Klein, die grauen Haare zu einem festen Dutt gebunden, die Pausbacken und die Lachgrübchen, Tante Klärchen wäre auch eine gute Frau Holle geworden, wie die Frau Lutz, überlegte Uwe. Aber beim Bäcker Lutz gab es keinen Eierlikör.

Mutti Gerda war auch richtig gut gelaunt. Onkel Berti hatte ihre Küchenmesser scharf gemacht, die sie ihm vor einiger Zeit gegeben hatte. Es war ein Hobby von Onkel Berti, eigene Messer zu bauen oder gebrauchte Messer richtig scharf zu machen. Das halbe Dorf brachte seine stumpfen Messer zu Berti.

Der Onkel hatte sich eine richtige kleine Schmiede im Schuppen neben seinem Haus eingerichtet. Die Feldschmiede, die darinnen stand, hatte Berti mal von Uwes Opa Winfried bekommen und dieser hatte diese bei der Bahn organisiert, wo er bis zu seiner Frührente gearbeitet hatte.

Hand in Hand tanzten Uwe und seine Mutti im Hopserlauf nach Hause.

»Nicht so schnell Uwe! Haha! Ich muss aufpassen, dass uns die Likörflasche zwischen den Schuhen nicht kaputt geht!«

»Das wär schade! Hahaha! Das Brot und die Vizen wären dann auch im Eimer! Hahaha!«

Kurz bevor sie daheim angekommen waren, passierten zwei Dinge fast gleichzeitig.

Am übernächsten Haus, wo die alte Frau Mützerer wohnte, für die Uwes Bruder Erwin zweimal die Woche die Einkäufe erledigte, fuhr ein schneeweißer 450er Mercedes SEL vor. Das Aufsehen erregende Auto hatte über 240 PS, sowas konnten nur stinkreiche Leute fahren.

Die Fahrertüre öffnete sich und ein in einem schwarzen Anzug gekleideter Mann mit langen, ebenso schwarzen Haaren, die hinten zu einem Pferdeschwanz zusammengeknotet waren, stieg aus. Er hatte eine dunkle Sonnenbrille auf und trug… weiße Turnschuhe!

Uwe war völlig gebannt von dem merkwürdigen Anblick. Aber es wurde noch besser!

»Uwe, jetzt komm schon! Du stehst ja da wie angewurzelt! Glotz da nicht so hin. Das ist doch nur der Kurt«, hörte Uwe von weitem, war das nicht die Stimme seiner Mutti?

»Hallo! Uwe! Ich rede mit dir!«, Gerda bückte sich jetzt zu ihrem Sohn herunter, der immer noch nicht reagierte.

Der schwarz gekleidete Mann mit den weißen Turnschuhen lief jetzt die zwei Schritte zur Türe der Rückbank und öffnete diese. Dort saß ein weiterer Mann, der allerdings in einen komplett weißen Anzug gekleidet war. Feine graue Nadelstreifen zierten den edlen Stoff. Der Mann, der ebenfalls Sonnenbrille trug, stieg aus und setzte sich einen weißen Hut auf, als er auch schon Uwe erblickte.

»Ja schau mal da hin! Der Uwe! Dich hab ich ja schon ewig nicht mehr gesehen! Hahaha! Na Gerda! Un, wie? Hinne de Orsch, vorne die Knie! Gell, Hahaha! Wie gehtsen deine Mädschen? De Vroni un de Lotte, hammse ach scho so e schönes Fahrwerk wie du? Hahaha!!«

»Grüß Gott Kurt. Grüß mir Deine Oma, ich habe sie schon lange nicht mehr gesehen, sie geht ja gar nicht mehr aus dem

Haus«, zischte Uwes Mutter eisig über die Straße, bevor sie Uwe hinter sich her zog, der immer noch wie gebannt auf das teure Auto schielte und diese beiden komischen Männer, von denen er den weiß gekleideten jetzt auch als Kurt erkannte.

»Mutti? Was ist ein Fahrwerk?«, fragte Uwe.

»Halt die Klappe!«, sagte Uwes Mutter und Uwe hielt vorerst die Klappe. So kannte er seine Mutter gar nicht.

Kurt war der älteste Enkel von Frau Mützerich, der seit einigen Jahren in Frankfurt lebte und der dort, so erzählte man sich, riesengroße Geschäfte machte. Aber das wurde nur hinter vorgehaltener Hand erzählt, keiner wusste was Genaues nicht und auch bei Uwe daheim wurde eher darüber geschwiegen. Man tat fast so, als sei der Kurt ein Aussätziger, fand Uwe. Seine Mutti hatte ihm jetzt auch schon wieder voll böse geantwortet, dabei hatte er ihr doch gar nichts getan, außer wirklich komisch auszusehen mit seinem weißen Anzug. Und sie zu fragen, ob Vroni und Lotte auch schon so ein schönes Fahrwerk hätten wie seine Mutter.

Als sie die Haustüre öffneten, rief dann noch die alte Helga von nebenan rüber, diese hatte das Treiben vor dem Haus der Mützerich vom geschlossenen Fenster aus beobachtet. Erst als Kurt und sein Chauffeur verschwunden waren, hatte sie sich getraut, es zu öffnen.

»Ja gugge mol! Wort ihr oikaafe? Un, Gerda, hasten ah gesehn, de schöne Kurt! Mit soim Lackaff! Wollt ihr rüwwerkomme uff en Kaffee?«

Uwe schaute schon hoffnungsvoll zu seiner Mutter und zog an ihrer Hand, er wollte unbedingt. Er mochte die alte Helga, die ging doch auch immer mit ihm in die Pilze! Aber seine Mutter stand wie eine Säule, hielt Uwes Hand wie einen Schraubstock fest umschlossen und antwortete seelenruhig, aber klar und hart: »Ja. Danke Helga. Aber lass gut sein. Ich habe noch zu tun, vielleicht ein andermal.«

Als sie drinnen waren, war Uwe beleidigt und äußerte dies auch.

»Warum gehen wir nie auf einen Kaffee rüber zu Helga! Die hat dich schon so oft eingeladen! Immer sagst du ab, warum? Die ist doch nett!«

»Irgendwann Uwe, irgendwann erzähle ich es dir vielleicht, warum ich da nicht rübergehe.. Vielleicht..«, sagte Gerda genervt zu ihrem Sohn und ergänzte sofort: »Wenn du mit der Helga in die Pilze gehst, ist mir das recht, meinetwegen. Aber ich werde niemals da drüben einen Kaffee trinken. Und ich habe es dir schon oft genug gesagt! Wage nicht, sie irgendwann hierher einzuladen!«

Die gute Laune, die Uwe und seine Mutter eben noch gehabt hatten, hatte sich mit einem Mal in Luft aufgelöst. Uwes Kopf fühlte sich angesichts der eben noch dagewesenen Beschwingtheit an wie Brei.

Während Gerda die Schuhe, den Eierlikör und die Sachen vom Lutz aus den Taschen holte, fragte sie Uwe, ob er inzwischen Susi gefunden habe.

»Nein, hab ich nicht. Aber ich suche morgen nochmal den Garten ab. Vielleicht finde ich sie ja irgendwo.«

»Mach das! Und jetzt gib eine Ruhe!«, entließ Gerda ihren Sohn und gab ihm so zu verstehen, dass sie nun keine weiteren Fragen nach Helga beantworten würde.

Die Lust auf Kaffee mit Vizen war Uwe jetzt auch vergangen.

Susi war Uwes Schildkröte, die ihnen im Sommer 1975 zugelaufen war. Plötzlich war sie eines Tages im Garten gewesen und hatte sich dort an den reifen Erdbeeren gütlich getan. Uwe hatte sie entdeckt und gleich gemutmaßt, dass die große, griechische Landschildkröte irgendwo aus der Nachbarschaft ausgebüchst sein musste, denn es konnte ja kaum sein, dass sie wie einst die Kartoffelkäfer über Deutschland, zusammen mit tausenden anderen Artgenossen, von dem Amis abgeworfen worden war. Das hätte man gehört und das hätte auch ziemlich viele Tote und kaputte Häuser und Autos gegeben. Aber weil sie ohnehin kein so gutes Verhältnis zu den Nachbarn hatten, hatte Uwes Familie kurzerhand beschlossen, die Schildkröte zu behalten und ihr einen Namen gegeben.

Es war Uwes Aufgabe, Susi jedes Jahr, wenn es auf den Winter zuging, einzuwintern.

Dazu musste sie in eine große Holzkiste gepackt werden, deren Boden mit Sand ausgelegt war. Darüber wurde viel Stroh gepackt. Anschließend stellte man diese Kiste bis zum Frühjahr in den Keller. Die Schildkröte verfiel dann in einen tiefen Winterschlaf, der andauerte, bis draußen die Sonne wieder kräftiger wurde und die Temperaturen dauerhaft kletterten. Jetzt ging es schon auf Ende November und als Uwe kürzlich Susi wieder in ihrer Winterkiste verstauen wollte, war Susi nicht mehr in ihrem Außengehege gewesen. So langsam machten sich alle in der Familie Sorgen um die gepanzerte Mitbewohnerin, alle hatten sie liebgewonnen und niemand wollte, dass Susi während eines harten Winters erfror.

Weckklöß *(Sylvester 1977)*

Die Sylvesternacht war für Uwe und seinen Bruder Erwin ein absoluter Höhepunkt. Wie für alle Buben war die Zeit, in der man Kracher und Feuerwerksraketen kaufen konnte, mit die schönste des ganzen Jahres. Die Brüder hatten schon seit Wochen jeden Pfennig, den sie irgendwie ergattern konnten, beiseitegelegt und für Sylvester gespart. Vor allem an Weihnachten wurde die Kracherkasse der beiden noch einmal ordentlich aufgestockt. Omas, Opas, Patenonkel und Tanten hatten sich nicht lumpen lassen und wohlwissentlich, dass es nach der Weihnachtszeit bald Böller zu kaufen geben würde, den ein oder anderen Fünf- oder Zehn-markschein mit in die Geschenke gesteckt.

»Mutti? Dürfen Uwe und ich raus und ein bisschen krachern?«, bat Erwin seine Mutter.

»Erst wird zu Abend gegessen, vorher geht ihr mir nicht schon wieder raus!«, bestimmte Mutti Gerda energisch, bevor sie weiterschimpfte: »Ihr habt heute Mittag schon die ganze Zeit gebollert, der ganze Garten stinkt schon nach Schwarzpulver!«

Auf dem Tisch stand eine große Schüssel mit frischen Weckklößen. Mutti Gerda hatte ein Glas Apfelbrei dazu gestellt, den Uwe vorher aus dem Keller holen musste. In einer Pfanne auf dem Herd schmurgelten dunkelbraun geröstete Semmelbrösel in flüssiger, heißer Butter. Knusprigsüß waberte der Duft von alldem lecker durch die Küche.

Die beiden Brüder freuten sich auf diesen Sylvesterabend ganz besonders, weil Vroni und Lotte das erste Mal eine richtige Sylvesterfeier mit ihren Freunden im Partykeller veranstalten durften. Da würde bestimmt ordentlich was los sein im Haus, hofften Uwe und sein Bruder!

Vroni und Lotte hatten zahlreiche Freunde und Freundinnen eingeladen. Es gab Bowle und Schnittchen und Mutti Gerda hatte eine Linsensuppe für die Partygesellschaft gekocht, die jetzt schon unten im Keller auf der kleinen Platte des Kanonenofens stand.

Während Uwe und Erwin in der Küche saßen und aßen, hörten sie immer wieder Gelächter und Stimmengewirr, das vom Hof unten herauf zu ihnen drang. Voller Ungeduld schaufelten die beiden die Weckklöße in sich hinein und Mutti Gerda freute sich einmal mehr über den Appetit ihrer beiden Jüngsten.

Das leckere Essen, das aus altbackenen Brötchen gezaubert wurde, ließ die beiden Brüder schließlich einige Minuten vergessen, dass heute Sylvester war. Uwe hatte seiner Mutti mittags zugeschaut, wie sie zuerst ungefähr zehn Brötchen kleingeschnitten hatte und diese dann mit warmer Milch, Eiern, Mehl, Butter, Semmelbröseln und Salz zu einer feuchten, klebrigen Masse vermengt hatte, aus denen sie dann die Knödel geformt hatte, die dann noch in Mehl gewendet wurden. Etwa eine halbe Stunde, bevor sie mit dem Essen begonnen hatten, hatte Gerda die Knödel in siedendem Wasser gar ziehen lassen.

Ein großes Thema im Vorfeld der Sylvesternacht war jedes Jahr, wie man die Kracher anzünden würde. Papa Hermann war zwar Raucher, weswegen man immer Streichhölzer im Haus hatte, aber ein viel einfacher zu handhabendes Gasfeuerzeug, wie es Uwe hier und da schon mal gesehen hatte, gab es bei ihnen daheim nicht. Harry, Uwes bester Freund, der vor Mitternacht die Straße runterkommen wollte, hatte auch keins. Die naheliegendste Alternative war letztendlich, wie jedes Jahr, eine schlichte Kerze. Vorausgesetzt, es war windstill, ging das recht gut. Uwe und auch Erwin hatten sich rechtzeitig eine Kerze gesichert und schon Stunden vor dem Ereignis ihre Sylvesterutensilien gepackt. Der Vorgang dieses Zusammenpackens all dessen, was man für eine richtige Sylvesternacht brauchte, war ungefähr mit der Ernsthaftigkeit und der Gründlichkeit zu vergleichen, wie sie Astronauten vor dem Start ins All pflegten, stellte sich Uwe vor. Alles wurde mehrmals, nein, nicht mehrmals, mindestens zehnmal, und noch öfter, überprüft.

Wo war die Kerze? Wo die Streichhölzer? Die Jacke? Die Mütze? Der Schal? Und ganz wichtig: Wo waren die Kracher?

Uwe hatte seine Kracher alle in seine Jackentaschen gesteckt, er hatte nicht so viele, da ging das ganz gut. Ganz anders Erwin. Dieser hatte so viele Kracher, dass Uwe sicher war, es gäbe auf der ganzen Welt keine Jacke, in deren noch so großen Taschen man Erwins Kracher hätte unterbringen können. Erwin hatte einfach das Glück, ausgerechnet den Onkel als Patenonkel zu haben, der an Sylvester die größte Spendierhose von allen Onkels an hatte. Jedes Jahr, sobald man Kracher kaufen gehen durfte, also ab dem 29. Dezember, kam dieser nach Schweinheim gefahren, holte Erwin ab und ging mit ihm Kracher kaufen. Erwin kam dann jedes Jahr mit einer kompletten Großpackung Fünferkracher zurück. Ganz zu schweigen, von den kistenweisen Aufmunitionierungen mit dem ganzen kleinen Sortiment der Zweier- und Einserkracher. Besonders die Letzteren waren, obschon sie sehr klein waren, enorm beliebt. Zwanzig Stück dieser kleinen Knaller waren an den Zündschnüren zusammengewickelt, sodass das dann entfernt aussah wie das Gerippe eines Brustkorbs. Man konnte sie entweder einzeln herauslösen aus der Bindung oder man zündete direkt so eine ganze Doppelreihe an. Der Effekt war, dass dann nicht mit einem Knall alles vorbei war, sondern eben nacheinander es zwanzigmal schepperte und rauchte.

Kurz vor Mitternacht ging das Getöse los.

Die Menschen strömten auf die Straße und entfachten ein ausgelassenes Feuerwerk der Freude, des Knallens und Kracherns und Raketensteigens. Erwachsene und Kinder umarmten sich und wünschten sich alles Gute zum Neuen Jahr. Sogar Papa Hermann und Mutti Gerda waren für einige Minuten mit raus gegangen.

Prost Neujahr!

Prost Neujahr!

Prost Neujahr!

So schalte es von überall her und die Sektgläser, die mit nach draußen genommen wurden, klirrten. Für Uwe war vollkommen klar, warum es Prost Neujahr hieß. Man prostete sich ja zu. Uwe war noch nie aufgefallen, dass es richtigerweise eigentlich Prosit Neujahr hieß.

Opa Winfried juckte das alles nicht, der Vater von Mutti Gerda ließ sich, wie jedes Jahr, nicht blicken. Dieser hockte lieber drinnen vor dem Fernseher, wo er den zitternden Strolchi auf seinem Schoß zu beruhigen versuchte.

Vroni und Lotte tanzten mit ihrer Clique im pappigen Schneeregen, der etwa eine Stunde vor dem letzten Glockenschlag des Jahres eingesetzt hatte.

Einige der Jungs hatten sich merkwürdig aussehende, nach vorne immer dicker werdende, selbstgedrehte Zigaretten angezündet, die sie dann immer herumreichten. Auch Vroni und Lotte zogen ab und zu an diesen komischen Glimmstengeln und Uwe hatte das Gefühl, dass die Pupillen in den Augen seiner Schwestern heute besonders groß waren..

Die Glut an der Spitze der süßlich riechenden Rauchkolben eignete sich hervorragend zum Anzünden von Krachern. Sobald die schwarzpulvergetränkte Wickelung der Zündschnur anfing rotgold zu spritzen, holten sie weit aus und warfen die mitgebrachten Kanonenschläge weit von sich. Dumpf und tief hallte deren Explosionsknall zwischen den Häusern.

»Erwin, wieviele Judofätz hasten du noch?«, bellte Uwe zwischendurch rüber zu seinem Bruder.

»Genuch, Judofätz kannste dir noch ein paar nehmen, von de Fünfer lässt du die Finger weg!«, schrie Erwin wie ein Gradmelder von der anderen Straßenseite herüber.

Die sogenannten Judofätz bewahrte Uwes Bruder Erwin in einer alten Zigarrenkiste von Opa Winfried auf, die im Hauseingang stand. Das Praktische an dieser Kiste war, dass sie einen klappbaren Holzdeckel hatte. Uwe rannte in den Hof, sprang die fünf Stufen der Treppe vor dem Hauseingang hoch, bückte sich zu der Sperrholzkiste, die etwas kleiner als ein Schuhkarton war, öffnete sie und nahm sich rasch eine Handvoll der kleinen, roten Kracher heraus. Da Erwin noch mit seinen Fünfern beschäftigt war, war die Kiste noch randvoll. Ausgelassen tanzte Uwe sofort wieder die Treppe herunter, rannte flugs wieder hinaus zur Straße, wo am Kellerfenster eine Kerze festgeklebt war, und ballerte ohne Unterbrechung weiter.

»Haste die Kiste widder zugemacht?«, rief sein Bruder nach einer gefühlten Minute.

»Was?«, schallerte Uwe teilnahmslos zurück. Dieser hatte jetzt wirklich keine Zeit, seinem älteren Bruder so eine überflüssige Frage zu beantworten.

»Ob die Kiste zu ist, will ich wissen!«, Erwins Stimme wurde etwas lauter und ungehaltener.

»Jaja..!« antwortete Uwe genervt zurück, ohne eine wirkliche

Ahnung davon zu haben, ob er die Kiste wirklich wieder geschlossen hatte. Uwe hielt es für viel wichtiger, sich auf das Piff und Paff und Puff der Judofätz zu konzentrieren, als sich ernsthaft Gedanken darüber zu machen, ob die blöde Kiste jetzt tatsächlich zu war oder nicht.

Während Uwe einen nach dem anderen von den kleinen Stinkekrachern anzündete, fragte er sich ein weiteres Mal, warum diese Dinger Judofätz genannt wurden.

Die Allegorie war zwar eindeutig, natürlich war Uwe klar, dass sie im Volksmund genau deshalb so hießen, weil sie genau das ausdrückten, was jeder, angesichts der Wortwahl, Judo und Fätz, dachte.

Das Naziregime, das die Juden verfolgte und vergast hatte, war ja gerade mal dreißig Jahre rum und man musste nicht besonders gut im Kombinieren sein, um schlussfolgern zu können, dass dieser Ausdruck noch ein Überbleibsel aus dieser unseligen Zeit sein musste. Aber trotzdem, Uwe begriff nicht, dass Menschen zu anderen Menschen so abartig böse sein konnten, so böse, dass sie wirklich ohne jede Skrupel einen stinkenden, kleinen Kracher nach einem ganzen, unliebsamen Menschenschlag benennen konnten. Und dass das bis heute so bleiben konnte. Und Uwes Opa Winfried, der jetzt drinnen saß, hatte das alles noch in echt miterlebt. Das war so nah. Und auch so komisch und surreal, völlig plemplem wie Uwe fand. Da drinnen saß einer, der noch in der Wehrmacht gedient hatte, der noch in der Partei war, Hakenkreuze in echt an Ärmeln hängen gesehen hatte und der diese ganze Judenhasskacke noch in echt miterlebt hatte, der anschließend das Offenbarwerden und das ganze Ausmaß der Hitlerschande, der deutschen Schuld mit verkörperte, und sie standen hier draußen und ließen Kracher los, die man allen Ernstes immer noch Judofätz nannte.

Warum war das so?

Wumm! Ein besonders lauter Kanonenschlag detonierte nicht

weit weg von Uwe in der Hofeinfahrt.

Kurz darauf hörte Uwe sein Schwester Lotte laut aufschreien: »Aaaah ! Aaaaaah! So eine Scheiße!! Aaaah!«

Sofort rannten alle Umstehenden mit schreckgeweiteten Augen auf sie zu. »Was iss'n passiert?«, hörte Uwe jemanden laut rufen.

»Mir ist der Kracher eben fast in der Hand explodiert, ich hatte ihn gerade losgelassen. Aaaaah! So ein Mist! Verflucht! Aaaah! Aber die Hand ist noch dran. Es tut aber sauweh! Aaaaah!«

Vroni begleitete ihre Schwester nach drinnen, wo Lotte sofort einen kühlenden Quarkverband von ihrer Mutter gemacht bekam, die sich währenddessen lautstark schimpfend ausließ: »Scheißkracherei! Was für ein Blödsinn! Bis was passiert!«

Ja. Bis was passiert.

So war das mit der ganzen Vergangenheit dieser jungen Deutschen in den Siebzigerjahren.

Es war etwas passiert, was immer noch allgegenwärtig war, aber scheinbar keiner hörte so richtig damit auf. Irgendwie ging es immer noch irgendwie immer weiter mit dem ganzen alten Mist. Krachern und schießen und ballern, das fanden alle immer wieder richtig toll.

Fast alle waren im Schützenverein, außer Uwe und Erwin, die durften das nicht, weil ihnen das der Papa kategorisch verbot. Aber die beiden Gebrüder waren da Ausnahmen.

Der Opa, Hakenkreuze malende Mitschüler, der Krieg und wer dort alles war, die Amis, der Exe, die Panzer, der Kalte Krieg, von dem im Fernsehen gesprochen wurde und an Sylvester jedes Jahr, wie gesagt, die Judofätz. Eine richtige Gehirnwäsche war das.

Da waren Lehrer und Pfarrer, die sich tagtäglich genauso verhielten, wie sich Uwe einen waschechten, fiesen Nazi vorstellte, die brutale Kopfnüsse und hammerharte Schellen verteilten und ganz viele Erwachsene, die noch eine ziemlich abgehärmte, fiese Art hatten, mit den Dingen umzugehen. Die hatten das ja alles noch mitgemacht!

Viele Nachbarn von Uwes Familie waren auch so drauf, Leute, die Uwe und seiner Familie immer irgendwie klarmachten, dass sie sie verabscheuten, nur weil ihr Garten etwas größer war als ihrer.

Nicht selten hatte Uwe bei Streitereien zwischen den Alten schon Sprüche gehört wie: »Disch hennse besser vergast!« oder »Du wärst besser in Russland gebliewe!« Mitte der Siebzigerjahre war der Krieg genau genommen gar keine dreißig Jahre her. Er war gewissermaßen immer noch irgendwie allgegenwärtig und maximal vielleicht, gefühlt, gerade drei Jahre her.

Und im Bücherregal der Eltern stand irgendwo auch noch eine Originalausgabe von »Mein Kampf« herum, in der Uwe ab und zu, aus Neugier und aus einer morbiden Faszination heraus, sogar blätterte. Lesen indes konnte er diese nur rudimentär, die Druckschrift war altdeutsch und die Sprache furchtbar gestelzt.

Das Buch war aufwendig gebunden, nach dem Klappendeckel kam zunächst ein Transparentpapier, hinter dem direkt eine Schwarzweiß-Fotografie von Adolf Hitler einen ansprang.

Für einen Jungen aus den Siebzigern sah der Deutsche Diktator darauf aus wie eine Karikatur, eine Witzfigur. Ein gestelltes Foto, riesengroße, ernst schauende Augen, sitzend der Mann und mit einer albernen, braunen SA-Uniform verkleidet.

Knickerbocker und knielange Strümpfe, darunter die gedruckte Unterschrift des Führers.

Uwes Eltern hatten ihrem Sohn einmal erzählt, dass jedes Brautpaar, das während der Nazi-Herrschaft geheiratet hatte, eine Ausgabe dieses Buchs geschenkt bekommen hatte. Und so ein Exemplar sei dieses auch gewesen.

Uwe fragte sich dann nur, wer in seiner Familie während der Nazi-Herrschaft geheiratet hatte?

Das konnte nur sein Opa Winfried gewesen sein, denn Uwes Mutti Gerda war 1940 geboren. Das haute ziemlich hin.

Aber es gab Licht am Ende dieses Tunnels. Uwe wuchs zwar in einer Zeit auf, in der die Zeitzeugen, besonders die älteren, mit ihren teils immer noch kranken Gedanken in jedem Haus lebten, aber Uwe war ja ein Danachgeborener. Seine Geschwister auch. Und alle Freunde, die Vroni und Lotte heute da hatten, auch. Und viele, besonders diejenigen unter den noch nicht ganz Erwachsenen, die schon etwas älter waren, zeigten das auch, in dem sie protestierten, gegen die verkrusteten Sitten derer, die ihre kranken Erfahrungen mitgenommen hatten in die neue Zeit, und diese nicht ablegen wollten. Teilweise geschah dieser Protest ganz ohne Worte.

Die jungen Leute ließen sich die Haare wachsen, trugen bunte Kleider und waren ganz anders als ihre Eltern. Sie hörten erst Rock'n Roll und dann die Musik aus der Ära der Blumenkinder. Love and Peace lautete die Devise und Uwes um einige Jahre ältere Schwestern verkörperten dieses Lebensgefühl mit dem Duft von Patschuli und Räucherstäbchen.

Sie waren weltoffen und taten Dinge ganz bewusst, von denen sie wussten, dass sie damit ihre Altvorderen, die immer noch vorwiegend Hemd und Krawatte trugen, provozieren konnten.

Es war eine unaufhaltsame Lawine, die seit dem legendären Woodstock-Festival 1969 auch in die deutsche Gesellschaft schwappte. Und Mitte der Siebzigerjahre war die Bewegung auch nicht mehr zu stoppen. Einige freilich hatten sich auch radikalisiert, das waren die, die auf den Fahndungsplakaten in der Post hingen.

Uwe holte sich noch eine Handvoll von den Krachern aus Erwins Kiste.

Er hatte den Deckel tatsächlich nicht zugemacht und hielt es jetzt auch gar nicht mehr für nötig, dies zu tun. So ging es ja auch viel schneller, wenn er noch einmal Nachschub brauchte.

Die dünne Kerze war schon deutlich kürzer geworden und viele der Feiernden waren wieder nach Drinnen gegangen. Doch Uwe, Harry und Erwin wollten noch ein bisschen weiterkrachern.

Uwe überlegte einen Moment, ob er die Judofätz künftig nicht einfach anders nennen sollte.

Zum Beispiel Ossifätz.

Oder Papahermannfätz.

Aber wie hätte Erwin dann gerade eben wissen sollen, was er von ihm wollte?

»Erwin, wieviel Ossifätz hasten du noch?« oder »Erwin, wieviel Papahermannfätz hasten du noch?«, hätte er rüber rufen müssen und Erwin hätte ihn vermutlich völlig verständnislos angeblickt und nur »Häh?!« gesagt.

Die Stimmung in Uwes Umfeld, sowohl in der Familie, als auch unter Freunden, in der Schule oder sonst wo, war im Zusammenhang mit dem ganzen immer wieder omnipräsenten Nazi-Scheiße-Judenhassermist, zudem immer am Hin- und Herschwanken, so als ob die meisten noch gar nicht so recht wüssten, wie sie letztlich damit sicher umgehen sollten.

Im Zweifelsfall wurde deshalb immer noch und immer wieder vieles einfach totgeschwiegen.

Als Uwe seinen Papa mal auf diese ganze Judensache und den Krieg und die Nazis angesprochen hatte, schaute ihn dieser ernst an und antwortete trocken: »Am beste babbelste darüber üwwerhaupt nit, Uwe. Bass uff, was de sachst! Und sei froh, dass du des nit erlebt hast.«

Eine weitere halbe Stunde später hatte sich Harry verabschiedet, er musste so langsam nach Hause. Erwin warf Harry noch schnell einen Knallfrosch hinterher, was diesen noch einmal laut aufschreien ließ, bevor er anfing lachend davon zu spurten. Weiter sich gegenseitig mit Judofätz bewerfend bummelten auch Uwe und sein Bruder zurück zum elterlichen Hauseingang.

Erwin war einige Schritte vor Uwe und schon auf der unteren Treppenstufe angelangt, als Uwe noch einen letzten Kracher in Richtung seines Bruders warf. Der duckte sich geistesgegenwärtig zur Seite und lachte seinen kleinen Bruder aus, weil dieser ihn verfehlt hatte. Uwe verfolgte die Flugbahn des Böllers und sah fast gleichzeitig die offene Zigarrenkiste im Hauseingang, bevor er sich dachte: »Oh Scheiße!«

Im gleichen Augenblick dröhnte draußen ein Motorrad die Ebersbacher Straße hoch in Richtung Ortsausgang.

Uwes Blick drehte sich in Richtung des herannahenden Geräusches, beinahe sofort war die schwere Triumph mit ihm auf einer Höhe.

Uwe erkannte Gunnar und Magda.

Ein Gedankenblitz zuckte durch Uwes Gehirn.

Was machen die da? Es ist Sylvester? Die Straßen sind doch nass und glatt? Sind die wahnsinnig?

Magda saß mit einem dicken Schal eingemummelt auf dem Beifahrersitz und hielt sich an ihrem Bruder fest. Sein und ihr Blicke trafen sich kurz und Uwe glaubte ein Lachen erkannt zu haben, woraufhin sein Herz einen Hüpfer machte.

Dann hörte Uwe nur ein kurzes »Pffhhpftpft..«, woraufhin im Hauseingang von Uwes Familie ein Inferno losbrach.

Es war 01:30 Uhr. Erwin hechtete eben noch an der in wilden Kaskaden explodierenden Zigarrenkiste vorbei, hinein in den Hausflur, während Uwe das Feuerwerk, das er verursacht hatte, von draußen, aus sicherer Entfernung, beobachtete. Drinnen brüllte Erwin gegen den Lärm los: »Mutti! Mutti! Papa! Papa! Das Haus brennt ab! Es brennt! Es brennt! Wir müssen löschen!« Es hörte nicht auf, immer neue Kracher, jene die unter den eben explodierenden lagen, zündeten und gingen hoch. Vereinzelt sprangen Knallfrösche aus der Kiste, die sich in wahnsinnigen Zuckungen teils in den Flur hinein bewegten und teils die Treppe herunterhüpften.

Mittlerweile deckte beißender, dichter Schwarzpulverqualm in einer sich stetig ausbreitenden Wolke den Hauseingang zu. Bis an die oberste Kante des Türstockes sprangen die Kracher, als ob sie sich gegenseitig ekstatisch anstacheln würden.

Von drinnen schallten verzweifelte Rufe nach draußen.

Uwe hörte seine Mutter, seinen Papa, sogar Opa Winfried. Strolchi jaulte erbahrmungswürdig.

Papa Hermann übernahm schnell die Regie, schickte alle wieder in die Wohnungen mit dem Befehl, die Wohnungstüren zu schließen. »Do kann mer jetzt nix mache! Mer müsse abwarte, bis es rum is! Gäit noi! Eieieiei, hahahahaha!«

Erleichtert registrierte Uwe, dass sein Papa lachte.

Inzwischen kamen die jungen Leute mit Vroni und Lotte aus dem Keller nach oben, auch sie hatten trotz der lauten Musik in ihrem Partyraum mitbekommen, dass einen Stock höher gerade etwas Ungewöhnliches passierte. Auch diese fingen sofort an zu lachen und so konnte sich auch Uwe schließlich ein Grinsen nicht verkneifen.

»Bei eisch feiern mer wieder! Saugut! Hahaha! Da is‘ was los!«, sagte einer der Gäste, während er eine weitere, besonders dicke, dieser merkwürdigen, selbstgedrehten Zigaretten weiterreichte.

Nach etwa zehn Minuten war alles vorbei.

Der ganze Hauseingang und die Decke bis weit unter die Treppe waren schwarz vom Feuerrauch.

Und noch am nächsten Morgen haftete der Gestank der explodierten Zigarrenkiste im ganzen Haus. Reste der Kiste waren keine mehr zu sehen, Uwe und Erwin staunten nicht schlecht, dass diese offenbar restlos verbrannt war.

Mutti Gerda ging, nachdem sie akzeptiert hatte, dass man das Geschehene ohnehin nicht ungeschehen machen konnte und zudem tatsächlich alles schlimmer aussah, als es war, gelassen zur Tagesordnung über: »So, jetzt kommt ihr erst einmal alle rein, es ist Neujahr! Jetzt müssen wir erst alle Sauerkraut essen, damit das Geld im neuen Jahr nicht ausgeht!«

Während des Essens mussten Uwe und Erwin noch einmal ganz genau erzählen, wie das Malheur passiert war.

Und so berichteten die Gebrüder zwischen Blut- und Leberwürsten, Kasseler und Kartoffelbrei, Sauerkraut und Knobelinchen, wie das vergangene Nacht genau war, mit dem Judofatz, der eigentlich Erwin hätte treffen sollen, dann aber aus Versehen in der Zigarrenkiste gelandet war.

Die Tage bis Heilige Drei Könige verbrachten die Brüder zusammen mit ihrem Papa mit Putzen, Tapezieren und Streichen. Die alte Tapete verbrannten sie im Garten, zusammen mit dem alten Reisig und anderen holzigen Gartenabfälle, das sich seit dem Sommer im Garten gleich neben dem Misthaufen angehäuft hatte.

In der Asche des Reisighaufens fand Uwe tags darauf einen leeren Schildkrötenpanzer.

Susi, ihre liebgewonnene Schildkröte, die sie trotz weiteren, intensiven Suchens nicht gefunden hatten, hatte, als es kalt wurde, das Naheliegendste getan, sie hatte sich einen Ersatzunterschlupf für den Winter gesucht. Daran hatte niemand in der Familie gedacht.

Das Jahr 1978 fing nicht gut an.

Gar nicht gut.

Handkäs mit Musik *(4. Februar 1978)*

Im Jahr 1978 wurde Uwe zehn Jahre alt. Das war etwas ganz Besonderes für ihn, das war nicht irgendein Geburtstag. Die erste Null war da!

Uwe, der sich jetzt schon sehr alt vorkam, dachte an seinen fünften Geburtstag zurück. Das tat er aus zwei Gründen. Erstens war Fünf die Hälfte von Zehn. Zweitens war der fünfte Geburtstag die früheste Erinnerung, die er zeitlich eindeutig zuordnen konnte.

Er wusste noch, wie er an seinem fünften Geburtstag nachmittags zur Kaffeezeit oben in der Küche auf der Eckbank gestanden hatte und seine Tante Liesel, die zu Besuch da war, hatte ihn gefragt: »Wie alt bist du heute geworden?« Anstatt zu antworten, hatte Uwe seine rechte Hand hochgehoben und alle fünf Finger abgespreizt.

Fünf!

In der linken Hand hielt Uwe einen mit Sahne verschmierten Löffel, es gab einen Obstboden zum Kaffee, der mit Dosenpfirsichen und Ananasscheiben belegt war.

Uwe hatte eine dunkelgraue Stoffhose an und einen roten Pullover, dessen Frontseite mit einem Muster aus lauter Quadraten bunt durchwirkt war. Die kalte Wintersonne schien durch die Balkontüre, es war kalt draußen.

Tante Liesel hatte Uwe eine Schokolade mitgebracht, aus deren Umverpackung ein Zwanzig-Mark-Schein hervorlugte. Der war für seine Spardose gewesen.

»Un? Was meschste jetzt, wou de Fünf bist? Was haste vor?«, hatte ihn seine Tante gefragt. Mutti Gerda schnitt ein weiteres Stück Obstboden ab und legte es ihrer älteren Schwester auf den Teller, den diese ihr herüber reichte.

»Am liebsten würde ich jetzt den ganzen Obstboden alleine verputzen«, sagte Uwe.

»Was de jetzt meschst, hab ich dich gefragt«, hakte Tante Liesel nach.

»Fußball spielen!«, antwortete Uwe.

So gut wie alle von Uwes Freunden waren ab dem Moment, wo sie fünf, sechs Jahre alt waren, irgendwie mit Fußball spielen im Verein beschäftigt.

Wer Sport machen wollte, spielte Fußball. Was anderes gab es praktisch nicht.

Es gab zwar noch einen Turnverein im Ort, aber Uwe kannte niemanden, der turnte. Außerdem gab es eine Handballmannschaft, aber auch die trat bei Uwe nicht sonderlich in Erscheinung.

Ferner gab es einen Kegelclub und es gab eine Poolbillard-Mannschaft. Letztere war richtig gut, die gewannen sogar große Nationale Titel und Uwe hätte da zu gerne mitgemacht, aber das durfte er nicht.

Und den Schützenverein gab es auch noch, aber na, das lassen wir, das Thema hatten wir schon zur Genüge..

An seinem zehnten Geburtstag spielte Uwe schon fünf Jahre Fußball. Das war die Hälfte seines ganzen Lebens!

Der Fußball war etwas, was neben der Arbeit im Garten den Rhythmus des Lebens in Uwes Familie massiv mit bestimmte.

Zweimal die Woche hatten Uwe und Erwin Training. Samstag war Spieltag der Jugend. Sonntag spielte die Erste Mannschaft, bei der Uwe, sein Bruder und auch der Vater gelegentlich als Zuschauer dabei waren.

Uwes Mutti Gerda war da so gut wie nie dabei, die stand ja in der Küche und hatte im Haushalt zu tun. Da Uwes Papa der Trainer einer Jugendmannschaft war, brachte dieser nach den Spielen an den Samstagen meist die Trikots der ganzen Mannschaft mit, die dann Gerda zu ihrer vielen Arbeit zu Hause auch noch in die Waschküche geworfen bekam. Nicht selten kam es vor, dass Gerda dann mit so viel Arbeit in ein Wochenende startete, dass sie gar nicht wusste, wie sie das alles hinbekommen sollte.

Freitag Hausarbeit und Gartenarbeit.

Samstag das Gleiche, Garten- und Hausarbeit.

Und einkaufen gehen!

Samstagnachmittag nebenbei das Essen für den Sonntag vorbereiten, wenn die Verwandtschaft kam.

Die Wohnung musste geputzt und aufgeräumt werden. Zudem kam am Samstag dann noch der Berg besagter Fußballtrikots in die Waschküche geflogen.

Eine völlige Katastrophe war es, wenn der Spieltag dann noch ein Regentag war. Gefragt wurde Gerda von ihrem Mann Hermann nie, ob sie das überhaupt wollte, mit dem Waschen der Trikots. Es hieß nur: »Die Trikots müssen gewaschen werden!«

Nach solchen Großkampftagen fiel Gerda abends regelrecht in den Sessel vor dem Fernseher, wo es schon mal vorkam, dass sie einfach einschlief. Das waren dann in der Regel die Abende, wo Papa und Uwe länger als üblich in der Küche saßen.

Uwe fand ja Fußball schon irgendwie auch toll. Aber andererseits stand er auch völlig zwiegespalten diesem Sport gegenüber.

Es war ein fantastischer Mannschaftssport, keine Frage. Man musste schnell sein, aber auch geschickt am Ball. Man musste eine gewisse Härte mitbringen, war aber auch als filigraner Techniker gefragt.

Man musste lernen, mit anderen zu kommunizieren, eine Mannschaft sein. Der Fußballspieler musste ein gutes Körpergefühl haben und einen gewissen Überblick über den Raum haben. Man musste Flugbahnen von Bällen abschätzen können und noch mehr solche Dinge.

Und es gab vermutlich keinen Sport auf der Welt, bei der man als Spieler mehr das Gefühl hatte, dass man zusammen mit seinen Freunden so etwas wie eine heilige Weihe spürte. Nach einem gewonnenen Spiel völlig fertig und verdreckt zusammen im Pulk zu feiern, das war ungefähr so, wie mit seinen Kameraden im Schützengraben zu liegen, schätzte Uwe. Man fühlte sich unabdingbar miteinander verbunden und hielt sich für einen Moment für unbesiegbar, besonders und phantastisch heldenaft. Fußball war schon magisch.

Uwe begriff schnell, dass die Mannschaft am erfolgreichsten war, die es verstand, sich am besten als Team zu organisieren.

Uwe wusste das deshalb so genau, weil das auch oft Thema bei den abendlichen Gesprächen mit dem Vater war. Der zitierte oft und gerne die Weisheiten des Sepp Herberger, welcher der Trainer der Weltmeister-Mannschaft von 1954 gewesen war: »Elf Freunde müsste ihr sein«, und solche Dinge.

Mit dem Fußball war es wie mit fast allen schönen Dingen im Leben: Natürlich half es, ein guter Spieler zu sein, aber am weitesten brachte man es, wenn man vor allem seine Klappe aufreißen konnte.

In den unteren Spielklassen, in denen Uwes Verein mit allen Mannschaften aktiv war, regierte das Recht des Stärkeren. Je höherklassiger hingegen die Mannschaften spielten, als desto professioneller und vielschichtiger entpuppten sich die Gemengelagen innerhalb eines Teams, was ja im Grunde genommen logisch war.

Schließlich, ab Mitte der Siebzigerjahre veränderte sich etwas, auf einmal ging es im Fußball immer mehr um Geld. Das hing wahrscheinlich auch damit zusammen, dass in immer mehr Haushalten plötzlich Fernsehgeräte standen. Werbegelder fingen an zu fließen. 1973 hatte die Bundesligamannschaft von Eintracht Braunschweig das erste Mal Trikotwerbung auf der Brust. Der Hirsch des Likörs von Jägermeister sorgte erst für ein Erdbeben und dann für einen Dammbruch im Megageschäft Fußball.

Die Vereine, deren Funktionäre und die Spieler rochen es damals wie ein Jagdhund die Fährte, da ging was! Deutschland war Dank Beckenbauer & Co amtierender Weltmeister.

Namen wie eben Beckenbauer, Breitner, Netzer, Müller und Maier beherrschten die Medien, diese Spieler waren die ersten ganz großen Prominenten eines Sports, der einer Nation, nach dem letzten großen Krieg, nicht nur das Selbstbewusstsein wieder zurück brachte, sondern deren Hauptdarstellern auch richtig Geld in die Kasse brachte. Fritz Walter, Kapitän der Mannschaft, die Deutschland 1954 das Wunder von Bern bescherte, und damit den ersten WM-Titel, bekam als Honorar vielleicht 500 Mark und einen Fernseher obenauf, wohingegen die Helden von München 1974 schon mit hohen fünfstelligen Summen nach Hause fuhren.

Zusätzliches Geld verdienten die Megaprofis der ersten Stunde, indem sie außerdem das Singen anfingen (Franz Beckenbauer mit *Gute Freunde kann niemand trennen*). Das waren zwar eher peinliche Auftritte, weiteres Geld in die Kasse spülten derlei schräge Auswüchse aber allemal. Professionelle Trainer waren Führer und Förderer dieser Spielergeneration, hochgebildete Sportpädagogen, die neben hochklassiger Spielerfahrung oft auch ein Studium hinter sich hatten und wussten, wie man das Maximum herausholen konnte.

Rund um Aschaffenburg hingegen war tiefste Provinz angesagt. In Uwes Verein regierte noch lange die Sorte Feierabendprofi, wo gemäß des Dreisatzes geherrscht wurde: Des hammer scho immer so gemacht, des wolle mer erstemal sehn, da könnt ja jeder komme.

Wortführer waren Menschen, die am Sonntag zwischen der siebten und achten Zigarette am Spielfeldrand bei Kreisklassespielen den Molli machten und deren Vokabular sich auf Sätze wie »Auf! Auf! Auf! Auf! Auf!« oder »Gumadahinnestehtdesiggifrei!« beschränkte.

Und Sätze wie diese wurden nicht einfach nur gerufen, sie wurden gebrüllt.

Brüllen war im Fußballverein und ganz besonders in einem Fußballverein in der tiefsten unterfränkischen Provinz ganz wichtig.

Wer laut brüllen konnte, viel rauchen konnte und viel Bier vertrug und darüber hinaus vielleicht noch gute, zotige Witze erzählen konnte, der war hier der Chef.

Zu seinem Leidwesen musste Uwe deshalb anfangs schnell begreifen, dass er ziemlich alleine mit seinen Vorstellungen da stand, wie eine Mannschaft funktionieren müsste. Da war nix mit Taktik a la Netzer und den Raum sehen oder so. Man hörte so einem Popanz wie Uwe einfach nicht zu, man nahm ihn gar nicht wahr. Die Mitspieler taten das nicht und die Trainer und Betreuer erst recht nicht.

Uwe war von klein auf ein Feingeist, der sich über viele Dinge Gedanken machte.

Und genau das war das Problem.

Sensible Zeitgenossen wie Uwe hatten absolut keine Chance, sich durchsetzen zu können oder gar zu Wortführern werden zu können. Es hätte schon eines ganz anderen Trainers und Umfeldes bedurft, um das Potential eines Uwe zu erkennen.

Bei Uwe in der Mannschaft war zudem auch Ossi.

Ossi, der Boxer, spielte auch Fußball. Na toll. Immer wieder Ossi. Und wie Ossi fand, war er selbst der begandetste, beste, unersetzbarste und perfekteste Stürmer, den die Menschheit bis dato jemals hervorgebracht hatte.

Doch es kam noch dicker, Uwes Mannschaft wurde zudem von Ossis Vater trainiert.

Uwe brauchte als kleiner Bub, der er anfangs war, genau ein Training, um zu verstehen, wie hier der Hase lief. Der Dickste in der Truppe, das war Holger, kam ins Tor.

Naja, Holger stand auch auf dem Bolzplatz schon immer im Tor, der war so dick, dass es wirklich fast unmöglich war, einen Ball an dem vorbei ins Tor zu schießen.

Die schnelleren Jungs, die gut sprinten konnten, spielten auf den Außenbahnen, zu jenen gehörte auch Uwe. Die großen, kräftigen Kerle spielten in der Abwehr. Und wer war Mittelstürmer? Das war Ossi. Immer. Musste es sein. Da gab es gar keine Alternative. War ja so klar.

Wenn ein anderer als Ossi vor dem Tor den Ball hatte, und war die Position noch so aussichtsreich, war logisch, dass der Ball trotzdem an Ossi abzugeben war, damit dieser das Tor schießen konnte. Ossi stand praktisch immer nur vorne, schrie von da Anweisungen quer über das Feld, während alle anderen hin- und her ackerten, arbeiteten, verteidigten, und einen Spielaufbau nach vorne zu bewerkstelligen versuchten.

Ossi brüllte auch immer wieder den Schiedsrichter an und sein Vater ließ ihn gewähren. Ossi hatte sowohl im Training, als auch an den Spieltagen alles und jeden im Griff. Niemand wagte es, sich mit ihm anzulegen. Und das obwohl, wie Uwe es besser wusste, ihm beim Boxkampf auf der letzten Quetschekuchekerb ein anderer fast schon beliedigend schnell und einfach die Kauleiste poliert hatte.

Beim Fußball wurde Uwe besonders bewusst, wie sehr er Typen wie Ossi hasste. Sie machten wirklich immer alles kaputt, sorgten immer und ständig für Ärger, worunter dann immer alle andere zu leiden hatten.

Es gab auch Fußballvereine oder Mannschaften, die hatten keinen Ossi in ihrem Team, die waren allesamt erfolgreicher und besser. Bei Ossis Verein war es lange so, dass quasi in jeder Mannschaft es mehr oder weniger »Ossis« gab.

Gewissermaßen konnte man die Qualität einer Mannschaft seinerzeit daran messen, wieviel »Ossi« sie auf einer Skala von 1 bis 10 hatte, fand Uwe.

Eine Mannschaft mit 0 Ossi hatte durchaus das Zeug, die Meisterschaft zu holen.

Eine Mannschaft mit einem Ossi-Faktor von 1 hingegen war, was die Meisterschaft betraf, schon chancenlos.

Eine Mannschaft mit 4 oder 5 Ossi, das gab es auch, mit denen wollte schon keiner was zu tun haben und auch kein Trainer wollte die mehr trainieren.

Irgendwann merkten das Gott sei Dank dann aber auch die Verantwortlichen im Verein. Erst vorsichtig und dann immer entschiedener fand ein Umdenken statt, Uwes Papa hatte daran großen Anteil. Dessen Mannschaft hatte 0 Ossi und holte fast jedes Jahr die Meisterschaft, bis hoch zur A-Jugend.

Gelegentlich, über die Jahre, erlebte Uwe in seinem Verein, was den wirklichen und totalen Unterschied machte zwischen jemandem, der das Zeug zum Profifußballer hatte und denen, die ewig auf der Kreisklasse hängenbleiben würden.

Als Nick das erste Mal ins Training kam, hatte die ganze Mannschaft über den kleinen, schmächtigen Steppke gelacht.

Nick wurde von seinem Opa bis an den Spielfeldrand begleitet, wo es ein kleines Gespräch mit dem Trainer gab.

Man muss dazu sagen, der Trainer war zu diesem Zeitpunkt nicht mehr Ossis Vater.

Der neue Trainer hieß Herr Walde und war angenehm anders, ein feiner Mann, der Stil hatte und der sich anders definierte, als

nur über Lautstärke.
Der Walde, wie ihn Uwe nannte, fing an, besagte Taktik ins Spiel zu bringen, beobachtete nicht nur die Spieler, sondern auch deren Charaktere, schulte Sozialkompetenz und Teamgeist. Uwes Rang in der Mannschaft stieg unter dem neuen Trainer erheblich. Und, was Herr Walde außerdem tat, er hielt ständig die Augen offen auf der Suche nach neuen Talenten. So hatte er auch Nick entdeckt, auf einem Bolzplatz im benachbarten Viertel.

Nach einigen Minuten des Redens mit dem Opa des kleinen Nick, klatschte der Trainer laut in die Hände und pfiff in seine Trillerpfeife. Das war das Zeichen, dass sofort alle zu ihm kommen sollten.

Alle Spieler brachen ab, womit sie gerade beschäftigt waren und versammelten sich schnell um die Neuen, dessen Opa und den Trainer, der das Wort an alle richtete: »So! Hört mal! Das hier ist der Nick! Der macht ab jetzt bei uns mit! Der ist zwar noch einen Kopf kleiner als ihr, aber wir machen jetzt mal ein kleines Spielchen, dann werdet ihr schon sehen, was der drauf hat!«

»Haaahaaa, voll der kleine Zwockel!«, feixte Robert Uwe an, der gerade neben ihm stand. Uwe antwortete Robert nicht, stattdessen grinste er den Neuen an, weil der gerade keck zu ihm herüberlächelte.

Uwe spürte sofort, dass Nick in Ordnung war, dennoch war auch er neugierig, was wirklich in dem Jungen stecken sollte.

Nick war ein fleischgewordener Wirbelwind und der Ball schien ihm an den Füßen zu kleben. Keiner aus Uwes Mannschaft war in der Lage, ihm den Ball abzuluchsen und keiner war imstande, mit Ball an Nick vorbeizukommen. Nick federte jeden Einzelnen von Uwes Mannschaftskollegen absolut locker aus, stibitze Bälle, egal, wo sie waren, beherrschte instinktiv raffinierteste Finten und war zudem ein eiskalter Vollstrecker vor dem Tor. Mit einem Wort, Nick war ein Naturtalent, er war gesegnet.

Die Mannschaft ein Jahrgang über Uwe hatte auch einen solchen Jungen in ihren Reihen. Ronny war zwar anders als Nick, mehr der Typ Wadenbeißer und Kämpfer, aber nicht weniger talentiert.

Uwe war erst Zehn, aber er wusste damals schon, nur diese beiden, Nick und Ronny, hatten das Zeug, mehr aus dem Fußball zu machen. Er und alle anderen konnten trainieren und machen und tun, wie sie wollten, sie würden es niemals so weit bringen können wie diese beiden Überflieger. Und so war es auch.

Schnell wurden die Zwei erst in regionale und dann in überregionale Auswahlmannschaften berufen.

Als Uwe etwa vierzehn, fünfzehn Jahre alt war, wechselten sowohl Nick, als auch Ronny, zu einem Team, deren Erste Mannschaft in der Oberliga spielte. Später bekamen beide einen Profi-Lizenzvertrag bei einem Zweitligisten.

Das war schon was.

Ein riesengroßes Problem bekam Ossi, als Nick zur Mannschaft stieß.

Es war schon schwierig für Ossi geworden, als sein Vater einige Monate zuvor als Trainer abtrat. Nicht selten rasselte Ossi in der Folge mit Herr Walde zusammen, weil dieser ihm zwar leise, aber gnadenlos ehrlich, mitteilte, was er von ihm und seiner Art hielt. Nämlich gar nichts.

Als Ossi mehrfach die Ansagen des Trainers missachtete, drohte Herr Walde erst mit Sanktionen und setzte diese dann ohne Federlesens um.

Ossi sah überhaupt nicht ein, warum er plötzlich mehr laufen sollte, warum er auf einmal auch Defensivarbeit verrichten sollte, warum er auch mal einen aussichtsreichen Ball wieder abgeben sollte, warum er nach dem Training mitmachen sollte beim Bälle einsammeln und so weiter und so fort.

Alles eskalierte in der Halbzeitpause eines Spiels.

Trainer Walde teilte Ossi mit, dass er ausgewechselt würde.

Ossi rastete komplett aus, brüllte quer durch die Kabine, dass er weiterspielen werde und dass alle keine Ahnung hatten, nur er, dass sich alle und auch der Trainer verpissen sollten.

Als zwei Mitspieler versuchten, Ossi zu beruhigen, wurde dieser handgreiflich.

Der immer noch völlig ruhig agierende Trainer nahm dies zum Anlass, Ossi gleich ganz aus dem Team zu werfen.

Ossi, der Boxer, war so schnell aus der Kabine, dass dieser im ersten Moment gar nicht reflektieren konnte, was hier gerade geschah. Trainer Walde, dieser Mann mit Stirnglatze und riesigen Koteletten über den Backen, stellte sich mit dem Rücken gegen die Kabinentüre, hielt den Türgriff fest und redete weiter mit seiner Mannschaft, als wenn gar nichts passiert wäre. Herr Walde stand in seinem grauhellblaudunkelblau gemusterten Polyester-Adidas-Keilhosenanzug im Raum wie eine Statue von Napoleon und bewahrte die Ruhe, während er die bevorstehende zweite Halbzeit mit der Mannschaft besprach.

Uwe beeindruckte dieses Erlebnis so nachhaltig, dass er es nie mehr vergaß.

Auf der anderen Seite der Tür spielte sich etwas ab, was gefühlt so weit weg war, wie das andere Ende der bekannten Milchstraße, fand Uwe.

Ossi trat gegen die Tür, brüllte, er wollte wieder rein, doch nach weiteren zehn Minuten hörte man nur noch ein haltloses Heulen. Uwe kannte dieses Heulen ja schon von der Quetschekuchekerb. Und eigentlich auch von der Schule, wenn Ossi da vom Lehrer hinauskomplimentiert wurde und vor der Türe ausharren musste.

Als Uwes Mannschaft die Kabine verließ, um weiter zu spielen, war Ossi nicht mehr da.

Er hatte sich das Trikot förmlich vom Leib gerissen und in den Kabinenflur geworfen.

Uwe und seine Teamkameraden sahen nur noch, wie Ossi mit

seinem Vater, der am Spielfeldrand stand, den Sportplatz verließ.

Wenig später traten nicht nur Ossi, sondern auch dessen Vater, aus dem Verein aus. Uwes Mannschaft hatte plötzlich einen Ossi-Faktor von 0. Von da an ging es mit Uwes Mannschaft bergauf. Einmal gewannen sie sogar die Stadtmeisterschaft und Uwe war Spielführer.

Kalle war wie Schmidtchen ein Arbeitskollege von Uwes Papa. Wie Schmidtchen rauchte auch Kalle Reval und es gab noch eine weitere Ähnlichkeit zu Schmidtchen: Ähnlich wie Kalle, war auch dieser eine richtige Kanone, ein witziger Typ, der gerne und laut lachte und immer gut drauf war. Was Kalle aber besonders machte, auch dieser war in Sachen Fußball genauso ein Naturtalent, wie es Uwes Altersgenossen Ronny und Nick waren, nur mit dem Unterschied, dass Kalle schon erwachsen war. Die Erste Mannschaft von Uwes Verein lebte von diesem Spieler.

Die ganze Mannschaft war um Kalle herum aufgebaut. Kalle war der Spielmacher, der Antreiber und der Vollstrecker. Wenn Kalle einen Elfmeter verwandelte, landete der Ball immer exakt im rechten oder linken Lattenkreuz. Der Ball wurde dabei von Kalle mit einer solchen Wucht ins Tor gedroschen, dass hinterher das ganz Tor wackelte. Ein Kreisklasse-Torhüter war da chancenlos.

Irgendwann fragte Uwe seinen Papa, warum der Kalle eigentlich nicht höherklassig spielen würde, der hätte doch bestimmt das Zeug dazu gehabt. Uwe begriff nicht, warum ein Spieler wie Kalle nicht mehr aus sich gemacht hatte.

Uwes Papa zündete sich eine Zigarette an, während er sich mit seinen Ellbogen auf dem Küchentisch abstützte, und begann ruhig zu erzählen.

»Ouwouwou.., Uwe, der Kalle. Das is ein Bombenfußballer. Schon immer gewese. Ja. Wie der in seine junge Zwanzischer war, da ham die denn vom DFB auch emol auf einen Lehrgang eingelade. Do hat jeder gedacht, jetzt mescht der Karriere. Der

Lehrgang hat zwo Woche gedauert und nach drei Tagen is der Kalle wieder daheim gewese..«

Hermann nahm noch einen Zug von seiner Zigarette.

»Und dann? Warum war der wieder da?«, fragte Uwe schon völlig gefesselt.

»Weißt de, der Kalle hat ach schon immer gern ein Bierchen getrunke. Dabei ist das jetzt keiner, der immer voll is. Aber des is dem Kalle dann zum Verhängnis geworn. Damals war der Jupp Derwall, der heut der Co-Trainer von der Nationalelf is, noch Sichtungstrainer beim DFB...«

»Waaas? Der Kalle hat den Jupp Derwall gekannt?«, unterbrach Uwe seinen Vater.

»..Ja freilich. Ich habs dir doch grad gesacht. Der Kalle is ein Bombenfußballer! Was denkst'n du? Hohhohooohahahaha! Der is bei den Sichtungen grad so durchmarschiert! Bis er beim DFB-Lehrgang war!«

Uwes Mutti Gerda betrat in diesem Moment die Küche. »Dem Kalle seine Frau hat's auch nicht leicht! Der bechert auch gerne einen!«, sagte sie und ging wieder.

»Oooh! Babbel doch nit so ein Zeug!«, rief ihr Hermann genervt hinterher, bevor er sich wieder Uwe zuwendete.

»Also, auf alle Fälle, so hat's de Kalle mir erzählt, am dritten Tach von dem Lehrgang, nach dem Training am Vormittach, isses zum Mittachessen gegange. Und da hat sich der Kalle ein Bierchen zum Trinken geholt. Wie er dann so da gesesse hat und gegesse hat, ist dann der Jupp Derwall durch den Speisesaal gegange. Wie der dann beim Kalle vorbeigekomme is, isser stehn geblieben und hat dem Kalle nur eine Frache gestellt: Was trinken Sie da?«

Hermann zog noch einmal an seiner Zigarette und schaute dabei sinnend an die Decke der Küche. Uwe hingegen war völlig fokussiert, gebannt starrte er seinen Papa durch den immer dicker werdenden Zigarettendunst an.

Hermann machte mit seinem Bericht wie ein Schauspieler redend weiter, mit einer hohen Singsangstimme äffte er Kalle nach: »*Ja! Ja waaßte Hermann, waaßte.., isch hob mir do debei gor nix gedacht! Isch hou mir halt e Biersche gehullt. Ein Biersche! Mer werd doch emol ein Biersche trinke derfe, oder?*« Dann redete Hermann wieder mit normaler Stimme weiter.

»Das hat mir der Kalle so erzählt! Genauso! Ha! Von wesche Uwe! Haha!« Dann machte Hermann eine Kunstpause und beugte sich weit zu Uwe herüber, bevor er mit westfälischem Jupp-Derwall-Sprech kopfnickend fortfuhr: *»So? Ein Bierchen haben Sie sich geholt? Stehen Sie bitte sofort auf und gehen Sie bitte sofort auf Ihr Zimmer, um Ihre Sachen zu packen. Sie fahren sofort heim!«*

Hermann beugte sich wieder zurück, nahm einen Schluck Bier und endete mit seiner Stimme: »Das hat der Herr Derwall dann zum Kalle gesacht!«

»Nein! Echt jetzt? Der Kalle hätte Nationalspieler werden können oder so und nur weil er beim Mittagessen ein Bier getrunken hat, kickt der jetzt immer noch hier?«

»Ja. Früher war des ganz normal Uwe. Aber heut, heut kannste des nimmer bringe im Fußball. Und scho dreimal nit, wenn de keine Fürsprecher hast und kein Vater oder Opa, der ach Geld mitbringt. Der Kalle hat berichtet, dass auch andere Kollesche e Bier getrunken ham oder auch einmal eine Zigarette geraucht ham. Aber die sind nicht heimgeschickt worden. Des warn dann die Spieler, wo die Eltern halt auch ordentlisch noigebuttert ham, wo die Trikots von dem Lehrgang mit bezahlt ham oder anderweitig gesponsert ham. Uwe, merk dir des, es Geld regiert die Welt! Und mit ehrlicher Arbeit ist noch keiner reich geworn!«

Uwe wusste sehr gut, wovon sein Papa redete.

Einerseits war sein Papa ja nicht so viel älter als Kalle, vielleicht zehn Jahre. Andererseits war auch Hermann in seiner Jugend ein großes Talent gewesen und bekam einst die Gelegenheit, bei einem größeren Club anzuheuern.

Er spielte trotz seiner unbestrittenen Fähigkeiten aber nur eine Saison in der Ersten Mannschaft jenes Oberligisten, bevor er auf seiner Position anderen Spielern Platz machen musste, deren Hintergrund schlicht ein privilegierterer war.

»Weißte Uwe, es war nit so, dass die anderen Spieler besser waren als ich oder ich besser als die. Wir waren gleich gut. Und die waren auch alle in Ordnung. Aber wenn zwei Spieler gleich gut waren, entschied sich der Trainer im Zweifel eben für denjenigen, dessen Eltern mehr dazu beitrugen, dass der Trainer am Monatsende auch sein Salär bekam. So einfach war das und so einfach is des heut noch!«

Es war an jenem Abend schon spät und Uwes Mutti Gerda schlief schon im Wohnzimmer auf dem Sessel. Papa Hermann ging noch einmal an den Brotschrank, holte sich das Schwarzbrot heraus, das Uwe zwei Tage zuvor beim Lutz geholt hatte und betrachtete es kurz, bevor er sich am gegenüberliegenden Ende das Knörzchen herunterschnitt, sodass das Brot jetzt außer einer angeschnittenen Seite und einer Bissspur daneben, jetzt noch eine zweite angeschnittene Seite hatte. Dann wankte Uwes Papa, der schon einige Bier intus hatte, an den Kühlschrank, öffnete diesen und nahm sich die Schüssel mit dem restlichen Handkäs mit Musik heraus, den Mutti Gerda vor einigen Tagen gemacht hatte.

»Ouwouwou! Uwe! Guck emol! Was da noch Feines is!«, feixte Papa Hermann, der sich immer noch köstlich darüber amüsierte, wie Uwe ausgeflippt war, als ihn sein Papa am frühen Morgen desselben Tages mit der kleinen Steingutschüssel unmittelbar vor seiner Nase wedelnd geweckt hatte.

»Baaaah! Nein! Warte! Ich gehe hier raus! Ich gehe ins Bett!«, schrie Uwe, stob von der Eckbank herunter und rannte fluchtartig aus der Küche.

Hermann setzte sich an den Küchentisch und genoss ganz alleine den Zwiebelsud und den Käse, der darinnen schwamm.

Seine Augen hingen da schon auf halbacht.

Grumbernbrühe *(11. März 1978)*

Es regnete in Strömen. Bewegungslos lag Uwe in seinem Bett und hörte dem steten Prasseln der Tropfen zu, wie sie draußen aufschlugen. Dazwischen grollte es immer mal wieder, leichter Donner, der etwas weiter weg zu sein schien, untermalte die Geräuschkulisse des noch dunklen Samstags, es war früh am Morgen.

Uwe beschloss, sich einen stinkfaulen Tag im Bett zu machen. Oder zumindest nur in seinem Zimmer. Oder zu allermindest nur oben in der Wohnung. Ja, das war es, er nahm sich fest vor, heute die Wohnung nicht zu verlassen. Der Bereich vor der Haustüre war heute so etwas wie eine Wasserhölle, in der lauter Kreaturen lebten, die es auf ihn abgesehen hatten. Er durfte heute unter keinen Umständen nach draußen. Sie würden ihn sofort und gnadenlos töten und fressen.

Vor kurzem hatte Uwe ein Buch gelesen, von einem Autor namens Roald Dahl. Da war eine Kurzgeschichte mit dem Titel *»Der Wunsch«* drinnen gewesen. Der Protagonist, ein Junge wie er, saß zu Hause auf einer Treppe und starrte auf den Teppich unter ihm. Die Vorstellungskraft des Buben verwandelte die roten und schwarzen Musterungen des Teppichs in heiße Kohlen und Giftschlangen. Die gelben Felder hingegen, so stellte es sich der Junge in seiner Phantasie vor, waren die sicheren Bereiche, die man betreten durfte. Und so wie Uwe sich jetzt vornahm, heute die Whonung nicht zu verlassen, so nahm auch dieser Junge sich etwas vor. Nämlich den gefahrvollen Teppich zu überqueren, ohne zu verbrennen oder von den Giftschlangen aufgefressen zu werden.

Uwe war immer noch völlig fasziniert von der Geschichte, besonders deshalb, weil sie ein offenes Ende hatte. Anfangs kam der Junge gut voran, aber irgendwann fiel er hin und seine Hand verschwand zu seinem Schrecken im endlosen Schwarz unter ihm.. Der letzte Satz der Geschichte lautete: *»Draußen im Sonnenschein, weit hinter dem Haus, suchte die Mutter ihren Sohn.«*

Moritz, der Kater, hatte auch bis eben geschlafen. Nun machte das kleine Raubtier einen ausgiebigen Buckel, dehnte seine Vorderläufe und trapste über die Daunendecke an Uwes Gesicht heran. Noch immer lag dieser regungslos, nur seine Augäpfel bewegten sich. Zehn Zentimeter vor Uwes Nase machte Moritz Stopp, begann zu schnurren, reckte sein Maul mit zugepelzten Augen in Richtung Menschennase und begann diese ausgiebig abzuschleckern.

Katzenzungen, wusste Uwe, waren ungeheuer rauh, wie eine Feile. Lange hielt er das nicht aus! Nach etwa zehn Wiederholungen versenkte sich Uwe unter seine Bettdecke wie ein Pottwal, der wieder abtaucht. Zur Wand hin ließ er ein Luftloch offen, so wie damals, als er wegen Strolchis Biss im Krankenhaus lag und der alte Mann ständig so beim Kacken geblubbert und gestunken hatte. Uwe überlegte kurz, ob die Kreaturen draußen Moritz am Leben lassen würden, wenn dieser heute mal rausmusste. Aber lange beschäftigte ihn der Gedanke nicht, stattdessen fiel er schnell noch einmal in einen Morgenschlummer. Moritz machte große Augen, voller Verwunderung blickte er dorthin, wo eben noch diese leckere Nase war und nun nichts mehr. Das ging ja gar nicht! Was war da los? Kein Mensch mehr? Keine Bewegung mehr. Na gut, dachte sich der Vierbeiner, rollte sich zusammen und schlief auch noch einmal ein. Für etwa zweieinhalb Stunden.

Dann begann sich die herrlich warme und weiche Daunendecke unter ihm monströs zu bewegen, merkwürdig übergriffig fassten von unten durchdrückende Beulen und Klauen nach ihm! Moritz schaltete wie eine Maschine auf Angriffsmodus und biss, wo immer er einer Beule gewahr wurde, nach dieser, dabei sprang er wie von einer Tarantel gestochen ständig hin und her. Uwe lachte sich unter der Bettdecke schlapp, bis er seinen Kopf aus der Seite herausreckte, schließlich auch seine Arme wieder ins Freie bewegte und nach Moritz griff, um diesen ausgiebig zu streicheln. Schnell entwand sich Moritz seinem Griff und hechtete zur Türe. Mit aufgestelltem Schwanz stellte er sich vor diese und schaute dabei vorwurfsvoll zu Uwe. Wenn die Katze sprechen könnte, schätzte Uwe, hätte diese jetzt gesagt: »Ich muss mal! Ich muss mal! Lass mich sofort raus!«

Also stand auch Uwe auf, um mit Moritz nach draußen zu gehen.

In der Küche bot sich Uwe ein gewohntes Bild. Erwin, sein Bruder, muffelte wie fast immer morgens, missmutig an einem Geleebrot. Neben ihm auf dem Tisch lag, na klar, bereits die Kruste eines anderen Brotes. Erwin selbst war eigentlich nicht zu sehen. Sein Kopf war hinter der Tageszeitung versteckt, die er vor sich aufgebaut hatte. Die Doppelseite war aufgeklappt, in der Mitte horizontal geknickt und nach oben gestellt. Hinten wurde die Konstruktion von der Milch, dem Glas mit dem Johannisbeergelee und einem Saftglas gestützt. Uwe saß fast regungslos am Tisch und beobachtete die Szenerie.

Sein Blick blieb an der Milch hängen.

Frustriert musste er feststellen, dass es sein Bruder schon wieder geschafft hatte, ihm den Morgen zu verhageln.

Die Milch, neuerdings hatten sie manchmal Einliter-Tetrapackbeutel im Haus, war eindeutig von seinem Bruder geöffnet worden. Uwe konnte einfach nicht begreifen, wie jemand Gefallen daran finden konnte, einen Tetrapackbeutel Milch genauso aufzumachen, wie sein Bruder das tat.

Jeder normale Mensch, fand Uwe, knickte eine der gefalzten Ecken nach oben und schnitt dann mit einer Schere eine angeschrägte Kante weg, sodass man im Anschluss sauber ausgießen konnte.

Was tat indessen sein Bruder Erwin?

Dieser knickte eine gefalzte Ecke nach oben, soweit, so gut, schnitt dann aber nicht mit einer Schere eine schräge Kante weg, sondern nahm sich stattdessen viel lieber ein spitzes Messer, um damit ein Loch komplett durch die gefalzte Ecke zu stoßen, so wie man ein Blatt Papier falten konnte, um dann einen Bleistift hindurchzustoßen, so in etwa musste man sich das vorstellen. Es war logisch, dass dann die Milch, anstatt sauber vorne herauszufließen, wenn man den Beutel kippte, diese nach links und rechts weg spritzte. Komplett behämmert war das, fand Uwe. Aber er sagte dazu nichts mehr, denn wenn er etwas sagte, gab es immer Streit und am Ende war er der Gelackmeierte. Sein Bruder war nie schuld.

Erwins Hand griff jetzt hinter die Zeitung, wobei sich insgesamt die ganze Zeitungsrückseite ein Stück in Richtung Uwe drehte, sodass sichergestellt war, dass Uwe nur ja nicht auf die Witzeseite gucken konnte und mitlesen konnte. Uwe verdrehte die Augen und fragte sich, wie ein Junge, der gerade mal knapp drei Jahre älter war als er, so gestört sein konnte.

Erwins Hand griff nach dem Tetrapack Milch. Nicht etwa mitten am Beutel, sondern oben an dem Schnuddel, als welchen man den durchstochenen Falz nur noch bezeichnen konnte.

Kurz darauf wurde der Milchbeutel um die Ecke vor die Zeitung gezogen, direkt vor Uwes Blickfeld, dabei siffte auch etwas Milch heraus, welche die Zeitung nass machte. Erwin hielt nun sein leeres Glas extra nah zu seinem Bruder hin, sodass Uwe sehen musste, was nun folgte. Das Glas wurde schräg gehalten, ebenso die Milchpackung. Der »Schnuddel« wurde in das Glas gehalten, soweit es ging, dann drückte Erwin den Beutel zusammen, woraufhin die Milch aus dem Beutel gegen die Glaswand spritzte, wie Wasser aus einem kaputten Gartenschlauch. Bei diesem Vorgang siffte erneut ein großer Schlabberschluck Milch über den Rand des Glases auf die Zeitung darunter und ein kleines Rinnsal begann sich auf dem Tisch in Uwes Richtung zu bewegen.

Uwe reichte es. Er drehte seinen Kopf in Richtung seiner Mutter, die schon wieder am Kochen war und sprach diese an: »Mutti, würdest du dem Erwin bitte mal sagen, er soll sich nicht jeden Morgen wie so ein Dummbrot benehmen? Guck doch mal, was der schon wieder für eine Sauerei macht! Der ist doch nicht mehr ganz dicht! Aua! Aaah!«

Ehe Uwe sich versah, hatte sein Bruder ihn volle Kanne in den Oberarm gepetzt. Sofort schossen Uwe Tränen des Schmerzes in die Augen. Während er sich mit der einen Hand den schmerzenden Oberarm hielt, trat er unter dem Tisch seinen Bruder nicht weniger heftig gegen das Schienbein, woraufhin auch dieser aufschrie.

»Aaah! Spinnst du!«

»Uwe! Sofort raus hier! Wir haben gerade mal Vormittag und kaum betrittst du die Küche, geht es hier schon wieder rund!«, schallte die Stimme von Mutti Gerda laut durch die Küche. Mutti Gerda hielt während ihrer Tirade ihren großen Holzkochlöffel bedrohlich in die Höhe.

Uwe versuchte sich zu wehren: »Hey! Ich habe gar nichts…!«

»Ich will nichts hören! Raus!«

»Alles klaro.., bin schon weg..«

Uwe blieb nichts anderes übrig, er musste die Küche verlassen. Tat er dies nicht, so wusste er, würde die Sache gleich noch schmerzhafter werden. Beim Zuziehen der Küchentüre konnte Uwe sehen, wie sein Bruder verschlagen zu ihm grinste, bevor er weiter die Witzeseite las. Mutti Gerda stand mit dem Rücken dazu und war schon wieder in ihre Kocherei vertieft.

Zumindest würde es heute Grumbernbrühe geben, hatte Uwe erkannt.

Mutti Gerdas Grumbernbrühe, welche eine dunkle Kartoffelsuppe war, war ideal geeignet, um verregnete Tage, die schon beschissen begonnen hatten, doch noch zu retten.

Der Regen ließ nicht nach, stattdessen wurde der Niederschlag sogar stärker. Uwe verbrachte den Rest des Vormittags deshalb im hinteren Zimmer bei seinem Vater. Das große Hinterzimmer war früher mal das Zimmer seiner Schwestern gewesen. Seitdem Papa aber im Dachboden ein Zimmer ausgebaut hatte, wohnten Lotte und Vroni eine Etage höher. Nun hatte sich Papa im freigewordenen Hinterzimmer, das jetzt Gästezimmer, Partyzimmer und Esszimmer in einem war, zudem eine Bastelecke eingerichtet. Das heißt, eigentlich handelte es sich nur um ein Bastelregal, wo er alle seine Regentagsachen drauf stehen hatte. Gearbeitet wurde an dem großen Esstisch.

Uwe fand, dass sein Papa ein richtiger Künstler war. Er machte nicht oft so Bastel- oder Kunstsachen, aber wenn, dann war das jedes Mal spitzenmäßig, was da herauskam.

Uwes Mutti Gerda bastelte auch sehr viel, aber ganz andere Sachen. Überall in der Wohnung und im Garten standen die Ergebnisse des kreativen Tuns seiner Eltern herum. In jedem Zimmer, sogar im Schlafzimmer, hing mindstens eine Makramee-Ampel mit einer Grünlilie drinnen, im Flur standen Strohblumenbäumchen, an den Wänden hingen Salzteig- und Gewürzbilder.

Die Schlafzimmerschränke waren mit selbstgemachter Bauernmalerei geschmückt. Auf der Fensterbank des Wohnzimmers hockten zwischen den zahlreichen Zimmerpflanzen mehrere Rupfenpuppen. Draußen im Hof blickten einen aus jeder Kellerfensternische Steinmännchen an. Eine dieser Figuren, von denen nicht wenige Uwe geschaffen hatte, bestand aus drei Steinen. Ein großer, flacher Stein, der Kopf und Körper in einem bildete, daran wurden zwei längliche, flache Steine als Füße geklebt. Den großen Kopfkörper schmückte ein überdimensionales Gesicht, das Uwe mit Modellbastelfarbe von Revell gemalt hatte. Aktuell arbeitete Uwes Vater mit einer neuen Technik, die erst seit Kurzem bei ihnen zu Hause Anwendung gefunden hatte, an einem Bild.

Das Bild wurde nicht etwa gemalt, es wurde geklebt. Und zwar mit abgebrannten Streichhölzern. Papa Hermann hatte einen riesengroßen Hirschkopf erst auf eine weiße, dicke Papa vorgezeichnet und dann anschließend damit begonnen, die Kontur mit den gelbschwarzen, abgebrannten Streichhölzern, in eine mit Hell und Dunkel spielende, reliefartige Bildkomposition zu verwandeln. Uwe war begeistert, er konnte seinem Papa stundenlang bei solcherlei Tun zusehen.

Weil Papa Hermann ständig neue, abgebrannte Streichhölzer brauchte, rauchte er während des Bastelns eine Zigarette nach der anderen. Unter den dicken Schwefel- und Zigarettendunst mischte sich zusätzlich der Geruch von Unmengen von Pattex. Papa Hermann brachte den Kleber, der etwa die Farbe von Nasenschleim hatte, während man unter Schnupfen litt, in Großtuben von der Arbeit mit.

Papa Hermann und Uwe waren so in ihre Arbeit vertieft, dass sie überhaupt nicht mitbekommen hatten, dass der Regen draußen sich inzwischen zu einem nicht enden wollenden Wolkenbruch ausgewachsen hatte. Plötzlich stürmte Mutti Gerda ins Bastelzimmer.

»Hermann! Hermann! Bekommst du gar nichts mit! Hast du mal aus dem Fenster geschaut, was da los ist! Da läuft gerade ein reißender Fluss durch unseren Garten und ihr hockt hier und bastelt in aller Seelenruhe! Herrgott nochmal!«

Gerda stürzte an den beiden Bastelkönigen vorbei ans Fenster des Party-, Gäste-, Bastelzimmers, von wo man einen sehr guten Blick in den Wiesengarten mit den Obstbäumen neben dem Haus hatte.

Uwe und sein Vater standen ohne ein weiteres Wort auf und blickten ebenfalls hinaus.

Eine braune, bestimmt zwei Meter breite Flut fraß sich mit erbarmungsloser Kraft zum Rand der Wiese, von wo sich ein Wasserfall in den Hof der Nachbarn ergoss. Diese rannten mit Gummistiefeln und in völliger Panik umher und versuchten zu verhindern, dass der Keller vollief. Aber das war natürlich zwecklos. Die Macht des Wassers kannte keine Gnade.

Uwe konnte gerade noch sehen, wie sich vor der offenen Kellertüre, die zwei Stufen tiefer als der Hof der Nachbarn lag, ein Strudel bildete, der kurz anzeigte, dass der Wasserstand hinter der Türe jetzt genauso hoch lag, wie draußen davor. Nun walzte sich die Flut den Hof entlang nach vorne, wo sie nach draußen auf die Straße schwappte, um sich dort mit von weiter oben kommenden, anderen Strömen zu vereinen.

»Oh Gott, da säuft ja das ganze Dorf unten ab! So schlimm war das noch nie! Wo kommt denn das ganze Wasser her!«, sagte Mutti Gerda betroffen und hielt sich eine Hand vor den Mund.

»Da kunnste nix machen, des Wasser sucht sich seinen Wech!«, kommentierte Papa Hermann das Geschehen trocken, um dann noch hinterherzuschieben: »Wir liegen höher, uns kann nix passiere. Und dass des von den Feldern hinter unserem Gemüsegarte reinläuft, das könne mir auch nit ändern. Wenn mir uns jetzt da drausse blicke lasse, die Nachbarn bringe uns um. Am beste, mir bleiwe, wo wir sind!«

»Oh Gott! Der Gemüsegarten!«, schrie jetzt Gerda. Sie drehte sich um wie ein Kreisel und rannte in die Küche, um von dort aus der verglasten Balkontüre nach hinten zu schauen. Uwe, sein Vater und jetzt auch Erwin folgten ihr.

Zu viert standen sie schließlich am Fenster und beobachteten fassungslos, was sich dort gerade abspielte.

Opa Winfried war in einem alten Regenjuppen und mit Hut ausgestattet, in einem Tempo, das man ihm gar nicht mehr zugetraut hätte, durch die Sintflut nach hinten gestiefelt. Er hatte eine Mistgabel in der Hand und brüllte unverständlich auf den alten Horst ein, dessen Garten am hinteren Ende direkt an das Zuhause von Uwe und dessen Familie grenzte.

Uwe wusste, im Normalfall lief bei Starkregen ein Teil des ankommenden Wassers auch immer bei Horst in den Garten. Nicht so heute. Horst hatte auf seine Gartenmauer eine Doppelreihe Sandsäcke aufgelegt, sodass sein Garten dieses Mal verschont blieb. Deshalb war die Flut vorne bei den anderen Nachbarn so imens!

»Des darf doch nit wahr sein! Die alte Deppe! Guck dä se an!«, sagte Hermann und fing an zu lachen und den Kopf zu schütteln. Winfried war inzwischen bei den Sandsäcken angekommen und begann, diese mit der Gabel wegzuziehen.

Horst ballte die Fäuste und drohte.

Winfried fuchtelte mit seiner rechten Faust zurück. Beide schrien sich an.

Wenn man das Geschrei durch den Regen bis in die Küche hören konnte, schlussfolgerte Uwe, mussten die beiden wirklich sehr laut sein.

Jetzt lief auch das Wasser bei Horst in den Garten, worauf dessen Stimme nochmals eine andere Tonlage bekam. Hysterisch ging er durch den sofort entstehenden, tiefen Gemüsegartenmatsch noch einen Schritt weiter auf Winfried und dessen Mistgabel zu, die dieser bedrohlich in Horsts Richtung hielt.

Gerda hielt sich jetzt beide Hände vor die Brust und atmete flach. Ein Blitz zuckte unvermittelt durch den Gewitterhimmel, so, als sei er eben vom Höllenfürst persönlich geschickt worden. Donner folgte auf den Fuß und machte aus dem Garten ein apokalyptisches Bildnis. Uwe stellte sich vor, dass Opa Winfried genauso an der Front gestanden haben musste, kurz vor den Russen. Gleich wurde hier scharf geschossen!

»Oh lieber Gott! Bitte Vater! Beim Leibhaftigen, tu es nicht! Mach dich nicht unglücklich!« Aber noch bevor Winfried irgendwie hätte reagieren können, machte sein Nachbar Horst das ganze, schöne Drama ungeschickt futsch.

Horst rutschte aus.

Er wankte, ruderte perplex mit den Armen hin und her, noch stand er. Und er wollte sich zweifellos noch abfangen, denn so wollte er bei diesem Akt, hier und heute, nicht abtreten, das sah man ihm sogar aus gut drei Dutzend Meter Entfernung an.

Verzweiflung spiegelte sich im Gesicht des patschnassen, verzagt nach Balance suchenden Nachbarn.

Vom Balkon aus sah man kurz darauf ein weiteres, hilfloses Schliddern und da lag er im Morast wie ein alt gewordener Don Quijote de la mancha, der alte Horst, genau dort, wo bis vor kurzem noch von ihm persönlich frisch umgegrabener, fester Boden anstand.

Hermann, Gerda, Uwe und Erwin bogen sich vor Lachen und auch Opa Winfried, soviel konnte man von oben erkennen, konnte sich vor Lachen kaum noch auf den Beinen halten.

»Hahahahaha! Guck dä se an, die Hornochse! Hahaha!«, echote Papa Hermann und Mutti Gerda liefen die Tränen über das Gesicht.

Opa Winfried drehte sich um und stakte zufrieden zurück ins Haus, während Horst wie ein geprügelter Hund halb zurückkroch und halb zurückschwamm zu seinem Haus. Strolchi bellte einen Stock tiefer freudig, als die Haustüre aufging und er sein tropfnasses Herrchen wieder begrüßen konnte.

Mutti Gerda nahm die Lage in die Hand und dirigierte.

»Erwin! Du gehst sofort runter zum Opa und schürst ihm den Badofen an, damit er dann gleich schön heiß baden kann! Und du Uwe, hilfst mir die Grumbernbrühe fertig machen! Keine Widerrede!«

Nun war es an Uwe, seinem Bruder ein fieses Grinsen hinterherzuschicken. Obwohl er wusste, dass die Rache nicht lange auf sich warten lassen würde..

Die herzhafte Grumbernbrühe war für diesen Samstag das genau richtige Essen und Uwe freute sich, die leckere Suppe zusammen mit seiner Mutter genussfertig machen zu können.

Als erstes, während seines Streits mit Erwin beim Frühstück, hatte Mutti Gerda einen großen Topf mit drei bis vier Litern Wasser gefüllt, Fleisch hineingelegt, Sellerie am Stück und auch Karotten im Ganzen. Kurz darauf folgten in breite Ringe geschnittener Lauch, ein Lorbeerblatt, gehackte Petersilie und etwas Salz. Das alles ließ Gerda eine gute Stunde köcheln. Unterdessen schälte die erfahrene Köchin Kartoffeln und würfelte diese. Als die Stunde um war, nahm Gerda das Fleisch aus der Brühe und stellte dieses zum Abkühlen weg. Den Sellerie und die Karotten hatte sie ebenfalls aus der noch jungen Suppe gefischt und beides gleichwohl zur Seite gestellt. Daraus wollte sie am Sonntag einen kleinen Salat zaubern. Für die Grumbernbrühe brauchte sie beides nicht mehr.

Ab dem nächsten Schritt war Uwe dabei. Er hatte nun den Auftrag, mit einer Schaumkelle gut zwei Drittel des Lauchs aus der Suppe zu holen. Der Rest blieb drinnen. Der herausgeangelte Lauch landete im Kompost.

»So, Uwe, jetzt müssen wir schauen, dass die Suppe schön Kraft bekommt. Hast du das Lorbeerblatt auch schon erwischt?«

»Ja, Mutti!«

»Sehr gut! Dann darfst du jetzt mal probieren Uwe, hier ist ein

Löffel!«

»Hmm.. Irgendwie fehlt da noch was Mutti!«, sagte Uwe wie ein alter Hase.

»Dann muss noch Salz in die Suppe Uwe! Und noch etwas Gemüsebrühe!«

Mutti Gerda zwirbelte gekonnt beides mit großzügigen Brisen in den Topf und rührte noch einmal um, anschließend bat sie Uwe, die kleingewürfelten Kartoffeln in die Suppe zu geben.

Uwe und seine Mutter hatten sodann noch eine halbe Stunde, bis die Suppe fertig gekocht war. Das Fleisch wurde wieder zurück in die Suppe gegeben, wo es zusammen mit den Kartoffeln noch weiterziehen sollte.

Eine große, schwere Eisenpfanne wurde von Uwes Mutter auf den Ofen gestellt. Uwe durfte drei Esslöffel Mehl hineintun und bekam den Befehl, jetzt ohne Unterlass zu rühren. »Du musst jetzt aufpassen, dass das Mehl nicht anbrennt Uwe! Ständig rühren, hörst du?«, sagte seine Mutter streng.

Und Uwe staunte, während das Mehl immer dunkler wurde, als wäre Magie im Spiel. Hochkonzentriert ließ er den vorne flachen, hölzernen Kochlöffel über den Pfannenboden seine Kreise ziehen.

Der genaue Beobachter in Uwe registrierte exakt, wie das frisch vom Pfannenboden gezogene Mehl immer wieder einen Tick dunkler war, als das eben darüber befindliche. Nur eine Sekunde wenn man zu lange wartete, das eben Angebräunte wieder in Bewegung zu bringen, dann wurde es schwarz und war verbrannt. Doch Uwe passte auf.

»Sehr gut machst du das, Uwe!«, sagte seine Mutter zu ihm, die schon damit beschäftigt war, die Suppe mit zwei Esslöffeln Essig und etwas frischem Pfeffer ein letztes Mal zu würzen.

Das Finale der Zubereitung war, das geröstete Mehl durch einen Haarsieb in die Suppe rieseln zu lassen. Uwe hielt das Sieb und rührte das Mehl hindurch, während seine Mutter das dunkle

Weizenmehl unter ständigem Rühren in die Grumbernbrühe hob.

Uwe und seine Familie genossen die Suppe an diesem Tag ganz besonders, wo draußen schreckliche Kreaturen wüteten, die nur, in einer endzeitlosen Umgebung gefangen, fressen und gefressen werden im Sinn hatten.

Helga, Uwes Nachbaroma, saß wie immer einsam und alleine in ihrem Hexenhaus und schaute nur aus dem Fenster.

Sie war jetzt schon so alt geworden.

Auch sie hatte den ganzen Zinnober hinten im Garten ihrer Nachbarschaft gesehen und dachte sich nun grimmig, dass es nicht fair war, dass der Horst ausgerutscht war, wie gerne hätte sie den Winfried ausrutschen gesehen. Aber der stand immer wieder auf, hatte immer wieder Glück, kam immer wieder durch mit allem, der alte Säufer, dieser linkische und miese, falsche Halunke. So wie damals, als er es tatsächlich heimgeschafft hatte vom Krieg. Nur er und noch einer aus seiner Kompanie hatten überlebt. Von allen anderen hatte man nie mehr was gehört. Alle tot, wie ihr Kilian.

Bis heute hatte sie keinen blassen Schimmer, warum ausgerechnet sie so vom Schicksal geschlagen wurde damals. Erst hatte sich der einzige Sohn, Friedrich, blutjung, wie er war, freiwillig gemeldet, gleich nach der Schule war er los. Was war er so euphorisch und erfüllt. Hatte sich, kaum dass er groß genug war, bei der SS gemeldet. Die Westfront und zwei Orden später geriet er in Gefangenschaft. Dann, um der französischen Gerichtsbarkeit zu entgehen, Verpflichtung bei der Fremdenlegion. Und welch Ironie, den Weltkrieg überlebt, nur um dann in Indochina zu sterben.

In seine Sterbeurkunde hatten sie erst reingeschrieben »Gestorben für Frankreich«. Aber sie hatte das ändern lassen in »Gestorben auf dem Feld der Ehre«. Und der Kilian, ihr Mann, nur wenige Wochen vor Kriegsende wurde der doch noch eingezogen, obwohl es am Anfang des Krieges hieß, sie könnten ihn nicht brauchen, wegen seines schwächeren rechten Arms, der ihm von einer Kinderlähmung geblieben war. Das hatte ihn ganz schön geknickt damals, wie er seinen Ablehnungsbescheid bekommen hatte.

Als dann jedoch im September 44 die Bombenangriffe auf Aschaffenburg losgingen und es insgesamt auch abzusehen war, dass der Krieg nicht mehr gewonnen werden konnte, war er ganz froh gewesen, ihr Mann, dass er kein Soldat geworden war. Und dann, Ironie des Schicksals, wurde er es doch noch.

Aber so war das damals nun einmal. Zum Schluss wurden auch die geholt, die man anfangs nicht wollte. Als Kilian den Stellungsbefehl bekommen hatte, waren sie völlig perplex gewesen und fragten sich, warum denn das jetzt kam, totaler Krieg und letztes Aufgebot hin oder her. Kilian konnte keine Waffe tragen mit seinem Arm! Andere Männer mit einem weit harmloseren Gebrechen, die im Ort lebten, wurden nicht eingezogen. Aber natürlich konnte man es damals nicht wagen, auch nur nachzufragen, warum man jetzt eingezogen wurde. Das wäre einem Vaterlandsverrat gleichgekommen, was unter Umständen dazu hätte führen können, dass man gleich zu einem Himmelfahrtskommando geschickt wurde. Oder, noch schlimmer, ein Standgericht hier aufgetaucht wäre. Also hatte Kilian einfach seine sieben Sachen gepackt, hatte sich bei der örtlichen Kommandantur eingefunden und war dann weg.

Eine plausible Erklärung oder Antwort hatte sie nie bekommen. Nur die Nachricht, kurz vor Kriegsende, dass ihr Kilian bei der Schlacht um Aschaffenburg, an Ostern 1945, für das Vaterland gefallen war.

Helga fand, dass ihr Nachbar gar keinen so süßen Enkel wie den Uwe verdient hatte. Der Uwe war so gar nicht wie der Winfried. Der Uwe war auch nicht wie die Gerda, obwohl sie die über die Jahre auch gut akzeptieren konnte als Nachbarschaft und sogar versucht hatte, freundschaftliche Bande mit ihr aufzubauen. Aber Gerda wollte halt nicht. Egal. Sie würde immer wieder auf sie zugehen, weil sie den Uwe so mochte. Der Uwe kam mehr nach seinem Vater, dem Hermann. Der war fleißig, soff zwar auch manchmal wie ein Loch, aber er war fleißig, das war ein echter Schaffer. Kein so ein falscher Fuffziger wie sein Schwiegervater, der zudem ein richtiger Urian und Unflat war. Was hatte dessen erste Frau, die Hedwig, unter ihm gelitten. Ins Puhlloch war die am Ende gegangen, hatte sich dort selbst weggeräumt, kurz nachdem sie aus dem Krankenhaus heimkam, wo sie eine Unterleibsoperation über sich hatte ergehen lassen müssen.

Der Winfried hatte darauf keine Rücksicht genommen, das war dem total egal gewesen.

Die Hedwig war kaum wieder da gewesen und dann musste die auch sofort wieder ihm zugetan sein, so war das. Sie hatte sie im Garten stehen sehen, wie sie schon am zweiten Tag ihrer Heimkehr Rotz und Wasser geflennt hatte. Das hatte die nicht ausgehalten. Naja, die war halt aber auch schon so eine labile Person gewesen. Kein Wunder, wenn man wusste, wo die rausstammte. Hatte am Anfang halt auch gedacht, sie hätte das große Los gezogen, als sie den Winfried abgekriegt hatte mit seinen vielen Äckern und seiner angesehenen Verwandtschaft im Unterdorf. Beinahe doppelt so groß als ihrer war dem Winfried sein Garten hier. Das war nicht in Ordnung. War es noch nie. Aber die feinen Nachbarn da drüben waren halt schon immer was Besseres gewesen, hielten sich für gewiefter als alle anderen. Mit einer Verbitterung im Gesicht, die sie in der Gegenwart Dritter nie offen zur Schau stellte, wandte sich Helga ab.

Sauerkraut *(1. April 1978)*

Herrliches Wetter begleitete den ersten Samstag des Aprils 1978. Am frühen Morgen war Uwe mit seiner Mutter mit dem Bus in die Stadt gefahren auf den Wochenmarkt. Sie hatten Salatpflänzchen gekauft, die sie am Nachmittag in den Garten setzen wollten. Bei der Gelegenheit kauften sie auch frisches Sauerkraut aus dem Fass, das sollte es dann später zum Mittagessen geben. Das eigene Kraut zu Hause im Keller war im März leer geworden.

Auf dem Nachhauseweg gingen sie noch in die Metzgerei Holletschke, die unten in der Marienstraße war, in Sichtweite der Kirche, mitten im Dorfkern.

Frau Holletschke, die in der kleinen Metzgerei immer hinter der Theke stand und in etwa so aussah, wie die Klementine aus der Arielwerbung, strahlte ihre beiden Kunden an.

»Na! Gudde Mosche! Was derfs denn heut sein, ihr Zwo?«

»Guten Morgen Gisela, wir hätten gerne drei Paar Knobelinchen, ein Paar von den frischen Leberwürsten und Blutwürsten und gib mir bitte 200 Gramm von dem Hirn mit, du weißt doch, meine Lotte isst das so gerne!«

Uwe fand es ekelhaft, dass seine älteste Schwester Lotte so gerne Hirn aß. Schwabbelig lag die geäderte Glibbermasse in einem kleinen, weißen Schälchen der Auslage. Uwe versuchte dem Anblick zu entkommen, indem er sich die anderen Sachen in der Auslage anschaute.

Da lagen Schweinefüße neben Rinderzungen, ganzen Lebern und Nieren, ein halber Saukopf war neben Markknochen und Ochsenschwänzen drapiert worden. Es folgten die Schnitzel und Kottelets, Suppenfleisch, Gulasch und die teure Lende. Rechts daneben war die Wurst gelagert, erst die Aufschnittwurst, Gelbe, Lyoner, Salami, Pilz- und Schinkenwurst. Daneben dann die Hausmacher, Pressack, Leberwurst und Schwartenmagen und ganz rechts dann schließlich die Weiße und die Rote Fleischwurst. In einer extra Schüssel lagen die Reste des frischen Kesselfleisches vom Vortag. Ein Rüssel und ein Schwänzchen schauten Uwe kalt an. Freitags war immer Schlachttag bei Holletschkes.

»Machste es Stücksche Worscht, Uwe?«, riss Frau Holletschke ihn aus seinen Gedanken.

»Gerne Frau Holletschke, aber könnte ich bitte Rote haben, Weiße mag ich nicht so gerne«, Uwe bekam einen Tritt von seiner Mutter, die ihm sogleich ins Ohr zischte: »Uwe!! Wie oft habe ich dir das schon gesagt! Das gehört sich nicht! Es wird genommen, was man bekommt!«

Frau Holletschke bekam das mit, sie lachte nur und sagte: »Och Gerda, loss gut sein. Die junge Leit heut sin annerst. Die sache, wasse wolle. Nit so wie mir, wie mer klä worn. Die ham Rescht!« Lachend reichte sie Uwe ein Stück Rote über die Theke.

Wieder daheim angekommen, setzte Mutti Gerda das Kraut sofort auf, damit es noch genug Zeit hatte, um gar zu werden bis zum Mittag.

»Du brauchst, um ein gutes Sauerkraut zu machen, Uwe, ein Kilo Sauerkraut, eine Zwiebel, ganz wichtig ist Schweineschmalz! Dann leg ich immer eine geräucherte Scheibe Bauchspeck, also Dörrfleisch, dazu und ein Kammrippchen.., manchmal auch ein geselchtes Leiterchen..«

»Was bedeutet geselchtes Leiterchen, Mutti?«, unterbrach Uwe seine Mutter.

»Das heißt, dass es gesalzen und hell geräuchert ist, Uwe. So, und dann brauchst du auch noch einen Apfel, den hätte ich jetzt beinahe vergessen. Den musst du reiben und zu den anfangs angedünsteten Zwiebeln dazu geben. Gewürzt wird dann mit einigen Wacholderbeeren, zwei Lorbeerblättern, Zucker, Kümmel und etwas Gemüsebrühe. Das Kraut ist fertig, wenn das Fleisch zerfällt. Etwa eine Viertelstunde bevor wir essen, lege ich die Knobelinchen rein. Heute Abend bekommt der Papa dann die Blut- und Leberwürstchen dazu. Aufgewärmt schmeckt es nochmal besser!«

»Mutti, was ist eigentlich der Unterschied zwischen Knobelinchen und Wienerwürstchen?«, wollte Uwe jetzt wissen.

»Da gibt es keinen Unterschied, Uwe. Bei uns sagt man halt Knobelinchen. Ich kenne es auch gar nicht anders. Ich glaube, wenn du runter gehen würdest zum Holletschke und würdest sagen, du hättest gerne zwei Wienerle, die würden gar nicht wissen, was du von denen willst!«, lachte Gerda mit ihrem Sohn.

Inzwischen war es später Vormittag und weil das Kraut noch zwei Stunden Zeit brauchte, bis es fertig war, beschlossen Uwe und seine Mutter noch vor dem Essen hinunter in den Garten zu gehen, um das neue Salatbeet anzulegen. Uwes Papa hatte schon am Tag zuvor das Beet vorgerichtet. Fein krümelig und ebenflächig glatt gerecht lag es vor ihnen. Gerda spannte für jede Reihe der Pflänzchen eine Schnur, entlang derer sie die jungen Pflanzen im Abstand von etwa vierzig Zentimetern in die Erde setzten. Insgesamt gab das schmale Beet drei Reihen Salatpflanzen her.

»So, fertig Uwe. Würdest du bitte noch die Pflänzchen

angießen? Ich würde schon mal reingehen und nochmal nach dem Kraut sehen«, sprach Uwes Mutti.

»Klar, mache ich gerne Mutti. Darf ich mir eigentlich auch mal ein ganz eigenes Gemüsebeet anlegen Mutti? Da unten vor den Bienen, da ist doch gar nichts. Könnte ich mir da nicht ein kleines Stück von der Wiese umgraben? Ich würde gleich damit anfangen, wir haben doch noch ein bisschen Zeit bis zum Essen, oder?«

Gerdas Blick wanderte zu der Stelle, die Uwe meinte, bevor sie ihm antwortete: »Meinetwegen Uwe, natürlich darfst du das. Da hat auch Papa bestimmt nichts dagegen. Mach ruhig. Was willst du denn anpflanzen?«

»Ich habe neulich in dem Gartenbuch, das wir haben, nachgelesen, dass es da ein Gemüse gibt, von dem ich noch nie gehört habe. Das heißt Pastinaken. Kennst du das? Das würde ich gerne mal ausprobieren, ob das wächst bei uns im Garten.«

»Oh! Pastinaken! Die haben wir tatsächlich noch nicht im Garten gehabt Uwe! du bist ja ein richtiger Gurmett Uwe! Aber ich kenne die. In der Haushaltsschule früher habe ich was darüber gelernt. Du musst sie jetzt aussähen. Pflänzchen wirst du auf dem Wochenmarkt dafür nicht bekommen. Aber jetzt ist die richtige Zeit. Da sie sehr langsam keimen, wird dir das Unkraut im Beet schneller da sein, als die Pastinaken und dann erkennst du nicht mehr, was Unkraut ist und was Pastinaken. Es gibt aber einen Trick. Du kannst genau dort, wo deine Pastinakenreihe steht, die ganze Reihe auch mit Radieschen säen. Die werden sehr schnell kommen. Dann weißt du auch ganz genau, wo die Pastinaken kommen werden und kannst gut drumherum jäten. Wenn sie dann da sind, ziehst du die Radieschenpflänzchen einfach raus.«

»Auja, das ist toll Mutti, klingt spannend, so mache ich das! Können wir dann nächste Woche Pastinakensamen kaufen?«

»Klar Uwe. Radieschen haben wir noch da.«

»Und Mama?...»

»Ja?«

»Es heißt Gourmet. Das t hinten spricht man nicht aus, das ist Französisch. Man sagt nicht Gurmett!«

»Ah! Uwe! Ziehst du mich wieder auf! Komprimier mich nicht!«, zickte Uwes Mutti belustigt zurück.

»Es heißt kompromittieren.«

»Du bist ein kleiner Besserwisser! Wenn du so weitermachst, bin ich dir schon bald nicht mehr gewachsen!« Mutti Gerda winkte grinsend ab und Uwe holte sich einen Spaten.

Wie Uwe es von seinem Opa Konrad gelernt hatte, begann er, sein Beet umzugraben. Da die Erde vom jungen Frühjahr noch feucht war und die Grasnarbe darunter noch nicht wieder richtig für den Sommer Tritt gefasst hatte, kam Uwe gut voran. Hin und wieder bückte er sich und schüttelte von dickeren Grasbollen die Erde ab, um diese dann neben seinem Beet auf einem Haufen zu sammeln. Wenn er fertig war, wollte er diese auf den Kompost werfen.

Hochmotiviert vertiefte sich Uwe in seine Arbeit. Spaten ansetzen, festhalten, mit dem rechten Fuß diesen in die Erde treten, fest anpacken, aufhebeln, herausheben, umwerfen. Da Uwe schon immer gerne im Garten half, war er, obschon er erst zehn Jahre alt war, ein kräftiger Junge. Die Arbeit strengte ihn zwar an, aber er schaffte sie und es machte ihm Freude. Völlig vertieft, wie er war, war sein Blick nur auf die Erde unter ihm geheftet.

Plötzlich sah er etwas kleines weißes, was da nicht hingehörte. Offenbar ein Fremdkörper.

Es war nicht größer, als etwa zwei oder drei Zentimeter.

War das ein Stein?, fragte sich Uwe, während er sich wortlos bückte und das Fundstück an sich nahm. Nein, das war kein Stein.

Es sah eher metallisch aus. Es war rund, und es hing viel Erde daran, wie festgebacken war sie.

Und es sah an den Rändern fast rostig aus.

Da war noch was Schwarzes, eckige Linien und außen herum rot. Was war das? Konnte das sein?

Wo kam das her?, dachte Uwe.

Er ließ den Spaten fallen und ging mit schnellem Schritt zum Gartenwasserhahn.

Dort angekommen, drehte er das Wasser auf, das kalt aus dem Hahn spritzte. Sogleich hielt er das gefundene, Rätsel aufgebende, komische Ding unter den Hahn und schrubbelte unter dem Wasserstrahl die alte Erde weg. Zum Vorschein kam ein Parteiabzeichen der NSDAP.

Für einen Moment setzte Uwes Herzschlag aus. Das war aufregend! »Boah!«, entfuhr es ihm. Mit offenem Mund steckte Uwe das runde Medaillon ein und rannte zurück zu seinem Beet, um weiter zu graben. Vielleicht war da noch etwas! Uwe schaute jetzt noch genauer und er grub den Bereich, in dem er das kleine Parteiabzeichen gefunden hatte, doppelt so tief um. Aus dem Gärtner Uwe wurde von einem Moment auf den anderen der Archäologe Uwe. Und er fand tatsächlich noch etwas. Die Schließe eines Koppelgürtels. Auch diese versehen mit einem Hakenkreuz.

Das Teil war aus Aluminium und um das Hakenkreuz standen die Worte »Gott mit uns«.

Uwes Fundstücke waren beim Mittagessen, an dem auch seine Geschwister teilnahmen, das Thema des Tages. Von einem zum anderen wanderten die Imponderabilien aus dem Zweiten Weltkrieg, die nach Jahrzehnten unter der Erde, heute zum ersten Mal wieder ans Licht gekommen waren.

»Wieso ist sowas bei uns im Garten vergraben Mutti?«, wollte Erwin wissen.

Lotte sagte: »Ich finde, die Sachen gehören sofort weg geschmissen. Das kann ja nur von unserem Opa Winfried sein. Wir wissen darüber viel zu wenig und gescheite Antworten bekommen wir auch nicht.«

Vroni pflichtete bei: »Sehe ich genauso. Ich habe Opa schon ein paarmal nach so Sachen gefragt, aber er lenkt dann immer sehr schnell ab, wenn man ihn danach fragt, wie das hier in Schweinheim so war. Von seiner Flucht und wie er es heim geschafft hat, das erzählt er gerne, aber sonst ist nichts aus ihm heraus zu bekommen.«

»Wie hat er es überhaupt nach Hause geschafft?«, fragte nun Uwe, der das im Detail noch nicht wusste. Vroni klärte ihn auf: »Seinen eigenen Angaben zufolge hatte er sich zusammen mit einem Kameraden, während seine Kompanie zu Fuß gen Osten in die Gefangenschaft unterwegs war, einfach in einen Graben fallen lassen und tot gestellt. Die Aktion glich einem Selbstmord, denn in der Regel wurde Soldaten, die sich fallen ließen, zur Sicherheit noch eine Kugel in den Kopf gejagt. Aber unser Opa hatte Glück, man ließ ihn und seinen Kameraden einfach liegen. Von allen anderen aus seiner Kompanie hat man nie wieder etwas gehört.«

»Das stimmt«, sagte nun Mutti Gerda. »Der Kamerad, mit dem euer Opa die Flucht geschafft hatte, war aus Hamburg und der war Schausteller von Beruf. Später kam der einmal im Jahr zur Kerb nach Schweinheim, ich war noch ein kleines Kind, da durfte ich dann den ganzen Tag kostenlos Karussell fahren«, erzählte Gerda mit einer freudigen Erinnerung daran.

Auch Lotte hakte noch einmal nach: »Ja. Und in der Schule erfahren wir auch nichts. Der Geschichtsunterricht hört genau da auf, wo es anfängt interessant zu werden. Der Erste Weltkrieg und der Versailler Vertrag, das kommt noch und danach sind nur weiße Flecken auf der Karte.«

Lotte musste es wissen. Sie war inzwischen achtzehn Jahre alt und schon in ihrem zweiten Ausbildungsjahr als Schneiderin. Uwes älteste Schwester hatte die Schule schon lange beendet.

»Also Uwe, die Sachen gehören dir. Du hast sie gefunden. Mach damit, was du willst. Aber ich gebe dir den Rat, da gebe ich deinen Schwestern Recht, zeige die Sachen am besten gar nicht dem Opa Winfried. Du weißt, wie unberechenbar und jähzornig er bisweilen sein kann. Ich kann ein Lied davon singen, er ist schließlich mein Vater.«, schloss Mutti Gerda das Thema vorerst ab. Die Familie aß gemeinsam weiter und Uwe half nach dem Essen seiner Mutter beim Abwasch.

Unvermittelt begann seine Mutter darauf hin wieder zu erzählen.

»Ich war noch ein ganz kleines Mädchen Uwe, als der Krieg zu Ende war. Kaum dass das Kriegsende verkündet war, kam Opa Winfried nach Hause. Er lag die letzten Monate des Krieges im Lazarett in Sigmaringen, er hatte das Maltafieber. Seine Flucht vom Gefangenentransport im Kaukasus, zusammen mit dem Kameraden aus Hamburg, hatte ihn an den Rand dessen gebracht, was man aushalten kann, er hatte riesiges Glück, dass er es überhaupt geschafft hatte. Als Deutschland dann im Osten immer weiter zurückgedrängt wurde, machte er sich auf gen Westen und kam mit dem letzten Zug nach Hause. Weil unser Haus das größte in der Siedlung hier war und unsere Hofeinfahrt die breiteste, bekamen wir mitgeteilt, dass die Amerikaner, die in Schweinheim einrücken würden, unser Haus als vorläufige Kommandantur haben wollten. Als Opa Winfried davon gehört hatte, hat er als erstes alle Sachen im Haus zusammengesucht, auf denen noch irgendwie Hakenkreuze drauf waren. Das Parteiabzeichen, die Uniform, eine Fahne war auch dabei. Die wurde vor dem Krieg immer gehisst, draußen neben dem Hoftor, wenn die Wehrmacht vorbeizog auf den Exerzierplatz. Alles was brennbar war, hatte er hinten im Garten verbrannt. Die Reste hatte er dann vergraben. Zwei Tage später stand ein amerikanischer Panzer bei uns im Hof. Das Rohr nach vorne auf die Straße gerichtet. Und in der Küche saßen die Soldaten, für die meine Mutter dann gekocht hatte. Wir hatten davon mehr, als dass es uns geschadet hätte. Die Amerikaner waren gut zu uns und wir hatten in der Zeit reichlich zu essen und auch sonst recht viel Hilfe. Allerdings wurde das Verhältnis zu unserer Nachbarschaft seit der Zeit nicht besser..«

Die Schwere in Mutti Gerdas Worten sorgte dafür, dass Uwe nichts mehr dazu sagte. Er sah seiner Mutter an, dass ihr das Thema nicht gut tat und wollte sie nicht weiter damit belasten, obwohl er wusste, dass sie ihm sicher noch die ein oder andere Antwort gegeben hätte.

Er wechselte das Thema.

»Mutti, darf ich mich heute Mittag noch mit Harry und Holger treffen? Wir treffen uns bei Holger. Wir wollen Stadt-Land-Fluss spielen.«

»Das ist doch schön! Warst ja heute schon fleißig! Wann kommst du wieder heim?«

Uwe versprach, um fünf Uhr nachmittags wieder zu Hause zu sein.

Seine Mutter legte sich nach dem Abwasch etwas auf die Couch im Wohnzimmer, wo ihr schnell die Augen zufielen.
Bevor Uwe das Haus verließ, schaute er noch einmal nach seiner Mutter, die augenblicklich in einen tiefen Mittagsschlaf gefallen war.

Heute war der 1. April, wusste Uwe.

Aufgeregt trollte sich Uwe leise in sein Zimmer und holte seinen Wasserfarbkasten hervor. Mit einem nassen Pinsel bewaffnet, schlich er sich zu seiner Mutter und malte ihr einen fetten, roten Punkt genau auf die Nasenspitze. Diebisch vor sich hin feixend verließ er sodann das Haus.

Holger hatte schon die Spielblätter vorbereitet und teilte diese aus. Uwe und seine Freunde liebten Stadt-Land-Fluss. Weil die drei schon richtige Profis in Stadt-Land-Fluss waren, hatten sie das Spiel längst erweitert. Außer den drei namensgebenden Parametern suchten sie bei einer Spielrunde noch nach Namen und Berufen.

Uwe hatte eine Idee: »Hört mal, wollen wir das Spiel nicht nochmal erweitern? Wir könnten noch Schimpfwörter dazu nehmen.«

»Hahaha! Das ist toll! Das machen wir!«, pflichteten seine Freunde bei.

Während Harry eine weitere Spalte auf die Spielblätter malte, fing Holger mit einem ganz anderen Thema an.

»Habt ihr schon den neuen Schüler kennen gelernt? Den Türken?«

Es war das erste Mal, dass ein Türke zu ihnen an die Schule kam. Es gab zwar mittlerweile viele Türken in der Stadt, die als Gastarbeiter immer häufiger in die Gegend kamen, aber kaum türkische Kinder. Da es in Deutschland eine Schulpflicht gab, mussten auch diese in die Schule gehen.

Harry antwortete sofort: »Nö. Wie heißt der nochmal?«

Uwe konnte mehr dazu sagen: »Der hat einen total komischen Namen. Öner Döner heißt der. Der ist aber ganz okay. Nur, ich glaube, der versteht kein Wort Deutsch. Im Pausenhof haben Ossi und Moritz gleich Streit mit dem gesucht. Voll die Idioten. Der hat denen doch gar nichts gemacht. Nur, weil er ein Türke ist. Ich bin dazwischen gegangen und Öner dachte wohl, ich will auch mit ihm rumstreiten, da hat er mir dann auch gleich eine gescheuert. Ossi hat sich krankgelacht. Aber ich war dem Öner nicht böse. Er versteht mich ja nicht.«

»Der hatte einen Anzug an! Ich hatte noch nie einen Anzug an, nur zur Kommunion meines Bruders vor zwei Jahren!«, sagte Harry.

»Ja, und der hat nach Knoblauch gestunken.«, sagte nun Holger.

»Der von Harry oder der von Öner?«, fragte sodann Uwe.

»Häh? Was meinst denn du jetzt?«, wollte Holger wissen, der Uwes Frage nicht verstand.

»Na, wessen Anzug nach Knoblauch gestunken hat? Der von

Öner oder der von Harry? Harry hat gesagt, der Öner hatte einen Anzug an und dass er noch nie einen Anzug an hatte. Nur zur Kommunion seines Bruders vor zwei Jahren. Daraufhin hast du gesagt, dass der nach Knoblauch gestunken hat.«

»Ooooooh! Du Heini! Natürlich der von Öner! Öner hat nach Knoblauch gestunken!«

Für Uwe war diese Diskussion noch nicht um: »So natürlich finde ich das nicht. Harry hat auch schon gestunken, vielleicht nicht nach Knoblauch. Vielleicht nach anderen Sachen. Ich glaube, bei Harry daheim gibt es ziemlich oft Bohnensuppe und so.« Empört lachend klatschte Harry Uwe mit der flachen Hand auf die Stirn und sagte: »Hallo?! Das musst du gerade sagen!«

Das stimmte, dachte sich Uwe. Aber auch das war nichts Schlimmes, weshalb er nur noch kurz antwortete: »Na und? Ossi stinkt auch oft. Aber nicht nach Knoblauch oder Bohnensuppe, sondern aus dem Maul. Das ist viel schlimmer!«

Jetzt lachten die Freunde zu dritt und begannen mit ihrem Spiel.

Harry sagte laut A und zählte still das Alphabet weiter, bis Holger wenige Sekunden später Stopp sagte.

Harry sagte laut: »K!«, und alle begannen hastig zu schreiben.

Nach einigen Minuten rief Uwe laut, dass er fertig sei.

»Was? Schon? Das gibt's doch nicht!«, protestierte Holger, der noch keinen Fluss mit K gefunden hatte. Da Holger aber auch wusste, dass er mit Uwe einen schwierigen Gegner hatte, gab er schnell klein bei. »Lass hören!«, sagte er.

»Stadt, Kassel.«

Harry sagte, dass er das auch habe, Holger hob triumphierend die Hand und sagte, dass er Köln habe. Somit bekam Holger hier einen Punkt mehr als die anderen, weil die die gleiche Stadt hatten.

»Land, Kanada.«

»Auch Kanada«, stimmte Holger Uwe zu.

»Ich habe Krönland«, sagte Harry.

»Krönland?! Mann, du Dösbattel! Das schreibt man mit G!«, protestierte Holger sofort. Und Uwe ergänzte, dass er sich gar nicht sicher sei, dass Grönland ein richtiges Land sei. Er meinte, dass sei mehr so eine Gegend. So in etwa wie Sibirien, das ja auch kein eigenes Land sei, sondern zur Sowjetunion gehöre. Es entstand eine kleine Diskussion, an deren Ende sie aber feststellten, dass sie sich nicht weiter zu streiten brauchten, da sie es sowieso nicht gelten lassen konnten, weil Harry es ja sowieso falsch geschrieben hatte. Uwe las die nächste Lösung vor, jetzt war der Fluss an der Reihe.

»Fluss, Kinzig!«, sagte er.

Seine beiden Freunde kommentierten Uwes Fluss mit lauten Aaahs und Oohs.

Als die Reihe an die letzte Spalte kam, bekamen alle drei einen Lachanfall und freuten sich über Uwes Einfall mit den Schimpfwörtern.

Es fielen die Begriffe Kackbratze, Klobürstenfresser und Klippenscheißer.

Unter Tränen erzählte Uwe seinen Freunden einmal mehr von seinem bekloppten Bruder Erwin und dass er diesen neulich während des Frühstücks Dummbrot genannt habe, was die Freunde erneut zu einem Lachanfall veranlasste. Am Ende des Nachmittags hatte Uwe einen ganzen Berg neuer Schimpfwörter und Bezeichnungen für seinen Bruder parat, welche dieser ihm an den Kopf werfen wollte, wenn der ihm wieder einmal blöde kam.

Als Uwe gegen fünf Uhr nachmittags wieder daheim eintrudelte, wurde er gleich von seinen Schwestern und seinem Bruder auf dem Hof begrüßt, die auch laut am Lachen waren. Zwischen ihnen rannte laut bellend Strolchi herum, der das viele Gelächter offenbar auch ganz toll fand.

»Was ist denn los? Warum lacht ihr so?«, fragte Uwe.

»Hahahahaha! Geh mal rein zu Mutti und schau sie mal an! Aber sag ihr nicht, was du siehst, wenn du sie anguckst, hahahaha!«, sagte ihm seine älteste Schwester Lotte.

Da fiel Uwe wieder ein, was er getan hatte, bevor er das Haus verlassen hatte. Er erinnerte sich an die Wasserfarbe und den roten Punkt auf Muttis Nase.

»Hahahahaha! Das war ich!«, sagte Uwe stolz, bevor er lachend ins Haus ging.

Mutti Gerda ging wie immer ihrer Arbeit nach, offenbar hatten seine Geschwister alle dicht gehalten und ihr nicht verraten, was mit ihr heute nicht stimmte. Da Uwes Papa noch nicht daheim war, hatte der den Schabernack auch noch nicht aufklären können.

»Hallo Mutti, da bin ich wieder!«, sagte Uwe verschmitzt und mit einem breiten Grinsen im Gesicht.

»Warum grinst ihr denn alle so heute? Ist irgendwas? Gab es heute irgendwo gute Laune für umsonst?«, empfing ihn seine Mutter.

»Hahaha! Nein, aber ich habe eben draußen mitbekommen, dass Vroni, Lotte und Erwin so am Lachen sind. Da habe ich sie gefragt, warum sie so lachen. Und da haben sie gesagt, sie hätten gesehen, wie Strolchi hinten im Garten das ganze frische Salatbeet von heute früh durchwühlt habe. Da wäre ein Maulwurf gerade am Wühlen gewesen, haben sie gesagt, und dann muss sich Strolchi darauf gestürzt haben wie ein Irrer. Ich bin natürlich gleich hin, weil ich das sehen wollte..«, weiter kam Uwe nicht, dann wurde er von seiner Mutter aufgeregt unterbrochen: »Was?! Warum sagt mir das keiner! Was ist daran so lustig! Die schönen Salatpflänzchen, du meine Güte!«

Gerda stürzte sofort aus dem Haus und hinter in den Garten.

Uwe rannte ihr amüsiert hinterher, seine Geschwister folgten den beiden ohne zu wissen, was jetzt noch kommen sollte.

Das Salatbeet stand wie am Morgen. Völlig unangetastet und schnörkellos standen die Pflänzchen im Beet.

Strolchi, der von dem plötzlichen Tohuwabohu und der rennenden Mutti Gerda angesteckt worden war, saß mit heraushängender Zunge auf dem Gartenweg daneben und blickte herausfordernd in die Runde.

»Wie..? Was..? Du hast doch gesagt, Uwe..«, sagte Mutti Gerda konsterniert zu ihrem Sohn.

»April, April!!! Hahahahaha!«, platzte es aus Uwe heraus.

Mutti Gerda, immer noch mit dem Punkt auf der Nase, stemmte ihre Hände in die Hüften und prustete sofort los: »Ah! Hast du mich drangekriegt! Na warte!«

Laut lachend ging sie wieder ins Haus, um sich um das Sauerkraut für den Vater zu kümmern. Uwes Geschwister lachten auch, wollten aber von Uwe wissen, was das jetzt mit dem Salatbeet war. Nachdem Uwe seine älteren Geschwister aufgeklärt hatte und dass Mutti immer noch nichts von dem Punkt auf der Nase wissen würde, lachten sie alle noch mehr.

Vater hatte einen anstrengenden Tag. Ihm war heute nicht nach Scherzen. Im Gegenteil. Als er nach Hause kam, war er richtig verdrossen und sogar ziemlich übel gelaunt. Alle gingen ihm aus dem Weg und er aß sein Sauerkraut alleine in der Küche.

Ganz bestimmt hatte er den Punkt auf der Nase seiner Frau bemerkt, aber wenn er so drauf war, wussten Uwe und seine Geschwister, dann brachte er es sogar fertig, einen roten Punkt auf der Nase seiner Frau zu ignorieren.

Gerda, immer noch nichtsahnend, was den Punkt auf ihrer Nasenspitze betraf, kannte ihren Mann nur zu gut. Für sie waren solche Tage oder Abende sehr anstrengend, wenn er nach Hause kam und kaum ein Wort sagte. Ein falsches Wort von ihr oder einem der Kinder und die Lage konnte völlig eskalieren. Da war auch schon Geschirr geflogen.

Hermann war heute schon betrunken nach Hause gekommen, wusste sie. Und er war mit dem Auto gefahren. Irgendwann würden sie ihn anhalten, hatte sie die Befürchtung. Und das konnte dann bedeuten, dass er den Führerschein abgenommen bekäme.

Gerda liebte ihren Mann und war sich bewusst, dass sie alle ihre Fehler hatten, aber die Sache mit dem Alkohol machte ihr sehr zu schaffen. Da kam sie ihrem Hermann auch nicht bei.

Ihr Vater, der Opa Winfried, soff ja auch schon immer. Seinen Apfelwein. Und sein Bier. Und oft genug auch seinen Schnaps. Naja, zumindest trank ihr Hermann keinen Schnaps. Das war schon was wert. Aber alles in allem kannte sie es ja auch nicht anders. Die Männer waren alle gleich.

Alle waren sie dem Alkohol zugeneigt.

Und sie rauchten auch alle.

Richtig schlimm waren die, die sich dann noch so gehen ließen, dass man ihnen das permanent ansah, was mit ihnen los war.

So war ihr Hermann nicht. Das hätte sie dann auch nicht geduldet. Der Hermann war immer sehr gepflegt, verbrachte morgens fast mehr Zeit im kleinen Bad als sie, schniegelte seinen Scheitel und rasierte sich gründlich. Und nicht selten war ihr 4711-Fläschchen schneller leer, als sie Piep sagen konnte, weil Hermann sich ordentlich daran bediente.

Gerdas Gedanken waren wieder etwas versöhnlicher und sie musste schon wieder ein wenig schmunzeln, als sie so am Sinnieren war.

Nachdem er sein Abendessen vertilgt hatte, machte sich Hermann sein zweites Bier auf. Es ging ihm besser.

»Uwe, zeig dem Papa mal, was du heute im Garten gefunden hast!«, rief Gerda ihren Jüngsten, in der Hoffnung, die Stimmung noch etwas mehr aufzuhellen.

Als Uwe zu Papa an den Tisch kam und die Fundstücke ausbreitete, schwieg dieser zunächst. Hermann nahm die Teile in die Hand und beäugte sie genauer.

»Ouwouwou. Des basst, dass du sowas bei uns im Garte gefunne hast.«

Uwe erfuhr an dem Abend, dass nicht nur Opa Winfried, sondern auch dessen Vater, also Uwes Uropa, überzeugte Parteimitglieder gewesen sein mussten. Und dass die ganze Straße, alle, die hier ein Häuschen hatten, in der Partei gewesen seien. Die ganze Straße und alle Häuser hier waren während der Wohnungsbaupolitik der Nazis entstanden und nur wer überzeugtes Parteimitglied war, der konnte dann auch so ein Häuschen für sich und seine Familie bekommen.

Das war überall so, wo diese Häuschen standen, die allesamt nach 1933 gebaut worden waren. Deshalb sei es logisch, dass hier im Garten auch Parteiabzeichen und dergleichen vergraben seien, führte Papa Hermann weiter aus. Und Uwes Papa resümierte schlussendlich, dass es auch typisch gewesen sei, für so Leute wie Opa Winfried, dass sie, nachdem der Krieg verloren war, schön ihr Fähnchen gedreht hätten und alles, was sie als überzeugte Nazis hätte überführen können, verschwinden ließen. Zum Beispiel, indem sie es im Garten vergruben.

Mutti Gerda gefiel nicht, in welche Richtung die Diskussion ging. Sie mischte sich ein: »Früher war hier ein großer Acker, der ging den ganzen Trieb hoch! Und der hatte meiner Familie gehört! Die Nazis haben uns den weggenommen, einfach so! Wir wurden enteignet! Wir haben dann lediglich als Entschädigung das Häuschen mit dem größten Garten bekommen. So war das! Und deshalb sind auch die ganzen Nachbarn bis heute so sauer auf uns!«

Hermann konterte sofort, während Uwe jetzt nur still auf der Bank saß und gebannt zuhörte.

»Ah! Babbel doch nicht so ein Zeug! Und weil ihr enteignet worde seid, warn der Winfried UND Dein Großvadder, der Albrecht, auch in der Partei, oder was? Aus lauter Dankbarkeit oder was? Die warn genauso narrisch! Und dass die enteignet worden sind, daran glaub ich auch nicht! Die ham da mitgemacht! Weil se Überzeugungstäter waren! Und sie haben ja auch des Häuschen für umsonst gebaut bekomme! Und de Albrecht, meinste, der hat ohne Grund nach Kriegsende so lang im Knast bei der Sandkirche in der Stadt eingesessen?«

Uwe wurde es etwas flau im Magen. Waren seine Vorfahren wirklich richtige Nazis gewesen? Gerda bemerkte Uwes Verunsicherung.

»Da! Guck! Der Uwe schaut schon ganz verwirrt! Erzähl nicht solche Geschichten in Gegenwart deiner Kinder, Hermann!«

Doch Uwes Papa dachte gar nicht daran, jetzt seinen Mund zu halten. Gerda schluckte ihren Ärger notgedrungen herunter.

Papa Hermann hielt Uwe dann einen Vortrag in Baugeschichte. »Ist dir noch nie aufgefallen, Uwe, dass hier alle Häuschen, die noch nicht aufgestockt worden sind, so klein sind und so steile Dächer haben? Und die haben alle einen großen Garten«, sagte Uwes Vater.

Uwe antwortete: »Ja, das stimmt! Aber ich finde das schön! Es sieht so heimelig aus, wie früher. Im Strietwald stehen doch auch so Häuser, oder? Und in der Österreicher Kolonie auch, oder?«

»Ja, die Häuser in der Österreicher Kolonie sind älter. Aber im Strietwald, ja des stimmt. Die sind auch ab 1933 gebaut worden.«

Uwe erfuhr, dass es ein erklärtes Ziel der Nazis war, sobald sie an der Macht waren, die Wohnungsbaupolitik neu zu ordnen. Und das wurde auch gemacht. In den Vorstädten entstanden während der Nazizeit zahlreiche neue Siedlungen, deren Architektur sich bewusst von der Modernität, etwa dem Bauhausstil, abheben sollte.

Die Nazis verachteten alles Moderne. Das war für sie jüdisch oder bolschewistisch.

Stattdessen wollte man mit den spitzgiebeligen, kleinen

Häuschen bewusst gegensteuern. Etwas Heimeliges schaffen, die gute, alte Zeit beschwören. Und das funktionierte ja auch, denn die Häuschen waren ja tatsächlich niedlich, mit ihren großen Gärten, wo jeder sein eigenes Gemüse anbauen können sollte. Auch das hatte Hintersinn. Das Nazi-Gedankengut ging schon sehr früh in diese Richtung, einen neuen Krieg vorzubereiten, die Bevölkerung darauf einzustimmen, dass man sich auch in Notzeiten selbst versorgen konnte.

Der Reichsarbeitsdienst wurde eingeführt, der nichts anderes war, als eine paramilitärische Organisation. Die geschulterten Spaten tausender arbeitsverpflichteter Männer, mit denen man den Autobahnbau bewerkstelligte, wurden später einfach durch Gewehre ersetzt. Alles war perfide von Anfang an von den Nazis geplant gewesen, erklärte Papa Hermann seinem Junior.

»Die waren nicht halb so blöd, wie heut oft erzählt wird, Uwe! Die waren sauclever und grad deshalb so gefährlich! Erst hammse alle um die Finger gewickelt und verführt und dann hammse uns alle ins Chaos gestürzt. Und nicht nur dein Opa, alle, alle hammse mitgemacht. Ich war neun Jahr alt, als de Krieg rum war und ich hab hautnah mitbekomme, wie sich nach dem Krieg die ganze verlochene Bagasch schon wieder in Stellung gebracht hat! Erst hammse ihr Zeug im Garten vergrawe und die Fahne verbrannt, am nächsten Tach warn se wieder Bürgermeister und in Amt und Würden bei den Amis! Aber des hast du als Jugendlicher, der ich dann in den Fünfzigern war, natürlich nicht sache dürfe! Da hats geheißen, was bisten du für ein Rotzlöffel! Des hab ich nicht vergesse, Uwe! Ich hab noch Tote gesehen! Und ich habs nit vergessen, wer da alles mitgemacht hat! Und wer dann gleich nach dem Krieg schon wieder am Ruder war!«

Inzwischen war es spät geworden. In der Küche konnte man die Luft wieder einmal schneiden, so dick zog der Zigarettenrauch von Papa Hermann seine Bahnen um die Lampe. Mutti Gerda machte sich gerade im Bad fertig für die Nacht.

»Ah! Ihr Saubankert! Wer hat mir denn den Punkt auf die Nase gemalt? Uwe! Uwe!! Warst du das? Laufe ich damit schon den ganzen Tag rum oder was?«

Papa Hermann und Uwe saßen auf der Eckbank und bekamen beinahe einen Lachkrampf, bevor auch sie sich bettfertig machten.

Wenn Papa einen sitzen hatte, dachte Uwe belustigt, dann konnte der so laut lachen, dass ihm die Tränen runterliefen. Uwe mochte seinen Papa, wenn der so war.

»Auf Uwe, mir mache uns auch fäddisch. Wir müssen morgen früh raus, mir fahren morgen nach Haibach, die Oma und den Opa besuchen!«, sagte Papa Hermann mit auffallend hoher Stimme und ständig wieder beginnendem Gelächter.

»Hahahahahaha!«

»Hahahahaha!!«

Zimtkuchen *(2. April 1978)*

Am nächsten Morgen saß die ganze Familie zusammen beim Frühstück. Uwe freute sich schon auf die Fahrt nach Haibach zu Oma und Opa.

Das Allerbeste war, dass sein Bruder Erwin dieses Mal nicht mitfuhr, er durfte alleine mit dem Papa fahren. Erwin musste stattdessen, genau wie Lotte und Vroni, in die Kirche gehen.

Auf der Eckbank lagen die alten Tageszeitungen der Woche und jeder hatte sich eine genommen, um noch einmal darinnen zu blättern. Papa Hermann wiederholte die Lektüre des Sportteils vom Vortag, wohingegen alle anderen von einem anderen Thema gefesselt waren.

Diese Woche hatte der Prozess gegen die Angeklagten im Fall Anneliese Michel begonnen. Die ganze Welt sprach vom Aschaffenburger Exorzismus-Prozess, der Medienrummel vor dem Aschaffenburger Gerichtsgebäude war gewaltig und ungewohnt für die Provinz, in der man lebte.

Anneliese Michel hatte in Klingenberg am Main gelebt, das nicht weit weg war von Aschaffenburg und sie sei vom Teufel besessen gewesen, hieß es. Bereits 1976 war sie gestorben, nachdem Priester mehrfach versucht hatten, bei ihr den Satan auszutreiben. Mit Billigung des Würzburger Bischofs wurde Dutzende Male der sogenannte große Exorzismus an ihr durchgeführt. Auch ihre eigenen Eltern hätten das unterstützt und so geschehen lassen, wurde erzählt. Die Staatsanwaltschaft hingegen vertrat die These, dass Anneliese schlicht und ergreifend verhungert und verdurstet sei, und zum Schluss eine Lungenentzündung gehabt habe, die man hätte behandeln können und müssen, und dass man sie hätte retten können, wenn man nur ernsthaft gewollt hätte. Die Ärzte und Gutachter waren der Meinung, dass Anneliese unter einer psychotischen Epilepsie gelitten habe, deren Auswirkungen und Entwicklungen ihre bis in eine mittelalterlich anmutende Bigotterie hinein lebenden Eltern, allen Ernstes als Besessenheit ansahen. An der Sicht der Eltern hatte sich indes bis jetzt, zu Beginn des Prozesses, nichts geändert. Nach wie vor waren sie sicher, richtig gehandelt zu haben, als sie Exorzisten statt Ärzte ins Haus gelassen hatten. Und vor allem der Vater betonte, dass er das wieder so machen würde.

Als Anwalt engagierten Anneliese Michels Eltern den Strafverteidiger Erich Schmidt-Leichner. Dieser war in den Sechziger Jahren auch der Verteidiger des SS-Kriegsverbrechers Werner Heyde gewesen, welcher in seiner Funktion als Neurologe während der Nazi-Diktatur unter anderem über Zwangssterilisationen entschied. Ab 1939 war Heyde außerdem dafür zuständig, die Tötung von Geisteskranken und Behinderten vorzubereiten. Der Arzt war zudem ein Günstling von SS-Oberführer Theodor Eicke gewesen, der später erster Kommandant des KZ Dachau wurde und es sogar bis zum Führer der SS-Totenkopfverbände brachte.

Niemand fragte sich, warum Anneliese Michels Eltern sich mit Schmidt-Leichner einen Anwalt ins Boot holten, der Kriegsverbrecher solchen Ausmaßes verteidigt hatte.

Nicht wenige Menschen in der Region hatten großes Mitleid mit Anneliese Michel gehabt und auch so ihre Zweifel an einer tatsächlichen Besessenheit geäußert. Klar, viele Leute waren tief gläubig, Uwes eigene Mutter ja auch, aber heutzutage, so schätzte es Uwe ein, wusste man doch, dass es den Teufel so in Wirklichkeit nicht gab!

Und ausgerechnet da, in Klingenberg, sollte er in Erscheinung getreten sein?

Und doch, es gab auch eine andere Fraktion, die tatsächlich an der Seite der Eltern und jener inquisitorischen Kirchenvertreter stand, die von einer echten Besessenheit sprachen. Die Fronten waren durchaus verhärtet.

Uwe war es schon auch mulmig gewesen damals, als er das erste Mal von dieser Sache gehört hatte, und er bekam es immer noch mit der Angst zu tun, wenn die Rede davon war, aber das war mehr so eine Panikreaktion, wusste er. Schließlich hatte ja auch er schon sein Leben lang erzählt bekommen, dass es eine Hölle gab und ein Fegefeuer (in dem er, wie er selbst dachte, bestimmt mal landen würde, mindestens), und dass Gott alle Sünden sehen konnte und so weiter und so fort.. Und ja, auch er fühlte sich besser, wenn er beim Pfarrer gebeichtet hatte. Aber trotzdem. Uwe war ein cleverer Junge und wenn er seinen Verstand benutzte, dann konnte auch er mit seinen gerade mal zehn Jahren schon ganz gut einschätzen, was tatsächlich wahr war und was nicht sein konnte. Rein rational betrachtet.

Uwe konnte sich noch daran erinnern, wie seine Mutter reagiert hatte, als diese vom Tod Annelieses erfahren hatte. Mutti war sofort zum Weihwasserbehälter ins Schlafzimmer gerannt, hatte da ihre Hände reingetunkt und sich erst einmal bekreuzigt und für die arme Seele von Anneliese gebetet. Das war ihr sehr nahe gegangen.

Was aber bemerkenswert war, soviel hatte der scharfsinnige,

kleine Uwe schon mitbekommen, dass seine Mutter, obschon sie sehr gläubig war, auch ihre Zweifel an übernatürlichem Teufelswerk hatte. Gerda vertrat auch eher die Auffassung, dass die junge Anneliese Michel einfach psychisch krank war und man ihr sicher hätte helfen können, wenn man sie daheim rausgeholt hätte. Mutti Gerda sagte damals im Gespräch, dass Anneliese »schpüschisch« krank gewesen sei und ihre Eltern da mit ihrem Fanatismus nicht unschuldig dran gewesen wären.

Uwe hatte damals begriffen, dass seine Mutter tatsächlich nicht halb so doof war, wie er bis dahin manchmal gedacht hatte. Die hatte ihm und auch seinen Geschwistern diese ganzen Teufelssachen und der liebe Gott sieht alle Sünden und so weiter nur aufgetischt, um ihn und seine Geschwister besser erziehen zu können. Der Glaube und die Drohungen mit der Hölle und dem Fegefeuer waren eben prima dazu geeignet, um kleine Kinder einzuschüchtern, um sie dann leichter auf Spur bringen zu können.

Die Angst ist ein braver Geselle.

Seine Mutter hatte ihn und seine Geschwister mit Hilfe dieser religiösen Horrorgeschichten um die Hölle und die Sünden und das Fegefeuer nach Lust und Laune manipuliert. Im Grunde genommen fand Uwe das ziemlich empörend, um nicht zu sagen absolut skrupellos, so etwas mit seinen Kindern zu machen. Andererseits konnte er seiner Mutter gar keinen Vorwurf machen, denn sie wusste es ja nicht besser, sie war ja genauso und noch schlimmer erzogen worden. Da musste man nur an Opa Winfried denken, der war auch so ein Sack, der über Leichen ging, wenn es nur seinen Interessen diente.

In jedem Fall ging die ganze Sache mit der Anneliese Michel seit 1976 in der Gegend herum wie ein Lauffeuer.

Dass die Menschen so außerordentlich viel Anteil daran nahmen, lag wohl erstens daran, so schätzte Uwe, dass das eine Kirchensache war und die Kirche war eben heilig und sakrosankt.

Zweitens lag der Grund für die große Aufmerksamkeit schlicht und ergreifend im Ausmaß dieser Tragödie. Ein junger Mensch war tot, weil andere, die ihm sogar so nahe standen, wie sonst niemand, absolut verblendet waren. Kirchlich legitimiert verblendet! So sehr verblendet, dass sie sogar zuließen, dass Tonaufnahmen von Annelieses infernalischen Ausbrüchen gemacht wurden. An Perversion war das kaum zu überbieten.

Es war noch nicht so lange her, dass Menschen, aus einer ähnlichen Verblendung heraus, genauso schlimme und noch schlimmere Sachen gemacht hatten. Und jetzt saß Uwes Familie zusammen und verfolgte die aktuelle Lage.

»Das arme Ding, jetzt hat sie ihre Ruhe, das ist das einzig Gute«, sagte Mutti Gerda.

»Toll! Was ist denn das für eine Ruhe? Sie ist tot! Diese ganze Bagasch um diese beiden Pfarrer, die das angezettelt haben mit den Teufelsaustreibungen, die gehören eingesperrt und nicht mehr rausgelassen!«, ereiferte sich Lotte.

»Lotte! Sei nicht schon wieder so streitsüchtig! Die ganze Sache ist furchtbar genug!«, antwortete Mutti Gerda bestimmt.

»Ahja! Immer schön die Klappe halten! Immer schön ducken! Sprich es doch mal aus! Die Schuld hat die Kirche und diese Pfaffen! Da ist ein junger Mensch gestorben und niemand hat etwas unternommen! Das ist wie immer! Hinterher ist es keiner gewesen! Genau wie gestern, als wir über den Opa und die Nazis hier gesprochen haben, weil Uwe das Parteiabzeichen gefunden hat! Soviel kann ich gar nicht essen, wie ich brechen müsste!« Lotte hatte sich richtig in Rage geredet, wütend hieb sie ihre Ellbogen auf den Tisch und stützte ihren Kopf auf ihre Hände, bevor sich ein saures Schweigen auf ihrem Gesicht ausbreitete.

Papa Hermann las von alldem unbeeindruckt weiter die Bundeligaergebnisse. Frankfurt hatte am Freitag 1:0 gegen den Tabellenführer aus Köln gewonnen. Jetzt waren die Kölner punktgleich mit Borussia Mönchengladbach, die die letzten drei

Jahre schon Meister geworden waren. Köln war nur deshalb noch Erster, weil sie das bessere Torverhältnis hatten.

»So. Jetzt macht euch für die Kirche fertig. Ich will nichts mehr hören«, bestimmte Gerda frostig. Als Lotte, zornerfüllt wie sie war, aufstand, wackelte der ganze Küchentisch.

Drei Wochen später wurde das Urteil gefällt.

Die Hauptangeklagten wurden zu sechs Monaten Freiheitsstrafe verdonnert, die aber allesamt zur Bewährung ausgesetzt wurden. In der Urteilsbegründung sagte das Gericht, dass Anneliese keine Gebete gebraucht hätte, sondern einen Arzt.

Das deutsche Nachrichtenmagazin *Der Spiegel* drückte es in einem langen Artikel mit dem Titel *Bewährung um jeden Preis* in einem Absatz sehr treffend aus: *In Aschaffenburg standen nicht Veränderer, sondern Bewahrer vor Gericht. Und es wurde sichtbar, dass nicht nur der Versuch, die Verhältnisse zu ändern, sondern auch der Versuch, die Verhältnisse vor jeder Veränderung zu bewahren, in die Gewalt führen kann.*

Auf der Fahrt nach Haibach zählte Uwe Autos.

Das tat er immer, wenn er mit seinem Papa zur Verwandtschaft fuhr.

Es zählten sowohl solche, die selbst fuhren, als auch jene, die am Straßenrand geparkt waren. Sein Rekord lag bei achtundzwanzig Autos. Mehr hatte er noch nie gezählt.

Wenn Uwe eines Tages groß sein würde, so nahm er es sich fest vor, würde er einen Ford Capri fahren, den fand er klasse. Der sah so sportlich aus. Sein Papa träumte schon immer von einem Mercedes SL. Aber den würden sie sich vermutlich nie leisten können. Bis vor zwei Jahren hatten sie einen 180er Mercedes gehabt, einen Diesel, den Papa immer mit Heizöl getankt hatte. Aber den mussten sie dann schweren Herzens weggeben. Papa Hermann waren die Seilzugbremsen nicht mehr sicher genug gewesen.

Was es jetzt auch schon gab, das waren Autotelefone! Neulich in der Schule hatte sich die ganze Klasse über Oliver totgelacht. Dieser hatte den Lehrer gefragt, wie das mit den Autotelefonen funktionieren würde, die müssten doch dann ein Kabel hinter sich herziehen, meinte Oliver. Dieser Dummkopf!, hatte Uwe mit Tränen in den Augen gedacht, hatte der noch nie was von Funk gehört?

Uwe war auch ein riesengroßer Enterprise-Fan. Auf dem Raumschiff Enterprise hatten die tatsächlich so kleine Minitelefone, die Trikorder hießen, die man mit einem Ton, der in etwa nach »tschiwiwiwiiip« klang, einfach aufklappen konnte, um dann in Echtzeit mit Jemandem zu reden, der zigtausend Kilometer entfernt war. Da war noch nicht mal ein geringeltes Kabel am Hörer, geschweige denn ein Kabel zum Telefonanschluss in der Wand! Das war nun wirklich Science Fiction. So etwas konnte es niemals geben, wusste Uwe. Vielleicht irgendwann in einer Million Jahren.

Uwe war mit seinem Papa gerade alleine, deshalb nutzte er die Gelegenheit, ihn nach seiner Meinung bezüglich dieser Sache mit der Anneliese Michel zu fragen. Uwe wusste, wenn er alleine mit seinem Papa war, würde er darauf eine Antwort bekommen.

»Ah! Uwe! Uwe!! Des sin alles total Verrückte. Die ganze Kirche und diese Pfaffe, wo allen Ernstes so ein Quatsch mache! Ich könnt mich da aufregen! Aufregen könnt ich mich! Ja, die spinne doch! Des sind doch erwachsene Leut! Ja denne gehört alles abgenomme! Und jetzt wird da verhandelt! Was gibt's denn da noch zu verhandele? Das Mädsche ist tot! Des kommt nie mehr zurück! Aber denne Pfaffe, denne könnte se verbiete, jemals noch einmal auf de Kanzel zu stehn! Aber ich sach dir was, des erlebst du nicht und ich nit, dass des passiert, dass die ernsthaft bestraft wern! Ich will nit wisse, was die sonst noch so alles treibe!«

Papa Hermann war so richtig in Fahrt und er konnte nicht

ahnen, wie sehr er mit seinem letzten Satz den Nagel auf den Kopf getroffen hatte. Mit diesem Satz war er seiner Zeit weit voraus gewesen.

Denn nicht Jahre, sondern Jahrzehnte später, brach eine für die gesamte katholische Kirche katastrophale Missbrauchsdiskussion los. Die Pfaffen, wie Papa Hermann sie schon immer genannt hatte, vergingen sich reihenweise an schutzbedürftigen Menschen. Sogar vor Kindern machten sie nicht halt. Der Fall Anneliese Michel war also letztlich nur ein einziger Auswuchs, der eben sichtbar geworden war.

Uwe ergriff das Wort: »In der Schule der Pfarrer ist auch manchmal voll böse. Der Harry hat neulich in Reli das Glaubensbekenntnis aufsagen müssen und konnte das nicht. Da ist der Herr Pfarrer einfach von hinten an den heran und hat ihm eine total üble Kopfnuss gegeben. Das war voll brutal! Der Harry hat dann voll geheult und hat auch eine Riesenbeule danach gehabt.«

»Und weißte noch was Uwe? Und was is mit dem Bischoff, dem Stangl, der den ganze Dreck erlaubt hat? Mit denne Teufelsaustreibunge? Sitzt der ach uff de Anklagebank?«

»In der Zeitung steht, Papa, dass der von nichts gewusst hat. Zumindest hat er das so ausgesagt zuletzt.«

»Uwe! Uwe!! Hahaha! Der lügt wie gedruckt! Na klar hat der des gewusst! Die ganze schwarze Brüder, die lügen alle wie gedruckt! Es hat doch ach schon geheiße, dass die zwo Priester, wo den Exorzismus durchgeführt ham, des sogar schriftlich vom Bischoff bekomme ham, dass sie des mache solle!«

Sie schwiegen eine Weile und Uwe zählte weiter Autos. Hauptsache war, dachte Uwe, dass er heute nicht in die Kirche musste.

In Haibach bei der Oma Adelheid angekommen, mussten sie wie immer ein Stückchen weiter weg vom kleinen Wohnhaus der Oma parken. Das letzte Stück des Weges war nur ein

Trampelpfad, den man zu Fuß gehen musste. Das Grundstück, auf dem das Wohnhäuschen von Oma nach dem Krieg gebaut wurde, war ehedem nur ein Gemüsegarten gewesen, der mitten im Grünen lag. Uwe liebte das kleine Paradies, das heute noch von einem Anbau ergänzt wurde, in dem außer seiner Oma nun noch sein Onkel mit dessen Familie lebte. Schon vom weitem hörte Uwe den Schäferhund bellen, der jeden Besucher schon weitem begrüßte. Unterwegs begegnete ihnen Opa Konrad, der eine Schubkarre mit einem leeren Bierkasten nach vorne bringen wollte, um diesen gegen einen vollen auszutauschen, den Papa Hermann im Auto hatte. Während Uwes Papa mit Opa Konrad nochmal zum Auto ging, huschte Uwe schon weiter zu seiner Oma.

»Oma! Oma Adelheid! Hallo! Machst du mir einen Kaffee? Und wo sind die Fliegenklatschen? Hast du wieder eine Neue?«

»Na freilich mein Bub!«, begrüßte ihn seine geliebte Haibachoma mit einem riesengroßen Dutt auf dem Kopf.

Neben dem Zählen von Autos war es eine weitere selbstgestellte Aufgabe für Uwe, in Haibach Fliegen abzuklatschen. Wenn sein Bruder Erwin dabei war, taten sie das zusammen und machten einen Wettkampf daraus, wer die meisten Fliegen erwischte.

In der Regel schafften sie achtzig bis neunzig Fliegen jeder. Vor allem die großen Fenster von Onkel Heinis Werkstatt, die im Herz des Gartens lag, konnten ein Lied von Uwes und Erwins Fliegenjagden erzählen. Unzählige, verschmierte Flecken zeugten von hunderten erfolgreichen Hieben mit der Klatsche.

Auch die grob verputzten und mit Kalk geweißten Wände waren übersät von den Überresten vieler Schmeißfliegen, die sie in der Vergangenheit schon erledigt hatten. Aber die beiden Gebrüder waren nicht die einzigen Fliegenjäger. In allen Ecken und Winkeln des Gemäuers schichteten sich dicke Spinnweben aufeinander und nebeneinander.

Nicht weit davon stand ein großes, hölzernes Bienenhaus, das von Gemüsebeeten und überall wucherndem Löwenzahn eingerahmt wurde.

Ein riesengroßer Walnussbaum beschattete zudem die ganze Szenerie, Hasenställe, ein wild hingezimmerter Hundezwinger, der Alfis Zuhause war (der Schäferhund hieß Alfi), komplettierte das verschachtelte Gesamtbild im Zuhause der Haibacher Verwandtschaft. Brombeeren, Himbeeren, Johannisbeeren, ein großer Haselnussstrauch und etliche Holunderbüsche, in deren Schatten zahlreiche Rhabarberstauden wucherten, machten vollends eine grüne Hölle aus dem Grundstück. Noch nicht einmal erwähnt waren dabei die vielen Apfel- und Birnbäume, die alles ergänzend auch noch herumstanden. Der Umstand, dass jenseits des Grundstücks tatsächlich kein einziges weiteres Haus stand, sondern sich einfach nur alte Obstwiesen und von Brennnesseln überwucherte Bereiche ihrer Verwilderung hingeben konnten, sorgte vollends dafür, dass man das Gefühl hatte, aus der Zeit zu fallen, wenn man die Haibachoma besuchte. Uwe fand das wunderbar.

Nachdem Uwe, etwa eine halbe Stunde später, schon einen großen Schwung Fliegen getötet hatte, trottete er, stolz auf sein schon geschafftes Tagwerk, in die Werkstatt, wo sein Papa zusammen mit Onkel Heini Bier trank und rauchte. Ein alter Holzofen brannte, auf dessen Herdplatte ein alter Dampfentsafter vor sich hinkokelte, in dem alte Bienenwaben eingeschmolzen wurden, um das reine Bienenwachs aus ihnen herauszufiltern. Ein altes Transistorradio, dessen abgebrochene Antenne verknickt in die Gegend starrte, schnarrte vor sich hin.

»Na! Isch mein, du wärst ach immer größer!«, begrüßte ihn sein Onkel in einem sagenhaft lässigen Ton, während er sich mit einer Hand und schwer schnaufend auf seiner Werkbank abstützte.

Onkel Heini war die Ruhe selbst, ziemlich dick und immer mit einem alten, ausgewaschenen Blaumann bekleidet. Einer der Träger hing immer herunter. Unter der Latzhose trug der dicke, gemütliche Onkel immer ein altes, fleckiges Feinrippunterhemd. Uwe hatte sich schon oft gefragt, ob er überhaupt ein zweites dieser Hemden besaß.

Auf der Knollennase des behäbigen Onkels thronte eine schwarze Hornbrille mit vor Schmutz trüben Gläsern, bei welcher der linke Bügel schon mehrfach mit Pflaster geklebt war. Die ganze Gestalt des Onkels hatte auf eine gewisse Weise schon etwas sehr Beeindruckendes, für gesittetere Städter sogar eher etwas faszinierend Verschreckendes, fast Morbides, aber für Uwe war dieser Mensch einfach nur Onkel Heini und somit nichts Besonderes.

Deshalb wurde Uwes Blick wie immer zuerst von dem Wachseimer angezogen, der auf einem alten Holzstuhl direkt unter dem Auslauf des Dampfentsafters stand. Ein schmales Rinnsaal frischen Wachses lief ununterbrochen in den Eimer und bildete dort fortwährend neue Fließmuster, die im kalten Wasser darunter sofort zu gelbem Wachs erstarrten, bis daraus ein großer, mehrere Kilo schwerer Block wurde.

»Gäi emol nuff ins Haus von de Tante. De Ingo is ach da, der schießt heut mit soim Gewehr, der lässt dich bestimmt ach emol schisse«, sagte Heini zu Uwe. Ingo war der sechzehnjährige Sohn von Uwes Onkel und damit sein Cousin. Oder Kusseng, wie man hier sagte. Uwes Gesicht strahlte sofort auf wie eine Gaslaterne unter Vollbetrieb und er wusste, er musste seinen Papa gar nicht erst um Erlaubnis fragen. Wenn Uwe mit seinem Papa in Haibach war, durfte er praktisch alles, ohne erst fragen zu müssen.

Augenblicklich kehrte Uwe um und rannte den Weg hoch zum Haus des Onkels. Uwe bekam nicht mehr mit, wie Onkel Heini, nachdem er einen weiteren tiefen Lungenzug aus seiner Zigarette genommen hatte, zu seinem Bruder Hermann sagte: »De Ingo hat sisch heut um die junge Katze gekümmert, die mer scho wieder bekomme ham.«

Hermann ging gar nicht darauf ein. Nachdem er seinerseits einen tiefen Zug von seiner HB genommen hatte, begann er mit seinem Bruder stattdessen ein Gespräch über den Strauß, über den er sich diese Woche wieder aufgeregt hatte, weil dieser sich jetzt tatsächlich als Kandidat zur Wahl des Bayerischen Ministerpräsidenten aufstellen lassen hatte, die im Herbst stattfinden sollte. Der noch amtierende Ministerpräsident Alfons Goppel trat nicht mehr an.

Hermann ereiferte sich sofort wieder: »Sou ein Verbrecher! Jetzt stelle die den wirklich uff! Un der macht des ach! Der wird gewählt, warts ab! Vor kurzem war er auch in Chile, bei dere Sekte, wo es zugehn soll, wie im Arbeitslager! Colonja Dinidad oder wie die heiße! Das sind dem seine Freunde! Mit dem Botha in Südafrika und dem Stroessner in Paraguay hatters auch! Ihr liewe Leut! Wo soll des noch hinführn! Ich versteh des nit! Sind die Leut alle komplett bekloppt, warum wähle die die Källe? Ham die denn gar nix gelernt?«

Onkel Heini quittierte die Sachlage ernst, aber stoisch: »Isch sach dä dir. Des änderst du nit und isch ach nit, Hermann. Isch weiß nur soviel: Jeder kriegt irgendwann des, was er verdient. Dem Hitler und seine Ganove isses sou gegange und dem Strauß werds ach so gehn, verlass disch druff.«

Uwe traf Ingo im Heuschober von Onkel Heini an, der sich über der Wohnung seiner Oma befand. Ingo packte gerade sein Gewehr ein.

»Hast du wieder Katzen geschossen?«, fragte Uwe mit großen Augen.

»Ja«, antwortete Ingo knapp, um gleich eine Frage nachzuschieben: »Hast Lust mit auf den Wingert zu gehen? Da können wir ein Lagerfeuer machen.«

Die toten Katzen bekam Uwe nicht mehr zu Gesicht, auch diese hatte Ingo schon verschwinden lassen.

Die Katzen, die auf dem verwunschenen Grundstück lebten, vermehrten sich ständig.

Einerseits war man natürlich auch froh, Katzen im Haus zu haben, denn diese fingen auch Mäuse. Aber ab einer gewissen Menge Katzen, konnten diese Haustiere auch zur Plage werden.

In der Regel war es so, dass man ein oder zwei Katzen als »die Hauskatzen« duldete. Diese bekamen auch Namen, mutierten im Sprachgebrauch von Katzen zu »Kätzjen« und durften im Haus schlafen und leben, bis sie irgendwann eines natürlichen Todes starben.

Alle anderen Katzen jedoch, auch wenn es Babys waren, wollte man loswerden.

Bei Uwe daheim in Schweinheim regulierte man das, indem man mit der Katze früh genug zum Tierarzt ging, um diese kastrieren zu lassen. Dann gab es erst gar keine jungen Katzen. Nicht so in Haibach. In Haibach wurden junge Kätzchen getötet. Nicht aus Lust am Töten, sondern weil man das schlicht für notwendig hielt.

Uwe wusste von Bauernhöfen, wo junge oder auch ältere Katzen in einen Sack gesteckt wurden und ertränkt wurden. Das fand nicht nur er grausam. Zum Glück wurde das bei der Haibachoma nicht praktiziert. Hier wurden Katzen entweder von Opa Heini erschlagen, kurz und schmerzlos, wie dieser das nannte, oder sie wurden von Ingo mit dem Gewehr erschossen.

Der Wingert war eine große, schräg abfallende Wiese direkt hinter Omas Hexenhaus. Ging man dreißig Meter um die Ecke, saß man mitten im Grünen. Heute ging Ingo mit seinem Kusseng aber noch ein Stückchen weiter. Seit dem wolkenbruchartigen Regen vor gut drei Wochen hatte es nicht mehr geregnet und die sich manifestierende Trockenheit auf der Wiese lud zu einem Querfeldeinspaziergang ein.

»Komm, wir schauen mal nach den Forellenteichen unten im Grund«, sagte Ingo und Uwe folgte seinem großen Kusseng wie

Tom Sawyer seinem Kumpel Huckleberry Finn. An den kleinen Teichen angekommen bestaunten die beiden die dunklen Wasser im Halbschatten der umgebenden Bäume. Forellen konnten sie keine sehen, weswegen sie ohne viel Federlesens den gegenüberliegenden Hang hochkletterten. Oberhalb einer alten Sandsteinmauer warfen sich die beiden Jungen ins Gras.

In diesem Teil des Wingerts war seit dem vergangenen Sommer nicht mehr gemäht worden, wahrscheinlich, weil es den dortigen Grundbesitzern zu umständlich war, auf den nur schwer zugänglichen, terrassenartig angelegten Wiesen, Futter für ihre Tiere zu machen. Also ließ man es einfach stehen. Rings um Ingo und Uwe stand alles voll mit trockenen Halmen von Bärenklau, Rainfarn, Wilde Möhre und verschiedenen Gräsern. Ingo brach einige der in unmittelbarer Nähe stehenden, trockenen Halme ab, schichtete diese zu einem kleinen Häufchen auf, holte ein Zippo-Feuerzeug raus und entzündete das trockene Material. Es brannte sofort wie Zunder. Wortlos half ihm Uwe sogleich dabei. Schnell wuchs das kleine Feuerchen zu einem etwas größeren Feuerchen heran.

»Sou, jetzt rauchen wir erst einmal eine«, sagte Ingo dann.

»Wie? Hast du etwa Zigaretten?«, fragte Uwe seinen Kusseng mit großen Augen.

»Nö. Brauche ich nicht. Hier stehen doch genug rum«, sagte dieser und brach einen etwas dickeren Bärenklaustängel ab. Ingo kürzte den langen Trieb auf mehrere kürzere ab und reichte Uwe einen. Dieser schaute ungläubig auf den kleinen, holzig wirkenden Stab und wusste nicht so recht etwas damit anzufangen.

»Haste schon mal geraucht?«, fragte Ingo seinen Kusseng lausbubenhaft grinsend.

»Was? Nein! Natürlich nicht! Kann man mit sowas rauchen? Zeigst du's mir?«, antwortete Uwe.

»Na klar«, sagte Ingo und zeigte es Uwe. Behende steckte

dieser sich seinen Stängel in den Mund, zündete ihn vorne an und inhalierte den entstehenden Qualm durch den hohlen Stängel in seine Mundhöhle. Der im Schneidersitz vor Uwe hockende Ingo hielt seinen Kopf schräg nach oben und entließ einen dicken Schwall Rauch aus seinem Mund. Uwe stand der Mund offen.

»Da guckste, gell, hehehe!«, lachte Ingo dann und setzte nach: »Auf! Probier's auch einmal!«

Uwe hielt sich seinen Stängel sofort in den Mund und beugte sich dann zu Ingo rüber, der mit seinem Zippo das andere Ende anzündete.

»Du musst ach ziehen!«, sagte Ingo, während ihm seine »Kippe« lässig im Mundwinkel hing.

Uwe zog jetzt fest die Luft durch das verholzte Röhrchen ein und ergab sich dann augenblicklich in einen heftigen Hustenanfall. Heiß und stickig, aber auch irgendwie faszinierend andersartig fühlte sich das an! Uwes Brustkorb bäumte sich auf und er erlebte ein nie dagewesenes Gefühl, er spürte seine Lungen, wie sie sich wild auseinanderfalteten und seinen Brustkorb merkwürdig groß machten, nur um im nächsten Augenblick alles wieder hinauszupusten.

»Wohooohauuhoooo…!«, stammelte Uwe, während er mit der rechten Hand seine erste Kippe festhielt und mit der anderen auf seine Brust klopfte.

»Wohauwow!.. How!.. Ho!«, setzte er nochmal verbal nach, ohne imstande zu sein, gerade ein verständliches Wort zu sagen. Ingo lachte sich schlapp.

»Hahahahaha! Auf Kusseng! Mir sammele noch e bissje Holz, des Feuersche geht schon wieder aus!«

Lachend standen beide auf, ihre Kippen wie zwei alten Hasen auf der Walz im Mundwinkel. Fluchs sammelten sie in der näheren Umgebung weiteres Brennmaterial und legten es nach. Schnell loderten die Flammen wieder höher auf.

»Kumma Uwe, da hinten ist ein runtergebrochener, trockener

Ast! Den holen wir, der brennt super!«, sagte Ingo schließlich und stapfte schon los. Uwe folgte seinem Kusseng auf den Fuß, er wäre seinem Kusseng jetzt gerade überhin gefolgt. In diesem Moment war Ingo für ihn der absolut lässigste und fertigste Kusseng, den man sich nur vorstellen konnte.

Am besagten Ast angekommen, bemerkten die beiden, wie plötzlich ein Wind aufkam.

»Ou, was ist denn jetzt los?«, sagte Ingo etwas verdattert und nervös um sich blickend.

»Des is nit gut Uwe. Auf, zurück zum Feuer! Wir müssen des ausmachen! Sonst brennt uns die ganze Wiese ab!«

Und schon sahen sie von weitem, wie aus dem gerade noch überschaubaren Lagerfeuer erst ein kleiner und dann ein immer größer werdender, sich rasch ausbreitender Flächenbrand wurde. Schnell rannten die beiden Jungs zum Feuer, voller Panik traten sie die züngelnden Flammen aus, aber schnell erkannten sie, dass es hoffnungslos war.

Der Wind hörte nicht auf und schon verdunkelte dichter Qualm den Himmel über dem Wingert.

Es brannten bestimmt schon hundert oder mehr Quadratmeter.

Nach weiteren fünf Minuten hoffnungsloser Löschversuche hörten sie von weitem die Sirene der Feuerwehr.

Ingo nahm das zum Anlass, jegliche weiteren Löschversuche sofort zu stoppen. Stattdessen zog er seinen Cousin beiseite, drückte ihm das Zippo in die Hand und sagte zu ihm: »Da. Gib das meinem Vater und sag ihm, dass wir das nicht wollten. Ich komme erstmal nicht heim, is‘ besser so.«

»Aber..«, setzte Uwe an.

»Nix aber! Jetzt mach schon, vertrau‘ mir, sag, dass ich das war, dir passiert nichts, und jetzt los, bevor uns die Feuerwehr erwischt!« Ingo drehte sich um und rannte weg, in entgegengesetzter Richtung zu seinem Zuhause.

Uwe hingegen stob um das Feuer herum und wetzte, so schnell er konnte, zur Hexenhausoma zurück und schnurstracks in die Werkstatt, wo sein Vater und sein Onkel Heini noch haargenauso dazustehen schienen wie vorhin, als er die Werkstatt verlassen hatte.

Das eingefrorene Bild war so obskur, dass Uwe wirklich einen Moment dachte, hier sei maximal eine Tausendstelsekunde vergangen.

Onkel Heini hatte noch die Kippe im Mundwinkel und ein Bier in der Hand, während sein Vater immer noch sein Bier an seinen Mund hielt und daran trank.

»Na mein Bu, warum rennste denn so?«, taute Onkel Heini die wie eingeschlafen wirkende Szene auf.

»Warum biste dann so verschwitzt? Und die Feierwehr hört man auch. Gell es brennt?«, fragte Onkel Heini ziemlich gleichgültig.

Uwe hielt seinem Onkel das Feuerzeug hin und sagte genau das zu ihm, was er ihm sagen sollte.

Dass es Ingo war und dass sie das nicht wollten und dass er später heimkäme.

Uwe war ganz verzweifelt.

»Ah, des Feuer geht a wieder aus..«, sagte der Onkel nur hypnotisierend leise, als wäre es so unerheblich wie die toten Fliegen überall an den Wänden und die dicken Spinnweben ringsherum.

Das Bienenwachs tropfte langsamer und langsamer und langsamer werdend weiter in den Topf, ganz so, als wollte es sagen: Und der Mond dreeht sich weiter um die Erde und die Erde dreeeht sich weiter um die Sonne und heute Abend wird es duuuuunkel und morgen wird es wieder heeeell und…

Die Reaktion des Onkels war ganz und gar unglaublich, Uwe fühlte sich ein bisschen wie in so einer Zeitmaschine, wo alles zehntausendmal langsamer ablief, während draußen die Welt davonraste.

Und sein Vater war gerade ein Teil dieses Universums. Denn auch Hermann interessierte einfach überhaupt nicht, dass gerade beinahe ganz Haibach abgebrannt war.

Als sich Uwes Vater und auch sein Onkel schon eine weitere Sekunde später überhaupt nicht mehr für ihn interessierten, ging Uwe langsamen Schrittes durch die Werkstatt, verließ diese durch die gegenüberliegende Türe und betrat gleich durch den dahinter befindlichen Windfang die kleine Wohnstube seiner Großeltern.

»Des sind solche falschen Brüder, die schwarze Halunke..«, hörte Uwe noch, bevor seine Oma Adelheid ihn bemerkte.

»Komm, ich hab doch extra für dich e Schale Kaffee gekocht, Uwe«, sagte die Oma herzensgütig zu ihm, um noch anzufügen: »Und dein Opa Konrad spielt bestimmt noch eine Runde Mühle mit dir! Isch hab dir auch noch en schöne Zimtkuche dezu.«

Den Kaffee konnte Uwe jetzt gut gebrauchen und den Zimtkuchen erst Recht. Mühle war auch gut. Opa Konrad war so etwas wie der ungekrönte Weltmeister im Mühlespielen. Man konnte dieses Spiel einfach nicht gegen Opa Konrad gewinnen.

Der saß da in aller Ruhe mit seinem Strickjanker im Schaukelstuhl und lächelte ihn nur stumm an.

Alles war gut.

Erbsensuppe

Es war Mai, Uwe hatte Pfingstferien und die Sonne wurde an schönen Tagen langsam zu etwas, was sich wie Sommer anfühlte. An solchen Tagen war die Welt für Uwe so schön, dass er das Gefühl hatte, er könne die ganze Welt aus den Angeln heben. Herrliches Wetter, abends war es jetzt schon ziemlich lange hell und man konnte nach der Schule endlich wieder ohne immer eine Jacke anziehen zu müssen, raus in den Wald gehen oder ins Feld. Oder noch besser auf den Exe! Und man konnte wieder nach Herzenslust mit seinen Freunden irgendwo ein Lager bauen oder etwas schnitzen und sich wie der Michel aus Lönneberga dabei fühlen.

Gestern der Tag war auch ziemlich klasse gewesen, dachte Uwe, während er freihändig die Ebersbacher Straße auf dem Fahrrad runterrauschte. Uwe war am Vortag mit seinem Rad am Nachmittag zur TV-Turnhalle gefahren, um dort Geld zu suchen. In der Halle waren öfter irgendwelche Feste und zudem war ja da immer viel Betrieb in der Wirtschaft. Direkt neben dem Eingang hing ein Zigarettenautomat.

Und direkt unter dem Zigarettenautomat war nicht etwa nur der gepflasterte Untergrund oder ein geteerter Gehweg. Direkt unter dem Zigarettenautomat war stattdessen ein riesengroßer Lichtschacht. Und dieser war nicht etwa mit einem engmaschigen Gitterrost abgedeckt, wie das sonst so üblich war, sondern nur mit einem wie selbstgebaut aussehenden Gestänge aus Bandeisenstäben, die einfach nebeneinander grob an einen Rahmen geschweißt waren. Das bedeutete, wenn da eine Münze drauffiel, weil die beispielsweise abends jemand in seinem Suff vor dem Zigarettenautomat hatte fallen lassen, dann fiel diese Münze unweigerlich einen Stock tiefer in den Lichtschacht.

Uwe war das irgendwann aufgefallen und zu seiner Verwunderung hatte das sonst noch keiner seiner Freunde oder sonstigen Weggefährten bemerkt.

Regelmäßig war Uwe so in der Lage, ohne viel Aufwand zu fünf oder acht Mark Zusatztaschengeld zu kommen.

Als Uwe dieses Mal das Gitter aufsuchte, peinlich darauf achtend, dass gerade niemand des Weges kam, hatte er noch mehr Glück. Ganze zwölf Mark fand Uwe auf dem Grund des Lochs vor dem Zigarettenautomaten! Als Uwe wieder herausgeklettert war und gerade das Gitter wieder verschlossen hatte, kam mit lautem Getöse und anschließender Vollbremsung, ein schneeweißer, nagelneu aussehender 3er BMW unmittelbar vor ihm zum Stehen. Fiese Alufelgen und verchromte Außenspiegel sprangen Uwe in seine weit aufgerissenen Augen. Aus dem Fahrerfenster heraus grinste ihn ein ihm wohlbekanntes Gesicht an und sprach ihn mit einer Kippe im Mundwinkel an: »Ey Käpt`n! Alles im Lot bei dir? Was machst'n so? Willste ne Runde mitfahren? Wir scheppern mal kurz raus zum Exe, wollen da nur mal kurz checken, ob da gerade klare Kloßbrühe is..«

»Ääh, hey Bomber! Ääh... Seit wann fährst du denn Auto? Ich wusste gar nicht, dass du schon Achtzehn bist und schon den Führerschein hast? Und.. wassendasfürnschlitten?«, echote Uwe.

»Gehört meim Onkel. Der ist gerade zu Besuch da. Und im Gegensatz zu meim Alten hat der voll den Zaster. Is aber n‘ Geizhals. Hatter vor zwei Tagen bekommen, hab ich mir ausgeliehen, los, einsteigen, hähähä!«

Auf Uwes Frage nach dem Führerschein ging Bomber gar nicht ein.

Richi und Kobra machten sich jetzt auch bemerkbar, indem sie einstimmten in Bombers Lache.

»Richi hat'n Lappen, das reicht, hähähä! Stimmt's Richi? Hähähä«, ergänzte Bomber dann.

»Stimmt! Hähähä! Hähähähä!«, bestätigte Richi infantil, der auf dem Beifahrersitz lümmelte, während Kobra im Fond mit einer Flasche Heylandsbier fläzte. Was solls, dachte Uwe schulterzuckend und beschloss einmal mehr, kein Weichei zu sein.

Als Uwe gerade eine der hinteren Türen des BMW öffnete und schon einsteigen wollte, hielt er aber kurz inne und wand sich noch einmal ab.

»Was'n jetzt?!«, fragte Bomber.

»Ich zieh‘ uns nur ein paar Kippen Bomber«, sagte Uwe keck.

»Hahahahahahaha! Du bist echt der einzige echte Käpt'n! Hahahahaha! Was Jungs? Hahahaha!«, brüllte Bomber los, während er schon den Motor aufheulen ließ.

»Hahahahaha! Hahahaha!«, machten auch Richi und Kobra.

Der Spontanausflug mit Bomber, Richi und Kobra war nicht nur die beste Spritztour in Uwes Leben gewesen, sondern auch die erste. Draußen auf dem Exe (alles war dort klar wie Kloßbrühe), hatten sie die Scheiben runtergelassen, die Musik voll aufgedreht und Uwes Zigaretten geraucht. Marke Overstolz. Ohne Filter. Das Päckchen hatte Uwe am besten gefallen. Zu der Musik von Rainbow und deren neuem Song *Long live Rock'n Roll* fühlte Uwe eine Art von Freiheit, die er noch nie zuvor in seinem Leben gespürt hatte.

Und dann passierte noch etwas: Käpt'n Uwe trank zum ersten Mal in seinem Leben einen Schluck Bier.

Abends, wieder zu Hause, hatte Uwes Vater zu allem Überdruss noch gesagt, dass sie am Wochenende mal zum Förster Ruppert hinter in den Wald laufen müssten. Sein Papa würde Brennholz gezeigt bekommen, erklärte dieser seinem Sohn. Und er könne dort Magda treffen.

Ein völlig unglaublicher Tag wurde noch unglaublicher.

Magda und er waren schon eine ganze Weile nicht mehr zusammen im Wald unterwegs gewesen. Immer war irgendetwas dazwischengekommen oder das Wetter war schlecht oder einer von beiden war krank gewesen.

Endlich schien es das Glück wieder einmal gut mit ihnen beiden zu meinen! Mai, plus Sonne plus Magda, plus Wald, plus Zeit, ist gleich größtes Glück der Welt, rechnete Uwe sich im Geiste vor.

All das dachte Uwe jetzt gerade, als er weiter auf seinem Fahrrad freihändig die Ebersbacher Straße runterrollte.

Und er fühlte sich wie der King of the road, wie er so an den gestrigen Tag dachte, an dieses völlig hammerharte Erlebnis mit Bomber, Richi und Kobra. Das würde ihm Harry nie glauben.

Uwe spürte, so langsam wurde er groß.

So musste sich das anfühlen.

Heute war ein stinknormaler Mittwoch, satt war Uwe auch schon, heute Mittag hatte es Erbsensuppe mit Würstchen drinnen gegeben. Saulecker.

Am Kriegerdenkmal angekommen, trat Uwe wieder in die Pedale, er wollte jetzt möglichst schnell zur Dorfmitte. Am Ziel angekommen, sah er, dass sich bereits eine große Gruppe Kinder direkt neben der Metzgerei Holletschke eingefunden hatte. Und zwar genau an der Stelle, wo der Hensbach, der bis vor wenigen Jahren noch offen durch das ganze Dorf mäanderte, jetzt in einem Kanalrohr verschwand.

Früher, daran konnte Uwe sich noch erinnern, war die Bachstraße, die etwa dreißig Meter weiter vorne begann, nur so eine schmale Fußgängerwegung gewesen, nicht mehr als ein breites Pfädchen, das zudem längs der Mitte vom offenen Hensbach noch zweigeteilt wurde. Das heißt, auf der einen Straßenseite waren Häuser, dann ein vielleicht gerade mal zwei Meter breiter Gehweg, dann war da der Bach, dann wieder ein vielleicht gerade mal zwei Meter breiter Gehweg, und dann wieder Häuser. Und das auf der ganzen Länge von etwa zweihundert Metern. Die Wege waren breit genug für die Bauern und ihre Fuhrwerke gewesen, aber nicht breit genug für die vielen Autos, die mittlerweile herumfuhren und erst recht nicht breit genug für Busse und LKW.

Eigentlich war die Bachstraße in dem alten Zustand eine der romantischsten und schönsten Straßen im ganzen Dorf gewesen, höchstens abgesehen von der alten Marienstraße, die früher sogar mit Kopfsteinpflaster gepflastert war, das so glattgeschliffen war vom jahrhundertelangen Getrappel der Pferdehufe und Ochsenkarren mit ihren eisengebänderten Holzreifen, das man denken konnte, jeder einzelne Stein würde jeden Sonntag so gewienert werden wie die Herdplatte von Mutti Gerdas Holzofen. Aber davon war nichts mehr zu sehen. Die Stadtverwaltung hatte die Marienstraße inzwischen modernisiert.

Das schöne, alte Kopfsteinpflaster war verschwunden und durch einen monotonen Betonpflasterbelag ersetzt worden. Es gab tatsächlich Menschen, die das schön fanden.

Und die Bachstraße war jetzt eine geteerte Durchgangsstraße wie jede andere auch, auf der Autos fuhren oder fahrradfahrende Kinder zu Tode kamen, so wie ziemlich genau letztes Jahr um diese Zeit der Günther.

Uwe legte direkt neben dem Geländer, am Ende des offenen Baches, wo mindestens zehn andere Kinder dicht gedrängt in die Kanalöffnung starten, eine Vollbremsung mit seinem Fahrrad hin.

»Ei! Habt ihr schon angefangen?«, fragte Uwe.

»Ja! Walter, Matthias, Klaus und Michael sind gerade drinnen. Sie sind jetzt schon zwanzig Minuten weg!«

»Was?! Echt! Zwanzig Minuten!«

Fast alle Jungs aus Uwes Klasse hatten sich heute für ein ganz besonderes Abenteuer verabredet.

Sie wollten durch die Kanalverrohrung des Hensbachs durchsteigen, immer in Vierergruppen, bis sie am anderen Ende, unmittelbar vor der Bäckerei Lutz, in der Bachgartenstraße, wieder herauskommen würden.

Niemand hatte auch nur im Geringsten die Befürchtung, dass das irgendwie gefährlich sein konnte. Am Anfang war ein Loch, am Ende war ein Loch. Und dazwischen ein großes, rundes Rohr. Was sollte daran gefährlich sein? Uwe wollte unbedingt mitmachen, er fand das megaspannend. Einzige Bedingung war, das hatten sie alle ausgemacht, jeder, der einstieg, sollte eine Taschenlampe mitnehmen.

Nachdem die ganze Truppe weitere zehn Minuten gewartet hatte, kamen irgendwann Geräusche aus dem Kanal, die sich irgendwann wie Schritte anhörten, die durch Wasser platschten. Einige der Kinder riefen in den Schacht, woraufhin es dumpf zurückhalte: »Jaaaa! Wiiiir siiiinds! Wir sind wiiiiiieder daaaaaa!«

Kurze Zeit später tauchten die vier Erstbegeher, quasi die Premierenseilschaft der gefährlichen NordNordWest-Querung der Kanalschachtroute durch den Hensbach, mit schwarzen Gesichtern wieder auf.

Nachdem man sich kurz gegenseitig beglückwünscht hatte und Ratschläge ausgetauscht hatte, stiegen Uwe und seine Mitstreiter ein. Uwes Begleiter waren sein Kumpel Harry sowie Robert und Bernd, mit dem er sich neuerdings auch angefreundet hatte.

Bereits nach etwa fünfzehn Metern war es so dunkel, dass das

Quartett fast nicht mehr seine Hände vor den Augen sehen konnte, hätten sie keine Taschenlampen dabeigehabt. Die Luft wurde immer muffiger. Nach weiteren dreißig Metern war sich Uwe nicht mehr so sicher, ob diese Idee wirklich so gut war, aber der Abenteuerfaktor überwog deutlich. Das Wasser zwischen ihren Beinen (sie liefen breitbeinig durch den Schacht, sodass die Füße weitgehend trocken blieben), plätscherte monoton dahin. Hier und da erhaschten sie eine Bewegung im Wasser, die nach einem Tier aussah, wahrscheinlich waren das Ratten. Dicht aneinander gedrängt stakten die vier Freunde unbeirrt weiter, bis Bernd plötzlich anfing weinerlich zu wimmern.

»Oh, ich kann das nicht mehr, ich will da nicht mehr weiter! Wollen wir nicht umkehren! Ich weiß nicht, ich habe Angst.., diese Ratten!«

Die vier Freunde blieben augenblicklich stehen, alle blickten Bernd an. Und dann geschah etwas, das Uwe so noch nie erlebt hatte. Ohne ein weiteres Wort nahmen Harry, Robert und Uwe Bernd in ihre Mitte und drückten ihn ganz fest. Schließlich war es Harry, der sagte: »Bernd! Wir schaffen das! Wir sind hier zu viert rein und wir gehen hier zu viert wieder raus! Und du bist dabei! Du bist nicht alleine, hörst du! Du brauchst nicht heulen! Und wenn wir wieder draußen sind, wird niemand da draußen erfahren, dass du hier drinnen geheult hast! Alles klar?«

»Alles klar!«, riefen Robert und Uwe laut und kurz danach sagte auch Bernd: »Alles klar!« und dann noch: »Weiter jetzt, wir schaffen das!«

Und sie schafften es. Kurze Zeit später gingen sie um die letzte Biegung, urplötzlich wurde es hell und dann waren sie draußen. Vor ihnen türmte sich die alte Giebelwand der Bäckerei Lutz auf. Niemand erfuhr jemals, dass Bernd im Kanalgang geheult hatte.

Als Uwe abends heimkam, dachte seine Mutter Gerda, sie trifft der Schlag.

»Wie siehst denn du aus!! Wo kommst denn du her! Was fällt dir ein, so ins Haus zu kommen!! Ja hat dich denn der Schlag getroffen!! Schau dich mal im Spiegel an! Und wie riechst du denn!!«, Mutti Gerda wurde mit jedem Wort lauter und lauter.

Uwe bekam nur kleinlaut heraus, dass sie am Bach gespielt hätten, am Hensbach, wo der Kanal begann. Alles erzählte er nicht, aber das wollte seine Mutter auch gar nicht mehr hören, stattdessen war sie schon unterwegs ins Bad, um den Badeofen anzuschüren, damit Uwe baden konnte. Uwe indessen hatte ganz andere Sorgen, er hatte Hunger. »Ist noch was von der Erbsensuppe da?«

»Pah! Du gehst jetzt erst einmal in die Badewanne! Ab! Dann gibt's noch was zu essen! Ich mache die Suppe nochmal warm, es ist noch genug da. Zieh schon mal deine Sachen aus und lege sie mir draußen vor die Türe, das Wasser ist gleich soweit.«

Das Badezimmer bei Uwe daheim war jetzt wirklich keines, mit dem man einen Staat hätte machen können. Es war klein und eng und sah sehr, sehr altmodisch aus. Wenn Uwe bei Freunden zu Gast war, die hatten meistens viel schönere und viel größere Bäder. Und die hatten auch fast alle keinen Badeofen mehr, wo man sich heißes Wasser noch selbst mit Holz anschüren musste. Die hatten einen Boiler, der elektrisch funktionierte. Der Badeofen im Bad von Uwes Eltern war aus Kupfer und wenn er richtig heiß war, durfte man nicht dagegen kommen, da konnte man sich heftig verbrennen. Aber die schummrige Stimmung, in so einem bullig aufgeheizten Bad, das war unschlagbar. Uwe wusste noch nicht, was eine Sauna war, aber so ungefähr musste man sich das Bad in Uwes Zuhause 1978 vorstellen, im Grunde genommen war es eine kleine Sauna.

Als Uwe wieder aus dem Bad kam, durfte er, nein, er musste direkt ins Wohnzimmer, wo seine Mutter schon eine Decke auf dem Sofa bereitgelegt hatte.

»So, jetzt kuschel dich mal in die Decke, du kannst noch ein bisschen Kinderprogramm gucken, bis dein Vater von der Arbeit heim kommt.«

Nur wenige Minuten später brachte Mutti Gerda ihrem Sohn einen großen Teller dampfende Erbsensuppe ins Wohnzimmer. Natürlich waren die Erbsen, aus denen die Suppe gemacht war, und auch alles andere Gemüse in der Suppe, wie zum Beispiel Lauch, Sellerie und Zwiebeln, auch aus dem eigenen Garten gewesen. Im ZDF liefen die Rauchenden Colts.

Als es Uwe wieder richtig warm war und er zum zweiten Mal an diesem Tag so richtig von der Erbsensuppe abgefüttert war, fragte er seine Mutter, ob er noch ein bisschen mit seiner Modelleisenbahn, die oben auf dem Dachboden stand, spielen dürfe. Sein Vater war noch nicht nach Hause gekommen.

»Meinetwegen, es ist ja nicht kalt heute. Ich will nur nicht, dass du dich erkältest."

Was war das für ein wundersamer Tag für Uwe heute. Und auch der gestrige. Und dann freute er sich noch Schmetterlinge in den Bauch, weil er wusste, er würde am Wochenende jemanden treffen, der einen mit nur einem Blick verzaubern konnte und das war Magda.

Uwe stellte sich mehrere Fragen in seinem Kopf. War das die Welt? War die Welt so? Würde das sein ganzes Leben so weitergehen, dass er so ein sagenhaft schönes und sorgloses Leben führen würde? Wenn es so wäre, sinnierte Uwe, dann musste sein Leben, wie es gerade war, der Himmel sein. Eine Badeofenkuschelwunderwelt.

In so einer Welt, die so sehr einer Alles-ist-gut-heile-Welt-Blase glich, konnte einfach nichts Böses passieren. Und die ganzen bösen Sachen oder blöden Sachen, die in der Welt schon passiert waren, von denen der Papa erzählt hatte und immer wieder erzählte, oder ganz selten auch mal der Opa, das waren halt Geschichten. Aber die fühlten sich allesamt nicht wirklich echt an, eher wie so eine spannende Folge Rauchende Colts. Das war spannend, da hörte man zu, da wurde nur verbal geschossen. Und man selbst saß ja auf der Couch.

Während Uwe unter der Eisenbahnanlage eine neue Weiche ans 12-Volt-Stromnetz anschloss, kam ihm das alles so in den Sinn, wie schön er es hatte und wie gut es ihm tatsächlich ging.

Als es langsam dunkel wurde, kam seine Mutter hoch zu ihm in den Speicher, um nach ihm zu sehen.

»Mutti, guck mal! Wie schön das aussieht, wenn ich jetzt die Züge mit den beleuchteten Loks fahren lasse! Ich habe jetzt zwei Schienenkreise!«

»Oh wie schön«, antwortete seine Mutter und freute sich ehrlich für ihren Sohn und lobte seine schöne Anlage, während die Züge mit einem leisen Surren über die Schienen glitten, die Luft erfüllt von einem leicht ozonhaltigen Geruch, der von der elektrischen Spannung auf den Eisenschienen kam und dem Abrieb, den das Metall erzeugte. Es war ein Moment perfekten Glücks für Uwe, zum Zeit für immer anhalten schön, wie er fand.

»Demnächst fahren wir mal zu Onkel Erwin und da schaust du dir wieder mal dem seine Eisenbahn an!«, sagte Gerda zu ihrem Sohn.

»Aujaaaah!«, rief Uwe begeistert aus.

Gegen 20:15 Uhr ging Uwe mit seiner Mutter wieder nach unten, seine Mutter wollte dann im Fernsehen einen Film gucken. Titel: *Morgens um Sieben ist die Welt noch in Ordnung*.

»Ist der Papa noch nicht von der Arbeit da?«, fragte Uwe.

»Doch. Der ist aber gleich wieder weg. Das hast du nicht mitbekommen, da warst du schon oben an deiner Eisenbahn. Er wollte nochmal hoch ins Sportheim. Du weißt doch, Fußball ist immer wichtiger. Jetzt geh‘ ins Bett, morgen ist auch noch ein Tag.«

Und weil der Tag heute so schön war, wollte Uwe auch brav sein und ging ins Bett. Uwe war gespannt, wie der nächste Tag werden würde. Wenn er nur halb so gut würde, wie die letzten zwei Tage, dann wäre er schon super, dachte Uwe.

Als Uwe am nächsten Morgen die Türe zur Küche öffnete, war es merkwürdig still in dieser, obwohl sein Vater schon wach war und schon wieder mit am Frühstückstisch saß (hinter der Zeitung vergraben) und obwohl auch seine Mutter schon wieder zugange war. Das »Guten Morgen Uwe, hast du gut geschlafen?« von seiner Mutter klang nicht so wie sonst. Es hatte einen komischen Unterton. Es war ungefähr 08:00 Uhr. Sofort gingen Uwes Alarmsirenen an. Irgendetwas stimmte nicht.

Uwes Vater sagte gar nichts.

Der begrüßte Uwe noch nicht einmal.

Er las einfach weiter seine Zeitung und Uwe getraute sich kaum hinzugucken.

Erwin, Uwes Bruder, saß da wie eine Puppe und man sah diesem an, dass er gerade versuchte, einfach nur aus Luft zu sein. Instinktiv spürte Uwe sofort, dass heute irgendetwas ganz und gar nicht stimmte.

Vroni war nicht da, also musste diese noch in ihrem Bett liegen. Lotte war schon auf der Arbeit, wusste Uwe.

Nachdem Uwe die Küchentüre wieder verschlossen hatte, bewegte er sich an den Küchentisch und beschloss, seine gute Laune vom Vortag mitzunehmen. Irgendwer musste ja versuchen, die Stimmung anzuheben. Also versuchte Uwe, so zu tun, als sei gar nichts.

»Guten Morgen Papa! Guten Morgen Mutti!«, sagte er laut.

Der Vater nahm seine Zeitung kurz runter, schaute Uwe an und erwiderte ein ziemlich monoton daher gesagtes »Morgen!«, bevor er wieder die Zeitung hochnahm. Uwe glaubte, nicht richtig gesehen zu haben! Hatte sein Vater ein Veilchen?! Ein blaues Auge?! Woher hatte er denn das?

Bevor Uwe klar denken konnte, hatte er es auch schon gefragt: »Was hast du denn mit dem deinem Auge gemacht, Papa? Was ist denn da passiert?«

Statt des Papas antwortete die Mutter schnell: »Papa ist hingefallen gestern Abend, das ist alles.«

Aufgrund der Tatsache, dass Uwes Papa ansonsten tippitoppi aussah, wirkte das blaue Auge erst recht wie ein Fremdkörper auf Uwe. Frisch rasierte Wangen und ein sauber gegelter Seitenscheitel schmückten Papas Gesicht und unmittelbar darunter prangte ein frisch gesteifter, sauberer Hemdkragen vor dem Hals.

Am Tonfall seiner Mutter erkannte Uwe, dass er besser nicht noch einmal nachfragen sollte. Na, der Tag fing ja blendend an, dachte Uwe.

Draußen auf der Giebelseite der Scheune hatte Uwe zusammen mit seinem Vater mal einen Spruch draufgemalt, der lautete: *Mal Regen, mal Sonnenschein, so wird es im Leben immer sein.* Es gab Momente im Leben von Uwes Familie, da wurde dieser simple Spruch zu einem allumfassenden Credo.

Erst Jahre später erfuhr Uwe, was tatsächlich passiert war. Sein Vater war am Abend zuvor zum Sportheim gegangen, um sich dort mit anderen Leuten zum Schoppen zu treffen. Im Zuge des Abends wurde es hitzig, es wurde viel getrunken und es gab Streit, in den auch Uwes Papa massiv mit hineingezogen wurde. Ein anderer Mann legte sich mit Papa an, sagte ihm ins Gesicht, dass er ihn nicht ausstehen könne, weil er eine Frau habe, die er gar nicht verdient habe. Er, Papa, habe keinen Respekt vor seiner fleißigen Frau und es käme einer Demütigung gleich, wie er immer mit ihr umgehen würde, er solle sich was schämen. Daraufhin waren die beiden nach draußen gegangen. Was dabei herausgekommen war, sah man dann am nächsten Morgen am Frühstückstisch sitzen.

Aber es kam noch dicker an diesem Tag.

Als Uwe mittags wieder runter zum Hensbach radelte, erfuhr er, dass ein schwerer Unfall in Schweinheim passiert sei in der letzten Nacht. Es habe Tote gegeben. Und Uwe erfuhr auch, wer darinnen verwickelt gewesen sein soll: Niemand Geringeres als

Bomber, Richi und Kobra sollen in einem weißen BMW gesessen haben, der von Bombers Onkel als gestohlen gemeldet war und sich dann spät in der Nacht ein Verfolgungsrennen mit der Polizei geliefert haben. In einer abschüssigen Straße, gar nicht weit von der Schule, direkt gegenüber der Schwind-Brauerei, soll Richi, der den Wagen gefahren hatte, die Kontrolle über das Auto verloren haben und frontal an eine Hausecke gerast sein. Richi und Kobra sollen sofort tot gewesen sein, Bomber liege derzeit im Koma hieß es und man wisse noch nicht, ob er überleben würde.

Uwe war geschockt.

Wattige Totenstille flutete sein Gehirn, seine Gedanken setzten aus, er fiel mehr vom Rad, als dass er abstieg.

Uwe musste sich setzen.

Dann fing er hemmungslos an zu weinen.

Bomber, Richi und Kobra waren nicht mehr. Das Trio, diese drei Arschlöcher, mit denen er sich eben erst befreundet hatte, mit denen er vorgestern einen der schönsten Tage seines bisherigen Lebens erlebt hatte, würde es nie wieder geben. Der Raubzug im Schweinheimer Wald beim Exe würde für immer und ewig einzigartig und selten bleiben. Und es würde nie wieder jemand Käpt'n zu ihm sagen. Käpt'n. Das hätte ihm als Spitzname auf die Dauer gefallen.

Die nächsten Tage gab es kein anderes Thema mehr im Ort und mit Uwe war nicht viel anzufangen. Wie in ein Saure-Gurken-Glas eingeweckt erlebte er die nächsten Tage.

So schnell konnte sich das Leben ändern, von himmelhochjauchzend verwandelte sich eine unbeschwerte Kindheit hin zu einer zu tode betrübten Angelegenheit.

Die Beerdigung von Richi und Kobra war für die kommende Woche geplant. So schnell konnte es gehen.

Der Ausflug zum Förster Ruppert, wegen des Brennholzes, wurde zur Nebensache. Dennoch versuchte Uwe, das Beste daraus zu machen. Als Uwe mit seinem Vater zum Förster Ruppert ging, sie liefen durch den Wald dorthin, nahm Uwe seine neue Fotokamera mit, die er von seinem Onkel Uwe zur Kommunion geschenkt bekommen hatte. Onkel Uwe war Uwes Taufpate und der Mann seiner Tante Liesel, welche die Schwester seiner Mutter war. Die Kamera war derzeit Uwes größter Schatz. Es handelte sich um eine Agfamatic 2000 Pocketkamera. Uwe wollte zusammen mit Magda in den Wald gehen und ein paar schöne Fotos mit ihr machen, er hoffte, das würde ihn ablenken.

Als Uwe und sein Vater im Waldhaus der Rupperts angekommen waren, verschwand sein Vater mehr oder weniger sofort mit dem alten Ruppert im Wald, um sich sein Holzlos zeigen zu lassen. Magda überraschte Uwe mit etwas Besonderem: Sie hatte von ihrem Vater zwei Fünf-Dollar-Scheine bekommen und hatte zwei Angelruten und einige Würmer als Köder zurechtgelegt. Damit wollte sie mit Uwe zwei Angelscheine in der amerikanisch geführten Barbeque-Kneipe namens Ora kaufen, die direkt neben dem nahen Baggersee einen altamerikanischen Charme verbreitete. Die Amerikaner besetzten den kleinen Teich regelmäßig mit Forellen, die man dann dort angeln konnte.

Das Freizeitangebot war vor allem für die amerikanischen GIs aus den Kasernen Aschaffenburgs gedacht, damit diese am Wochenende so etwas wie Heimat erleben konnten.

Das ganze Areal war sehr amerikanisch hergerichtet worden. Picknicktische, offene Grillstationen und ein lichter Kiefernwald drum herum, sorgten für ein Stimmungsbild, wie man es aus amerikanischen Feel-Good-Movies kannte.

In der Kneipe wurde nur amerikanisch geredet, mit so einem richtigen Kaugummislang, man konnte sich auch einen Burger bestellen, den man sich dann selbst mit Gurken, Röstzwiebeln, Bacon, Tomaten und amerikanischem Ketchup und Mustard belegen durfte. Es gab einen Billardtisch dort und auf den Parkplätzen standen amerikanische Straßenkreuzer der Marken Chevrolet, Pontiac und Ford.

Magda schaffte es so tatsächlich, Uwe so etwas aus seiner Lethargie herauszureißen.

Und Uwe erzählte Magda von der Spritztour vor einigen Tagen und dem Abenteuer, das er im Jahr zuvor mit Bomber, Richi und Kobra erlebt hatte, direkt nachdem er sie das erste Mal nach Hause begleitet hatte. Magda hörte zu, staunte, war sprachlos und trotzdem erfreut, weil er ihr vertraute und sie jetzt diese Geschichte erfahren durfte.

Die beiden fingen vier Forellen in den nächsten zwei Stunden und als sie sich wieder auf den Rückweg machten, baten sie noch einen der gerade anwesenden, jungen amerikanischen Soldaten, ein Foto von Ihnen beiden neben einem alten, hellblauen Chevrolet Impala zu machen. Magda schmiegte sich ganz eng an ihren jungen Freund und himmelte ihn gerade in dem Moment glückselig an, als der junge Ami auf den Auslöser drückte.

Uwes Papa war schon nach Hause gegangen und bat darum, Uwe vor Einbruch der Dunkelheit zurück zu schicken.

Auf dem Nachhauseweg schaute Uwe noch einmal dort in den Wald, wo er damals den drei jetzt verunglückten Freunden begegnet war.

Spinat mit Leberkäs und Ei

Es war Juni. Uwe hockte im großen Kartoffelbeet und sammelte Kartoffelkäfer ein. Einer nach dem anderen verschwand in einer hohen Blechdose, die Uwe vor sich herschob. Schon zwei Stunden lang tat er das.
Die Wasseroberfläche in der großen Regentonne neben der Werkstatt war schon gar nicht mehr zu sehen, dort hatte er alle Käfer, die er bis jetzt schon von den Kartoffelpflanzen geklaubt hatte, hineingekippt. Das machten sie jedes Jahr so. Die Käfer ertranken dann schnell. Später konnte man die toten Käfer wieder abfischen und auf den Komposthaufen werfen. Es war zwar so, dass auch die Hühner die Käfer ganz gerne fraßen, aber das wollte Uwes Mutti nicht, dass die Hühner diese bekamen. Das würde man in den Eiern schmecken, meinte seine Mutter.

Eigentlich fand Uwe die Käfer ganz schön. Bis auf die Tatsache, dass die ständig mit so einer gelbgrünbraunen Flüssigkeit auf seine Finger kackten. Gerade eben schaute er sich einen besonders schönen Käfer ganz genau an. Er hielt inne und ließ den Käfer auf seiner Hand herumspazieren. Er musste seine Hand ständig drehen, weil der Käfer permanent versuchte, seine Hand nach unten zu umrunden.

Plötzlich hatte Uwe eine Eingebung. Er wollte einen Käfer in groß mit Wasserfarben malen. Das gäbe ein schönes Bild, das man aufhängen konnte, dachte er sich. Das könnte er seiner Mutter zum Geburtstag schenken, dachte er weiter. Seine Mutter hatte ja bald Geburtstag.

Es hingen schon eine ganze Menge Bilder im Haus, die Uwe gemalt hatte, denn Uwe war ein sehr talentierter Zeichner. Ihr Kater Moritz hing am meisten an den Wänden. Was auch ein sehr schönes Bild war, das war das von der Wasserstelle im Garten, mit den ganzen Blumen drum herum. Das war ein richtig schönes Stillleben geworden.

Uwe beschloss, mit dem Käfersammeln jetzt aufzuhören und stattdessen jetzt gleich ein Kartoffelkäferbild zu malen. Uwe holte sich ein kleines Weckglas aus dem Keller, steckte einen besonders schönen Käfer hinein und verschloss dieses wieder mit dem dazugehörigen Deckel. Nun konnte er den Käfer von allen Seiten ganz genau betrachten. Der Kopf des Käfers war orange und schwarz gepunktet, wohingegen der Körper gelb war mit schwarzen Längsstreifen. Natürlich hatte der Kartoffelkäfer, wie alle Käfer, sechs Beine. Zwei Fühler ragten links und rechts am Kopf heraus. Die Kauwerkzeuge, die man Mandibeln nannte, wie Uwe wusste, waren ganz klein. Das war leicht, so einen Käfer zu malen, dachte sich Uwe.

Malen wollte Uwe am Hobbytisch im Hinterzimmer, wo sein Vater auch immer bastelte. Dessen Streichholzbild war auch fast fertig. Uwe machte sich etwas Platz, legte seinen DIN A3 Zeichenblock auf den Tisch, holte seine Wasserfarben raus, kontrollierte seine Pinsel und packte auch sein Schulmäppchen aus, denn dort hatte er verschiedene Bleistifte, Spitzer und auch einen Radiergummi drinnen.

Jetzt brauchte er nur noch ein Glas Wasser.

Also ging Uwe als nächstes in die Küche, wo seine Mutter

schon wieder am Kochen war.

»Was gibt's denn heute Mutti?«, fragte er.

»Heute gibt's Spinat mit gebackenem Leberkäse und Ei«, antwortete seine Mutter lachend, bevor sie fortfuhr: »Das magst du doch so gerne Uwe. Der Spinat ist ganz frisch aus dem Garten, unser erster Spinat dieses Jahr. Und was machst du Schönes jetzt?«

»Verrate ich nicht, wird ein Geburtstagsgeschenk für Dich«, grinste Uwe zurück. »Ich brauche nur noch ein Glas Wasser«, sprach er weiter und holte sich dabei eins der alten Senfgläser aus dem Küchenschrank.

Sie hatten ein ganzes Bataillon dieser Gläser, denn zum Wegwerfen waren die zu schade. Für alles Mögliche konnte man die benutzen. Zum Trinken, als kleine Küchenvase für frische Petersilie, in der Werkstatt, um Pinsel mit Terpentin zu reinigen oder sogar als wiederverwendbare Anzuchttöpfe für Salatpflänzchen waren sie geeignet.

Uwe zeichnete zunächst die Umrisse des Käfers mit einem weichen Bleistift vor. Das Ergebnis gefiel ihm schon ganz gut. Da noch sehr viel Platz auf dem Blatt Papier war, hatte Uwe dann noch die Idee, um den Käfer herum eine Kartoffelpflanze zu malen, mit richtigen Kartoffeln unten dran, die zwischen den Wurzeln zu sehen waren.

Als er mit dem Skizzieren fertig war, klappte Uwe den Wassermalkasten auf und mischte mit Rot und Gelb ein schönes Orange für den Kopf an.

Das im Kasten befindliche Ockergelb konnte er genauso für den Körper des Käfers nutzen. Er würde dann nur, um eine gewisse Dreidimensionalität im fertigen Bild sichtbar zu machen, hier und da ein bisschen was abdunkeln.

Als Uwe fertig war, gefiel ihm das Ergebnis ausgesprochen gut, er war sehr zufrieden mit sich. Und er stellte fest, dass das Kartoffelkraut außen rum eigentlich richtig klasse aussah, so nur mit Bleistift. Wie eins dieser Bilder in den Museen, von echten Künstlern, wo man häufig nur so schemenhaft dargestellte Motive noch fand, wenn man lange genug drauf schaute.

Dann hatte Uwe noch einen Geistesblitz!

Er würde obendrüber noch *Der Kartoffelkäfer ist ein Ami* schreiben! Ja! Das war es!

Das hatte ihm sein Vater letztes Jahr erklärt!

Der Kartoffelkäfer war ein Ami!

Jetzt war er ganz in seinem Element.

Als die Überschrift über dem Käfer prangte, er malte diese in einem dunklen Braunrot, beschloss er noch einen draufzusetzen.

Uwe stand auf, ging rüber ins Wohnzimmer ans Bücherregal und holte sich die alte, in Leinen gebundene Ausgabe von Knaurs Tierleben aus dem Regal.

Nach etwas Blättern fand er, wonach er suchte. Der lateinische Name des Kartoffelkäfers lautete *Leptinotarsa Decemlineata.*

Das schrieb Uwe dann ganz geschwungen mit Bleistift in so einer Mittelalter-Wissenschaftler-Schnörkelschrift noch unter den Käfer.

Jetzt war es perfekt! Uwe freute sich!

Das würde Mutti gefallen, wusste er.

Uwe räumte alle seine Malsachen wieder weg, damit sein Papa am Abend nicht mit ihm schimpfte.

Sein Kartoffelkäferbild legte Uwe danach noch auf den Schrank oben drauf. Da konnte es in Ruhe trocknen und außerdem würde es da seine Mutti nicht sehen, es sollte ja eine Überraschung werden!

Nach dem Mittagessen spazierte Uwe zusammen mit seiner Mutter zu Onkel Erwin. Eigentlich war Onkel Erwin aber Uwes Großonkel. Onkel Erwin war nämlich der jüngere Bruder von Opa Winfried. Uwes Mutter hatte mehrere Gründe, um wieder einmal die Verwandtschaft väterlicherseits zu besuchen.

Erstens besaß Onkel Erwins Frau eine Strickmaschine, und

Gerda wollte Tante Anne bitten, für Sie eine große Decke mit diesem Apparat zu stricken.

Zweitens besaß Onkel Erwin die größte und schönste Modelleisenbahn, die Uwe jemals in seinem ganzen Leben gesehen hatte.

Sowohl Opa Winfried, als auch Onkel Erwin, waren vor ihrer Rente bei der Eisenbahn gewesen. Sie waren also Eisenbahner, so nannte man die Leute hier, die da arbeiteten.

Und weil das so war, waren beide auch Beamte gewesen. Und das wiederum bedeutete, dass beide eine ganz beträchtliche Pension kassierten. Da konnte man sich natürlich spielend eine so große Modelleisenbahn leisten, wie sie Onkel Erwin besaß.

Opa Winfried hätte sich auch so eine Eisenbahn leisten können. Aber obwohl Uwe seinen Opa Winfried schon zigmal angefleht hatte, er möge sich doch auch so eine bauen, zog der einfach nicht mit. Opa Winfried war dafür einfach zu faul und außerdem konnte man mit so einer Eisenbahn auch keinen Äppelwoi machen. Und mit Frauen, die Kontaktanzeigen aufgaben, konnte man sich in so einem Modellbahnhof auch nicht treffen. Damit war das Thema erledigt gewesen, wusste Uwe.

Onkel Erwins Anlage war genial.

Es gab vier Schienenkreise, die unabhängig voneinander geschaltet wurden.

Es gab Berge und Tunnels, mehrere Brücken, eine ganze, beleuchtete Stadt, aber auch Berghütten, einen See und sogar Straßen, auf denen Autos herumfahren konnten.

Aber was der absolut größte Knaller war: Onkel Erwin besaß ein Krokodil. Das war die schönste und teuerste Lok, die es bei Märklin zu kaufen gab.

Logischerweise verging die Zeit mit Onkel Erwin und dessen Eisenbahn wie im Fluge. Plötzlich rief Uwes Mutter nach ihnen.

»Ja Hallo! Gell ihr seid wieder bei der Eisenbahn?«, und da kam Uwes Mutti auch schon die Treppe runter.

»Mutti! Die ist so toll! Müssen wir schon gehen?«

»Ja Uwe, ich habe noch ein bisschen was vor heute, ich will noch das Essen für morgen vorbereiten.«

»Och Mutti!«

»Hör auf deine Mutter, Uwe. Sei froh, dass du so eine fleißige Mutter hast, andere Kinder haben das nicht, die wissen gar nicht, wie das ist, wenn man jeden Tag frisch gekocht bekommt!«, sagte nun Onkel Erwin und lugte dabei über seine dicke Lesebrille hinweg. Dann setzte er noch lachend nach: »Haha! Deine Mutter is nit so faul, wie dein Opa Winfried und die ganze Kollegenschaft in der Bahn, wo er geschafft hat, beim Stellwerk! Hahaha! Hast du deinem Bub mal erzählt, wie es dir mal gegangen ist, als Mädchen, als du mal mit durftest auf die Arbeit Gerda, mit deinem Vater? Hahaha!«

»Haha! Nein, das weiß Uwe nicht«, antwortete Gerda und schaute ihren Sohn dabei von der Seite an.

Und so erfuhr Uwe, während das Krokodil nebenan seine Runden drehte, wie das damals war, als seine Mutter mal mit durfte auf die Arbeit, ins Stellwerk. Die Sache war schnell erzählt. Als kleines Mädchen, wie sie es damals war, hatte sie sich keck im Stellwerk umgesehen, war überall herumspaziert und hatte sich all die Männer angeguckt, die wie ihr Opa einen Blaumann trugen, Zigarren rauchten und Äppelwoi tranken. Am Ende hatte sie gefragt: »Warum arbeitet denn hier niemand was?« Das war dann das letzte Mal, dass ihr Vater sie mitgenommen hatte zur Arbeit.

Gerda, Uwe und auch Onkel Erwin mussten laut lachen.

Onkel Erwin war bei der Bahn Lokführer gewesen, der war nicht im Stellwerk.

»So! Uwe! Bevor ihr geht, hab ich noch was für dich!«, sagte Onkel Erwin dann. Der dicke Onkel stand von seinem Eisenbahnerstuhl auf und ging schweren Schrittes in seine Werkstatt nach nebenan. Uwe und Gerda warteten gespannt. Man hörte, wie eine Schranktüre geöffnet wurde, gleichzeitig redete Onkel Erwin etwas lauter weiter, damit man ihn draußen, wo Uwe mit seiner Mutter stand, auch noch verstehen konnte: »Die hab ich damals mit heim genommen, die Jacke. Ich habe gedacht, die is‘ was für dich Uwe. Ich brauch‘ die nicht mehr. Außerdem passt sie mir nicht mehr..«

Als der Onkel wieder bei ihnen stand, hatte er eine ungeheuer schwer und stabil aussehende, dunkelbraune Lederjacke in der Hand. Sie hatte sehr große Knöpfe und war so geschnitten, dass sie Uwe mindestens bis zu den Knien reichen würde. Uwes Augen leuchteten sofort auf.

»Uwe, weißt du was des ist? Die könnt dir passen, ich war damals sehr klein, hatte die kleinste Jacke bekommen, die sie im Sortiment hatten.. Des weißt du nit, gell! Also, das ist eine echte Lederjacke, wie sie die U-Boot-Soldaten getragen hatten im 2. Weltkrieg, das war meine.«

Uwe konnte gar kein Wort sagen. Mit vor Staunen offenem Mund schweifte sein Blick zwischen der Jacke, dem Gesicht seines Onkels und seiner Mutter hin und her.

»Na, die passt dir ja wirklich nicht mehr Erwin, haha! Und du bist Dir sicher, dass du die dem Uwe geben willst? Ihr habt doch hier im Haus auch ein Enkelkind, den Florian. Will der die nicht haben?«

»Den habe ich schon gefragt Gerda. Der will sie tatsächlich nicht. Möchtest du sie Uwe? Wäre schade um die schöne Jacke, die ist gut! Und du gehst doch immer in den Wald, dafür ist die gerade richtig«, führte Onkel Erwin aus, während er die Jacke seinem Großneffen vor die Nase hielt.

Uwe musste richtig hin packen, sonst wäre ihm die schwere Jacke runtergefallen. Sofort schlüpfte er hinein. »Habt ihr einen Spiegel Onkel?«, fragte er.

»Na klar, oben im Flur, das weißt du doch«, antwortete dieser.

Als sich Uwe selbst mit der Jacke im Spiegel sah, erkannte er sich fast nicht mehr wieder. Er sah ungefähr zwei Meter breiter aus, als er es tatsächlich war.

Ein steifer Kragen und ein sehr breiter, mit einer doppelreihigen Lochung versehener Gürtel, der aus dem gleichen Leder wie die ganze Jacke bestand, verliehen ihm ein respekteinflößendes Äußeres. Die Jacke war ihm noch zu groß, aber das machte ihm nichts aus. Da würde er reinwachsen, wusste er.

»Und das ist wirklich eine richtige U-Boot-Fahrerjacke?«, fragte Uwe noch einmal nach.

»Ja. Ist sie«, sagte sein Onkel kurz und knapp und ergänzte ebenso knapp: »Und jetzt gehört sie dir«.

Auf dem Nachhauseweg erzählte Gerda ihrem Sohn, wie das damals war mit dem Onkel Erwin. Er war noch fast ein Kind gewesen, als er einberufen wurde. Der Krieg war da schon längst verloren. Er musste zusammen mit einigen anderen aus der Gegend trotzdem noch hoch nach Kiel, wo aus allen U-Boot-Fahrer werden sollten. Kurz bevor Erwin das erste Mal hätte auslaufen sollen, war der Krieg dann tatsächlich zu Ende. Zum Glück. Denn nur einer von sechs U-Boot-Soldaten hatte den Krieg überlebt.

Von dreißigtausend in Feindeinsätze geschickten Männern, kamen nur sechstausend nach dem Krieg wieder heim.

Uwe nahm sich fest vor, diese Jacke in Ehren zu halten. Und sie sollte ihm tatsächlich jahrelang ein treuer Begleiter bleiben. Wenn er bei Wind und Wetter in den Wald ging, er hatte sie immer dabei. Die Jacke hielt auch den stärksten Schlagregen aus, nie war Uwe einmal nass geworden, wo er die Jacke drüber trug. Erst als Uwe mit sechzehn Jahren plötzlich immer größer und größer wurde, konnte er sie nicht mehr tragen. Am schönsten fand Uwe an der Jacke die riesengroßen Jackentaschen oder Seckel, wie man zu diesen in Schweinheim sagte. Uwe besaß nie wieder eine Jacke, die so große Seckel hatte.

Als Uwe mit seiner Mutter in die Bischbergstraße einbog, kam gerade der Bauer Kohlmann auf seinem Ochsenkarren runtergerollt. Hinten saß der Michel am Heck des Wagens und ließ die Beine baumeln. Schelmisch grinsend winkte der Pole Uwe zu.

»Hallo Josef! Können wir noch kurz zu euch kommen und Milch mitnehmen? Ich habe die Kanne dabei«, fragte Gerda den Mann, der ein Bauer durch und durch war.

»Ja freilisch. Kummt glei, es Ännchen füllt se euch ab«, nuschelte der Kohlmann mit einem Stock in der Hand, an dem eine lange Schnur baumelte.

Also machten Uwe und seine Mutti noch einen kleinen Umweg auf den Bauernhof der Kohlmanns, der direkt hinter der Kirche Maria Geburt war. Das alte Bauernhaus war aus Sandstein gebaut.

Gleich nach dem Hoftor war links ein riesenriesengroßer Misthaufen. Überall liefen weiße Hühner umher und der ganze Hof war mit Kuhfladen übersät.

Während Uwes Mutter gleich rechts in die Küche abbog, wo auch die Milch abgefüllt wurde, hatte Uwe mehr Spaß daran, die Hühner zu jagen. Schnell flatterten die eben noch seelenruhigen Eierleger aufgeregt durch den Hof.

Drinnen kommentierte das Ännchen Uwes Tun in Richtung Gerda, die schon eingreifen wollte: »Lass nur, des brauchst du nit regeln, des regelt jemand anderes«. Das Ännchen füllte seelenruhig weiter ihre Milch ab. Auch in der Küche liefen Hühner auf dem alten sandsteinernen Boden umher und suchten dort nach etwa Essbarem. Das Ännchen griff gekonnt in ihre Kittelschürze und holte da eine Handvoll Körner heraus, die sie über den Boden warf, während sie »putt, putt, putt« sagte. Sofort stürzte sich das Federvieh darauf. Die Kohlmanns hatten noch eine gusseiserne Handschwengelpumpe in der Küche, mit der man Brunnenwasser pumpen konnte. An ein Leitungswassernetz war der alte Bauernhof der Kohlmanns noch nicht angeschlossen.

Auf einmal hörte man von draußen Uwe laut aufschreien. Das

Ännchen fing sofort an zu lachen: »Hahahaha! Jetzt hat ihn der Hahn derwischt! Hahaha! Ja! Wenn ma dem seine Hühner ärgert, ist der sofort do! Hahaha!«

Auf dem Heimweg ersparte sich Gerda, ihren Jüngsten für sein unüberlegtes Handeln zu tadeln, denn Uwe war gestraft genug. Der Hahn hatte ihn mit seinem Schnabel volle Kanne an der linken Ferse erwischt, es blutete sogar etwas. Uwe war ziemlich wortkarg, als sie so dahergingen. Gerda nahm die Stille zum Anlass, um ihren Sohn etwas zu fragen.

»Uwe, hast du mal wieder was vom Peter gehört? Wie es ihm geht? Gibt es was Neues? Ich höre gar nichts mehr. Jeder schweigt nur oder antwortet ausweichend, wenn man ihn drauf anspricht«.

»Peter? Was für ein Peter?«

»Na der Peter, Bomber habt ihr ihn genannt. Der Unfall ist jetzt ungefähr sechs Wochen her. Oder sind es schon acht?«

»Jaaaaa. Er ist jetzt wieder daheim aus dem Krankenhaus. Und er kann sich an nichts erinnern. Also von dem Unfall. Von vorher weiß er noch alles. Und er kann seine Beine nicht mehr bewegen. Sein kleiner Bruder, der Gregor, der eine Klasse vor mir ist, hat mir erzählt, dass er wohl gelähmt bleiben wird, aber so genau weiß man das noch nicht. Man muss abwarten, hätten die Ärzte gesagt. Ich hatte den Gregor mal in der Pause gefragt.«

»Das ist ja schrecklich! Es ist natürlich viel schrecklicher, was dem Richard und dem Jürgen passiert ist..«, fing Gerda an und wurde von Uwe unterbrochen: »Jürgen?? Du meinst Kobra..«

»Ja.., aber was geschehen ist, ist geschehen, und die waren ja alle praktisch noch Kinder. Ich kann mir auch gar nicht erklären, wie die das Auto einfach so klauen konnten Uwe. Man kann doch so ein Auto nicht einfach mit dem Zündschlüssel im Hof stehen lassen. Menschenskinder! Auch nicht nur für fünf Minuten! Das ist ja geradezu eine Einladung für so ein paar Halbstarke.«

»Mutti, warum erzählst du mir das alles? Willst du mir sagen, dass Bombers Onkel an allem schuld ist? Und woher willst du wissen, dass das Auto nicht abgeschlossen war?«, fragte Uwe unverblümt.

»Weil das in der Zeitung stand Uwe! Und nein Uwe! Natürlich waren die drei selbst schuld. Aber das wäre halt vielleicht nie passiert, wenn das Auto einfach abgeschlossen gewesen wäre. Oder wenn sich jemand mehr um die drei gekümmert hätte, von Anfang an! Zum Beispiel auch der reiche Onkel von Bomber! Rennt der gleich zur Polizei und dann gibt's eine Verfolgungsjagd! Das hätte nicht soweit kommen müssen! Mir tut der Peter einfach auch ein bisschen leid, ich kenne seine Eltern, der hatte es nicht so einfach wie du.«

Gerda schwieg kurz, bevor sie weiterredete. Uwe lief einfach an der Hand seiner Mutter weiter und starrte dabei auf den Boden.

Gerda holte einmal tief Luft und machte dann aufgebracht weiter: »Ich denke mir, mit dem Peter will ja bestimmt keiner mehr was zu tun haben. Du hattest doch erzählt, dass du einer der wenigen warst, mit denen die drei überhaupt Kontakt hatten. Keiner sonst wollte was mit denen zu tun haben, das war ja auch im Dorf bekannt. Mit Richard und Jürgen schon dreimal nicht, weil die ein bisschen minderbemittelt waren. Und mit Peter nicht, weil dem seine Eltern sehr, sehr arme und sehr, sehr einfache Leute sind. Die haben nichts. Gar nichts! Und denen ihr reicher Onkel gibt denen auch absolut nichts! Und hast du mal darüber nachgedacht, dass der Peter vielleicht auch deshalb immer mit den beiden anderen rumgehangen hat, weil die alle sonst niemanden hatten? Der Peter hätte bestimmt andere Freunde haben können, wenn er nicht aus solchen Verhältnissen käme, der ist kein Dummer! Ich kenne den, ich hatte den als Kind im Kommunionunterricht, als ich Kommunionmutter war, bei der Vroni damals. Keine Mutter wollte den in der Gruppe, ich hatte ihn dann genommen! Deine Schwester ist mit dem dann zur

Kommunion gegangen!«

»Hmm..«, machte Uwe kurz und ging auf das Gesagte ein. »Jetzt, wo du es sagst, das stimmt. Der Bomber, den haben schon immer alle gemieden. Und seine Eltern sind total komisch. Sein Bruder, der Gregor, mit dem will auch keiner was zu tun haben. Und der ist auch nicht dumm..«

»Dem seine Eltern sind nicht komisch Uwe. Die sind einfach nur bitterarm. Mein Uwe, ich weiß einfach, dass der Peter im Grunde seines Herzens ein guter Bub ist, der hat ein ganz großes Herz und kümmert sich gerne um andere, die Hilfe brauchen. Und solchen Menschen muss man auch helfen.«

Gerdas Stimme war jetzt wieder ruhiger und versöhnlicher. Ruhig setzte sie die Unterhaltung mit ihrem Sohn fort, den sie, obwohl Uwe viel jünger als Peter war, für bestens geeignet hielt, diesem vom Schicksal geschlagenen Jungen zu helfen, den sie einst im Kommunionunterricht ganz anders erlebt hatte, als es der Ruf erwarten ließ, der ihm da schon vorauseilte. Und freilich wusste Gerda, dass der Peter sich draußen oft ganz anders verhielt, dass andere Menschen ihn gar nicht so kannten, wie sie ihn kennengelernt hatte. »Und jetzt ist der ganz alleine. Ganz egal, wieviel Schuld der jetzt mitträgt, vielleicht magst du ihn ja mal besuchen. Besuch den doch mal Uwe.. Der wird das nicht zugeben, dass es ihm dreckig geht, aber das ist so, glaub‘ mir. Der ist in Ordnung, der hat einen ganz weichen Kern. Der ist nur außen rum so hart. Der hat mit seinen Freunden Blödsinn gemacht. Ganz schlimmen Blödsinn. Und zwei seiner Freunde sind jetzt tot. Aber wenn der gewusst hätte, wie das ausgeht, hätte der das nie im Leben mitgemacht, keiner von denen. Und der Peter ist noch ein Kind. Kinder machen Blödsinn. Und deshalb darf man ihn nicht fallen lassen.«

»Meinst du? Echt? Aber warum ich? Der ist doch viel älter als ich?«, erwiderte Uwe gedehnt.

»Ja, aber du bist jetzt größer als der. Und ich weiß, dass du das kannst«, sagte seine Mutter zu Uwe.

»Ich denke mal drüber nach Mutti«, sagte Uwe.

»Ja, und dann ist da noch was.«

»Und was?«

»Dein Bruder hat doch die ganze Zeit für die Nachbarin eingekauft, oberhalb der Helga, für die alte Mützerer. Der hat das zweimal die Woche die ganze Woche gemacht, das weißt du doch, oder?«

»Ja klar, und Erwin kriegt für jedes Mal, wo er das macht, fünf Mark! Das ist sauviel Geld. Das ist voll unfair, dass der so einen Job hat und ich nicht!«, protestierte Uwe.

»Willst du das in Zukunft machen? Erwin will es nicht mehr machen, weil er doch ab September auf die Realschule gehen wird.«

»Echt jetzt? Ehrlich! Ja klar will ich das! Wann geht es los? Nur weil ich auf die Realschule gehen würde, das wäre kein Grund für mich, so einen tollen Job herzugeben!«, sagte Uwe.

»Ich rede mal mit Frau Mützerer, wann du mal rüber darfst, um dich vorzustellen als Einkäufer, in Ordnung?«

»Au ja, bitte!«, echote Uwe. Und auf einmal tat die Wunde an seiner Ferse von dem blöden Hahn gar nicht mehr so weh.

»Verrätst du mir Mama, was du eigentlich gegen den Kurt hast, wo die alte Mützerer die Oma ist?«

»Nein«, sagte Uwes Mutter nur knapp. Und wie es der Zufall wollte, fuhr der weiße, dicke Mercedes mit einem winkenden und lachenden Kurt im Fond an ihnen vorbei. Der schöne Kurt hatte wieder einmal seine Oma besucht. Es war das erste Mal in diesem Jahr gewesen. Der letzte Besuch davor fand im November statt. Und auch da waren Uwe und seine Mama gerade auf dem Nachhauseweg gewesen.

Oft kam der Kurt nicht vorbei, er führte längst ein aufregendes Leben in Frankfurt.

Und es gab Menschen im Ort, die munkelten, dass er seine

Oma auch nicht aus Fürsorglichkeit oder aus purer Nächstenliebe besuchte. Es war angeblich vielmehr so, dass Kurt immer, wenn er mal vorbeikam, entweder irgendetwas aus Schweinheim abholte oder irgendetwas dorthin brachte. Und in letzter Zeit fuhr auch auffällig oft die Polizei durch die Ebersbacher Straße. Uwe dachte sich dabei nichts, er nahm einfach an, dass die Polizei öfter raus zum Exe fuhr, um da nach dem Rechten zu sehen. Er hatte tatsächlich nicht die Spur eine Ahnung davon, dass die vermehrte Polizeiaktivität etwas mit dem schönen Kurt zu tun haben könnte. Aber genauso war es.

»Wenn man vom Teufel spricht..«, sagte Gerda nur, ohne das schicke Auto auch nur eines Blickes zu würdigen.

Gemüseallerlei

Die letzten Schultage standen an, die großen Ferien standen vor der Türe. Uwe rannte gerade zusammen mit Harry, Robert und Bernd über den Pausenhof, sie spielten Fangen. Etwa fünfzig Meter entfernt lungerten Ossi und Moritz, zwei hungrigen Wölfen gleich, am rechten Ende des Sitzfelsens herum. Die beiden starrten unentwegt ans andere Ende des Sitzfelsens. Und dort standen, wie sollte es anders sein, Jaqueline und Anette zusammen. Was allerdings ungewöhnlich war, das war die Tatsache, dass da heute auch Conny und Steffi dabeistanden. Fast konspirativ wirkte das Zusammensein der vier unbestritten heißesten Fackeln in der Klasse. Wie auf Kommando entfernten sich die Vier plötzlich gemeinsam von ihrem Standort. Und liefen unmittelbar in die Richtung von Uwe und seinen drei Freunden.

Als sie etwa zehn Meter gegangen waren, schlug Ossi seinem Kumpel Moritz mit der Faust an dessen Ellbogen, was die unausgesprochene Aufforderung war, sofort aufzustehen und den Mädchen, die sie wie immer bewachten, zu folgen.

Harry, Robert, Bernd und Uwe standen gerade zusammen, um sich etwas von dem gegenseitigen Herumgehetze zu erholen.

»Seht ihr, was ich sehe?«, fragte schließlich Robert.

»Wieso? Was siehst du denn?«, fragten die anderen drei. Anstatt einer Antwort nickte Robert mit dem Kopf in Richtung der vier Mädchen, was seine Freunde dazu animierte, auch in diese Richtung zu blicken. Jaqueline, Anette, Conny und Steffi waren jetzt nur noch zehn Meter entfernt. Weitere zehn Meter dahinter trotteten Ossi und Moritz scheinbar unbeteiligt in die gleiche Richtung.

Uwe und seine Freunde wurden jetzt neugierig.

So richtig neugierig.

Harry, der schon lange auf Anette stand, schlug das Herz bis zum Hals. Robert hatte nur Augen für Jaqueline, während Uwe und Bernd ziemlich dämlich dreinschauten.

»Was wird denn das jetzt?«, nuschelte Uwe so leise, dass ihn nur seine drei Freunde hören konnten.

Als die vier Mädchen auf Höhe der Jungen waren, verschränkten sie kokett ihre Arme vor der Brust und grinsten die Vier ganz offen an. Es war Conny, welche nach angespannten und schweigsamen drei Sekunden den Mund aufmachte: »Äääh, wir wollen übernächstes Wochenende eine Party feiern, zu Hause bei Jaqueline. Und wir dachten, vielleicht wollt ihr mitfeiern?«

Und als wäre es einstudiert gewesen, zauberte sich jedes der Madchen im nächsten Augenblick einen rosafarbenen Brief in die Hand, um diesen jeweils einem der vier vor ihnen stehenden Jungs in die Hand zu drücken. Kaum war die Post übergeben, drehten sich die Mädchen kichernd wieder um, teilten sich in zwei Gruppen auf (logisch, wie die Gruppen aussahen, Jaqueline und Anette gingen linksrum weg, Conny und Steffi gingen rechtsrum weg) und entfernten sich mit einer vollendeten Choreographie in entgegengesetzte Richtungen.

Ossi und Moritz, nur wenige Meter entfernt, sahen aus wie

zwei düpierte Straßenköter, die nicht wussten, ob sie jetzt den beiden Hasen rechts folgen sollten oder den beiden Hasen links. Und wahrscheinlich war genau das das Ziel dieser Aktion gewesen, dachte sich Uwe, der sich in seinem ungläubigen Erstaunen, das ihnen gerade überfiel, erst einmal köstlich amüsierte, bevor er verstehen konnte, was hier gerade geschehen war.

Beinahe gleichzeitig öffneten die vier Freunde die Briefchen, welche nach einem süßen Parfüm dufteten.

Als sie die Briefe aus den Umschlägen zogen, fielen klitzekleine, glitzernde, bunte Papiersternchen raus, welche sich augenblicklich auf dem Pausenhof unter ihnen verteilten. Die Briefe waren alle handgeschrieben und jeder Junge war persönlich angesprochen worden. *Lieber Harry,* stand da oben drüber. Oder eben *Lieber Robert,* usw.. Uwe las seinen Brief leise durch, so wie das seine Freunde jetzt auch taten:

»Lieber Uwe, wir würden gerne mit Dir zusammen den Ferienanfang feiern. Hast Du Lust, am Samstag, den 05. August in die Bayerwaldstraße 27 zu kommen? Beginn: 17:00 Uhr, Ende: 22:00 Uhr, Für das leibliche Wohl ist gesorgt. Bitte sag uns Bescheid! Du musst hier nur ja oder nein ankreuzen und uns den Brief dann zurückgeben. Du musst auch nicht abgeholt werden am Ende der Feier, Du wirst heimgefahren werden. Deine Jaqueline, Anette, Conny und Steffi.«

Uwe war perplex. Harry, Robert und Bernd nicht weniger. Vollkommen sprachlos standen die Jungen einfach nur da wie vom Donner gerührt.

Es war Ossi, der die vier Salzsäulen schließlich wieder zurück ins Leben holte, indem er schnarrend fragte: »Was habt ihr da bekommen?« Völlig unbemerkt waren er und sein Adjutant Moritz jetzt bis auf zwei Meter herangekommen. Ossis Kopf bewegte sich während seiner verbalen Intervention, wie der eines männlichen Schimpansen im Affenhaus des Frankfurter Zoos.

Fehlte nur noch, dass er sich mit beiden Fäusten auf die Brust trommelte und wie Tarzan herumbrüllte, dachte Uwe.

Und es war dann auch Uwe, der das Antworten auf die herrisch gestellte, einsilbige Frage übernahm. Seit er mitbekommen hatte, wie Ossi bei der letzten Quetschekuchekerb verdroschen wurde, hatte er keinerlei Angst mehr vor dem Klassenrüpel: »Eine Einladung. Zu einer Feier. Nächste Woche..«, und er stellte gleich noch eine Gegenfrage und konnte sich dabei ein dreistes Grinsen nicht verkneifen: »Habt ihr noch keine Einladung bekommen?«

»Die bekommen wir bestimmt noch..«, sagte Ossi dümmlich und drehte dann ab. Uwe hatte jetzt das Bild von zwei Affen von hinten im Kopf, die davontrotteten, nachdem sie geschnallt hatten, dass es jetzt keine Bananen mehr gab.

Als die beiden Primaten außer Hörweite waren, sagte Harry lachend: »Diese beiden Luftpumpen, hahaha! Habt ihr denen ihre Gesichter gesehen! Hahaha!« Dann ertönte der Gong und die Pause war vorbei.

Natürlich bekamen weder Ossi noch Moritz eine Einladung.

Harry, Robert, Bernd und Uwe machten es dann am nächsten Schultag genauso, wie die vier Mädchen am Tag zuvor. Zu viert suchten sie die vier engelsgleichen Wesen in der Pause auf und übergaben ihre Antworten. Alle waren mit ja angekreuzt. Alle acht freuten sich ehrlich, das Eis war gebrochen und so konnten dann noch einige weitere Dinge geklärt werden. Nein, niemand hatte Geburtstag, es war keine Geburtstagsfeier, und nein, die Eltern von Jaqueline waren total nett, man brauchte keine Angst vor denen zu haben, die freuten sich auf den Kinderbesuch. Und nein, es sollte nicht in einem Partykeller gefeiert werden, man feierte unter dem Dach.

Bis zur geplanten Party bei Jaqueline war noch über eine Woche hin und Uwe, Harry, Robert und Bernd trafen sich jetzt täglich nach der Schule, um gemeinsam darüber zu spekulieren, wie die Feier werden würde. Sie konnten sich überhaupt nicht, nicht im Geringsten, vorstellen, was die vier Mädchen mit ihnen vorhatten. Ein ganz großes Thema war, was man mitbringen sollte, denn irgendetwas musste man ja mitbringen.

Am Freitag nach dem denkwürdigen Einladungserlebnis sollte Uwe das erste Mal für Frau Mützerer einkaufen gehen. Mit frisch gewaschenen Haaren, sauberen Hosen und sauberen Schuhe ausgestattet, ging Uwe am frühen Nachmittag raus auf die Straße und den Gehweg hoch zum übernächsten Haus. Sein Fahrrad mit den beiden Satteltaschen nahm er gleich mit.

Das Haus, in dem Frau Mützerer wohnte, war genauso ein Hexenhaus, wie das von der Oma Helga, die unterhalb wohnte. Sie waren aneinandergebaut. Das Dach war noch mit Biberschwanzziegeln gedeckt und der Hof wurde noch nie richtig befestigt. Dieser war ein Flickenteppich aus alten Sandsteinen, Beton und Erde. An den Rändern und in den Fugen wuchsen munter Löwenzahn und Breitwegerich. Der Gemüsegarten im hinteren Bereich wurde noch bearbeitet, sah aber lange nicht so gepflegt aus, wie der bei Uwe daheim. Die Eingangstüre zur Parterrewohnung, in der Frau Mützerer lebte, befand sich hinter dem Haus. Uwe klopfte laut an, durch den Druck seiner Fingerknöchel bewegte sich die Türe etwas, es war nicht verschlossen.

»Ja, hereinspaziert Uwe!«, hörte er es von drinnen freundlich krächzen. Uwe kannte ja Frau Mützerer schon, nur, in ihrer winzigen Wohnung war er noch nie gewesen. Es war sehr dunkel, das einzige Fenster mit einem dicken Vorhang verdeckt. Und obwohl es taghell draußen war, brannte hier ein Licht. Frau Mützerer lag auf ihrer Chaiselongue und hatte sich mit einer gehäkelten Decke zugedeckt. Sie sah aus wie so eine Bäuerin aus Masuren gegen Ende des neunzehnten Jahrhunderts. Zumindest stellte sich Uwe eine solche Bäuerin so vor, es fehlte nur ein gemustertes, dunkles Kopftuch, fand Uwe. Eine Katze umgarnte Uwes Beine, ihr Fell war seidig und ihre Augen smaragdgrün, das

Pelztier war überaus gut gepflegt und bildete mit seiner offenkundigen Schönheit einen krassen Kontrast zu dem Raum, in dem Uwe gerade stand. Es war nicht dreckig hier, alles wirkte sogar vergleichsweise aufgeräumt, aber es war eben eine sehr, sehr einfache Art zu leben, wie Uwe erkannte. Frau Mützerer bemerkte Uwes Verwunderung und berichtete ihm sofort, wie sie hier ihren Alltag verbrachte.

»Ja, Uwe, bei mir is alles ein bisschen einfacher, wie du siehst. Isch hab kein Fernseher und auch keinen moderne Herd, bei mir steht noch ein Chaiselongue in der Stuwwe, aber weißte was? Es is gemütlisch, mir gefällts und mir langts«!

»So ein Sofa hat mein Opa Winfried auch noch in seiner Küche Frau Mützerer. Ich finde das total toll. Da kann man prima Mittagsschläfchen drauf machen. Wenn ich mal groß bin und eine eigene Wohnung habe, werde ich mir da auch ein Chaiselongue reinstellen, haha!«, antwortete Uwe, bevor er sich getraute, eine Frage zu stellen: »Ich dachte, Sie bewohnen das ganze Haus, es ist ja schon sehr klein hier unten. Steht oben die Wohnung leer?«

»Nein Uwe. Also, die Wohnung ist noch voll eingerichtet, meine Tochter, die Katharina, lebt da eigentlich drinnen. Aber die ist ja nie da, die ist ja immer bei ihrem Freund in Offenbach. Deshalb wird die Wohnung da oben nur noch von dem Kurt benutzt, wenn der mal da ist.«

»Den Kurt haben Mutti und ich neulich wieder mal gesehen, vor ungefähr vier Wochen. Er ist mit seinem Auto an uns vorbeigefahren und hat gewunken«, erklärte Uwe stolz.

»Jaha! Haa! Ha! Der Kurt! Denn finnst du faszinierend, gell! Des hör isch schon an deiner Stimme! Hahaa! Wer finnd den nit faszinierend! Uwe, du darfst dem Kätzje ruhisch e bissje Milch geben. Die Dosenmilch steht im Kühlschrank, mach den emol uff!«, sagte Frau Mützerer.

Uwe bedauerte es etwas, dass Frau Mützerer das Thema Kurt einfach so abgebrochen hatte, aber er gehorchte, ging einen

Schritt nach vorne und öffnete die mit einer grauen Gummilippe gedichtete Türe zum Kühlaggregat. Im Kühlschrank standen außer der Dosenmilch für die Katze nur eine Butterdose und ein angepacktes Glas Marmelade. Während Frau Mützerer wieder das Wort ergriff, schüttete Uwe der schönen Katze etwas Milch in ihren Napf.

»Also Uwe, gehen wir's an. Meinste, du bekommst des hin? Also dein Bruder, der Erwin, der hat des immer so schö gemacht mit dem Einkaufen! Auf den hab isch misch blind verlasse könne!«

»Na klar Frau Mützerer, ich gehe auch schon immer für meine Mutti zum Lutz oder zum Holletschke. Und im neuen Edeka war ich auch schon. Ich schaffe das schon«, sagte Uwe selbstbewusst, ohne zu erwähnen, dass er natürlich vor allem das Honorar im Blick hatte.

Uwe träumte schon lange von einem neuen Fahrrad. Jetzt, mit diesem Job, wusste er, dass es wirklich möglich sein könnte, sich das schöne Rennrad, das im Fahrradladen oben auf der Schweinheimer Höhe im Schaufenster stand, innerhalb weniger weiterer Monate zusammensparen zu können. Der dort ausgestellte Edelrenner war ein perlmuttweißes Peugeot px8md und kostete 800 Mark. Das war ein Vermögen. Aber Uwe wollte es unbedingt haben. Dieses und kein anderes. Gut die Hälfte des Geldes hatte er schon zusammen. Ein Teil war ein Rest seines Kommuniongeldes, ein weiterer Teil war sein gespartes Taschengeld. Und die dritte Säule seines Vermögens war natürlich der Lichtschacht vor der TV-Turnhalle, den er nach wie vor regelmäßig ausräumte. Der kleine Geldregen, der künftig von Frau Mützerer käme, reflektierte Uwe, würde es möglich machen, dass er sich im nächsten Frühjahr dieses Rad endlich kaufen konnte.

Der erste Einkauf für Frau Mützerer war letztlich ein Kinderspiel gewesen. Er musste zum Edeka, um da Kaffee, Eier und Butter, Salzgurken, Mehl und Zucker sowie eine neue

Marmelade zu holen. Beim Bäcker sollte er ein Brot einkaufen. Die letzte Tour führte ihn zum Metzger Holletschke. Dort musste er dreihundert Gramm Tatar holen.

Tatar gab es bei Uwe daheim noch nie, denn Tatar war sauteuer. Mutti Gerda kaufte immer nur gemischtes Hackfleisch. Tatar einzukaufen, dachte Uwe, das war schon etwas Besonderes.

Wieder bei Frau Mützerer angekommen, bedankte diese sich überschwänglich und zahlte Uwe dann auch sofort aus. Mit seiner ersten Tour hatte er sich gleich fünf Mark verdient. Als Uwe sich verabschiedet hatte und aus dem Haus ging, bekam er noch mit, wie Frau Mützerer sofort den Tatar an ihre Katze verfütterte, die schon sehnsüchtig darauf gewartet hatte.

Wieder in seinem Zuhause angekommen, erzählte er die Sache mit dem Tatar sofort seiner Mutter. Diese war genauso geschockt wie Uwe, wie konnte man bloß Tatar an seine Katze verfüttern? Was das kostete auf die Dauer!

Was Uwe und seine Mutter zu diesem Zeitpunkt allerdings nicht wussten, war, dass Geld das Letzte war, worüber sich Frau Mützerer sorgen musste. Ihr Enkel Kurt kam ja regelmäßig zu Besuch. Und Frau Mützerer wusste natürlich, dass ihr Enkel nicht kam, weil der sie lieb hatte. Sie ließ ihren Kurt sehr wohl in dem Glauben, dass sie dachte, er käme nur wegen ihr. Aber kaum war der Kurt wieder weg, war Frau Mützerers erster Gang der Weg in die obere Wohnung. Sie wusste, dass Kurt dort oben längst einige Depots angelegt hatte, in einigen waren Geldscheine versteckt, in anderen merkwürdige, in Alufolie eingepackte Blöcke. Frau Mützerer zählte eins und eins zusammen und so war ihr schnell klar gewesen, dass der Kurt krumme Geschäfte in Frankfurt machte. Sie kannte sich nicht mit Drogen aus, aber das was da so akkurat in Alufolie eingepackt war, schien ihr nicht koscher zu sein. Das war irgend so etwas. Und es roch auch irgendwie streng. Und wer weiß, vielleicht hatte Kurt auch einige Mädchen am Laufen. Zutrauen tat sie ihm das. Aber so genau wollte sie das alles gar nicht wissen.

Weil Frau Mützerer klug war, nahm sie alle paar Tage immer nur zwei oder drei Scheine aus einem der Verstecke heraus, um diese dann woanders, bei sich unten, zu verstecken. Sie hatte nie Angst, dass sie auffliegen könnte, dafür waren es einfach zu viele Scheine und so wie die da reingestopft waren, konnte Kurt unmöglich einen Überblick darüber haben, was da inzwischen alles in diesen Geldkassetten, Kisten und Blechdosen drinnen war.

Weil die alte Mützerer gerade Thema war bei Uwe daheim, bat Uwe seine Mutter auch, ihm noch einmal zu erzählen, wie das damals war, mit Frau Mützerers Mann im zweiten Weltkrieg.

Karhlheinz Mützerer war wie so viele andere junge Männer auch Soldat gewesen. In den letzten Kriegswochen wurde er von einem Standgericht zum Tode durch den Strang verurteilt. Das Urteil wurde sofort vollstreckt. Karlheinz hatte nichts Gravierendes verbrochen, er war eigentlich ein treu dienender Wehrmachtssoldat gewesen. Er hatte nur seiner Marschgruppe, mit der er unterwegs zu einem neuen Einsatzort war, eine nicht erlaubte Pause gegönnt. Alle waren erschöpft und krank, sie konnten einfach nicht mehr. Diese Dienstpflichtverletzung wurde ihm als böswillige Wehrkraftzersetzung zum Vorwurf gemacht.

Das Vorgehen der fliegenden Standgerichte gegen Ende des Krieges, war ein Beleg für den blanken Horror, der in dieser Zeit herrschte. Niemand konnte sich bis zuletzt sicher fühlen, die blanke Angst beherrschte das tägliche Leben damals, bis zuletzt, erklärte Gerda ihrem Sohn. »Schlimme Zeiten waren das Uwe. Bete dafür, dass du so etwas nie erleben musst«, versuchte seine Mutter das Thema für heute abzuschließen. Aber Uwe hatte das Bedürfnis, noch mehr zu erfahren. Also berichtete seine Mutter, die gerade das Gemüse für das morgige Essen schnippelte (es sollte Gemüseallerlei mit Leiterchen und Schwarzbrot geben), weiter.

Frau Mützerer hatte nie mehr geheiratet.

Selbst, wenn sie gewollt hätte, wäre das auch gar nicht so einfach gewesen. Es gab ja fast keine Männer mehr im heiratsfähigen Alter nach dem Krieg.

So blieb sie dann alleine.

Genau wie die Helga nebenan, deren Mann Kilian auch nicht mehr aus dem Krieg heimgekehrt war. Nur mit dem Unterschied, dass es Helga noch härter getroffen hatte, weil auch ihr einziger Sohn Friedrich, den alle nur den Fritz genannt hatten, gefallen war.

Mutti Gerda war da noch ganz klein gewesen, gerade mal knapp fünf Jahre alt, ihre Erinnerungen waren also nur sehr vage, das meiste hatte man ihr auch später mündlich überliefert.

Gar nichts Gutes zu berichten wusste sie von Helgas Mann Kilian.

»Meine Mutter, die Hedwig, die deine Oma war Uwe, du hast sie nicht mehr kennengelernt, sie ist kurz nach deiner Geburt gestorben, hat mir immer erzählt, dass der Kilian ein ganz böser Mensch war. Der ist zum Beispiel immer mit einem Bollerwagen, den er mit Müll vollgeladen hatte, in den Wald gefahren und hat dann dort einfach irgendwo seinen Müll in die Natur geworfen. Auf dem Rückweg hatte er dann immer Schafsköttel auf dem Wagen, die er auf einer Wiese eingesammelt hatte. Damit hatte er dann seinen Gemüsegarten gedüngt und dann immer angegeben, dass er die dicksten Tomaten hatte und den schönsten Kohl. Und wenn der Kilian Kartoffelkäfer gesammelt hatte, dann hatte ihn meine Mutter oft dabei erwischt, wie er die Käfer, statt sie zu ertränken, einfach über den Zaun rüber in ihr Kartoffelbeet geworfen hatte. Während des Krieges wurden diese ganzen Gängeleien und Provokationen immer schlimmer, weil dein Opa Winfried nicht mehr da war, um seine Frau zu unterstützen, der war ja an der Front. Und Kilian musste zunächst nicht zu den Soldaten, weil er einen verkrüppelten rechten Arm hatte, von einer Kinderlähmung, an der er als kleiner Bub erkrankt war.«

»Ja, aber dann musste er doch noch los. Und dann kam er nicht mehr zurück, das weiß ich«, sagte Uwe.

»Ja genau, dann kam er nicht mehr zurück. Man erzählt sich, dass er an der Heimatfront, gar nicht weit von hier, gefallen ist.«

Mutter und Sohn standen eine Weile schweigend am Herd. Uwe schaute seiner Mutter jetzt dabei zu, wie sie zwei große Stücke Leiterchen teilte, um diese dann in einem Topf mit etwas Öl scharf anzubraten. Schnell warf das Fleisch Blasen, es zischte und schmurgelte verheißungsvoll in dem schweren Kochgeschirr auf dem Holzherd. Es war sehr warm in der Küche, weil draußen ja auch der Sommer den Tag beherrschte.

Als die Leiterchen schön braun waren, nahm seine Mutter die frischen Schweinerippen, die man hierzulande Leiterchen nannte, heraus und gab sofort eine kleingeschnittene Zwiebel in den Topf. Diese dünstete sie mit einer Prise Zucker und Salz schön glasig aus. Dann schüttete seine Mutter etwa zwei Liter Wasser in den Topf, gab die Leiterchen wieder hinein und teilte Uwe mit, dass das jetzt erstmal eine Stunde köcheln müsse. Danach käme das ganze Gemüse und noch ein Stück Dörrfleisch dazu. Dann nahm Uwes Mutti den Gesprächsfaden wieder auf.

»Und unsere Mauer im Hof Uwe, die unseren Hof von dem der Helga trennt, die steht da auch nicht, weil wir Mauern so toll fanden. Früher war da gar nichts, noch nicht einmal ein Zaun, hatte man mir erzählt. Früher war es so, dass man da als Abtrennung zwischen den Höfen einfach Holzreisig hingesetzt hatte. Und meine Mutter, also deine Oma, hatte das nie in böser Absicht getan, sondern einfach weil da Platz war. Wenn die Obstbäume im Garten geschnitten wurden, hatte man das Reisig früher nicht im Garten verbrannt, wie wir das heute tun. Dafür waren die Zweige zu schade. Stattdessen hatte man die aufgehoben und zum Trocknen aufgesetzt. Mit dem trockenen Reisig konnte man nämlich prima den Brotbackofen heizen, der früher noch im Hof stand.«

»Und warum ist da jetzt diese Backsteinmauer?«, fragte Uwe.

»Weil der Kilian so böse war, hatte er es ja immer darauf abgesehen, deinen Opa und deine Oma zu ärgern. Also begann er irgendwann damit, aus unseren Reisighäufen, von seiner Seite aus, Zweige herauszuziehen. Und dann noch in den immer wackeliger werdenden Häufen herumzustochern. Dann sind die regelmäßig umgefallen.«

»Boah! Voll gemein! So wie mein Bruder Erwin immer, wenn der mich ärgert, der macht das genauso!«, brach es aus Uwe heraus, und weiter: »Das ist so mies! Das ist ja voll hinterfotzig!«, ereiferte sich Uwe, wurde aber sofort dafür von seiner Mutter gemaßregelt: »Still! Wir reden jetzt nicht über Erwin!«

»Als dann der Krieg begann und, wie ich vorhin schon erzählt hatte, der Opa Winfried gar nicht mehr da war, nahmen auch die Gemeinheiten, wie mit den Reisighäufen vorne im Hof, nicht mehr erträgliche Ausmaße an. Als meine Mutter das dann mal ihrem Vater erzählt hatte, also deinem Uropa, hatte der sich darum gekümmert, dass einige Zwangsarbeiter zu uns kamen. Die hatten dann die Mauer gebaut, die heute noch da steht. Aber den Arbeitern ging es gut bei uns, keine Sorge, die hatten dann ganz viel zu essen von uns bekommen und auch ganz viel von dem Apfelwein im Keller, der da noch zur Genüge lagerte. Opa Winfried war ja nicht da, um den trinken zu können.«

Uwe ging jetzt ein Licht auf.

»Ahaaaaaa! Und das ist auch der Grund dafür, warum du nie, nie, nie mit der Helga einen Kaffee trinkst? Habe ich Recht? Weil die so böse waren da drüben, stimmt‘s?«, kombinierte Uwe nun triumphierend. »Endlich weiß ich es!«, sagte er laut.

»Nein, da liegst du falsch. Also halb falsch Uwe. Weil es so böse Geschichten gibt, ja. Aber nicht diese. Das ist eine andere Geschichte. Über die will ich nicht reden.. Vielleicht irgendwann, in einigen Jahren, wenn du groß genug dafür bist und noch mehr Zeit vergangen ist. So, und jetzt machen wir zusammen das Essen für morgen fertig!«

Uwe machte einen imaginären grünen Haken für diesen Tag in seinen ganz persönlichen Lebenskalender.

Endlich hatte er ein bisschen mehr darüber erfahren, warum seine Mutter nie einer Einladung zu Helga folgte.

Was seine Mutter nicht wusste, war, dass er seinerseits auch Helga schon ganz oft gefragt hatte, ob sie ihm nicht erzählen könne, was da irgendwann einmal vorgefallen war.

Aber Helga hatte ihm jedes Mal beteuert, sie wisse es nicht.

Uwe und seine Mutter gaben zusammen kleingewürfelte Kartoffeln, in Scheibchen geschnittene Karotten, einen in Streifen geschnittenen Wirsingkohl, vier geviertelte Tomaten und einen kleingeschnittenen Kohlrabi zur Brühe dazu. Und, ganz wichtig, etwa ein Kilo junge, kleingeschnittene Stangenbohnen. Gewürzt wurde mit vier Lorbeerblättern, Pfeffer und etwas Gemüsebrühe. Letztlich wurde noch das Dörrfleisch eingelegt. Danach kam wieder der Deckel auf den Topf, damit alles noch einmal eine Stunde vor sich hinköcheln konnte.

»So! Fertig Uwe! Brot haben wir noch, da können wir morgen schön von essen«, freute sich seine Mutter über das bereits geleistete Tagwerk.

»Ich gehe noch ein bisschen zu Harry Mutti. Wir wollen Pfeil und Bogen spielen!«, stellte Uwe mehr fest, als zu fragen, ob er das durfte.

»Um Gottes willen! Passt mir bloß auf Uwe! Da mache ich mir schon wieder solche Sorgen!«

In der Nachbarschaft hatte eine Frau, die etwas älter war als Uwes Mutter Gerda, nur noch ein richtiges Auge. Das andere war ein Glasauge. Einer ihrer eigenen Söhne hatte ihr beim Pfeil und Bogen spielen vor Jahren ein Auge ausgeschossen.

Fleischsuppe mit Leberklößchen und Markklößchen

Sommerferien. Endlich. Uwe freute sich wie ein Königstiger. Am ersten Tag der Sommerferien waren die Sommerferien am allerschönsten. Weil man da noch ganz am Anfang der Ferien war und ganze sechs Wochen ohne Schule vor sich hatte. Sechs Wochen!

Gestern, am letzten Schultag, hatte ihn Magda angesprochen und ihn gefragt, ob er sie heute mal besuchen kommen könne. Sie müsse ihm was sagen.

Und als er sie gefragt hatte, was denn so wichtig sei, hatte sie ihm geantwortet, er solle nicht so neugierig sein und auf ihre ganz typische, herzliche Art dabei gegrinst.

Sie hatte ihm dann nur verraten, dass sie gerne nochmal mit ihm zum Baggersee gehen würde, wo man die Forellen bei den Amis fangen konnte. Kurzerhand verabredeten sie sich für Mittags genau dort.

Uwe freute sich diebisch, dass er rechtzeitig zum Ferienbeginn eine kleine Überraschung für Magda mitbringen konnte.

Er hatte den Film seiner Agfa-Pocketkamera entwickeln lassen und das Bild vor dem hellblauen Chevrolet Impala dabei, das der junge GI von ihnen gemacht hatte. Das wollte er Magda schenken.

Das Bild sah beinahe so aus wie eines dieser Filmplakate mit so Schauspielern wie James Dean früher oder Rock Hudson, lächelte Uwe. Er war sich sicher, dass es Magda lieben würde.

Als Uwe mit seinem Fahrrad am Exe vorbeifuhr, immer die schnurgerade Straße entlang, schaute er permanent rüber zum Truppenübungsplatz, wo heute wieder richtig was los war. Er konnte die Stelle sehen, wo er mit Bomber, Richi und Kobra Overstolz-Zigaretten geraucht hatte und das erste Mal Bier getrunken hatte, in dem weißen BMW, mit dem die drei nur zwei Tage später verunglückt waren. Uwe bekam jetzt noch einen erhöhten Puls, wenn er daran dachte und er nahm sich fest vor, der Bitte seiner Mutter nachzukommen und Bomber demnächst mal zu besuchen.

Zahlreiche Panzer waren abgestellt, einige waren in voller Fahrt, der Klang des Militärs übertönte die Natur ringsherum.

Immer wieder fuhren Jeeps und Mannschaftstransporter vorbei. Dazwischen rollte immer mal wieder einer der vielen Straßenkreuzer über die Straße, welche die GIs aus den Staaten mitgebracht hatten.

Und am Himmel flogen Kampfhubschrauber des Typs Bell umher, und auch die großen, wie Bananen aussehenden Chinook-Transporthubschrauber schlugen durch die Lüfte.

Eine ganze Weile fuhr Uwe einhändig Fahrrad, während er mit der anderen Hand unablässig das Victoryzeichen machte. Viele der Soldaten lachten ihn an und grüßten entsprechend zurück.

Uwes Haare flogen im heißen Wind und nach all den Turbulenzen der letzten Zeit war dieser heiße Sommertag heute endlich wieder einmal einer der Tage, die etwas Perfektes an sich hatten.

Als Uwe am Baggersee angekommen war, musste er feststellen, dass die Zufahrt zum See völlig durchgepflügt war, offenbar war das Manöver, das hier gerade lief, auch in diesem Teil des Waldes zugange. Uwe legte sein Rad in den Sand und wartete auf Magda.

In der Umgebung lagen unzählige Patronenhülsen herum, kleine und richtig große. Und oben, wo der Kiefernsaum begann, fand Uwe eine Unmenge von braunen Plastikumverpackungen und Konservendosen aus den MRE's der Soldaten. Nachdem er sich einige noch verschlossene Dosen Peanutbutter und noch einige weitere, originalverpackte Leckereien eingesteckt hatte, um sie mit nach Hause zu nehmen, vertrieb er sich die Zeit mit dem Werfen von flachen Steinen, die er über das Wasser hüpfen ließ. Plötzlich tauchte Magda auf.

»Hallo Uwe!«, rief sie mit hoher Stimme und winkte dabei heftig mit ihrer rechten Hand.

Die beiden gingen aufeinander zu und setzten sich direkt zusammen auf eine einfache Bank ohne Rückenlehne.

Weil Uwe nicht wusste, wo er mit seinen Händen hin sollte, hielt er sich mit diesen links und rechts seiner Oberschenkel einfach auf der Bank fest.

Magda tat es ihm nach, dann sahen sie sich abwechselnd an, kicherten ein bisschen, schauten anschließend auf den See und ließen sich die warme Sommerbrise über das Gesicht wehen, und dann ging alles wieder von vorne los. So war das am Anfang immer, stets brauchten sie einen Moment zum Auftauen.

Schließlich nahm Magda, die links von Uwe saß, mit ihrer rechten Hand Uwes linke Hand, hebte sie etwas hoch und ließ sie wieder fallen, ohne diese loszulassen.

»Ich muss dir was sagen Uwe. Wir ziehen weg. Mein Papa ist versetzt worden..«

»Waaaas? Aber warum denn das Magda?«, Uwe war von einem

Moment auf den anderen bestürzt. Das konnte doch nicht wahr sein, dachte er sofort! Dieses Jahr waren schon so viele blöde Sachen passiert, gerade in der letzten Zeit, und jetzt das!

Als Uwe Magda ansah, liefen ihr schon die Tränen aus den Augen, sie konnte nur noch schluchzen. Ihre Stimme versagte, als sie Uwe mit verweinten Augen ansah, hilflos zuckte sie mit ihren Schultern und weinte dann einfach hemmungslos weiter. Jetzt musste auch Uwe weinen und dann verlor er alle Scheu und umarmte Magda.

Seine geliebte Magda.

Er roch ihre Haare, ihren süßen Nacken, spürte ihre Wärme und ihre Tränen auf seiner Haut. Und so saßen sie dann eine ganze Weile schweigsam und eng umschlungen zusammen auf dieser alten Bank und vergaßen für einen Moment Zeit und Raum.

Als die beiden nach etwa einer Viertelstunde wieder aufgewacht waren aus ihrem Universum trauriger Zweisamkeit, sagte Magda, nun wieder mit etwas festerer Stimme und nicht ohne ein Lächeln: »Und du? Bist nächste Woche auf dieser Feier bei Jaqueline, Anette, Conny und Steffi eingeladen? Freust du dich?«

»Oooooh! Ich hatte mir schon gedacht, dass du mich darauf ansprechen wirst, ich hatte sogar erwartet, dass es das war, worüber du tatsächlich mit mir reden willst Magda«, scharwenzelte Uwe nur ein kleines bisschen geharnischt um dieses Thema herum und fuhr fort: »Nur dass du es weißt Magda, ich hatte von dieser Sache keine Ahnung, wir wurden alle total überrascht, auch Harry, Bernd und Robert.«

Magda hockte sich jetzt mit ihren verquollenen Augen im Schneidersitz auf die Bank und schaute Uwe tief in die Mitte der seinen. Sie grinste, petzte ihre Wangen um die geröteten Augen ein wenig zusammen, drückte ihre Zunge von innen gegen ihre Backe und ließ diese da hin- und herwandern. Dann verschränkte sie demonstrativ ihre Arme vor Uwe. Dieser hatte sich inzwischen auch im Schneidersitz vor sie gehockt. Zwei, drei Sekunden verstrichen.

»Und?!«, sagte Uwe nun schelmisch und fordernd zugleich. Er fragte sich, was Magda da gerade machte.

Forderte sie ihn irgendwie heraus?

War sie etwa eifersüchtig?

Magda hörte nicht auf, diese gekonnt, kokette Sturheit zu zelebrieren.

Ihre Zunge war jetzt in die andere Backe gewandert.

So kannte Uwe seine Magda gar nicht.

Weitere Sekunden verstrichen.

»Ne, oder? Echt jetzt! Echt jetzt!!«, sagte Uwe schließlich laut lachend mit theatralisch nach oben gereckten Armen und setzte nach: »Du bist eifersüchtig! Du bist voll eifersüchtig!«

»Nein! Bin ich nicht! Nein! Nein! Nein!«, protestierte Magda ebenfalls laut lachend. Ihre Hände verselbstständigten sich und schlugen neckisch auf Uwe ein, der sich in gespieltem Protest versuchte, mit seinen Armen Deckung zu verschaffen.

»Nein! Nein! Nein, bin ich nicht!«, echote es weiter aus Magdas Mund.

»Was bist du denn dann? Hahaha!«, fragte Uwe, der jetzt versuchte mit schnellen Bewegungen seines Oberkörpers Magdas Geklatsche auszuweichen.

Unvermittelt hörte Magda auf, rückte noch etwas näher an Uwe heran, ihre Nasenspitzen berührten sich jetzt fast.

»Ich bin verliebt Uwe!.. Ich.., ich liebe dich! Und das ist alles so schrecklich, wir ziehen weg.. Und du triffst dich jetzt auch noch mit anderen Mädchen«, sagte Magda fest und schon schossen ihr wieder Tränen in die Augen.

Schnell wischte sie die Zeichen ihres Kummers mit einer Handbewegung beiseite.

Uwe war ob dieser Offenbarung wie erstarrt, er bekam Gänsehaut, ein unbekanntes Kribbeln begann im Rücken und wogte dann wie eine nicht aufzuhaltende Brandungswelle hinunter zum Po, auf dem er saß, bis in seine Beine und Füße.

Und dann geschah es.

Bevor Uwe es hätte verhindern können, gab er ihr einen schnellen Kuss.

Seine Gedanken fingen an Purzelbäume zu schlagen. Sein Herzschlag setzte für einen Moment aus und Uwe hatte das Gefühl, er müsste auf der Stelle einmal um die Welt fliegen, um dann am anderen Ende verkünden zu können, was eben passiert war.

Und die beiden jungen Menschen, Kinder, die sie noch waren, erlebten in diesem Moment, was Liebe bedeutete. Ein neues Kapitel in ihrem Leben hatte sich soeben geöffnet und dieses Stück Geschichte gehörte nur ihnen beiden. Die erste, wahre Liebe.

Es bedurfte keiner weiteren Erklärung seitens Uwe, was die Sache mit der Feier bei Jaqueline betraf. Es gab schlicht nichts zu erklären. Sie waren Kinder, keine sich handfest streitenden Erwachsenen oder sich in einem übersteigerten Rausch befindliche Jugendliche. Sie waren so unschuldig, wie man es nur sein konnte.

Magda und Uwe verbrachten noch zwei ganze Stunden zusammen auf der Bank. Magda erzählte Uwe, dass ihr Vater, weil er nicht nur ein Förster war, sondern auch ein Beamter, sich einer Versetzung nicht widersetzen konnte. So hatte dieser es ihr erklärt. Ihr Bruder Gunnar blieb hier, genauso wie auch ihre beiden anderen Brüder Sven und Martin, die mit ihrer Ausbildung noch nicht fertig waren. Sie hätten schon eine Wohnung drinnen in der Stadt. Sobald die Ausbildung der beiden Jüngeren erfolgreich beendet sei, hatte Magda berichtet, war geplant, dass die Brüder dann auch alle nachkämen an den neuen Wohnort. Aber sie und ihr kleiner Bruder Siegfried müssten eben jetzt schon mit.

Zum Abschied holte Uwe vorsichtig das sorgsam eingepackte Foto für seine Liebste aus der Satteltasche seines

Fahrrades.

Wie erwartet, freute sich Magda unsagbar über das Bild mit ihr und Uwe vor dem Chevrolet, das nun zu einem Abschiedsgeschenk wurde.

»Wo zieht ihr denn überhaupt genau hin? Wie heißt das denn da?«, fragte Uwe, während sie Hand in Hand zu Magdas Elternhaus gingen.

»Der Ort heißt St. Oswald.«

»Das ist bestimmt sehr weit weg..«

»Ja, das ist es wirklich, mit Besuchen und so, das wird schwierig.«

Kurz bevor das Forsthaus, in dem die Familie Ruppert lebte, in Sicht kam, hielt Magda inne und ging noch einmal auf Uwe zu. Sie nahm seine Hände in ihre, setzte ihm noch einen wunderbar süß und wild zugleich schmeckenden schnellen Kuss auf den Mund und sagte nur noch: »Leb‘ wohl Uwe!«

Der erwiderte: »Ich werde dich besuchen Magda. Ich werde kommen. Ich verspreche es. Spätestens, wenn ich Auto fahren kann.«

Magda wandte sich rückwärtsgehend von Uwe ab. »Ich werde dir schreiben..«, waren ihre letzten Worte, bevor sie sich umdrehte und in Richtung des alten Forsthauses rannte.

Es waren gemischte Gefühle, die Uwe auf seinem Nachhauseweg begleiteten.

Auf dem Weg zurück zum Baggersee fiel Uwe auf, dass die Heidelbeeren reif waren, bald würde er wieder mit seiner Mutter und seinen Geschwistern mit den Milchkannen hierherkommen und welche sammeln.

Und auch die ersten Brombeeren fielen ihm auf, wie sie in den dornigen Zweigen hingen, überall dort, wo genug Licht auf die Triebe fiel. Und es machte ihn traurig, dass ihn dieses Jahr keine plötzlich vor ihm stehende Magda erschrecken würde.

Wieder am Baggersee angekommen, hob Uwe sein Fahrrad

auf, setzte sich drauf und fuhr heim. Unterwegs hörte er Gewehrschüsse und Manöverlärm. Aber er schaute nicht mehr nach links und nach rechts. Versonnen trat er in die Pedale, den Blick nachdenklich nach vorne gerichtet. Die Kette grölte gröse, er musste sie mal wieder ölen, dachte er sich.

Zuhause angekommen stellte Uwe sein Rad unter der Halle ab und ging ins Haus. Er wurde vom Geräusch der Dampfmaschine begrüßt, mit der sein Bruder Erwin gerade spielte. Es pfiff und zischte und schmurgelte, beim Vorbeigehen warf er einen Blick in Erwins Zimmer, sein Bruder schob gerade ein Stück Esbit unter den Kessel, um die Maschine noch mehr auf Touren zu bringen.

In der Küche blubberte es in einem großen Topf und Uwe wusste ob des leckeren Geruchs, der in der Luft lag, was es heute zu futtern gab. Mutti kochte eine Fleischsuppe.

»Hallo mein Bub! Magst du mir ein bisschen helfen, heute gibt's eine schöne Fleischsuppe!«, begrüßte sie ihn.

»Boah! Lecker! Machst du auch Markklößchen und Leberklößchen dazu? Und Flädle?«, wollte Uwe wissen, während er in den Topf schaute. Und da sah er auch schon die delikaten grauen und weißen Klößchen darinnen schwimmen.

»Ich habe sie schon reingetan, sie müssen nur noch gar ziehen Uwe. Schau mal, ich habe hier ein Probeklößchen von jedem, magst du schon mal probieren?«

Und wie er wollte!

Immer wenn seine Mutti Fleischsuppe kochte, wusste Uwe, war das ein Großkampftag in der Küche. Die Leber musste gemahlen werden, dafür hatten sie einen Alexander-Fleischwolf mit einer großen Handkurbel.

Gemäß eines alten Hausrezeptes ihres Vaters Winfried wurde auch ein Viertelpfund gemischtes Hackfleisch unter die Lebermasse gemischt. Dazu kamen ein Ei, ein eingeweichter Weck, Salz, Pfeffer, Maggi sowie eine Prise Majoran, ein Löffel Mehl und Semmelbrösel. Wenn dann die Klößchen fertig geformt waren, war es ganz wichtig, dass diese, bevor sie in die Suppe kamen, noch in Gries gewälzt wurden. Die Markklößchen wurden ganz ähnlich vorbereitet. Zunächst schabte man das Mark aus einigen Rinderknochen heraus. Dieses wurde dann in einem Topf mit einer klein geschnittenen Zwiebel angeschwitzt. Uwe hatte dabei seiner Mutter schon oft geholfen, er musste dann immer peinlich darauf achten, dass die Zwiebel im Topf nicht braun wurde. Sobald die Masse dann etwas abgekühlt war, vermischte man auch diese mit einem aufgeweichten, ausgedrückten Weck. Dazu kamen dann feingehackte Petersilie und Muskat. Dann, wie bei den Leberklößchen, Salz, Pfeffer, Maggi und ein Ei. Ebenso Gries und Semmelbrösel. Zum Schluss wurden kleine Kugeln geformt, die dann das gleiche Finish mit Gries erfuhren, wie die Leberklößchen auch.

Die Suppe, die schon vorher aufgesetzt wurde, bekam ihre Kraft durch die Markknochen, die übrig waren. Und natürlich durch das Rindfleisch, am besten ein Stück Wade. Einen Lauch, ein Stück Sellerieknolle, Karotten und eine Zwiebel gab man als Ganzes in die Brühe, die dann mindestens eineinhalb Stunden köcheln musste. Ein Lorbeerblatt durfte auch noch mitkochen, das sorgte für eine delikate Note. Ganz am Ende wurde die Suppe mit Maggi abgeschmeckt.

»Du kannst mir Petersilie kleinschneiden Uwe und die Pfannkuchen, die ich bereits gestern gemacht habe, noch in Streifen schneiden. Das stellen wir dann alles auf den Tisch und jeder nimmt sich, was er will.«

Am Abend saß die ganze Familie am Küchentisch zum Essen. Wenn es Mutti Gerdas Fleischsuppe gab, brauchte man nichts mehr anderes, um den Bauch voll zu bekommen. Die klare Brühe mit den Klößchen und den Pfannkuchenflädle darinnen hatte absoluten Suchtfaktor. Manchmal tat Uwes Mutter, kurz bevor die Suppe fertig war, noch einige kleine Suppennudeln dazu, heute waren das Buchstabennudeln.

Die ganze Familie machte sich einen Spaß daraus, ihre Namen an den Tellerrand zu legen, dabei machte sogar Papa Hermann mit, der sonst nie für solchen Schabernack beim Essen zu haben war.

Papa war ziemlich ausgelassen, was Uwe vermuten ließ, dass da heute schon einige Flaschen Bier mehr im Spiel waren, als üblich.

Lotte berichtete von ihrer Ausbildung zur Schneiderin, Vroni wurde wegen ihres wirklich sehr guten Zeugnisses gelobt, sie hatte eine glatte eins in Deutsch!

Und Erwin ließ seine Familie wissen, dass er am kommenden Wochenende mit seinem Freund Theo in den Steinbruch gehen würde, um dort Spessartine zu suchen, das waren kleine Halbedelsteine, die man dort im Gneis finden konnte.

Theos Vater hatte Erwin zu diesem Hobby animiert. Dieser hatte seine ganze Wohnung vollgestellt mit Steinen und Kristallen verschiedenster Art.

Amethyst-Drüsen, Achatscheiben, Sandblumen, Bergkristalle, Turmaline, sogar Opale, Türkise und Achate konnte man bei Theo daheim bestaunen. Manchmal durfte Uwe mit, um dann dort mit seinem großen Bruder und dessen Freund Theo Asterix & Obelix-Hefte zu lesen.

Am Abend ging Papa Hermann früh ins Bett, er hatte heute den ganzen Tag auf einer der Obstwiesen gearbeitet, war dort mit dem Leiterwagen alleine hingelaufen, hatte den ganzen Tag die Sense geschwungen und war dementsprechend müde.

Mutti Gerda, Uwe und seine Geschwister schauten zusammen Fernsehen. Heute kam der Große Preis mit Wim Thoelke.

In der legendären Quiz-Show bekamen drei Kandidaten Fragen zu einem Fachgebiet gestellt, in dem sie sich auskannten. Man konnte ungeheuer viel lernen in dieser Sendung und deshalb legte Mutti Gerda auch sehr viel Wert darauf, dass ihre Kinder solche Sendungen regelmäßig mit ihr schauten.

Erst viel später reflektierte Uwe, dass seine Mutti Gerda das ziemlich raffiniert angestellt hatte, ihre Kinder zu bilden und ihnen alles Mögliche beizubringen. Bei Uwe zu Hause wurde auch tagsüber nicht einfach irgendein Radiosender gehört. Mutti Gerda achtete hier immer auf Abwechslung. So lernte Uwe auch sehr früh sehr viel über Musik. Was eine Oper war und was eine Operette. Wie sich ein Volksmusikstück von einem Schlager oder Swing Jazz unterschied oder was der Unterschied zwischen einem Symphonischen Orchester war und einer Blaskapelle.

Auch die Künste im Allgemeinen kamen nie zu kurz. Uwe und seine Geschwister kannten alle Museen in Aschaffenburg, er hatte bestimmt schon zwanzigmal die Folterkammer im Stiftsmuseum bestaunt.

Am beeindruckendsten fand Uwe aber die Naturkundeausstellung im Schönborner Hof. Da ging auch sein Bruder Erwin gerne mit, wegen der vielen Mineralien, die man da bewundern konnte.

Uwe bekam jetzt auch wieder seinen Ferienpass, mit dem man während der ganzen Sommerferien kostenlos das ganze Stadtbusnetz nutzen konnte. Es war, neben regelmäßigen Besuchen auf dem Exe, eine der hauptsächlichen Ferienbeschäftigungen von Uwe und seinen Freunden, mit den Stadtbussen alle Stadtteile Aschaffenburgs zu erkunden. Das Wasserwerk, der Park Schönbusch, die Innenstadt, das dortige Schöntal, den Stadtteil Damm, wo man beim Eis-Himmel das beste Eis der Stadt bekam, der Haupt- und der Südbahnhof, all das waren begehrte Ziele. Und natürlich das Freibad.

Da der nächste Tag sehr heiß wurde, beschlossen er und seine Freunde am nächsten Tag tatsächlich ins Freibad zu fahren. Da sie ihren Ferienpass erst noch bekommen würden, fuhren sie mit dem Rad.

Dort, wo das berüchtigte Hefner-Alteneck-Viertel begann, also das Fortschuma genannte Höllenloch Schweinheims, hörten die Freunde auf zu reden und traten stattdessen stärker in die Pedale. Man musste das nicht mehr extra betonen: Wenn es die Bavariastraße runterging, musste man schnell sein. Da die genannte Straße auf dem Hinweg zum Stadtbad abschüssig war, war die Durchfahrt in diese Richtung relativ risikolos, da man dann schneller fahren konnte, als wenn man bergauf fahren musste. Trotzdem erreichten auf der etwa dreihundert Meter langen Wegstrecke übelste Beschimpfungen die Ohren von Uwe, Robert, Harry und Bernd.

Auf Mittlerer Höhe sah Uwe sogar zwei der Jackson-Gebrüder, wie sie rauchend und nur mit Feinripp-Unterhemden über ihren muskulösen Oberkörpern bekleidet, vor der Kneipe standen. Einer von beiden machte Anstalten auf sie zu zustürzen und laut »Buh!« zu rufen, was die Jungen dazu animierte noch schneller, als ohnehin schon, in die Pedale zu treten. Als sie die skrupellosen Schläger hinter sich gelassen hatten, lachten diese laut auf und wanden sich dann wieder um in Richtung Kneipe.

Das Fortschuma blieb noch lange ein Brennpunkt in Aschaffenburg.

Sogar Schießereien gab es dort. Einmal, viele Jahre später erst, wurde sogar ein Polizist Opfer eines solchen Anschlags.

Ein Mann hatte sich mit seiner Ex-Freundin in seiner Wohnung verschanzt. Am Ende starben die Frau, ein Polizist und auch der Täter, der am Ende Selbstmord begangen hatte.

Das Aschaffenburger Freibad war gut gefüllt.

Uwe und seine Freunde hatten es sich auf der großen Liegewiese hinter dem Sprungturm gemütlich gemacht. Hier zu sitzen war besonders klasse, weil man von hier aus den ganzen Amis zuschauen konnte, wenn die den Sprung vom Zehner wagten.

Während Uwes Freunde nur ein Thema im Kopf hatten, nämlich die Feier bei Jaqueline am kommenden Wochenende, fühlte er sich etwas sentimental, er dachte nur an Magda. Wahrscheinlich war diese jetzt schon unterwegs in den Bayerischen Wald… Seine Freunde wussten nichts von seiner zarten Liaison mit der Förstertochter und er hatte auch kein Interesse zu viel von seinem Geheimnis preiszugeben. Harry wusste in jedem Fall, dass er ab und zu Magda nach der Schule nach Hause begleitete, Uwe hatte seinem besten Freund aber glaubhaft versichert, dass er das nur tat, weil ihn seine Mutti darum gebeten hatte, was dieser auch prompt für bare Münze hielt.

Harry kannte Uwes Mutter und wusste deshalb, wie hilfsbereit diese immer war. Und wenn er bei Uwe zu Besuch war, bekam er auch immer etwas Leckeres zum Essen angeboten, manchmal gab es sogar leckeren Rhabarberkuchen oder Obstboden, immer wurde geteilt. Zudem sorgte sich Uwes Mutter auch immer um den Nachbarsjungen, behandelte diesen mit genauso viel Wertschätzung und Achtsamkeit wir ihre eigenen Kinder, fragte immer nach, wie es ihm ginge und ob sie was für ihn tun konnte. Deshalb war es völlig logisch gewesen, schlussfolgerte Harry, was ihm Uwe als Begründung für seine regelmäßigen Gänge mit Magda in den Wald aufgetischt hatte.

»Ich gehe mal ne‘ Runde..«, sagte Uwe zu seinen Freunden, die gerade in einer intensiven Diskussion darüber waren, was man mitbringen wollte zu Jaqueline.

Es war ein übliches Ritual, wenn man im Stadtbad war, ab und zu eine Runde zu gehen. Das bedeutete, dass man eine große Runde über sämtliche Liegewiesen der mehrere Hektar großen Anlage machte, um alle Schwimmbecken herum, am Planschbecken für die ganz Kleinen vorbei, hinter zu den Tischtennisplatten und das Außenschachspiel passierend, wo auch die vielen Umkleiden waren.

Als Uwe im hinteren Bereich angekommen war, wo die Amis gerne Basketball spielten, sah Uwe einen älteren Jungen mutterseelenallein im Rollstuhl sitzen.

Zunächst dachte er sich nichts weiter dabei. Nur aus reiner Neugierde schaute er noch einmal hin. Sein Herzschlag erhöhte sich massiv, als er erkannte, wer es war. Das war eindeutig Bomber!

Uwe blieb wie angewurzelt stehen und starrte einfach nur auf diesen Kerl, der da etwa dreißig Meter entfernt von ihm in seinem Rollstuhl saß und scheinbar bewegungslos in eine Richtung starrte, dorthin, wo die muskelbepackten Amis ihre überschüssige Kraft in das Basketballspiel steckten. Der Anblick hätte gegensätzlicher nicht sein können.

Dort junge Männer auf dem Zenit ihrer Vitalität, hier ein gebrochen wirkender, fast schüchtern aussehender, blasser Jugendlicher, der gerade keine große Freude am Leben hatte.

Und Uwe musste an die Sachen denken, die seine Mutter ihm von Bomber erzählt hatte.

Da Uwe nun völlig ratlos war, wie er sich verhalten sollte, war er geneigt, sich einfach umzudrehen und wieder zurück zu den anderen zu gehen. Doch gerade, als er das tun wollte, drehte Bomber seinen Kopf und schaute in seine Richtung. Bombers Kopf bewegte sich etwas nach vorne, als hätte er etwas Bestimmtes, sein Interesse erweckendes, gesehen. Und dann ging auch schon seine rechte Hand hoch.

Als Uwe nicht sofort reagierte, winkte Bomber noch einmal und machte eine einladende Handbewegung. Jetzt wurde Uwe klar, dass Bomber ihn offenbar erkannt hatte. Langsam lief Uwe in Bombers Richtung, dieser wiederum umgriff die Reifen seines Rollis, um sich auch in Bewegung zu setzen.

Bevor Uwe etwas sagen konnte, sprach Bomber erste Worte der Begrüßung: »Ja kuckma da! Schon lange nicht mehr gesehn‘, was? Der Käpt’n! Alles fit im Schritt?« Bombers Stimme klang lange nicht mehr so kraftvoll und überbordend, wie sie es früher einmal gewesen war. Aber Uwe war erleichtert, dass sich das ehemalige Schubladen-Arschloch, das dieser Junge mal in seinem Kopf gewesen war, offenbar einen gewissen Witz bewahrt hatte.

»Bei mir schon…«, sagte Uwe. Mehr fiel ihm gerade nicht ein, bevor er weitersprach. »Tut dir irgendwas weh? Wirst du wieder irgendwann gehen können? Ich hatte deinen Bruder mal getroffen, den Gregor.«

»Da tut gar nichts weh. Da tut überhaupt nix mehr irgendwas Käpt'n.« Bomber schlug mit seinen Fäusten mehrmals auf die Oberschenkel, die unter einer dünnen Decke versteckt waren. Bombers Oberkörper war nackt.

»Ganz schön scheiße..«, sagte Uwe knapp.

»Ach was, ich komm hier jetzt durchn Hintereingang rein, ich muss keine Treppen mehr steigen und den Sportunterricht kann ich jetzt auch schwänzen, wann ich will«, sagte Bomber mit Galgenhumor und einem vielsagenden Blick in Richtung der Amis am Basketballplatz.

»Warum hast du damals gelogen, wie ich gefragt habe, wo das Auto her ist? Wenn ich gewusst hätte, dass das geklaut ist, wäre ich da nie mitgefahren«, sagte Uwe.

»Hähähä«, lachte Bomber und plötzlich klang seine Lache wieder wie früher. »Hörma, dafür, dass das Auto geklaut war, haste aber ganz schön viel Schbass gehabbt! Hähähä! Und ich sag's dir nochma. Ich hab's mir ausgehliehen. Des war das Auto von meim Onkel. Und vom Onkel klaut man nix. Wenn man sich vom Onkel was nimmt und wieder bringt, dann ist das ausgeliehn, nicht geklaut. Basta. Ich hätts ihm ja wieder gebracht, wenn der Scheißunfall nicht passiert wäre..«

Uwe verrollte die Augen. Bomber schaute jetzt in die Ferne und seine Stimme war wieder die neue von vorhin: »In dem Moment, wo ich dir gesagt habe, dass das die Karre von meinem Onkel ist, und dass ich mir die ausgeliehen hab, hab ich das genauso gemeint.«

»Kannst du mit dem Rolli länger rumfahren?«

»Klar, was hasten vor?«

»Jetzt kommst du erstmal mit zu meinen Freunden hinten am Sprungturm. Und wenn du die Strecke schaffst, gehen wir beide nächste Woche auf den Exe.«

»Hähähähähä! Na dann ma los!«

»Ja, dann mal los. Hahahaha!«

Geräiste

»Uwe! Jetzt mach ma hinne! Ich muss auch mal ins Bad!«, rief Erwin durch die verschlossene Türe.

»Ich bin gerade eben erst reingegangen! Was soll das? Du hättest die ganze Zeit schon reingekonnt, du hast nur gewartet, bis ich rein bin, gib's zu!«

»Was erzählst du denn für einen Quatsch! Ich muss jetzt rein! JETZT! Verstehst du! Nicht vorhin!«, Erwin genoss es, seinen Bruder zu drangsalieren. Gerade hier und jetzt, gerade heute.

Denn natürlich wusste Erwin, dass Uwe heute bei einigen Mädchen eingeladen war und sich gerade JETZT im Bad fertig machen wollte.

Uwe hörte durch die verschlossene Türe, wie Erwin sich nun bei der Mutter in der Küche beschwerte. »Sag dem Uwe mal, dass ich mal ins Bad muss, ich mach' mir gleich in die Hose! Der soll die Türe aufmachen!«

So ein Pimmel, dachte sich Uwe, Erwin wusste ganz genau, dass Mutter gerade genug zu tun hatte. Diese war gerade mit dem Einkochen der neuen Brombeermarmelade beschäftigt, da durfte man den Topf nicht alleine lassen. Aber Uwes Bruder war vollkommen egal, ob die Marmelade jetzt überkochte oder am Ende sogar der ganze Herd so eingesaut war, dass Mutter Gerda ihn wieder eine Stunde schrubben musste.

Erwin interessierte gerade nur eines, dass er Recht bekam.

Also ließ er nicht locker, ohne Erbarmen quengelte er so lange weiter, bis er seine Mutter soweit hatte, dass sie doch schnell den Kochlöffel beiseitelegte.

Kurz darauf pochte es an der Türe und Erwin hörte Muttis aufgebrachte und gestresste Stimme: »Jetzt mach' sofort die Türe auf Uwe! Der Erwin macht sich gleich in die Hose, der wird doch mal auf's Klo können, während du dich fertig machst, da ist doch nichts dabei! Das wird ja immer schöner!« Die Mutter der beiden Jungs rannte sofort wieder in die Küche, gerade noch rechtzeitig, der Schaum wallte schon bis an den Topfrand.

Wiederwillig schloss Uwe die Türe auf, woraufhin sein Bruder sich mit verstecktem Grinsen an ihm vorbeischob, bis zur Toilette hinter dem Waschbecken. Als Erwin Anstalten machte, sich die ganze Hose runterzuziehen, ahnte Uwe sofort, worauf das jetzt hinauslief.

»Oh nein! Du hast gesagt, du musst nur klein! Kackst du jetzt auch noch oder was?«, schrie Uwe nun fast.

»Ahja, jetzt muss ich halt groß, kann ich auch nix für, hahaha.., was soll ich denn jetzt machen? Sag du es mir, hahaha! Haste gleich dein Parfüm drauf für heute Abend, hahaha!«, und da saß Erwin auch schon auf der Schüssel. Er drückte, bis sein Gesicht ritzerot war und dann furzte und knatterte es auch schon deutlich hörbar im Bad. »Boooohooaah, tut das gut«, seufzte Erwin in spielerischer Erleichterung und grinste Uwe dabei fies an. Er amüsierte sich mit widerlicher Freude über Uwes Entsetzen.

Uwe hielt die Luft an und blieb gerade erst Recht im Bad, er dachte gar nicht daran, dieses zu verlassen.

»Geh raus du Schbassti! Ich will mir den Arsch abwischen!«,

sagte Erwin dann mit zerknitterter Zornesfalte auf der Stirn.

»Ich denke gar nicht daran, du behinderter Vollpfosten!«, konterte Uwe eiskalt und machte sich weiter fertig. »Jetzt wartest du, bis ich fertig bin!«

»Mutti! Muuuttiiiii! Der geht nicht raus! Ich muss mir den Arsch abwischen!« schrie Erwin nun um Uwe herum, in der Hoffnung, dass ihn seine ihm allseits gut zugeneigte Mutter erneut erhören würde.

»Da kannste jetzt warten, bis du schwarz wirst, Volldepp!«, sagte Uwe, »Mutti kümmert sich jetzt um ihre Marmelade und um sonst gar nichts.«

»Du blödes Arschloch! Jetzt mach dich raus hier!« krähte Erwin ekstatisch weiter.

»Nein!« sagte Uwe nur mit nassem Gesicht, während er den Wasserhahn zudrehte. Dann angelte er in aller Ruhe seine Zahnbürste aus dem Zahnputzbecher, gab Zahnpasta darauf und steckte sich alles in den Mund. »Jetscht gehisch rausch und du kannscht dir deinen verschischenen Arsch ohne Klopapier abwischen«, nuschelte Uwe und verließ umgehend das Bad, um sich seine Zähne am Küchenwaschbecken fertig zu putzen.

Während er die Badtüre hinter sich zuzog, war es nun er, der sich ein Grinsen nicht verkneifen konnte.

Uwe war natürlich nicht blöde, er hatte schon vorher geahnt, was sein verkackter Bruder machen würde, deshalb hatte er als allererstes, nachdem er das Bad betreten hatte, die Klopapierrolle verschwinden lassen.

Uwe hatte es sich zur Gewohnheit gemacht, immer dann, wenn er auf die Toilette musste, zuerst zu schauen, ob noch Klopapier da war, um dann erst welches aufzufüllen, falls es leer war. Denn so ziemlich nichts war beschissener, als sich den Hintern abwischen zu wollen und dann festzustellen, dass man das nicht konnte, weil kein Klopapier greifbar war. Und bei Uwe zu Hause war das Klopapier oft leer, weil weder sein Vater, noch sein Bruder Erwin, neues holten, wenn sie dieses leer gemacht hatten. Und genau deshalb wusste Uwe vor ein paar Minuten auch, dass Erwin sicher nicht vorher nachschauen würde, ob noch Klopapier da war. Wieder einmal hatte er seinen großen Bruder drangekriegt, Uwe freute sich wie ein Schnitzel, der Abend fing bestens an.

»Ey, du Arschloch! Wo ist das Klopapier! Du völlig bescheuerter Hohlkopf! Du bist so eine hirnamputierte Hackfresse! Bring mir sofort das Klopapier!..«, krakelte Erwin hinter der verschlossenen Türe.

»Mutti! Muuuttiiiii!«, schrie er, aber die war jetzt in höchster Konzentration mit ihrer Marmelade beschäftigt.

Uwe beeilte sich mit dem Zähneputzen am Küchenwaschbecken, damit er weg war, bis sein Bruder wieder aus dem Bad rauskam.

»Tschüss Mutti! Bis später!«

»Vergiss das Glas Honig und das Glas Marmelade für Jaquelines Eltern nicht Uwe! Dann mal viel Spaß! Und wenn du doch abgeholt werden musst, dann sag Bescheid, dass uns jemand anruft, hörst du! ..«, sagte Uwes Mutter, ohne den Blick von ihrer Arbeit zu lassen. Hochkonzentriert füllte sie dunkelrote Marmelade eilig in die vorbereiteten Gläser.

Erwins verzweifelte Rufe ließen nicht nach, aber dieses Mal bekam er keine Antwort mehr, er musste JETZT selber zusehen, wie er klar kam.

Uwe verließ das Haus, unten auf dem Gehweg vor dem Hoftor wartete schon Harry auf ihn. Sie machten sich sofort auf den Weg.

Nach etwa zwanzig Minuten kamen sie in der Bayerwaldstraße 27 an.

Der weite und äußerst gepflegte Garten war von einem dunkelbraun gestrichenen Jägerzaun eingerahmt. Im Garten gab es nur einen großen Rasen mit einem mächtigen Kirschbaum in der Mitte. Hinter dem Jägerzaun wuchs eine Thujahecke, die Sichtschutz bot. Das augenscheinlich noch sehr neue Haus sah aus wie eine kleine Villa.

»Guten Abend! Wir sind Uwe und Harry. Dürfen wir reinkommen?«, fragte Uwe die unglaublich nett lachende Frau, die ihn und Harry mit dem strahlendsten Lachen empfing, das er je bei einer Frau diesen Alters gesehen hatte.

Bevor die Frau, die augenscheinlich Jaquelines Mutter war, ein weiteres Wort sagen konnte, hielt ihr Uwe auch schon das Glas Honig und das Glas Marmelade hin. Harry hatte als Gastgeschenk einen bunt bemalten Tontopf mitgebracht, in dem ein kleiner Kaktus eingepflanzt war.

»Ooooh! Der ist aber schön der Kaktus! In einem blauen Topf! Priiiiima! Der passt ja ganz hervoooorragend in unsere Wohnung! Ooooh! Und ist das Honig! Und Marmelaaade! Ist das alles selbst gemacht? Habt ihr etwa Biiiienen? Kommt doch rein! Kommt doch rein! Wir freuen uns soooo mit Jaqueline und den anderen Mädchen, dass ihr alle zugesagt habt! Kommt reiiiiin!«, sang die Frau die beiden Jungen förmlich in ihr Heim hinein.

Anschließend nahm der Abend von null auf hundert seinen Lauf. Die Feier bei Jaqueline war die beste Feier, die Uwe in seinem jungen Leben je erlebt hatte. Jaquelines Eltern waren so nett, so selbstverständlich und klug in allem, so unglaublich modern, weltoffen und gebildet, dass Uwe gar nicht wusste, wie ihm dort geschah. Eine so tolle Familie hatte er noch nie erlebt. Jaquelines Eltern musste man sofort mögen.

Jaquelines zwei Geschwister waren auch total nett, alle gingen ungeheuer liebevoll miteinander um.

Feine Natursteinfliesen bedeckten den Boden, überall lagen kostbare Teppiche, die Wände waren mit modernen Bildern und vielen Fotos bedeckt, im Wohnzimmer lagen aufwändig gearbeitete Patchworkdecken auf der Couch, alles harmonierte farblich miteinander, dort standen zwei wertvolle Ledersessel, hier stand eine sündhaft teuer aussehende Stehlampe, deren kugelförmiger Glasschirm über dem edlen Marmortisch schwebte. Vor einem offenen Kamin lag irgendein Tierfell. Der modernste Fernseher stand in der passgenau eingebauten Wohnzimmerschrankwand, und an allen möglichen Plätzen lagen wertvolle Bildbände bereit, als seien sie Teil eines kunstvoll erdachten Gesamtdesigns. Großblättrige Zimmerpflanzen erweckten einen mondänen Eindruck und orientalisch anmutender, gelochter Zierrat aus einem golden schimmernden Blech, veredelte alles.

Uwe erfuhr, dass die zuletzt genannten Stücke Mitbringsel aus einem Familienurlaub in Marokko waren. Sie stammten von einem großen Markt in einer Stadt namens Marrakesch.

Viele frische Blumensträuße, die allerdings nicht von der Wiese gepflückt waren, sondern augenscheinlich aus der Gärtnerei stammten, erfüllten die Wohnung mit ihrem frischen Duft. Alles sah so aus, wie eines dieser Schaufenster in einem dieser teuren Möbelhäuser in der Stadt.

So etwas kannte Uwe nicht. Harry erging es nicht anders.

Als sie zu Beginn der Feier die Treppe ins Dachgeschoss hochgingen, staunte Uwe über die vielen farbigen Urlaubsfotos der Familie. Fast immer war darauf das Meer zu sehen oder schneebedeckte Berge. Die Bilder mit den bunten Märkten waren bestimmt in diesem Marrakesch gemacht worden, mutmaßte Uwe.

Einige Bilder zeigten sogar Palmen und echte Sanddünen in einer Wüste und Menschen mit langen Gewändern. Auf Nachfrage bekam Uwe erklärt, dass diese Bilder in Saudi Arabien entstanden waren, wo Jaquelines Vater länger zur Arbeit war.

Jaquelines Mutter war eine erfolgreiche Künstlerin.

Ihre beeindruckenden Holzskulpturen standen in jeder Ecke der Wohnung und machten dieses Zuhause vollends zu einem mondänen Ort. Was Uwe jedoch am meisten beeindruckte war, dass er Jaquelines Vater den ganzen Abend nicht mit einer Flasche Bier sah. Die Mutter sowieso nicht. Stattdessen saßen die beiden zusammen, wohlgemerkt zusammen(!), auf der Wohnzimmercouch, eng aneinandergekuschelt, und tranken einen Wein, während sie im Fernsehen ein klassisches Konzert anschauten.

Und beide(!) rauchten!

Nicht nur der Vater, wie bei ihm daheim.

So hatte Uwe seine eigenen Eltern noch nie gesehen, was ihn einerseits etwas peinlich berührte und andererseits aber auch einen kleinen Stich in die Brust rammte.

Der absolute Kracher aber war: In diesem Haushalt gab es einen echten VHS-Videorekorder!

Das klassische Konzert, das Jaquelines Eltern schauten, lief nämlich nicht im regulären Programm, sondern kam von einer echten Videokassette. Jaquelines Eltern waren somit, schätzte Uwe, die ersten Menschen in ganz Schweinheim, die so ein Gerät besaßen.

Uwe kam den ganzen Abend nicht mehr aus dem Staunen heraus. So sah das also aus, wenn eine Familie anders mit sich selbst im Speziellen und mit den Dingen im Allgemeinen, lebte. Und Uwe wusste, dass ihm diese Art zu leben, gefiel. So wollte er das auch einmal haben, wenn er groß war.

Alles, was er bisher kennengelernt hatte und gesehen hatte, egal, bei welchem seiner Freunde er schon einmal zu Besuch war, war eine komplett andere Welt. Nein, das hier war die andere Welt, das, was er bisher gesehen hatte, das war einfach nur die Normalität. Das hier war Luxus.

Jaqueline, Anette, Conny und Steffi waren allerbestens vorbereitet. Als Uwe und Harry das komplett mit Holz verkleidete Dachgeschoss betraten, wurden sie lautstark empfangen.

Bernd und Robert waren auch schon da.

Das Dach war nicht weniger beeindruckend, wie die darunter befindliche Wohnung. Eine Giebelseite war komplett mit großen

Glasfenstern ausgestattet, das halbe Dachgeschoss war ein einziger, großer Raum, der Boden war vollständig mit einem dunkelbraunen Teppich ausgelegt. Eine noch größere Couchgarnitur, als sie schon unten im Wohnzimmer stand, beherrschte diesen Raum.

Drumherum waren viele Tische aufgebaut, auf denen es Schnittchen, Knabbersachen, einige Salate und einen Topf mit heißen Würstchen gab. Jaquelines Mutter wuselte sofort umher und fing an, alles für das Essen fertig zu machen. Als sie alle Alufolien von den angerichteten Leckereien entfernt hatte, entfernte sie sich schnell, nicht ohne den Kindern jetzt einen schönen Abend zu wünschen.

Die Zeit verging im Flug.

Sie hörten den ganzen Abend Musik von Abba, den Bee Gees und von Fleetwood Mac. Dafür stand ein eigens aufgestellter Plattenspieler bereit.

Ein ganzes Sortiment verschiedenster Brettspiele lag bereit, sie spielten Karten, die Jungs ließen sich von den Mädchen schminken und umgekehrt. Sie spielten Blinde Kuh, Topf schlagen, Schokolade essen und Armer schwarzer Kater.

Aber der absolute Höhepunkt des Abends war: Flaschendrehen. Und so geschah es, dass Uwe zum zweiten, dritten, vierten und fünften Mal innerhalb weniger Tage von einem Mädchen geküsst wurde. Und mit ihm seine Freunde Harry, Robert und Bernd.

Die Jungen konnten gar nicht glauben, was ihnen hier geschah und nicht nur einmal fragten sie sich in den nächsten Tagen, was diese vier wunderbaren Mädchen an ihnen fanden. An ihnen, die sich bisher für völlig durchschnittlich hielten und ganz und gar nicht zu irgendeinem Beuteschema passend. Plötzlich waren Harry, Uwe, Robert und Bernd die Helden im Erdbeerfeld auf dem Pausenhof. Und nicht mehr Ossi und Moritz. Ossi und Moritz waren ab sofort einfach niemand mehr.

Pünktlich um 22:00 Uhr wurden die Jungen von Jaquelines Vater mit dessen nagelneuem Mercedes Benz Kombi nach Hause gefahren. Als Uwe wieder sein Zuhause betrat, hatte er das Gefühl gerade eben von einer Reise mit einem Raumschiff zurückgekommen zu sein. Eben noch war er auf Reisen in weit entfernten Galaxien, jetzt war er wieder hier in seiner Realität. Seine Mutter Gerda lag im Wohnzimmer und war auf dem Fernsehsessel eingeschlafen, weder seine Schwestern, noch sein Bruder waren zu sehen, alle waren schon in ihren Zimmern verschwunden. Nur sein Vater Hermann war noch wach. Er saß rauchend in der Küche und las die Zeitung. Ein leerer Teller und einige Bierflaschen standen daneben.

Nach einem Blick auf den Herd, wo noch eine Pfanne stand, wusste Uwe, dass sein Vater heute Geräiste gegessen hatte.

Geräiste waren Bratkartoffeln, die seine Mutter gerne mit klein geschnittener Hausmacher Wurst, gewürfelten Sauren Gurken, geviertelten Tomaten und gehackten Zwiebeln zu etwas machte, was andere Köche auch gerne als Bauernfrühstück bezeichneten. Dieses Essen gab es immer, wenn noch Kartoffeln vom Vortag übrig waren oder wenn es mal schnell gehen musste, weil Mutti Gerda keine Zeit hatte, um aufwändiger zu kochen. Nichtsdestotrotz liebte Uwes Vater dieses Essen, genauso wie auch Uwe.

Papa Hermann, der seinen Sohn erst jetzt bemerkte, sagt: »Naaaa, mein Fregger! Simmer wieder da?« Mit glasigen Augen grinste Uwes Vater seinen Sohn an, bevor eine weitere Bemerkung seinen Mund verließ: »Haste dein Schbass gehabt?«

»Ja Papa, es war total toll!« antwortete Uwe fröhlich in die dicke Luft, die er von daheim gewohnt war. Zumindest abends. Jeden Morgen wurde von Mutti Gerda immer sofort gelüftet.

»Haste noch Hunger? Magste noch was essen? In de Panne is‘ noch was drinne!«, waren die nächste Worte des Vaters.

»Oooh! Lecker! Geräiste!«, antwortete Uwe. Und obwohl er

pickepackesatt war, holte er sich einen Teller aus dem Schrank, schaufelte sich die Reste der Bauernpfanne darauf und setzte sich gerne zu seinem geliebten Geschichtenerzählerphilosophier-Papa. Das war der haargenau richtige Abschluss für so einen tollen Tag, fand Uwe.

So saßen sie noch eine geschlagene Stunde, während derer sein Vater ihn auf den neuesten Stand brachte über die RAF, Franz Josef Strauß und Helmut Schmidt. Und heute erfuhr Uwe auch wieder etwas mehr über Herbert Wehner.

Uwe, der inzwischen fünf Mädchen geküsst hatte, bilanzierte, er war jetzt so langsam auch in einem Alter, wo man richtig ernsthaft mit ihm über solche Sachen, Politik und so, reden konnte, nicht mehr nur so, wie man mit kleinen Kindern redet. Uwe war heute wieder ein Stückchen größer geworden.

Als Uwe am nächsten Morgen, einem herrlichen Sonntagvormittag, den Frühstückstisch aufsuchte, saß sein Bruder dort schon.

Erwin blätterte in einem Buch.

Als sich Uwe dazusetzte, stellte Erwin das aufgeklappte Buch hochkant so vor sich, dass es nun als Wand zwischen ihm und Uwe stand. Dann nahm Erwin den Milchbeutel und das Marmeladeglas und stütze das Buch damit von hinten ab. Das alles geschah völlig wortlos. Der Milchbeutel wurde nicht etwa ordentlich in die Hand genommen, Erwin packte diesen einfach oben an dem durchstochenen Schnuddel und zog ihn dann daran über den Tisch. Etwas Milch schwappte aus dem Beutel.

Uwe schaute mit leerem Blick nur fassungslos zu.

Weder seine Mutter, noch sein Vater, sagten dazu auch nur einen Ton. Uwe schätzte, sein Vater hätte vielleicht etwas gesagt, wenn er gekonnt hätte. Konnte er aber nicht, weil seine Frau eines nicht zuließ: Dass ihrem lieben Erwin auch nur ein Häärchen gekrümmt wurde. Uwes Vater konnte sich daheim alles erlauben, nur eines nicht: Gegen Erwin gehen. Wenn sich irgendjemand gegen Erwin richtete, und seine Mutter bekam das mit, mutierte Uwes Mutter von einem Moment auf den anderen zu einem Racheengelmonster, mit dem wirklich niemand etwas zu tun haben wollte. Noch nicht einmal Papa Hermann.

Das war wie so ein Automatismus.

Vermutlich konnte sie gar nichts dafür, hatte sich Uwe schon gefragt.

Vielleicht war es auch eine Krankheit.

Normal war dieses völlig absurde Verhalten jedenfalls nicht, dachte Uwe. Es war mindestens krankhaft.

Uwes Schwestern waren nicht da.

Die hätten vielleicht etwas gesagt.

Lotte war bei solchen Sachen immer sehr mutig.

Die getraute sich, den Mund aufzumachen, auch wenn es wehtat. Die kannte da nichts.

Aber Uwes Schwestern waren beide nicht da, schon am frühen Morgen waren sie mit Freunden zu einer Radtour aufgebrochen.

Es war noch nicht einmal einen ganzen Tag her, überlegte Uwe, dass er erlebt hatte, wie ein Familienleben ohne so einen Menschen, wie sein Bruder einer war, aussehen konnte. Und jetzt war er wieder hier, in seiner Welt. Und musste das ertragen.

Es gab Schlüsselmomente im Leben eines jeden Menschen. Die letzten Tage im Leben von Uwe, eigentlich die letzten zwei Wochen, oder sogar zwei Monate, waren voller merkwürdiger Schlüsselmomente gewesen. Wie Dominosteine fielen gerade viele Bastionen seines verbackenen, verkrusteten Lebens um. Und Uwe wurde in diesem Moment klar, dass das eine Entwicklung war, die gut war. Weil es eine Entwicklung war und kein Stillstand. Und nur die Weiterentwicklung war normal, begriff er plötzlich. So normal, wie das, was er gestern erlebt hatte. Das sollte normal sein. Und da sprach sein Verstand nicht von dem Luxus, der da geherrscht hatte. Es ging um die Art, wie man miteinander umging. Das hatte mit Geld und Reichtum gar nichts zu tun.

Das hier, sein Bruder und alles, was er bislang, fälschlicherweise, für normal hielt, das war abnormal und konnte somit nicht länger sein Maßstab sein. Sein Bruder, der gerade hinter diesem Buch saß, würde niemals im Leben solche Schlüsselmomente haben.

Sein Bruder würde für immer und ewig in seiner versponnenen Dauerschlaufe hängen bleiben.

Erwin würde sich niemals ändern, Erwin würde noch in fünfzig Jahren die Brotkruste nicht mitessen, das wusste Uwe seit gerade eben mit absoluter Sicherheit.

Es gab überhaupt nur zwei Berufe, die sich Uwe für seinen Bruder vorstellen konnte: Schiffschaukelbremser oder Campingplatzbesitzer irgendwo in der DDR.

Was las Erwin überhaupt?

Die Worte Parapsychologie und Telekinese konnte Uwe trotz der Milchpackung und des Marmeladenglases auf dem halb verdeckten Buchtitel erkennen.

War sein Bruder jetzt auf so einem Uri-Geller-Trip oder sowas?

Uwe schüttelte mit dem Kopf, nahm sich eine Scheibe Brot und beschmierte diese mit Butter und Honig. Das Marmeladenglas wollte er jetzt nicht anfassen oder berühren, am Ende würde ihn sein Bruder womöglich mittels Telepathie zwingen, vom Balkon zu springen oder so etwas.

Als Uwe mit Frühstücken fertig war, hatte sich sein Bruder immer noch hinter dem Telekinese-Klimbim-Buch versteckt.

Uwe nahm seinen Kaffeelöffel aus der Tasse und verbog diesen heimlich unter seinem Tisch, dann legte er diesen wieder hin, etwas weiter weg von seinem Platz. Er tat dies ganz beiläufig, damit es niemand mitbekam.

Als er anschließend aufstand, um den Tisch zu verlassen,

räumte er noch sein Geschirr in die Spüle.

Erst dann sagte Uwe mit verwundert klingender Stimme und völlig wie nebenbei: »Mutti, warum ist denn dieser Löffel hier verbogen? Wer war denn das? Wer macht denn sowas?«

Erwins Kopf schoss im gleichen Moment um die rechte Ecke seiner Buchsichtschutzwand, seine Augen suchten und fanden den verbogenen Löffel, woraufhin seine rechte Hand schnell wie ein Chamäleon nach dem Löffel griff und diesen mit sich nahm. Kopf, Erwin, Löffel, alles war nach zwei Sekunden schon nicht mehr zu sehen.

Nach zwei weiteren Sekunden legte Erwin den nun geraden Löffel wieder für alle sichtbar auf den Tisch und sagte mit todernster Stimme: »Das muss ich gewesen sein, ich habe gerade was mit meinen Gedanken ausprobiert, Entschuldigung. Ich habe den Löffel wieder gerade gemacht, aber nicht mit den Händen, mit Telekinese.«

»Waaaas? Wiiirklich? Mit Telechinesen? Ja saaag maaal!«, sang dann Uwes Mutter, genau wie am Vorabend Jaquelines Mutter, mit gespieltem Erstaunen und breitem Lachen.

Der Erwin, sein Bruder, er war eben ihre Nummer eins.

Uwe verdrehte die Augen und verließ die Küche.

Am frühen Nachmittag machte sich Uwe auf, um Bomber zu besuchen.

Harry, Robert und Bernd, die den jetzt im Rollstuhl sitzenden Jungen im Schwimmbad kennengelernt hatten, wollten auch mitkommen.

Der Plan war, dass alle ihre Fahrräder mitbrachten. Uwe und seine Freunde hatten vor, ihre Räder mit dicken Seilen vor Bombers Rollstuhl zu spannen, um so mit ihm raus auf den Exe zu düsen.

Als Uwe bei Bomber zu Hause ankam, war er etwas früher dran, darum bat ihn Bomber zunächst rein. Dieser war gerade alleine zu Hause.

Wie es der Zufall wollte, hatte Bombers Familie schon immer in einer sehr bescheidenen Parterrewohnung gelebt. Treppenstufen oder andere Hindernisse für Rollstuhlfahrer gab es nicht.

Als Uwe, der das erste Mal bei Bomber zu Besuch war, ihn auf diesen Umstand direkt ansprach, bewies dieser einmal mehr, dass er sich trotz des schweren Schicksalsschlags seinen wirklich sehr trockenen Humor bewahrt hatte, denn er antwortete: »Naja, für irgendwas muss es ja gut sein, dass wir keine Kohle haben und deshalb schon immer in sonem feuchten Keller wohnen müssen..«

»Naja, jetzt übertreibst du aber Bomber, ein feuchter Keller ist das nicht, ist halt ne einfache Wohnung.«

»Einfach, zweifach, dreifach, alles egal, Hauptsache keine Treppen, hähähä, odder?«, witzelte Bomber, der sich schon ungewöhnlich geschickt mit seinem Rollstuhl bewegte.

Uwe begleitete Bomber in dessen Zimmer, wo er noch was holen wollte, um dies mitzunehmen.

Als Uwe Bombers Zimmer betrat, fiel sein Blick zuerst auf einige kleine Hantelstangen und auch auf drei Paar verschieden großer Fingerhanteln. Sofort nahm Uwe eine der Hanteln hoch und dann drückte er auch einige Male auf den Fingerhanteln herum.

»Jo Käpt‘n, ich trainiere jeden Tag, nächste Woche sind Bundesjugendspiele, weißte.., hähähä«, kommentierte Bomber, was Uwe tat.

»Haha, du fährst auch schon ziemlich gut Rollstuhl, muss ich sagen, ich habe eben ganz gestaunt, wie du gewendet hast«, setzte Uwe das Gespräch fort.

»Jaa, anscheinend habe ich Talent…«, sagte Bomber nachdenklich und schaute auf einen Zeitungsartikel, der an der Wand hing, er war nur mit zwei Reißnägeln befestigt. Er zeigte ihn, Richi und Kobra am Autoscooter auf der Schwoier Quetschekuchekerb im vergangenen Jahr. Uwe konnte sich noch gut an den denkwürdigen Boxabend erinnern.

»Kuck Uwe, an dem Abend warst du da auch. Und da bist du auch daheim abgehauen, ohne dass irgendjemand was gewusst hat. Erzähl mir nix. Niemals hätt dich Deine Mutter da hingelassen.. Was hättsten gemacht Uwe, wenn da irgendwas Saudummes passiert wäre im Zelt? Und da is ja scho sauviel Dummes passiert an so Abenden auf der Quetschekuchekerb..«

Uwe schaute betroffen zu Boden, das ganze Thema war ihm unangenehm, es war alles noch so frisch.. Am liebsten wollte er das alles vergessen.

Und Bomber, der eisenharte Bomber, bekam gerade dicke Augen.

»Wir sollten rausgehen, die anderen warten bestimmt schon draußen«, sagte Uwe schnell und ging vor.

Harry, Robert und Bernd waren tatsächlich schon da. Und jeder von Ihnen hatte ein dickes Tau um den Hals hängen.

»Hähähä, was wirdn das? Gehen wir aufne Bergtour?«, amüsierte sich Bomber.

Gut zwanzig Minuten später rauschten die Fünf schon am Exe auf der Straße neben dem großen Gelände entlang, als seien sie ein Schlittenhundegespann auf Abwegen. Bomber, der logischerweise am Ende dieser Seilschaft hing, reckte seine Arme in die Höhe und schrie vor Freude.

Das hier, fand er, fühlte sich gerade genauso an wie damals, als er mit Richi, Kobra und dem Käpt'n in dem weißen BMW seines Onkels hier entlanggefahren war.

Seine Schlittenhunde drehten sich zu ihm um, aber ohne mit dem Treten aufzuhören, und stimmten in sein Lachen mit ein.

Hasenbraten *(30. Januar 2028)*

»Wer klopft zur Mittagsstunde? Herein, herein!«, sagte Uwe laut mit einem Lächeln auf den Lippen, natürlich wusste er, wer es war. Er stellte das immer noch unangetastete Glas Eierlikör noch einmal zurück auf den Tisch und machte Anstalten, vier weitere Gläser aus dem Herrgottswinkel zu holen, als sich die Küchentüre auch schon öffnete.

Es war seine Tochter Karin, die zuerst den Kopf durch die Türe steckte. »Hallo Paps!«, sagte sie herzlich und trat mit einem liebevollen Lächeln in die Küche.

»Und der Ofen ist auch schon angeschürt, wie schön!«, hörte er nun Barbara, die ihrer jüngeren Schwester auf den Schritt folgte und sofort ihre ausgestreckten Hände über der Herdplatte wärmte, dabei schnupperte sie auffällig in der Küche herum. »Mmmmh! Und hier riecht's so gut! Hast du dir etwa Äppelränzjen gemacht?«

»Du und dein feines Näschen Babsi! Ha!«, freute sich ihr Vater.

Anschließend betrat Christian, Uwes Sohn, die Küche. Er war

seiner Mutter wie aus dem Gesicht geschnitten, dachte Uwe nicht zum ersten Mal und war stolz auf seinen Jüngsten. »Hallo Papa!«, sagte Christian und drückte ihn fest zur Begrüßung.

Uwes Kinder waren alle schon groß und erwachsen, Karin und Barbara hatten selbst schon eine junge Familie, schon zweimal hatten sie ihn zum Opa gemacht und seine Frau zur Oma. Aber die Männer von Karin und Barbara waren heute nicht dabei. Die waren mit den Kleinen daheim geblieben.

Christian hatte seit etwa zwei Jahren eine feste Freundin, sie hatten auch schon über das Heiraten gesprochen, aber vorher wollte Christian noch seinen Meister machen.

Uwe lugte mit vier leeren Schnapsgläsern in der Hand um die Ecke in den Flur. Als er dort niemanden sah, fragte er konsterniert: »Wo habt ihr eure Mutter gelassen?«

»Hat sie dir nichts gesagt?«, antwortete Karin erstaunt.

»Nein. Was hätte sie mir sagen sollen?«

»Na, dass sie noch mal kurz wo hin will, Sie kommt dann gleich nach, hat sie gesagt.«

Nun klinkte sich Barbara, die noch immer ihre Hände über dem Ofen wärmte, in das Gespräch ein: »Naja, vielleicht ist sie ja einfach ein bisschen sentimental, sie hat sich immer sehr gut mit Oma verstanden. Dass ihre geliebte Schwiegermutter jetzt nicht mehr lebt, das hat sie schon sehr mitgenommen Papa.«

»Ja, das geht mir ja genauso.., wollen wir schon mal?«, fragte Uwe seine Kinder und hob die leeren Gläser hoch.

»Au ja, Tante Klärchens Eierlikör! Haha! Mach mal die Luft aus den Gläsern Vadder!«, trug nun auch Christian überschwänglich etwas zur Unterhaltung bei.

»Haha! Christian, du erinnerst mich gerade an jemanden«, sagte darauf sein Vater, der begann, die Gläser zu füllen.

»So? An wen denn Papa?«

»An einen alten Arbeitskollegen deines Opas, Christian. Schmidtchen hieß der. Den hast du nie kennen gelernt. Der lebt auch schon lange nicht mehr, aber der war auch immer so gut gelaunt, hat nie Trübsal aufkommen lassen, genau wie du gerade eben.«

Gerade als Uwe den letzten Satz beendet hatte, hatte er auch das vierte Schnapsglas mit Eierlikör befüllt. Er hielt kurz inne, um die Flasche abzustellen und sein Glas in die Hand zu nehmen, dann sprach er weiter: »Ich möchte euch allen im Namen eurer Oma danken. Es war ihr ausdrücklicher Wunsch, dass wir nicht traurig sind, wenn sie uns verlässt. Ihr habt das schon gestern, bei der Beerdigung, sehr, sehr gut gemacht. Wir alle, vor allem ich, hatten eine so schöne Zeit mit ihr, dafür sind wir dankbar. Genauso dankbar, wie wir für die Zeit mit eurem Opa Hermann waren, bis der letztes Jahr schon mal vorgegangen war, dorthin, wo eure Oma jetzt auch ist. Lasst uns unser Glas erheben, auf eure Großeltern und meine Eltern!«

Wie es der Zufall wollte, hatte sich noch niemand hingesetzt, seit es geklopft hatte. So erhoben sie denn auch stehend ihre Gläser hoch über dem alten Küchentisch mit der alten Wachstischdecke. Das Knistern des Holzes im Ofen bekam kurz akustische Gesellschaft von dem Klirren der kleinen Schnapsgläschen, als diese von Uwe, Karin, Barbara und Christian aneinandergestoßen wurden.

…

Der See war zugefroren.

Von den Amerikanern war weit und breit nichts mehr zu sehen, alles, was an sie hätte erinnern können, war nicht mehr vorhanden, war zurückgebaut, demontiert, entsorgt worden.

Nach der deutschen Wiedervereinigung vor nun weit über dreißig Jahren hatte sich die weltpolitische Lage gewandelt und die Amis hatten fast das ganze Land und damit auch den Exe verlassen. Der war mittlerweile ein Naturschutzgebiet, auf dem

Przewalski-Pferde grasten.

Sie wollte unbedingt erst noch einmal hierher.

Alleine.

Bevor sie zu den anderen fuhr, die gerade in der Ebersbacher Straße auf sie warteten.

Ein Kreis hatte sich geschlossen, als Gerda gestorben war. Ihre liebe Schwiegermutter war das letzte Bindeglied zu ihrer Kinderaugenvergangenheit gewesen, das sie noch gehabt hatte. Jetzt gab es niemanden mehr, zu dem sie noch hätte aufschauen können. Jetzt gehörte sie altersmäßig zu denen, die als nächstes dran waren.

Es ging alles so schnell, wo waren nur die letzten vierzig Jahre geblieben? Genau genommen waren es einundvierzig Jahre. Noch genauer genommen waren es fünfzig Jahre.

Vor ziemlich genau fünfzig Jahren hatte sie sich hier von Uwe verabschiedet.

Genau hier.

Seitdem war sie nie wieder hierher zurückgekehrt.

Seltsam.

Sie war oft genug in Schweinheim bei ihren Schwiegereltern zu Besuch gewesen. Aber hier an den Baggersee war sie nie wieder gegangen. Noch nicht einmal mit den Kindern. Uwe war bestimmt einige Male mit Karin, Barbara und Christian hierher spaziert, überlegte sie, ganz bestimmt sogar, so wie das sein Vater auch immer mit ihm gemacht hatte. Aber während er das getan hatte, stand sie immer mit Gerda in der Küche, um mit ihr zusammen deren alte Gerichte nachzukochen. Sie wollte die knappe Zeit immer nutzen, um so viel wie möglich lernen zu können, über diese einzigartige, alte Art zu kochen, wie sie Gerda noch gelernt hatte in der Nachkriegszeit.

Magda war heute, schon viele Jahre, Besitzerin und Küchenchefin eines überaus erfolgreichen Gourmet-Restaurants im Bayerischen Wald, das sie zusammen mit Uwe führte.

Das Lokal befand sich in einem Nachbarort von St. Oswald, wo sie mit ihren Eltern vor fünfzig Jahren hingezogen war, weil ihr Vater dort eine Stelle als Förster angetreten hatte. Das Lokal hieß »Der Alte Fritz«. Die geniale Idee für diesen Namen hatte ihr Mann Uwe gehabt, weil die meisten Gerichte, die sie anbot, irgendetwas mit Kartoffeln zu tun hatten.

Uwe hatte ihr erklärt, es sei König Friedrich der Zweite von Preußen gewesen, der auch Friedrich der Große oder eben schlicht »Der Alte Fritz« genannt wurde, welcher der Kartoffel in Deutschland zum Durchbruch verholfen hatte. Der alte Preußenkönig lebte von 1712 bis 1786, also gut zweihundert Jahre, bevor sie selbst mit ihrer Kochausbildung begonnen hatte.

Magda lächelte jetzt, den Blick immer noch über dem zugefrorenen See.

Als sie im dritten Ausbildungsjahr gewesen war, das war vor genau einundvierzig Jahren, und am späten Abend gerade völlig fertig in der Küche stand, kam ihr Chef zu ihr und teilte ihr konfus mit, dass da draußen im Gastraum fünf junge Männer stehen würden, die sie, die Auszubildende, sofort sehen wollten. Da Magda aufgrund ihrer Fähigkeiten schnell zu einem unverzichtbaren Teil der Küchenbrigade geworden war, konnte sie sich einiges erlauben. Sie hatte ihrem Chef furztrocken ins Gesicht gesagt, dass sie gar nicht daran denke, jetzt da raus zu gehen, sie stünde seit zwölf Stunden auf den Beinen, jetzt sei Feierabend, er könne sie mal und sie musste noch den Herd schrubben, hatte sie selbstbewusst in der Küche herumposaunt.

Magda hatte sich früh Respekt in der Küche verschafft, der raue Ton war kein Problem für sie, sie war schließlich mit vier Gebrüdern und mitten im Wald groß geworden.

Und sie arbeitete wie ein Flusspferd, wenn es sein musste.

Ihr Chef knallte dann doch einen Teller in die Ecke, als seine Auszubildende es wagte, so mit ihm zu reden und erklärte ihr dann unmissverständlich, dass sie jetzt raus gehen solle zu diesen

Burschen. Diese fünf jungen Männer würden darauf bestehen, genau jetzt genau sie zu sehen und sie ließen sich auch nicht abwimmeln. Sie seien sehr teuer gekleidet, hatte ihr Chef sie immer lauter werdend wissen lassen und er sei heute auch mit den Nerven komplett durch und sie solle sich jetzt zusammenreißen, genau wie er das auch tue. Basta!

Dann hatte er wieder etwas leiser werdend angemerkt, das Quintett habe sogar einen Hundertmarkschein in die Trinkgeldkasse an der Theke gesteckt.

Und die seien mit einem nagelneuen 450er Mercedes SEL gekommen.

Er hätte ja auch keine Ahnung, was das für jungen Leutchen seien.

Und sie hätten sich auch eingebucht, in die Gästezimmer. Für das ganze Wochenende.

Deswegen solle sie doch jetzt bitte sofort zusehen, dass sie draußen erscheinen würde.

Und er hatte ihr erklärt, sie wisse doch, wie das sei.

Manchmal kämen eben Leute, die kannte man nicht, und dann endete das peinlich, wenn man nicht sofort, quasi »tout de suite!«, zur Stelle war. Sie seien doch Profis hier.

Und auch wenn diese Gäste noch so jung waren, dass es schwer vorstellbar war, dass die so viel Geld hatten, so musste man doch jeden Gast ernst nehmen, der Kunde sei schließlich König.

»Hopphopphopp!«, hatte ihr Chef abschließend gesagt und in die Hände geklatscht, und sie aufgefordert, sich zu beeilen, es gäbe schließlich noch mehr zu tun hier.

Dann war er verschwunden und hatte sie alleine gelassen mit der Situation.

Man musste Folgendes wissen: Ihr Chef hatte mit seinem Restaurant vor vier Jahren einen Michelin-Stern erkocht und seitdem war er richtiggehend panisch, wenn fremde, augenscheinlich wohlhabende Menschen, sein Lokal betraten. In jedem dieser Menschen sah er, im schlimmsten Fall, getarnte Inspektoren, die sein Lokal unter die Lupe nehmen wollten. Und Magdas Chef war so vernarrt in diese Vorstellung, dass er es sogar für möglich hielt, dass die Franzmänner tatsächlich fünf junge Milchgesichter aus Deutschland für diese Aufgabe rekrutieren würden. Dem Auto nach zu urteilen, mit dem sie gekommen waren, könne das durchaus so sein, hatte ihr Chef auf seinem Verdacht beharrt.

Magda war völlig vor den Kopf gestoßen, genervt und total überfordert. Der Tag heute war hart gewesen.

Ihr erster Gedanke war, wie sie jetzt gerade aussah, mit ihren fettigen Haaren und der dreckigen Kochschürze.

Der zweite Gedanke war, wer in Herrgottsnamen wollte sie jetzt sehen?

Welche fünf jungen Männer?

Wer aus ihrem Bekanntenkreis hatte ein solches Auto? Niemand!

Es kam zwar öfter vor, dass gutbetuchte Gäste das feine Lokal betraten, in dem sie lernte. Aber weder sie, noch irgendjemand sonst in ihrem Bekanntenkreis spielte in einer Liga, in der man sich solche Autos leisten konnte.

Hatten sich ihre Brüder wieder irgendeinen Unfug ausgedacht?

Nein, das konnte es nicht sein, ihr Chef kannte ihre Brüder inzwischen.

Magda hatte sich kurz am Küchenwaschbecken frisch gemacht, dann ging sie, ein eingeübtes, entspannt aussehendes Gesicht machend, nach vorne in den Gastraum. Dort angekommen verschlug es ihr komplett die Sprache. Sie hielt sich eine Hand vor den Mund und konnte nicht glauben, wen sie sah.

Ihr Chef stand daneben, feixend und sich zusammen mit dieser bunten Truppe, die alles andere als wohlhabend aussah, schieflachend. Das alles war ein mieses, abgekartetes Spiel gewesen!

Einer der jungen Männer saß im Rollstuhl, das musste Bomber sein!

Nein!

Das war unverkennbar Bomber!

Daneben standen Harry, Robert, Bernd und.. Uwe! Uwe.. Sie hatte diese Menschen seit bald zehn Jahren nicht mehr gesehen, sie und Uwe hatten sich immer nur geschrieben und Fotos zugeschickt, über die ganze Zeit hinweg, sie hatten nie damit aufgehört.

Und jetzt stand er hier vor ihr.

Beide waren aufeinander zugestürzt und hatten sich dann umarmt und nicht mehr losgelassen. Und dann machte sogar Bomber Anstalten aufzustehen, Harry und Bernd halfen ihm dabei und gaben ihm einen Gehstock, den Robert bereitgehalten hatte.

»So ganz kann ich nicht auf den Rolli verzichten Magda, aber zur Feier des Tages lasse ich es mir nicht nehmen! Menschenskinder! Hähähä! Magda! Jetzt komma her! Uwe hat so viel von Dir erzählt…«, sagte Bomber dann mit vor Ergriffenheit brüchiger Stimme, den freien Arm ausgebreitet.

Magda ließ ihren Uwe los und nahm nun tränenüberströmt Bomber in den Arm. Schließlich kamen sie alle zusammen und bildeten ein undurchdringliches, heulendes Knäuel.

Magdas Chef holte Bier und Schnaps und dann setzten sich alle gemeinsam an einen der vielen Tische des inzwischen leeren Lokals. Alles Weitere hatte dann seinen Lauf genommen.

Magdas Chef war begeistert gewesen von den alten Freunden seines Lehrmädchens. Und er betonte mehrmals, dass ihm das so einen großen Spaß gemacht habe, diesen Schabernack mitzumachen.

Abschließend gab er Magda das ganze Wochenende frei, sodass die fünf jungen Leute Zeit füreinander hatten.

Magda hatte schnell gemerkt, dass es natürlich Uwe war, der schon lange Kontakt zu ihrem Chef aufgenommen hatte und mit dem zusammen diese ganze Show von langer Hand vorbereitet hatte.

Seitdem waren die Sechs unzertrennlich gewesen. Über alle Entfernung und Distanz hinweg.

Uwe hatte wenige Jahre später seine Zelte in Aschaffenburg abgebrochen und war zu ihr gezogen, um sich mit ihr zusammen ein Leben im Bayerischen Wald aufzubauen. Uwe vergaß dabei aber nie seine Eltern und seine Heimat, er pendelte häufig hin und her. Darüber hinaus übernahm er die Erziehung der Kinder und kümmerte sich um alle möglichen Dinge des Alltags, damit Magda den Rücken frei hatte für das Lokal und die Karriere. Später, als die Kinder größer wurden, halfen alle tatkräftig mit im Geschäft.

Heute hatten sie einen prosperierenden Familienbetrieb und eine Wohnung, von der Uwe oft stolz sagte, sie sähe fast genauso aus, wie die von Jaquelines Eltern damals, in der Bayerwaldstraße.

An Abenden, wo das Lokal geschlossen war, genossen er und Magda es, abends einfach nur eng aneinandergekuschelt auf der Couch zu sitzen und einen Wein zu trinken. Manchmal lief dabei Klassische Musik.

Ganz und gar unglaublich war damals gewesen, wie Uwe zu dem Mercedes gekommen war. Denn das war keine Finte ihres Lehrherrn gewesen, dass die fünf jungen Männer mit einem nagelneuen 450er Mercedes gekommen waren. Das war tatsächlich so.

Uwes Eltern hatten das Auto im Auftrag von Frau Mützerer für ihn gekauft. Und bar bezahlt. Sie wollten das erst nicht, aber Frau Mützerer hatte darauf bestanden und damit gedroht, wenn sie das nicht tun würden, würde sie das ganze schöne Geld, das der Kurt im Haus versteckt hatte, der Kirche spenden. Das war der Moment, wo Uwes Vater Hermann abends in der Küche ein

Machtwort gesprochen hatte: »Isch glaub, es geht los! Des mache mir nit, die Pfaffe bekomme des Geld nit! Morgen wird des Auto gekaaft!«

Als Uwe dann, wenige Wochen nach seinem achtzehnten Geburtstag, wieder zu Frau Mützerer ging, um für sie einzukaufen, hatte die ihm einfach so das Auto geschenkt.

»Das hat dir doch immer so gut gefallen, das Auto von dem Kurt, wenn der mal da war«, hatte Frau Mützerer gesagt. Weil Uwe keinen Ton rausgebracht hatte, er hatte nur Augen für das blütenweiße Auto, ergriff sie wieder das Wort: »Naja, der Kurt kommt ja schon seit Jahren nischt mehr Uwe, der hat doch abhaue müsse, der is jetzt irschendwo, isch weiß gar nit wo genau, der kommt nischt mehr heim, aber der hat hier immer Geld versteckt. Was will isch denn mit dem viele Geld? Da hab isch gedacht, isch kauf dir jetzt ein Auto.«

Das Fahrrad, das sich Uwe von seinem ersten Geld, das er bei Frau Mützerer verdient hatte, gekauft hatte, brauchte er seitdem nicht mehr. Uwe und seine Freunde hatten sich noch am gleichen Tag abends getroffen, beinahe sofort wurde der Plan geschmiedet, mit dem schicken Auto Magda zu überraschen.

…

Wie lange stand sie jetzt schon hier in der Kälte?

Magda wusste es nicht.

Erschrocken drehte sie sich um, stieg in ihr Auto und wollte sofort zu den anderen fahren, die warteten jetzt schon lange genug. Bevor sie ihren Wagen startete, öffnete sie das Handschuhfach, griff hinein und holte eine alte Fotografie heraus. Es zeigte sie und Uwe vor einem hellblauen Chevrolet Impala. Das Bild wurde da vorne an der amerikanischen Kneipe namens Ora gemacht, die nicht mehr existierte. Kein Stein stand da mehr, nur noch die ehemals betonierte Bodenplatte war vage zu erkennen.

Magda legte das Foto wieder vorsichtig zurück ins Handschuhfach, dann fuhr sie los.

Als Magda in der Ebersbacher Straße eintraf, wurde sie von allen Anwesenden herzlich begrüßt. Die Stube war warm, eine fast leere Eierlikörflasche stand auf dem Tisch. Außer ihrer Familie waren inzwischen auch Bomber, Lotte und Vroni gekommen.

Auch Erwin, Uwes Bruder, war da. Aufgrund seiner Leibesfülle hatte der sich etwas abseits in die Ecke der Küche gesetzt. Alle anderen saßen in erster und zweiter Reihe um den Tisch, die Küche war voll.

Erwin sah nicht gut aus, aber insgesamt machte er einen zufriedenen Eindruck, fand Magda. Uwes ehedem ständig herumstänkernder Bruder war mit dem Alter ruhiger geworden. Bräsig grinsend nickte er erkennend in Richtung Magda. »Ei Magda, Un? Wie?«, sagte er nur.

Und Magda antwortete, so wie es im Schweinheim ihrer Kindheit üblich war: »Hinne de Orsch, vorne die Knie! Weißte doch Erwin, gell, hahaha!«

Die nächsten zehn Minuten wurde viel durcheinandergeredet. Als es etwas ruhiger wurde, war es Bomber, der das Wort ergriff: »Hähähä! Hey! Dem Käpt'n seine ganze Familie is hier und ich bin mittendrin! Wasn hier los? Hähähä! Ihr fragt euch bestimmt, warum ich euch gestern nach der Beerdigung gebeten hab, noch einmal hierherzukommen, hab ich recht?«

Alle schwiegen, weil sie am Tonfall Bombers hörten, dass das, was er hier und heute zu ihnen zu sagen hatte, nur etwas mit Gerda zu tun haben konnte.

Bomber war während der letzten vierzig Jahre zu einem engen Freund der Familie geworden. Es gab nie etwas, was er schenken hätte können, aber er hatte Zeit und das war etwas, was er geben konnte.

Und da Bomber sonst zu niemandem im Ort einen engeren

Bezug hatte, bis heute wollten die Schweinheimer wegen der Geschichte damals nichts von ihm wissen, wurde aus der Freundschaft zu Uwe, die kurz nach seinem Unfall begann, eine Freundschaft zu Uwes ganzer Familie.

Als dann Uwe und seine Geschwister mit den Jahren das große Haus verließen, drohten Gerda und Hermann in ihrem weitläufigen Anwesen zu vereinsamen.

Lotte lebte mit ihrer Familie in Stuttgart. Vroni wohnte in Berlin und Erwin war, nachdem seine erste Ehe gescheitert war, vor zweiundzwanzig Jahren zu seiner neuen Lebensgefährtin in die Uckermark gezogen, nach Ostdeutschland. Mandy betrieb dort, nahe der polnischen Grenze, einen Campingplatz im Oderbruch, Erwin half, seit er zu seiner Freundin gezogen war, mit. Beide lebten bescheiden, aber zufrieden davon.

Es war ein Gewinn für alle gewesen, dass dann Bomber zur Stelle war. Sogar Erwin unterstützte die Idee, Bomber jetzt noch mehr in die Familie zu integrieren. Und so wurde Bomber, schon im Erwachsenenalter, zu so etwas wie einem Ersatzkind für Gerda und Hermann.

Trotz seiner Behinderung schaffte er im Garten mit, so gut er das konnte. Er brauchte für alles etwas länger und er konnte auf keine Bäume klettern, aber er war da. Gerda hatte jemand, den sie bekochen konnte und Hermann hatte jemanden, mit dem er abends am Tisch philosophieren, Bier trinken und rauchen konnte.

»Bevor ihr euch eure schönen Köppe zermartert, warum ihr hier seid, soll ich euch einen schönen Gruß von der Gerda, von eurer Mutter, ausrichten.« Bomber griff, während er das sagte, in eine mitgebrachte Aktentasche, die neben seinem Rollstuhl hing, auf den er noch immer nicht ganz verzichten konnte, und holte ein großes Kuvert heraus, das er nun vor sich auf den Tisch legte. Dann holte Bomber eine Brille aus derselben Tasche und teilte der verblüfften Runde mit (sie hatten Bomber noch nie mit Brille gesehen): »Eure Mutter hat euch einen Brief geschrieben, den lese ich euch jetzt vor.«

»Meine liebe Familie,

wenn ihr diese Zeilen hört, aus dem Mund von Peter, dann bin ich nicht mehr. Ich bin dann bei meinem Hermann, meinem Mann, den ich immer geliebt habe, auch wenn es nicht immer einfach mit ihm war. Aber nun ja, ich wollte ihn haben, ich wollte es ja nicht anders, aber das ist eine andere Geschichte.

Weswegen ihr jetzt hier seid, das hat nichts mit eurem Vater zu tun, das hat nur mit eurer Mutter, mit mir, zu tun. Und mit der Mutter eurer Mutter, eurer Oma Hedwig.

Bevor ich weitermache mit dem eigentlichen Grund dieses Briefs an euch, möchte ich aber zunächst ein persönliches Wort an euch richten.

Ich beginne mit Dir Lotte, weil Du die Älteste bist. Du warst mir immer eine fabelhafte, älteste Tochter gewesen, die »Große«. Wir waren beileibe nicht immer einer Meinung mit allem, aber Du warst mir immer ein Kind gewesen, wo man sich schnell ein Zweites wünscht, weil Du einfach so süß warst, als Du noch ganz klein warst. Und Du bist mir ähnlicher, als Du es vielleicht wahr haben willst Lotte. Fühle Dich von mir gedrückt! Und grüße mir Deinen lieben Mann Günther und Deine Tochter Lieselotte ganz herzlich! Gib beiden einen Kuss von mir!

Ich mache mit Dir, Vroni, weiter. Du warst von allen in unserer Familie immer die Klügste. Häufig hast Du auf Deine größere Schwester aufgepasst, statt umgekehrt. Ich bedaure es bis heute, dass Du als kleines Kind, als Du an den Windpocken erkrankt warst, ich es nicht fertig gebracht habe, bei all der täglichen Arbeit, die ich wegen Kindern und Haushalt hatte, darauf aufzupassen, dass Du im Bett liegen bleibst, um Dich auszukurieren. Du bist ständig herumgerannt und am Ende hat sich die Krankheit auf Deine Augen geschlagen. Deswegen siehst Du so schlecht. Was ich nie vergessen habe, wie Du mich beim Sammeln der Heidelbeeren im Sommer 1977 gefoppt hast! Weißt Du noch, wie Du die Milchkanne mit Kiefernzapfen gefüllt hast? Liebe Vroni, grüße mir auch Du Deine Lieben daheim. Drücke sie von mir und küsse sie von mir!

Erwin. Du warst mein Lieblingskind. Ich erlaube mir, dass hier und jetzt auszusprechen, ihr wisst es sowieso alle, zugegeben indessen habe ich es nie. Das konnte ich nicht. Denn es geht doch nicht, dass man ein Kind lieber hat, als das andere, oder? Man muss alle immer gleich behandeln. Es tut mir leid, dass mir das bei Dir nie gelungen ist Erwin. Es wäre Dir besser gestanden, wenn ich auch zu Dir öfter strenger gewesen wäre. Trotzdem, auch aus Dir ist etwas geworden, ich bin auch auf Dich, wie auf alle meine Kinder, stolz. Grüße mir den Osten! Ich war da nie, aber Dein Großvater Winfried, wie Du weißt. Während des Krieges.

Uwe. Mein Uwe. Mein lieber Uwe. Du warst.. und bist.., ein Fregger. Was hast Du alles angestellt. Weißt Du eigentlich, dass Du ein Sonntagskind bist? Kinder, die sonntags zur Welt kommen, bei denen, so hat man früher immer erzählt, da scheint immer die Sonne. Und genauso war es bei Dir. Egal, wo Du einen Raum betreten hast, da ging die Sonne auf, da wurde es hell. Dein Vater hat Dich geliebt, mehr als alle anderen von euch. Weißt Du noch, wie Du Dich gewundert hast, als ausgerechnet Du zusammen mit Deinen Freunden zu der Feier bei den Mädchen Deiner Klasse eingeladen worden bist? Mich hatte das damals überhaupt nicht gewundert.

Deine Liebe indessen hast Du einem anderen Mädchen geschenkt, und damit bin ich bei Dir, liebe Magda.

Es war mein ausdrücklicher Wunsch, dass auch Du an dieser Runde hier teilnimmst. Denn Du bist es, die mein Vermächtnis, so ich denn überhaupt eines habe, in die Welt trägt. Es beruhigt mich sehr, zu wissen, dass all die Dinge, die ich im Leben gelernt habe, insbesondere das Zubereiten von Speisen, mitsamt aller einhergehenden Arbeiten, vom Anbau des Gemüses, bis hin zum Behandeln des Fleisches, bei Dir in guten Händen sind. Es wäre mir ein Jammer, wenn ich da oben im Himmel mit Hermann sitzen müsste und akzeptieren müsste, dass da unten niemals mehr jemand meine Bohnensuppe bekommt oder meinen Hasen.

Und damit bin ich bei meiner besonderen Bitte an Dich Magda: Im

Gefrierschrank unten im Keller liegt noch ein küchenfertiger Stallhase. Ich bitte Dich, diesen aufzutauen und morgen für alle hier Anwesenden zu zubereiten. Machst Du das für mich? Ich weiß, Du wirst ihn haargenau so bereiten können, wie ich das immer getan habe. Und ich würde mich freuen, wenn ihr zur Feier des Tages das schöne Goldrandgeschirr von Schirnding aufdecken würdet. Bitte haltet es in Ehren, ich habe es schon von meiner lieben Tante geerbt und die hat es damals zur Hochzeit von ihrer Mutter geschenkt bekommen.

Und nun komme ich zu einer Sache, die ich nicht mit ins Grab nehmen möchte. Du hast mich ein Leben lang gefragt Uwe, warum ich niemals rüber zur Helga gegangen bin, um einen Kaffee mit ihr zu trinken. Ich versuche, mich kurz zu fassen, aber vielleicht solltet ihr vorher noch einen Eierlikör oder einen Heidelbeerlikör trinken. Ich bitte Peter an dieser Stelle, eine Pause zu machen.«

Bomber verstummte augenblicklich und blickte stattdessen in die Runde. Er setzte seine Brille ab, bevor er fragte: »Was zu trinken wäre jetzt tatsächlich nicht schlecht. Wer holt was?«

Uwe wusste gar nicht, was er denken sollte.

Ungläubig schaute er jedem am Tisch ins Gesicht, immer nur einen Moment. Die rechte Hand hielt er vor den Mund, während der rechte Ellbogen auf der Tischplatte aufgestützt war. Er fuhr sich durch die Haare, er stand auf, setzte sich hin und stand wieder auf. Magda musterte ihren Mann und sagte dann: »Ich gehe mal in den Keller und hole den Hasen aus der Truhe.., und du beruhigst dich jetzt mal, ja?«

Alle anderen, außer Bomber, nahmen Magdas Aktivität zum Anlass, ebenfalls aufzustehen und sich etwas in der Wohnung die Füße zu vertreten. Uwe lief mit verschränkten Armen in der Küche hin und her.

»Hinsetzen!« sagte Bomber schließlich zu Uwe. »Du trinkst jetzt erstmal noch einen mit mir.«

Als Uwe weiter schwieg, sagte Bomber zu ihm: »Heringssalat. Heute Abend gibt's bei uns Heringssalat. Weißte noch? Hähähä!«

Barbara und Karin kamen mit einem Fotoalbum zurück in die Küche, das sie im Wohnzimmer gefunden hatten. Sie setzten sich damit wieder an den Tisch und legten es vor sich hin.

»Was ist das?«, fragte Karin, ein zusammengefaltetes Blatt Papier in die Hand nehmend, welches sie darinnen fand. Neugierig schauten alle nach dem Fund, als Karin das Blatt auch schon auseinanderfaltete. Ein augenscheinlich mit Wasserfarben gemaltes Bild kam zum Vorschein.

»Ach! Das gibt's ja nicht! Uwe! Schau mal! Das ist das Bild, das du mal für Mutti gemalt hattest, mit dem Kartoffelkäfer!«, sagte Vroni sodann überrascht.

»Nein! Hat sie das so lange aufgehoben! Dann muss sie wirklich sehr daran gehangen haben Uwe! Schau mal!«, freute sich Lotte. Alle beugten sich jetzt über das kleine Gemälde, um es zu bestaunen.

Uwe griff mit Tränen in den Augen nach dem Bild und drehte es zu sich. Nachdem er sich mit der rechten Hand kurz über das Gesicht gewischt hatte, las er vor: »Der Kartoffelkäfer ist ein Ami. *Leptinotarsa decemlineata*.«

»Hast du das gemalt, Papa? Echt jetzt?«, fragte Barbara staunend.

»Ja. Hab ich. Das war im Sommer 1978«, antwortete Uwe.

»Also, wenn keiner was dagegen hat, würde ich das gerne mitnehmen. Das gehört in den Alten Fritz, das ist doch klar, oder?«, alle stimmten Magda sofort zu. Einen besseren Platz dafür gäbe es ja gar nicht.

»Und schaut mal hier! Das ist doch Strolchi! Opa Winfrieds Zwergschnauzer!«, sagte dann Karin aufgeregt, die inzwischen in dem Album weitergeblättert hatte.

»Hähähä! Ich kann mich noch daran erinnern, wie euer Vater Uwe das erste Mal einen Hasen selbst geschlachtet hatte«, kommentierte Bomber Karins Feststellung, um fortzufahren: »…du hattest eine Ewigkeit immer wieder Angst vor dem Köter Uwe, weil er dich gebissen hatte, aber als du dann deinem ersten Karnickel eins übergebraten hattest, ich glaub, du warst so dreizehn oder vierzehn Jahre alt, und ihn anschließend abgestochen hattest, damit er ausbluten kann, hatte der Strolchi sofort mit eingezogenem Schwanz jaulend das Weite gesucht, das weiß ich noch! Hähähä! Von da an hatte der dann Angst vor dir, hähähähä!«

»Ooooh! Bomber! Das ist eklig und grausam!«, sagte daraufhin Lotte, ohne es zu ernst zu meinen.

»Ja, aber es ist wahr, so war das damals..«, bestätigte Uwe.

Winfried, Tante Klärchen, Oma Adelheid beim Socken stricken, Opa Konrad beim Umgraben im Garten und ganz viele Bilder im Wald, zusammen mit Hermann, alle wurden sie für einen Moment wieder lebendig, während sie in dem alten Album weiterblätterten.

Es war schließlich Christian, der jedem noch einen klaren Schnaps einschenkte, den er im Keller gefunden hatte. Einen Likör hatte er nicht mehr entdeckt.

»Booah! Ich glaube, der war noch vom Opa Winfried!«, sagte Uwe, nachdem sie gemeinsam angestoßen hatten.

»Ich lese jetzt weiter vor«, ließ Bomber seine Zuhörer wissen. Alle setzten sich hin, was für Bomber das Signal war, fortzufahren.

»Im Sommer 1944, als die Fliegerangriffe auf alle deutschen Städte auch tagsüber geflogen wurden, rückte der Krieg auch immer weiter an unsere Heimatstadt Aschaffenburg heran. Er war jetzt endgültig auch hier in Schweinheim angekommen, in jeder Straße, in jedem Haus. Einer eurer Großonkel, ein Bruder eurer Oma Hedwig, wurde von einem Flugzeug aus erschossen, als er uns zu Hilfe kommen wollte. Eure Oma Hedwig war fast während des ganzen Krieges alleine mit mir und der Liesel, meiner älteren

Schwester. Denn der Hedwig ihr Mann, euer Opa Winfried, war ja an der Front. Und später dann im Lazarett in Sigmaringen. Also, stellt euch das mal vor, es ist Krieg, es wird geschossen und es fallen Bomben und ihr seid als Frau mit zwei kleinen Kindern alleine hier in diesem Haus. So war das.

Die wenigen verbliebenen Männer mussten am Ende der Straße einfache Bunker graben, damit dort alle Bewohner der Straße Schutz suchen konnten, wenn es wieder losging. Auch Kilian, Helgas Mann, musste beim Graben mithelfen, trotz seines verkrüppelten rechten Armes. Als eines Tages wieder die Sirenen heulten und wir schon die herannahenden Flieger hörten, griff sich meine Mutter mich und meine Schwester Liesel, und rannte mit uns zum Bunker. Unsere Nachbarn Kilian und Helga waren schon dort. Die Flieger wurden inzwischen immer lauter und man hörte schon das bedrohliche Heulen erster herabfallender Bomben. Als meine Mutter den Bunker betreten wollte, hatte Kilian ihr den Zutritt verweigert, mit der Begründung, der Bunker sei schon voll und sie habe auch nicht beim Graben geholfen.

Meine Mutter Hedwig, eure Oma, hat uns Mädchen diese Geschichte immer wieder bis zum Tod erzählt, wie sie unter Todesangst, dann Schutz im Wald mit uns gesucht hatte. Ich selbst habe daran nur blasse Erinnerungen, da ich noch zu klein war mit meinen vier Jahren.

Als der Angriff vorbei war, wurde aus der offenkundigen Abneigung, die Kilian schon immer unserer Familie gegenüber entgegenbracht hatte, blanker Hass. In ihrer Verzweiflung schrieb meine Mutter einen Brief an ihren Mann, der gerade im Lazarett in Sigmaringen lag. In dem Brief war sinngemäß genau das geschildert, was ich euch soeben vorgetragen habe. Was eure Oma nicht wissen konnte, war, dass Opa Winfried, als der Brief in Sigmaringen ankam, dort im Delirium lag, er war schwer am Maltafieber erkrankt, das er sich im Kaukasus eingefangen hatte. Also öffnete ein diensthabender Arzt den Brief statt seiner. Dieser Arzt muss irgendeinen sehr hohen Rang gehabt haben, bestimmt ein Oberst oder Major. Als der so, zufälligerweise, davon erfuhr, dass uns Kilian den Zutritt in den Bunker verweigert hatte, während eines Bombenangriffs, sorgte dieser dafür, dass Kilian doch noch in den letzten Kriegswochen eingezogen wurde. Als die sinnlose Schlacht um Aschaffenburg losbrach, der Krieg war längst verloren, musste er an vorderster Front mitkämpfen.

Den Rest der Geschichte kennt ihr. Kilian kam nie mehr nach Hause zurück. Helga hatte bereits ihren Sohn Friedrich verloren. Was für eine Tragödie.

Wir hingegen lebten alle. Angesichts des Ausmaßes und Ungeheuerlichkeit dessen, der Unabänderlichkeit und Grausamkeit der Folgen des Krieges, die so auch bis zu uns gedrungen waren, und mein Leben und das meiner Familie fortan begleiteten, wir mussten damit fortan leben, war für mich nur der Anblick unserer Nachbarin Helga, das ganze Leben lang, fast nicht zu ertragen. Obwohl sie es war, die den Tod im Krieg mehr ertragen musste, als irgendwer sonst in unserer Familie. Auch nur einen Kaffee mit ihr zu trinken, war aus diesen Gründen deshalb zeitlebens undenkbar für mich. Verzeiht mir, verzeih' mir vor allem Du Uwe.

Ich bete für euch, dort, wo ich jetzt bin, dass ihr, und auch eure Kinder, niemals so etwas erleben müsst.

Lebt wohl, ich liebe euch.
Eure Mutti, eure Gerda

P.S. Lieber Bomber (ich glaube, so habe ich Dich noch nie genannt), vielen Dank für's Vorlesen! Du warst ein sehr liebes Kommunionkind!

P.P.S. Lasst euch den Hasen schmecken und helft Magda beim Abwasch, ich habe es mein ganzes Leben lang gehasst wie die Pest, dass ich das immer alleine machen musste. Und getraut euch nicht, dass gute Geschirr mit dem Goldrand in die Spülmaschine zu stellen, das muss von Hand gespült werden, ansonsten geht der Goldrand ab.«

Bomber legte den Brief zur Seite, verschränkte seine Arme vor der Brust und dachte gar nicht daran, jetzt einen Ton zu sagen. Mit einem vielsagenden Lächeln schaute er stattdessen über seine Lesebrille hinweg schlau in die Runde. Nur das Ticken der alten, zigarettenrauchgelben Uhr mit den silberspitzen Zeigern sowie das Knistern des Feuers im Ofen, erfüllten den Raum mit ihrer steten Ruhe. Als immer noch niemand etwas sagte, faltete Bomber Helgas Brief wieder sorgfältig zusammen, steckte diesen wieder in den Umschlag und legte ihn dann mitten auf den Tisch, was bedeutete, dass er Gerdas Zeilen hiermit der Familie übergab. Auf dem Umschlag stand in Gerdas unverkennbarer Handschrift:

Mal Regen, mal Sonnenschein,
so wird es im Leben immer sein.

Es war Christian, Uwes und Magdas Jüngster, der als erstes wieder etwas sagte: »Ich melde mich morgen freiwillig zum Abwasch und zum Abtrocknen.«

»Das ist ganz, ganz lieb von dir Christian, aber wir machen das alle zusammen«, sagte dann, zur Überraschung aller, ausgerechnet Erwin.

ENDE

Nachwort

Wie schon in den Vorbemerkungen erwähnt, beruht diese Geschichte auf wahren Begebenheiten.

Deshalb bedarf es hier einiger aufklärender Worte, denn es ist nicht die Absicht des Autors, hier bei ortskundigen Lesern unter Umständen für Verwirrung zu sorgen. Allen Lesern gemein dürfte sein, dass der Aschaffenburger Dialekt, den der Autor versucht hat, in einigen Dialogen der wörtlichen Rede darzustellen, nicht immer ganz einfach zu schreiben ist.

In Aschaffenburg und auch im Aschaffenburger Stadtteil Schweinheim, wird gebabbelt.

Babbeln ist ein fränkisches Wort für das Reden, wie einem der Schnabel gewachsen ist. Zum Trost für jeden Leser muss erwähnt werden: Auch jenen, die des Babbelns nicht mächtig sind, darf mitgegeben werden, dass es Zeitgenossen gibt, die so extrem Babbeln, dass selbst Eingeborene Schwierigkeiten haben, dem Babbler noch folgen zu können. Besonders dann, wenn der Zuhörer schon aus einem anderen Stadtteil kommt, kann es schwierig werden in Aschaffenburg. Das ist heute noch so.

Die Liebesgeschichte zwischen Uwe und Magda ist frei erfunden.

Ebenso die Verstrickungen in dem Roman, die den zweiten Weltkrieg thematisieren.

Die ganze Geschichte, wie sie im Zusammenhang dargestellt ist, ist so wie dargestellt, Fiktion.

Es ist jedoch so, dass einzelne Begebenheiten (nicht alle) tatsächlich genauso passiert sind. Um aus den vielen mündlichen Überlieferungen, die der Autor über die Jahre von völlig verschiedenen Seiten und Menschen erfahren und recherchiert hat, eine schlüssige Geschichte machen zu können, hat er alles in einen einzigen, familiären, letztlich erfundenen Erzählstrang eingebettet. Viele der recherchierten Geschichten hatten in Wahrheit gar nichts miteinander zu tun. Obwohl so aber die Geschichte dieses Romans erfunden ist, kann man durchaus sagen, dass die Atmosphäre und das Leben in Schweinheim, Mitte der Siebziger Jahre des letzten Jahrhunderts, gut dargestellt sind. So war es, das Leben in diesem Flecken Unterfrankens. Mit den Amis in der Nachbarschaft. Irgendwo in Deutschland.

Einige der folgenden genannten Örtlichkeiten, die im Roman erwähnt sind, hat es tatsächlich genauso gegeben: Das Lokal Ora, die amerikanisch geführte Barbeque-Kneipe. Das Forsthaus der Familie Ruppert mitten im Wald, die echte Försterfamilie hieß aber nicht Ruppert. Der Baggersee, in dem Magda und Uwe Forellen gefangen haben. Auch der Exe, der im Roman mehrfach genannte Truppenübungsplatz, war Realität. Auf diesem Gelände wurden während des Kalten Krieges die größten Manöver Süddeutschlands durchgeführt. Und es war tatsächlich so, dass die ganze männliche Dorfjugend dann immer mittendrinnen dabei war. Mit Bierflaschen für die Soldaten in den Satteltaschen. Auch der Raubzug des Seesacks ist überliefert.

Was zudem wahr ist, ist die Tatsache, dass das Gelände heute ein Naturschutzgebiet ist, auf dem Przewalski-Pferde grasen.

In einem Kapitel wird der Hensbach angesprochen, der früher

offen durch Schweinheim geflossen ist. Das war tatsächlich so, diesem Bach ging es wohl wie vielen ähnlichen kleinen Gewässern in Deutschland, welche im Zuge der Stadtplanungsideen der Sechziger und Siebziger Jahre aus den urbanen Räumen verschwunden sind.

Aschaffenburg mit seinem alten Oberbürgermeister Dr. Willi Reiland, der zur Zeit der Handlungen im Buch im Amt war, hatte hier ganze Arbeit geleistet. Zahlreiche Kleinodien der Stadt am Untermain sind in dieser Zeit einer fragwürdigen Modernisierung zum Opfer gefallen und seither unwiederbringlich verschwunden. Andere deutsche Städte hatten in dieser Zeit mehr Fingerspitzengefühl und Weitblick bewiesen.

Aber nichtsdestotrotz ist Aschaffenburg heute immer noch eine sehenswerte Stadt.

Und immerhin: Heutzutage werden solche Bäche teilweise wieder renaturiert und aus ihrem eingesperrten Dasein in einem Kanal befreit. Sogar Biber gibt es in Unterfranken heute wieder. In den 1970er Jahren undenkbar.

Ebenfalls wirklich gegeben hat es die Quetschekuchekerb in Schweinheim. Und auch den Boxabend. Die beschriebenen Szenen sind allesamt Gedächtnisprotokolle und wahr. Eine Zeit lang war die Schweinheimer Quetschekuchekerb sogar das größte und bedeutendste Stadtteilfest Aschaffenburgs. Das ist heute nicht mehr so.

Tatsächlich gegeben hat es die Bäckerei Lutz und auch die Frau Lutz war genauso, wie sie im Roman beschrieben ist. Ebenfalls wirklich existent im Schweinheim der Siebzigerjahre war die Metzgerei Holletschke. Dem Autor ist besonders das Hirn in Erinnerung geblieben. Die im Buch genannten Straßen existieren fast alle in echt bis heute. Außer der Bayerwaldstraße, in der Uwe und seine Freunde zur Party bei Jaqueline eingeladen waren. Eine ähnliche Party allerdings gab es tatsächlich. Jaqueline und ihre

Familie jedoch sind frei erfunden.

Die Ebersbacher Straße ist in dem Buch jene Straße, in welcher der Hauptprotagonist Uwe mit seiner Familie lebt. Der Autor hat diese Straße bewusst ausgewählt, weil er selbst in dieser Straße aufgewachsen ist. So war es für ihn am einfachsten, logische Wege und folgerichtige Abläufe für die Geschichte zu entwickeln. Das Fortschuma oder Hefner-Alteneck-Viertel ist auch echt. Aber die Gegend ist heute kein sozialer Brennpunkt mehr, so wie im Buch dargestellt. Die beschriebene Schießerei, bei der ein Polizist ums Leben kann, entspricht leider der Wahrheit.

Einige Sätze zu einigen Protagonisten des Romans gibt es auch zu sagen: Der Michel oder das Michelchen, ist die Figur, der dieser Roman gewidmet ist. Das Michelchen gab es wirklich, der Knecht ist auch in Schweinheim bestattet, auf dem Familiengrab des Bauern, bei dem er sich verdingt hatte. Diese Bauernfamilie hieß aber nicht Kohlmann. Im Buch wird Bezug genommen auf den Fall Anneliese Michel. Dieser entspricht leider auch der Wahrheit. Alle im Buch genannten Fakten wurden vom Autor im Internet recherchiert. Ebenfalls der Wahrheit entsprechen jene Figuren, die damals Teil des Öffentlichen Lebens waren, wie beispielsweise der damalige Bundeskanzler Helmut Schmidt.

Auf drei Personen, welche gewissermaßen Modell gestanden haben für eine Romanfigur, möchte der Autor letztlich noch eingehen.

Zum einen ist das die Mutter des Autors. Alle im Buch genannten Mahlzeiten, die zudem immer eine Kapitelüberschrift auch bilden, hat es so tatsächlich gegeben und sie gibt es heute noch. Die Köchin, die in der Figur der Gerda steckt, ist ein Abbild der Mutter des Autors.

Ebenso Realität war der große, beschriebene Gemüsegarten. Auch der Fund des NSDAP-Parteiabzeichens und der Gürtelschnalle, sind wahre Begebenheiten. Ebenfalls wahr ist die Anekdote mit der Marihuanapflanze im Treibhaus.

Vielleicht wird es irgendwann ein richtiges Kochbuch geben, in dem alle im Buch genannten Gerichte mit Rezepten erläutert werden.

Eine zweite Figur, die ebenfalls einen sehr engen Bezug zu einer wirklichen Person hat, die tatsächlich gelebt hat, ist die Figur von Tante Klärchen. Auch diese hat es so wirklich gegeben, freilich mit anderem Namen, und ihr Eierlikör war tatsächlich legendär!

Die dritte Figur, auf die der Autor eingehen will, ist die des Karlheinz Mützerer. Diese ist inspriert vom tragischen Schicksal des Adalbert Kapperer. Dieser wurde, wie es im Fall Mützerer im Buch dargestellt ist, tatsächlich von einem Standgericht ermordet. Heute ist in Aschaffenburg ein Platz nach Adalbert Kapperer benannt. Wer mehr darüber wissen will oder über ähnliche, weitere Fälle, kann im Internet schnell mehr geschichtliches Wissen recherchieren.

Eine nicht minder tragische Begebenheit aus den letzten Kriegstagen in Aschaffenburg ist die des Soldaten Friedel Heymann, der auch einem Standgericht zum Opfer fiel.

Überaus neugierig ist der Autor auf die Entwicklungen in der Welt in den kommenden Jahren. Das vorliegende Buch wurde im Jahr 2023 veröffentlicht. Das Kapitel 1 hingegen handelt im Jahr 2028, ebenso wie das Schlusskapitel. Und in Kapitel 1 hat der Autor darüber spekuliert, ob und wie uns eine weitere Pandemie heimsuchen wird. Außerdem geht der Autor davon aus, dass der Ukrainekrieg noch lange nicht zu Ende geht. Wir werden sehen.. Auf jeden Fall hat sich der Autor vorgenommen, spätestens 2028 dann ein neues, erweitertes Nachwort hier anzufügen, welches darauf eingehen wird, wie sich denn nun alles tatsächlich weiterentwickelt hat.

Der Autor freut sich über Unterstützung in Form einer guten Bewertung bei dem Shop, Händler oder Versand, in dem dieses Buch erworben wurde und noch mehr über eine schön formulierte Rezension.
Vielen herzlichen Dank im Voraus!

Über den Autor

Franz Staab wurde 1968 in Aschaffenburg geboren, der fränkischen Stadt am Untermain, die auch das bayerische Nizza genannt wird. Er lebt dort bis heute mit seiner Familie und seinem Hund. Franz Staab ist seit seiner Jugend als Autor aktiv, war Mitglied in der Aschaffenburger Literatur-gruppe OLGA um den Goldbacher Undergroundpoeten Karlheinz Schreiber (Hrsg. KULT) und hat in den Neunziger Jahren an Poetry Slams und Bühnenlesungen teilgenommen.

Außerdem war er Gründer der Literaturzeitschrift DIE POLYZEI (die poetry & lyrik zeitschryft) und hat viele Rezensionen für die unterschiedlichsten Magazine verfasst.